消失的草原帝国

铁马中原

陈计中 著

在金戈铁马的沙场滚烟里上演

契丹大帝的风云二十年

内蒙古文化出版社

图书在版编目（CIP）数据

铁马中原 / 陈计中著 . —呼伦贝尔：内蒙古文化出版社，2018.4

（消失的草原帝国）

ISBN 978-7-5521-1442-3

Ⅰ . ①铁… Ⅱ . ①陈… Ⅲ . ①长篇小说—中国—当代 Ⅳ . ① I247.5

中国版本图书馆 CIP 数据核字（2018）第 083966 号

铁马中原

陈计中　著

总 策 划	丁永才　崔付建
责任编辑	丁永才
出版发行	内蒙古文化出版社
	（呼伦贝尔市海拉尔区河东新春街 4 付 3 号）
印刷装订	三河市华东印刷有限公司
开　　本	710 毫米 ×1000 毫米　1/16
印　　张	21.5　字　数　350 千
版　　次	2018 年 4 月第 1 版
印　　次	2020 年 5 月第 2 次印刷
书　　号	ISBN 978-7-5521-1442-3
定　　价	52.00 元

版权所有　翻印必究

目　录

引　子 / 001

第一章　断腕稳朝政 / 004

第二章　立马择新君 / 024

第三章　无奈东丹王 / 042

第四章　乘乱得良机 / 062

第五章　轻取十六州 / 084

第六章　东丹王之死 / 103

第七章　尴尬儿皇帝 / 124

第八章　荒唐大眼郎 / 146

第九章　激战澶州城 / 165

第十章　败走白团卫 / 183

第十一章　倒戈中渡桥 / 202

第十二章　马踏汴梁城 / 221

第十三章　辽帝大登殿 / 240

第十四章　失望离中原 / 260

第十五章　魂归杀狐林 / 279

第十六章　谁为新辽主 / 297

第十七章　横渡定乾坤 / 318

　　　　　后　记 / 336

引 子

在公元四世纪，控制北方的是鲜卑族。公元344年，鲜卑中的二部——宇文部和慕容部为争夺辽西地区的控制权，在土河（今老哈河）上游展开了你死我活的激战。一场腥风血雨的厮杀后，宇文部败走潢水（今西拉沐沦），隐匿于松漠间。

松漠，据史家称，是指北抵兴安岭、东至通辽市开鲁、南到燕山东麓的河北围场、西至锡林郭勒盟正蓝旗一带的广大地区，大致就是今赤峰市北部的广阔的松林草原沙漠地带。

败走的宇文鲜卑的首领是一个小伙子，叫奇首。相传，一日他骑白马沿土河而下，行至与潢水交汇处的木叶山（今赤峰市翁牛特旗境内），和一位赶着灰牛车沿潢水而来的漂亮姑娘可敦相遇。一个年轻英武，一个貌若天仙，二人一见倾心，便结为夫妻，渔猎骑射，逐水草而牧，其乐融融。后生八子，封为八部。据《契丹国志》载，是为：祖皆利部、乙室活部、实活部、纳尾部、频没部、内会鸡部、集解部、奚温部。

传说是浪漫的，但契丹古八部是真实存在的。契丹人在木叶山曾立庙，供奉有奇首、可敦及八子之像，奉为始祖，每年必刑白马杀青牛祭拜。八部在松漠间繁衍生息，日渐强盛。为使部族稳定发展，八部首领每三年一会盟，推举智勇双全者为盟主可汗，任满更换。

日月如梭。五百年后，迭剌部出了个耶律阿保机。传说此人生时满室生辉且生香，三月能走路，百日能说话。这只是后人为帝王的附会而已。

史载此人"拓落而多智，与众不群。及壮，雄健勇武，有胆略。好骑射，铁厚一寸，射而洞之……部落惮其雄勇，莫不畏而服之。"他凭着雄才大略，公元901年任联盟军事长官"夷离巾"，公元903年被尊为总知军国事的"于越"，地位仅在可汗之下。在唐朝灭亡、五代十国之初，他利用会盟选可汗之机，成为契丹联盟部落最高首领。

阿保机当了首领后，第一大举措就是废除部落联盟"三年一代"的选举制，学习汉族皇帝由一家一姓世袭制。这如何了得，他的四个弟弟和七部首领纷纷反抗。阿保机在妻子述律平的辅助下，三平诸弟之乱，在炭山设计伏杀七部首领，于公元916年设坛即位，立大契丹国，自号"大圣大明天皇帝"，封妻述律平为"应天大明地皇后"，册立长子耶律倍为皇太子，号"人皇王"。阿保机立国，从而宣告契丹社会氏族部落联盟的结束和一个封建国家的产生，这是契丹社会的一大进步。

阿保机立国后，实行了一系列的改革。政治上，改体制、建典章、推行"南北面官制"，对各族人因俗而治，使社会较为安定；经济上，建城郭、兴农桑、设铁冶、行群牧，使国力日渐富足；文化上，创文字、建寺庙、设汉学、尊儒道，使民人趋附文明；军事上，他更是戎马倥偬，为大契丹开疆拓土，刀锋所指，诸夷皆服。

公元926年，耶律阿保机征渤海国（今辽宁、吉林一带）。先是，他吞并奚国后，和奚国唇齿相依的渤海国王非常害怕，便暗中和新罗国（朝鲜）联合要对抗契丹。这使阿保机很是生气，不想臣服，还要对抗，真是活腻了！他便召集大臣商议，非把渤海拿下不可。可大臣们却争论不休，久议不决。这使阿保机也拿不准主意，便外出打猎散心。忽一日，有黄龙落其毡帐上，阿保机连发两箭，黄龙带伤向东南飞去，于千里之外而坠。后来他的二儿子耶律德光在黄龙坠落之地建了城池，是为黄龙府。

阿保机射杀黄龙，精神大振："我想攻打渤海国，众计不决而黄龙现我面前，我能杀它，是能灭渤海的胜利兆头！"于是便发兵，便灭其国，便俘其王，便得素称"东海盛国"的富庶土地。

他把渤海国改为东丹国，封皇太子耶律倍为东丹国王，也就胜利班师。可是，又有谁知，就在他凯旋的途中，却发生了天大的变故……

第一章　断腕稳朝政

1　皇后的烦恼

七月的草原，绿草如茵，繁花似锦。

滔滔潢水（今西拉沐沦）自西而东，跳动着滚滚银波奔到木叶山下，与东北流向的土河（老哈河）交汇，成辽水直奔大海。由两河孕育的这片水草丰美的草原，便是相传有男子乘白马浮土河而下，复有女子乘小车驾灰牛浮潢水而下，至木叶山结为夫妇，生八子，乃成契丹八部之地。

公元916年，有迭剌部的雄勇之士耶律阿保机击灭七部，复并为一，建大契丹国。国都就设在所居大部落的中心"西楼"，建城及宫殿，便是后来的临潢府（今赤峰市巴林左旗林东镇）。所谓"西楼"，并无楼，乃是阿保机四大"斡里朵"之最西面的一个。"斡里朵"就是契丹贵族的私人领地，阿保机也就是凭四大"斡里朵"为根据地而雄吞七部。

立国后的阿保机雄心大略，东征西战，威服诸夷。也曾二下中原，却都无功而返。但繁华的幽州城却使他大开眼界，便在燕人谋士韩延徽的建议下效仿中原，设百官，建城郭，造文字，植桑麻，以图强盛。

西楼的城郭和宫殿由汉族大臣韩延徽设计，大批汉族工匠施工，经十年营造，已颇有规模。街衢通达，市肆繁荣，塔庙林立，宫殿巍峨，已成北方草原重镇，看上去和中原城市相差无几。其中还建有孔子庙。这是太子耶律倍的主意。耶律倍才学过人，文武双全，通阴阳医药，精音律书画，擅长契丹和汉文字，尤推崇孔子思想治国。阿保机立国后曾问儿子，我当了皇帝，应该敬天祭神。我想立庙纪念有大功德的人，你看先祭祀谁呢？太子耶律倍说：要说最有功德的人，莫过于大圣人孔子了，要想得中原，应先得中原人之心，该先祭祀孔子。阿保机极想学汉人，觉得有理，便在大部落中建起了孔子庙，春秋两季祭祀之。

这些宏伟建筑虽形同中原，但却有大不同，那便是不是坐北朝南，而是大门一律东向，以契丹人之习俗，尊太阳升起的东方为上。

历史的脚步走到了公元926年，时为契丹国天赞六年。七月，契丹国大皇帝耶律阿保机灭了渤海国，正在凯旋班师。

七月的午后，暑热难挨。草原上的花草树木都在炽白的阳光下蔫蔫地垂下了枝叶。但皇城中东向的高大宫殿中，却是香烟袅袅，清凉宜人。

耶律阿保机的妻子述律平皇后坐在宫内，虽有宫娥摇扇，酸乳消暑，但仍觉浑身燥热，心烦意乱，不知何故，总是坐立不安。于是她便遣宦官查剌召中书令、宰相韩延徽，留守夷离巾（剌史）萧翰，林牙（翰林学士）耶律迭里前来议事。

述律皇后名平，已经四十有八，但风韵犹存，端庄中透着一种人见人畏的威严。一扬眉一举手，都令人心惊胆战。她是耶律阿保机的表妹，小名月理朵，自幼坚毅。有一次她的母亲和姑姑坐在床榻上等着她的拜见，她却说，我月理朵只能拜天，不能拜人，如拜你们，你们是要折寿的。也有人传说，一次月理朵外出，走到潢水和土河的交汇处，一个赶青牛车的女子见了她，慌忙让路，但却忽然不见了，于是民间便传唱"青牛妪，曾避路"，说赶青牛的女子本是地神，见了她都躲避，可见她就是地神在人间的化身了。

这一层光环使人们见了述律平都敬之如神。等到她和表兄阿保机结婚，更显示出她的计谋和决断，在阿保机"化家为国"的过程中，她多次参与阿保机重大事项的决策。况且，她的兄长敌鲁和弟弟阿古只，辅佐阿保机成就帝业，更使后族的权势仅次于帝族。述律平拥有自己的宫廷卫队，在阿保机外出征战时，她便率亲兵卫队镇守大部落。阿保机带兵攻党项时，有黄头、臭泊室韦二部想乘机偷袭契丹后方，述律平临危不乱，敌强我弱之时，带仅剩的几百兵设伏大败室韦，保住了后防不失，一时名震北方各部。

在这样一个重权在握，被看作"神之化身"的女人面前，不要说奴隶平民，就是大臣们在她跟前又怎能不战战兢兢。

韩延徽、萧翰和耶律迭里听皇后召见，不敢怠慢，顶着午后的骄阳匆匆赶来。

几人入宫拜见完毕，韩延徽见述律后脸色不好，便试着问："皇后宣臣等前来，不知有何喻示？"

述律平一指殿外："看到了吗？"

几大臣回头看去，见殿外台阶下绑着两个宫廷侍女，已是血肉模糊，呻吟不止。

三个人相互看看，都不明所以地回过头来。勇武剽悍的萧翰愣了一下，似乎有些明白，呼地站起身来，对述律皇后说："原来是两个奴才惹姑姑生气，待我去将她们剁成肉酱！"

这萧翰是述律平的亲侄子，而且又把自己的妹妹嫁给了述律平的二儿子耶律德光，在述律平面前也就没有那么许多忌讳。

述律后摆手示意他坐下："把她们剁成肉酱还用得着你这镇守牙帐的夷离巾吗？她们不曾惹我，是心甘情愿用血为我避邪除晦的。不知何故，我今日总是心惊肉跳。可此二女之血虽洒满阶前，并没解我心中烦乱。我召你们来，并无喻示，是想让你们告诉我，如此心慌意乱，莫不是要出什么祸端么？"

韩延徽这才明白了皇后召他们前来的意思，略一思索，拱手说道："皇后心中烦乱，实乃盛暑酷热所致。邪恶晦气哪敢侵皇后尊贵之身。这是其一。其二，皇后随圣上亲征渤海，回宫不过旬日，身心俱疲，也会胸臆不舒。以微臣之见，现在日已西斜，天渐凉爽，皇后何不到高天阔野中一游，借天地之清气以涤荡心中之郁闷？"

"去阔野一游？如此甚好。但愿如韩相所说，这心烦意乱不是什么祸端凶兆。"述律后站起来，吩咐身边宦官，"查剌，备驼轿。"

2 问策

述律皇后的驼轿极其华贵，纯金毛色的雄驼饰以各色璎珞，一人多高的车轮上银钉闪烁。轿车走动，前有旗仗，后有卫队，所过之处，行人莫不长跪在地，不敢仰视。

韩延徽、萧翰、耶律迭里骑马跟在述律后的驼轿边。

宫外的原野，天高地阔。苍鹰在碧空中盘旋，狍鹿在溪水边奔鸣，彩蝶飞舞于花丛，百灵鸣唱于林间。

述律皇后仿佛置身于锦绣图画之中，不觉叹道："如此美景，如是和皇帝同游，该是多好啊。但愿我主尽快平安而归吧。唉，按你们文人的话说，面对良辰美景，应是心旷神怡。可我这心中仍是惶惶不止，该不是有什么不吉之事吧。"

跟随在一旁的耶律迭里闻听此言，悄声对韩延徽说："皇后心绪不佳，原来是思念皇上了。"

韩延微点点头，策马来到述律后的车前："皇后，苍天保佑我圣明雄主天皇王荡平了被称作'东海盛国'的渤海国，得那富饶之地建了东丹国，太子做了东丹国主，真乃天下归一，人神共贺。微臣陪您提前归来几日，皇帝也正在凯旋班师回朝，怎么可能有什么不吉之事呢？"

萧翰也说："我大契丹西臣党项，北震室韦、女真诸部，东并奚国，今又扫平渤海，真乃纵横万里，雄踞天下！只等我皇挥师南下，横扫中原，那便是真正的天下归一。姑母，我契丹如日之初升，辉煌之时还在其后，绝不会有什么凶险事。"

述律平看看萧翰，冷笑道："横扫中原？谈何容易！汉人历朝历代，对北蕃就严加防范，修长城，设军阵，那一族进得去？我族人虽悍勇，但身为游牧，聚而为兵，散而为民，怎敌训练有素之汉军？远的不说，我朝立国之后，皇帝何尝不想南下，可除了掠得一些民人财物，哪得一寸土地？我真不懂你们这些男人为何念念不忘中原。这次我同皇帝亲征渤海，得建东丹国，并力主我儿突欲（太子耶律倍小名）做了东丹王，成了一方之主。这已是天道助我，我心足矣。"

韩延徽急忙说："皇后所言极是。中原之地虽富，但只能慢慢图之……"

萧翰冷笑道："中书大人，你身为汉人，当然不情愿我大军南下。但你不要忘了，是契丹我主给了你施展才能的天地，给了你高官厚禄，你……"

韩延徽的脸色立时变得十分难看，缓缓说道："萧将军，我以为，无论契丹人还是汉人，同为上苍之子，只不过所居地域不同而已。延徽并不想求高官厚禄，而只想辅佐明主，造福于民，保天下平安……"

萧翰哼了一声，还要往下说，述律皇后斥道："放肆！韩大人是皇帝和我依重之人，你如何这样出口不逊？"

耶律迭里："皇后所言极是。韩大人始见我皇，立而不拜，我皇怒而使其牧马，是皇后认为韩大人能守节不屈，劝皇上以贤者礼用之。自韩大人成谋主后，建牙开府，筑城郭，立市里，用以安置汉人，使他们都能婚配安家，垦殖荒田，各安生业，不再逃亡。由是我契丹渐强，威服诸国，这里面有韩大人的很大功劳啊。"

述律平点点头："萧翰，你听到了吗？迭里身为翰林学士，还是有见识的。你们听着，韩大人是汉人，迭里是皇族，萧翰是妻族，你们都位高权重。今后，不论是汉人还是契丹人，也不论是皇族还是妻族，都要精诚团结，共赴国是。迭里，萧翰，你们要多向韩相求教。"

萧翰唯唯称是，不敢再言语。耶律迭里略一思索，说道："韩大人智略超群,无人可比,我等自当尊以为师。但有一事……"

他瞟了韩延徽一眼,又犹豫了。

述律皇后看看他:"有什么话,但说无妨。"

迭里:"智者千虑,必有一失。臣以为,将太子立为东丹国王之事,皇后和韩大人当时都在军中,如此大事,关系契丹江山社稷,而韩大人却没能为皇上进策……"

述律感到有些意外,转头盯看着迭里,等着他说下去。

韩延徽听了迭里的话,大吃一惊,一边用眼示意迭里,一边急忙打断了他的话:"迭里大人,我们是来陪皇后散心的,当说些轻松事为好。有关朝政大事,还是到宫中议事时再说吧……"

这时远处传来一阵悠扬钟声。

韩延徽向那边望了一眼,灵机一动,忙说:"皇后您听,天雄寺的钟声响了。惠德法师是中原的得道高僧,我们何不去让他做做法事,求佛祖佑我皇凯旋?"

述律皇后慢慢从迭里的脸上收回目光,淡然一笑:"哦?唔,也好。我也正想破解一下我心中无名烦恼。去天雄寺。"

3 晴天霹雳

天雄寺坐落在城东原野之上,是阿保机南下幽州时带回五十名僧人而建,取名"天雄",乃"天佑英雄"之意。

夕阳西坠。述律皇后一行人来到天雄寺。惠德法师闻听皇后到来,忙带众僧出寺恭迎。

述律皇后面对众僧,犹如面对臣民一样,目不斜视,款款走进寺来。就在这时,万里晴空突然"咔啦啦"响起了一声霹雳,众人都浑身一颤,大惊失色。

正惊惧之间,天雄寺大殿脊顶上的盘龙宝顶轰然滚落,坠到大殿阶前。

述律皇后一下脸色苍白，看看朗朗青天，再看看坠落宝顶的寺殿，颤抖着："这……这是……怎么回事？"

惠德法师急忙面朝大殿跪下，闭目捻动佛珠，好半天，睁开眼睛，缓缓说道："黄龙东南飞，真龙他乡落，天鼓迎魂归，祖山收其魄。"

述律皇后："不要这样绕圈子，到底是什么意思？"

惠德站起来，双手合十："恕老衲无礼了。佛之偈语，只可意会不可言传，天机不可泄露。"

萧翰有些恼怒，喊道："你这和尚，弄什么玄虚？皇后乃地神所化，有什么天机可讲？从实说来！"

惠德瞟了萧翰一眼："这位将军，佛坛净地，不可喧哗。皇后既已知晓，何必还要我说？"

"你！"萧翰脸登时胀得血紫，刷地抽出了腰刀，"大胆秃贼，面对皇后，如此无礼，我……"

"退下！"述律后将要上前的萧翰喝住，眼盯着惠德，"天雄寺乃圣上所敕建的皇家寺院，为的就是皇室平安。皇帝乃天之子，有什么天机不能面对天子？说吧。"

惠德："贫僧……实不敢讲！"

述律皇后脸便沉下来："讲！"

惠德急忙跪下去："晴空忽起响雷，龙顶无故而坠，都是大凶之兆。恐是皇上他……多有不测……"

所有的人都目瞪口呆。述律平心里更是一哆嗦。她一整天惴惴不安，六神无主，预感到像是要出什么事，但她绝不相信是这个。她顿时大怒："大胆贼人，竟敢妖言惑众！皇上龙体雄健，勇胜千军，哪里来的不测！来人，给我拿下！"

萧翰把刀一下子就架到了惠德法师的脖子上。

就在这时，寺外突然响起了一声喊："报——"

随着,宦官查剌带一个汗流浃背满身尘土的士兵跑进来。士兵见了述律平,伏身跪地,递上银牌:"军前侍卫叩见皇后千千岁!"

银牌上刻有"宜速"二字,是皇帝调兵用的,各部落只要见此银牌,便得即刻发兵。述律平接过来看看:"何事如此慌急?莫不是有什么紧急军情要调兵么?"

士兵:"不是调兵,持此牌只因事急,不受关卡阻拦。受二位皇子之命快马回报皇后,天皇王大皇帝,在扶余城,驾崩了!"

述律皇后像被猛击了一下,摇摇晃晃地叫了一声:"天哪!"便瘫倒了下去。

4 二位皇子

夕阳将莽莽群山镀上了一层金辉。晚风过处,满山的青松白桦发出如泣如诉的喧响。

山脚的大路上,行进着大队人马,全是白盔白甲、白旗白马,一派肃穆,护卫着中间用白凌罩着的灵车。车上填满冰块的棺中,躺着的就是威震北方的一代雄杰,契丹国的开国皇帝耶律阿保机。

阿保机是在征服渤海国后,在胜利的喜悦中突然死于占领地扶余城的。究竟是怎么死的,史无记载,估计是兴奋过度脑溢血之类。

阿保机出征前曾射杀黄龙,以为是瑞兆。然而他万没想到,射杀黄龙也许是凶兆,会使他一去不回。看来惠德法师的偈语"黄龙东南飞,真龙他乡落"还是说对了。只可恨这和尚,阿保机出征时为什么不说呢?

灵车左右跟随的是他的长子耶律倍和次子耶律德光。二人都是白马白衣,满面戚容。

长子耶律倍从契丹建国被立为太子,到如今正逢"而立"之年,清秀俊朗,好琴棋书画,极愿结交中原之士,一派儒雅之风。

次子耶律德光恰恰相反,英武伟岸,极善骑射。据说他出生时黑云覆帐，火光照耀，有声如雷，众人惊奇不已。稍长大，有一次随阿保机到西楼，有赤光紫气盖其上，左右大异。

阿保机和述律平还有一个小儿子，叫耶律洪古，小名李胡。阿保机曾试过这三个儿子，叫他们上山打柴，看谁能最先背柴回来。大儿子砍的全是干柴，而且是捆得整整齐齐才回来；而老二德光不管好坏砍了一大捆最先回来；老三呢，砍得最多，但也扔得最多，回来只好束手而立。阿保机由此知道了三个儿子的性情，评价是："长巧而次成，少不及也。"也就是说，老大虽然做的井井有条，但却让老二占了先，老三那是远不可比了。由此，述律平对崇尚汉文化的大儿子和喜欢游牧射猎的二儿子便有了亲疏，对刚勇的二儿子德光格外钟爱。

阿保机扫平渤海国之后，建东丹国，因地域在契丹之东，也是东契丹国之意吧。那么谁来主政呢？述律皇后说，大契丹是皇上为主，那东契丹自然该是太子了。于是阿保机便封大儿子耶律倍为东丹王，守东丹国。封跟随他攻奚国平渤海有功的二儿子为"元帅太子"，统领全国兵马，跟在身边镇守契丹中心大帐西楼。

耶律倍做了东丹王后，他的手下将军、平州人赵思温暗中对他说："大王在东丹，虽也戴十二旒冕，穿九龙袍，自除百官，享受九五之尊大拜，看上去俨似一国之君，其实只是偏倨一隅，属蕃国而已。大王贵为契丹太子，本该继契丹之大统，却被放在远离大部落千里之外，又是何意？"

这话说到了耶律倍的心里。但他不露声色，告诫赵思温，不要再说什么太子，只要对大契丹有利，谁即大统都可，我可以避让。其实呢，他的内心深处极不平衡，大有被流放的感觉。他不明白，已做了十年太子，为何会是这样，被外放千里？说是东丹国王，其实不是明升暗降么？他想在适当之时，问问父王自己是什么地方做错了事。

但他还没等到这一时机，父王便突然撒手归天了。这叫他如何不悲？一路之上，他不时扶柩落泪。

刚毅的耶律德光虽也悲痛不已，但却从不落泪，有条不紊地指挥着几万军士护灵回乡。

太阳就要落山了，归巢的鸟雀成群地鸣叫着奔向山林。太子耶律倍面对此情此景，感慨地吟道："红日落西山，野雀归林去。英雄入天庭，遗愿谁来继？"不觉又潸然泪下。

耶律德光瞟了他一眼，不觉皱了皱眉头："皇兄，何必整日嘤嘤泣泣。眼泪乃妇人之举，大丈夫当藏悲于胸，以悲砺志，以承大业才是。以皇兄之态，何以激励千军？"

耶律倍急忙擦去眼泪："二弟所言极是。我这也是不由自主。"

他向前看看，前面云雾缭绕的苍莽山峦中，隐约现出了一片城寨。

"二弟，前方可是庐龙寨？我已派快马驰报节度使卢文进，让他备足粮草，以继大军前行，不知他是否办妥。"

"谅他也不敢怠慢！"耶律德光将马鞭向前一指，向一将军喊："麻答，号令三军，加快前行，今夜扎营庐龙寨！"

5　夜过庐龙

大军到达庐龙，已是繁星满天。庐龙节度使卢文进在原野上燃起上百堆篝火，迎接伐渤海归来的大军。

卢文进本是幽州汉人，在残唐末年的军阀混战中，也是一员悍将，只因他的主子霸占了他的小女儿，他羞辱难当，乘乱杀主，率众投了契丹。契丹将他用为节度使。从此而后，他年年率轻骑出入塞上，攻掠剽夺，中原和契丹搭边几州常受其患。他又把中原人的纺织缝纫技术教给契丹人，很得阿保机的赏识。他自以为对契丹有功，很是骄横。

卢文进扶着阿保机的灵柩哭了一通，而后跪地给耶律倍叩头："臣卢文进恭迎太子千岁！"又恭敬地扶耶律倍下马，"太子一路劳顿，请进寨歇息。"

在他的心中，也许是认为皇帝没了，那天下自然也就是太子的了。于是他除了向太子称臣恭行大礼，对其他人也就不屑一顾了。

他对骑在马上的耶律德光只是抱抱拳："末将杀牛百头，以犒大军，请元帅安营扎寨吧。"

耶律德光直咬牙。大胆奴才，眼中只有太子，竟如此轻蔑于我！他没有下马，淡淡一笑："有劳将军了。寨内仄逼，只可容太子歇息，我也就不再打扰了。"他转向耶律倍，"皇兄，我想，大军歇息片刻，便连夜起程。"

耶律倍非常意外："连夜起程？长途跋涉，已是人困马乏，不是说在此休整半日么？这怎么……"

耶律德光并不解释，直接对卢文进说："将备下的粮草即刻装车，随大军起程。马要精粮豆，人要干牛脯，从速办来。"

卢文进大吃一惊："马要粮豆，人要牛脯？这……前几日接太子信，说大军要从此过，只说备粮草，末将正在筹措，最迟也得明日午后，这怎么……"

耶律德光立刻面沉如铁："卢将军，不要以太子说事！皇兄现在是东丹国王，所管只是东丹国事。我虽不才，但是先皇亲封'元帅太子'，统领天下军马，难道你想抗命吗？"

"末将绝不敢。"卢文进看了一眼身边的耶律倍，还想争辩，"太子令在前，我依命而行，元帅令在后，我措手不及。元帅，这样出尔反尔，令人无所适从……"

德光喝道："大胆卢文进！竟如此无视本帅！麻答将军！"

麻答也是皇族，论起来是耶律德光的从弟，满脸凶横。他策马上前："在！"

德光用马鞭子指着卢文进："拿下！杖责四十！天明前备不齐我所要的粮草，军法从事！"

耶律倍大惊，急忙说："二弟，这万万使不得！你怎可……"

耶律德光打断了他的话，平淡地：“皇兄，三军面前，军令如山。你不要再说了。”而后向麻答一挥手，"执行吧。"

耶律倍眼睁睁看着堂堂节度使被军士们扭着拉走，再看看骑在马上的耶律德光，一时目瞪口呆。

熊熊篝火光中，耶律德光稳坐马上，棱角分明的脸上充满着威严，闪动着鹰一样灵光的眼睛高傲地注视着前方。

耶律倍怔怔地看着，心中不觉掠过了一丝寒意。

6　殉葬

半月后，阿保机的灵柩回到了契丹大本营西楼临潢府。宫中院内，设高大的毡包，以纯金铸阿保机像供奉其中，天雄寺的僧众们日夜诵经超度，逢塑、望、节、辰、忌日，百官致祭。大毡包后筑有丈余高台，按契丹之俗以盆焚食，谓之"烧饭"。

阿保机驾崩，新皇未立，按契丹俗直接由皇后执掌军国大事。

开国皇帝突然归天，朝野震惊，但镇定之后，便是人心浮动。特别是被阿保机吞并的七部酋长，更是蠢蠢欲动。契丹八部，本都是先祖奇首可汗之后，本是每三年由各部中轮流推选一位德高望重者做联盟首领，可到阿保机时却将这规矩给废了，学汉人由自己一家一姓永远来当皇帝。这怎么可以？于是便造反，当然是被阿保机无情镇压。如今阿保机死了，七部当然又想恢复"选举"制。

因此，述律皇后面临的第一件事便是稳住朝纲。

一日萧翰密报皇后，被阿保机所并七部之一的纳尾部酋长正在暗中集结兵马，并游走于各部。述律皇后听后面无表情，只淡淡说了一句："我知道了。你带兵在先皇灵前守候便是。"

傍晚，她传旨将七部酋长和她不放心的皇族们二十余人，连同他们的妻室一并请到宫中，大排宴席，说是之所以要请他们，是因他们都是皇帝信得过的勋臣，为开国护邦立有奇功，说先帝托梦于她，想念他们，故此设宴感谢。

被宴的酋长们无不感激涕零。

酒过三巡，述律皇后突然泪流满面，说道："想当年，皇帝出征时，刑白马，屠青牛，遍宴群臣，旌旗猎猎，铁马萧萧，举杯祭日月，对野放豪歌，该是何等的豪壮啊！你们想念先帝吗？"

纳尾部的酋长站起来说："各部受先皇恩惠，安居乐业，怎么能不想念呢？"

述律："真想念，那就应该前去灵前拜见啊。"

众酋长和大臣依皇后之命前去灵前祭拜，可久久不见回来。在座的各家夫人们便有些不安。

不一会，萧翰回报说事已完毕。述律后端起了酒杯："你们的丈夫都是忠勇之士，已去陪伴先皇了。以我契丹之制，能为先帝殉身，是你们家族的荣幸。我现在已经寡居，你们应当像我一样啊。来，举杯，为你们丈夫的灵魂祝福吧！"

在座的女人们一下子昏死大半，没昏的也是面如土色，抖做一团。

述律平像什么事也没有发生，平静地将杯中酒一饮而尽。

后几天，又连续有文臣武将在阿保机的灵前被赐殉葬。

中书令韩延徽非常着急，但又劝阻不得。因为契丹虽向中原学了很多东西，但却没废弃陪葬习俗，且极信神灵。述律平从人的角度说她是皇后，从神的角度她是"地神"，杀人殉葬，理所当然，没人能说不字。韩延徽明知皇后是借殉葬在清除异己，却苦无良策。他思来想去，只有尽快立新的君主，才能止住不再有人成殉葬之鬼。

正当他斟字酌句准备给皇后写奏章时，宫中传过话来，说翰林大学士耶律迭里进宫面见皇后了。

韩延徽大吃一惊。耶律迭里刚正不阿，以敢谏称于朝。他估计迭里进宫也是去说册立新皇的事。因韩延徽曾背地婉转地告诉迭里，将太子立为东丹王,将德光立为"元帅太子",都是皇后给皇上出的主意,皇后自有皇后的打算。意思是告诉迭里,在皇后面前不可口无遮拦。但迭里却不屑地说,契丹乃契丹人之天下,皇后如以天下为重,当公正按制行事,不能以私乱立。

韩延徽想到这里,不觉扼腕叹息,迭里你如是和皇后说太子事,虽是忠心为国,恐怕是凶多吉少了!

不出韩延徽所料,耶律迭里说的还真就是太子的事。

迭里见到皇后,跪奏道:"先皇薨逝,举国皆哀。皇后英明,稳定朝纲,民心不乱,附邦不离,实乃国之大幸。但这终非长久之计。天无日则暗,国无主则乱。臣以为,当尽快册立新君以继大统。"

述律后淡然一笑:"爱卿所言,正是我之所思。那日在去天雄寺的路上,你对立太子做东丹王好像有什么话要说吧?"

迭里:"正是。臣以为,所谓'太子',乃国之储君,当时刻不离君侧。而我皇却将太子封到千里之外的东丹国,实为不妥。"

"那是为什么呢?东丹国王也是一国之主啊,不是比总是做太子好吗?"

"不,那大不一样。东丹国王只是小国之君,附邦之主,怎可和我威服北方的大契丹国相提并论。"

"你的意思,是让东丹王回来继承皇位了?"

"这难道还有什么疑问吗?"迭里对述律皇后的这一问,显得有些不可理解,但还是侃侃答道,"太子是我皇建国时册封,已经十年,不曾更改,继大统合天意;无论中原还是我朝,传承均以嫡长为先,由太子继位,合纲常;太子才学过人,仁德宽厚,尤精汉人治国兴邦之策,登龙位合民心。皇后,国不可一日无君,万望尽快立主,以防异邦乘虚而入。"

述律眯眼盯着迭里,突然呵呵笑起来:"难得你一片忠心啊。你奏请尽快册立新皇,正合我意。"

"谢皇后。"

"皇太子之事，你说得更是合情合理，先皇如果听了，一定非常高兴的。"

迭里一惊："皇后，这是什么意思？"

述律平一字一板说："替我到先帝跟前去传个话吧，就说我已经听了耶律迭里的意见，你问问，先皇是不是也同意？"

而后站起来，由侍女扶着向后走去，头也不回地轻声说："去吧。"

耶律迭里愣愣地看着，站起来说："皇后呀，你不能这样啊！"

述律平冷笑一声："来人，带迭里去见先帝！"

迭里被下了大狱，受尽了炮烙酷刑。他死前对十来岁的儿子耶律安抟只说了一句话："你记住，你父是为了耶律家族而去陪先帝了，死而无憾！"

7　断腕

耶律迭里因太子而被杀殉葬，使耶律倍大为震惊。每当听到"太子"二字就心惊肉跳。他告诫和他关系不错的大将赵思温："从今而后，说话千万当心，不要惹来杀身之祸。因为你之言谈，什么太子流放东丹国，比之迭里，是有过之而无不及，太露骨了。"

赵思温反倒告诫他说："我辈人微而言轻，如果说说都不可，那么该小心的当是大王您啊。"

耶律倍摇头叹息："只要是不再人头落地，我情愿让出太子之位，但愿别再生出祸事吧。切切慎之。"

但是，不管耶律倍和他的从人们如何小心，祸事还是来了。

八月十五，望日，宫中依例大祭。皇后在先，耶律倍、耶律德光、耶律李胡等儿子们在后，皇族们、大臣们跟随，依次焚香化表祭之。

礼毕，述律平将大儿子召至面前，当着所有皇族和大臣的面问道："突欲，听说你跟前有一个姓赵的将军，为你出了不少好主意，招来我看。"

耶律倍心中一惊，偷眼看了一下人群中的赵思温，暗暗叫苦："这个……母后……赵将军受先皇之命佐儿镇守东丹，可他……"

赵思温见他窘迫，拨开众人走了出来，撩袍跪在述律平面前："臣拜见皇后千岁，千千岁！"

述律平瞥了他一眼："这么说，你就是那姓赵的了？"其实，这个人她是认识的。在攻打渤海国的扶余城时，这赵思温勇猛异常，身受数创，阿保机亲自为他敷药疗伤，很受皇帝器重的。

"在下赵思温，受先皇之命侍奉太子殿下。"赵思温回答。

述律平冷冷一笑："倒还坦荡。你身为战将，深受先皇信任，当竭心辅佐太子，为何要在太子面前拨弄是非？"

赵思温心里一抖，但也似有准备："微臣实不明皇后所言何事。"

"哼哼，所言何事，你知我知，我儿突欲更知。"述律指着赵思温说，"你不是跟我儿说，我让突欲做东丹王，是流放他千里之外吗？"

赵思温一哆嗦，密室中所谈，皇后是如何知晓？他吃惊地瞟了一眼垂手而立的耶律倍，见耶律倍也正在奇怪地看着他。他咬咬牙："冤枉了。请皇后明察，微臣从未说过此话。"

"看来你是不见棺材不落泪呀。面对着满朝文武，我也不冤枉你了。"述律皇后说着向旁边一摆手，"尧骨，带人证。"

尧骨是耶律德光的小名。他听母亲召唤，马上带来一名女子。

耶律倍一看，分外吃惊，那女子竟是他的跟前侍女。这耶律倍本是儒雅之士，但却有一个令人不可思议的恶癖，便是喜食人血。这癖好现在听起来简直骇人听闻，但在千年前契丹贵族的眼中，奴隶也就是牲畜，他们的血和牲畜血并没什么两样，饮之并不可怪。因此，他跟前的侍女之臂便供他轮流刺而吸之。但人毕竟不是牲畜，因之他跟前的人也时有逃亡。前几日一侍女又不见了，有人说她已投河自尽，他也就没在意。他万没想到，这女子竟出现在耶律德光身边，而且是来指证他。

那侍女在述律皇后的逼视下抖做一团,把她是在何时何地如何听到太子和赵思温说了那段话原原本本地讲了出来。

耶律倍长叹一声,紧紧地闭上了眼。心里说,我这太子不用让,今天也做到头了。便长揖跪地:"母后,如说有罪,罪在孩儿……"

"没你的事!"述律平并没有看他,而是冷笑着盯视着赵思温:"赵爱卿,你还有何话可讲?"

在场所有的人大气不敢出。都明白,赵思温该随先帝去了。到他这儿,是一百零几个了?

可赵思温反倒镇定下来,毫无惧色,缓缓说:"禀皇后,赵某为国之大臣,为国家社稷,所思所想当忠言相告,方不负先皇嘱托、对得起国家俸禄,即便是说到过太子不该做东丹王之事,也并无恶意。这是其一。其二,此女一使唤丫头,听到的只是只言片语,为卖主求荣,免不了添油加醋。皇后如此圣明,您能信吗?"

"好一个伶牙俐齿!"述律平又是一声冷笑,"你口口声声辅佐太子是先皇所托,那我也就不难为你了,你自己去和先皇讲明吧。"

她说着转身要走,又是平淡的一声:"去吧。"

萧翰立刻抽出了腰刀。

"将军,请稍等,我还有话。"赵思温朝萧翰一拱手,对要走的述律后说,"皇后,我不能去。"

述律后一怔,慢慢转过身来,上下打量着赵思温:"我还是头一次听人跟我说'不去'二字。先皇曾给你亲手敷药,你是先皇最信得过的人,也就是最亲近的人,为什么不愿去侍奉先皇呢?难道你不想报答先皇对你的恩爱吗?"

赵思温略一沉吟,轻声问道:"皇后,去陪先帝的,一定是他最亲近、最信任的人吗?"

"当然。"

"去了一定是侍奉先帝吗?"

述律后点点头。

"不去就一定是对先帝不忠吗？"

述律平有些不耐烦了："就是这样！如不敢舍身去陪伴先帝，那是我大契丹的罪人！不要再说了，去吧。"

萧翰握刀走上前来。

赵思温又是拱手："将军稍候。皇后，如果当去不去，又会怎么样呢？"

述律皇后狠狠地哼了一声："那会天株之、地灭之，人神共伐，劫数难逃！"

"好！"赵思温朗声说道，"皇后，您刚才面对先皇灵位所说的话，在场的大小官员都听到了。臣以为，先皇最亲近、最信任的人莫过于皇后，先皇最希望在身边陪伴的人更是皇后，对我先皇忠贞不贰的，又有谁比得了皇后？"

在场的人听了这话都大吃一惊。述律平登时愣住了，她无论如何没想到会一步步落入赵思温的圈套。

耶律德光见气氛有些不对，对赵思温大喝："大胆奴才，你想说什么？"

赵思温不卑不亢地说："臣想说，如果说去陪伴先皇，最有资格的当是皇后！皇后如去，微臣万死不辞，一定跟上！"

面对着阿保机的灵柩和全朝大臣，述律平浑身颤抖，被逼得无话可说。她没有办法挽回刚才说出的话。

全场所有的人都将目光投向了述律皇后。

述律平仰望苍天，泪流满面，长叹一声，突然将萧翰手中的刀抓了过来，对众人说："他说得对，最应去陪先皇的，那就是我啊！我不是不想跟随先帝于地下，所以苟且偷生于现在，只因嗣子尚弱，国家无主，生怕社稷倾覆，所以不敢走啊。今既如此，那我就去吧。"

她说着真把刀横在了脖子上。

众人大惊失色，站在她身边的耶律德光一把抱住她的胳膊，大叫了一声："母后，不能啊！"

掌管汉人事务的南面官中书令韩延徽和执掌契丹人事务的北面官大惕隐（官称）耶律屋质见此情景，一齐跪下。众官员便也随这两个德高望重的权臣纷纷跪了下去。

韩延徽急切地对述律皇后说："皇后断不可如此！先帝需要皇后，万民也需要皇后，皇后不能为一人而舍万民啊！天降皇后之体于契丹，非皇后所有，乃属契丹万民，万望珍之惜之！"

他说得情真意切。虽然他对述律平杀那么大臣很反感，但却是发自内心的不想让述律平去死。要不是述律平，他也许还在草地上放马。

耶律屋质更是慷慨激昂："先帝和皇后乃国之两柱，先帝归天，独赖皇后支撑。如今国主未立，人心不定，万事待兴，皇后如是撒手不管，无疑巨柱再折，国将不国。那才真的是对先帝的不忠，上对不起苍天，下对不起黎民，连九泉之下的先帝也不会饶恕你！舍一人而为万民，存一体而为社稷，纵不能尽陪伴先帝之忠，却有保国不倾之义，此乃大道，天不遣地不责，人神共庆！万望皇后以国家社稷为上，不可意气用事！"

众大臣也齐呼："皇后珍重啊！"

她的几个儿子跪在面前，痛哭失声。

述律皇后望着苦劝的群臣和哀告的儿子，心中掠过了一丝宽慰。但是，在神灵面前，在众人面前，已经说出了要以身殉帝的话，该怎么收场呢？她看看手中的刀，长叹一声："苍天啊，难道我述律平，连死的权利都没有吗？先帝啊，臣妾本想伴君于地下，无奈遗事未完，众臣苦留，不能脱身。神祇在上，我述律平一言既出，纵使为国为民不能全身随去，也定以一肢常伴君侧，以侍先皇！"

她说着，便将手中刀向右腕剁去。

一切都发生在一瞬间。等人们明白过来，述律皇后的那只右手已经应声落地，那手指还在微微地抖动。

述律皇后忍着剧痛说了一句："把这只手，放到先帝身边……"而后才倒了下去。

众人这才从惊骇中清醒过来，纷纷呼叫着涌了过去。

赵思温更是目瞪口呆。他本来是冒死力争，只想逼述律平说句话免了他去殉葬，却不想引来这样的结果，心想被剁成肉酱是必定无疑了。可众人都忙于抢救皇后，没人顾及他。他愣了愣，溜之大吉了。

述律皇后的断腕殉夫之举，后人为她修了节义寺，建了断腕楼，还立了碑。究竟值不值得这样，且不去管它，反正在当时，朝野上下，再无人敢在"断腕皇后"的面前说三道四了。

述律皇后在契丹第一个皇帝耶律阿保机突然归天，新皇帝登基之前，毅然断腕，稳住了根基，临朝称制，真正做到了"一手"遮天。

第二章　立马择新君

1　谁继大统

述律皇后为稳定朝政,毅然断腕殉夫,满朝皆惊。大小官员谁的脑袋也没让牛蹄子踩了,都明白,皇后的举动也许是一时过激,但也明明白白昭示了她内心的坚毅和刚勇。为达目的,连自己的手都可剁下,还有什么事不敢做呢?

天雄寺的惠德法师和僧徒们被召来为皇后念平安经,萨满教的大巫师们日夜为皇后跳神,御医们想尽各种办法为皇后疗伤。当然了,那时候绝没有破伤风注射剂什么的,但因连年征战,经反复试验配制的刀创药还是很管用的。所以皇后断一腕虽血流如注,但性命应当是无虞的。

一天后,述律皇后终于醒了过来。当僧人笃笃的木鱼声和巫师叮咚的铃铛声把她从缥缈中引回现实,当她眼前飞舞旋转的光环化做儿子们清晰的脸庞时,她没有一丝呻吟,第一句话是,赵思温在哪里?

守在母亲身边一天一夜的耶律倍、耶律德光和耶律李胡这才想起来,导致母后断腕的罪魁祸首就是那该死的赵思温。耶律德光马上跳起来,大喊萧翰,捉拿赵思温归案,立该五马分尸!

萧翰得令而去。但很快回报,搜遍全城,不见赵思温的踪影。耶律德光立刻将目光逼向大哥耶律倍。那意思再明白不过,赵思温是你东丹国的守将，藏在什么地方，交出来吧？

耶律倍很是无奈。从皇后断腕那一刻起，他就和德光一样，寸步不离地守在母亲的身边，怎么知道赵思温在哪里呢？为证明自己的清白，便带二弟到自己的府中搜了一遍，细致得连耗子窟窿都要用剑捅一捅，但毫无结果。问府中人，耶律倍身边的书记官阿思说，赵将军从昨日陪太子参加祭奠起，没再回来过。

这说明赵思温是跑了。跑到什么地方去了，不得而知。耶律德光也无可奈何，只咬牙切齿地说，待捉住定要射鬼箭，也就是万箭射杀！

半月以后，述律皇后已能临朝。九月初一，出大殡，葬耶律阿保机于契丹初兴之地祖山，谥大圣皇帝，庙号太祖。置守陵人百户，设奉陵邑，曰祖州，即今赤峰市巴林左旗哈达英格乡石房子村一带。

俗话说"入土为安"。这"安"字既是指死去的人入土后不要留恋人世，可以安然地去了，也是指活着的人安葬亲人后可以松一口气安稳地过日子了。太祖阿保机入土安然地去了，可述律后并不能安然地松一口气。她面对的另一个问题就是：要把新的君主扶上皇位。

九月的草原，已是深秋。枯草瑟瑟，落木萧萧。各部落的牧人们开始从夏营地向冬营地转移。

有一个信息引起了掌管蕃部事务的大惕隐（契丹官名）耶律屋质的注意，归附契丹的吐谷浑部大首领白承福借迁营之机，正在悄悄向南移动。耶律屋质马上找韩延徽商议。二人分析认为，南面是中原政权后唐，新主李嗣源刚立，力革旧弊，积谷丰农，罕用兵革，深得民心。吐谷浑部借契丹无主之机向南游动，大有投靠后唐之意向。

于是，他们一面采取安抚措施稳住吐谷浑部，一面积极向述律皇后进言，先帝大事已毕，应马上策立新君，防生事变。乘国之无主，如有一附属邦国脱离而去，则诸蕃皆动，不可收拾。

述律皇后认为有道理："你们说得非常对。我一女人临朝执掌军国大事只是权宜之计，只有新帝称制才名正言顺。太子已立十年，仁德有加，深得民心；二儿尧骨呢，英勇强健，屡有战功，更深得先帝喜爱。你们说，该立谁好呢？"

这本是问过耶律迭里的问题。也正是这问题使迭里成了殉葬品。何止是迭里，一百多大臣不都是因不能理解皇后的意思，荣幸地跟着先帝去了吗？韩延徽和耶律屋质可不是一根筋的迭里，他们明白得很，按朝制当然是太子继位，但感情上皇后喜欢的是二儿子。如直接立二儿子吧，还有太子挡在前面；那么先把太子废了呢，又找不出什么理由。所以，皇后才把这个难题推给了他们。

耶律屋质看看韩延徽，缓缓说道："皇太子文而能安邦，二皇子武而能定国，都是天赐之英才，国家之栋梁。知子莫如母也，到底由谁承皇位更有利于我契丹，皇后心中最清楚。臣听凭皇后决断。"

等于什么也没说，把球又踢了回来。述律平心中骂道，老奸巨猾的东西！但也抓不到什么把柄，便无奈地问韩延徽："只因我不知何去何从，才问你们。韩爱卿，那么你看呢？"

韩延徽沉吟了片刻："臣以为，立君乃国之大事，如皇后不能决，当广问大臣。孟子曰：'为政不难，不得罪于巨室。巨室之所慕，一国慕之；一国之所慕，天下慕之。'只要为朝臣所重，当是明主。"

这话听起来很像现在公开推荐干部。千年前的韩大人竟能发扬民主，很不简单。其实哪是那么回事！韩延徽哪知什么'民主'，他知道的是拗不过独断专行的述律皇后，便把球又踢给了众大臣。

述律平细一琢磨，这主意不错，心里说，我把这姓韩的推荐给先帝真是对了，关键时能起作用。于是便顺水推舟："既然你们都不能帮我决断，那就等我的话吧。"

韩延徽和耶律屋质这才都松了一口气。

2 二马并立

述律皇后很快传下话来，让韩延徽和耶律屋质等大臣准备燔柴之仪，不日就要册立新皇帝。

述律平所说的"燔柴之仪"，是契丹独有的隆重礼仪，是由契丹先祖遥辇氏联盟时阻午可汗制定，逢有册封等重大庆典，都要积柴建祭天坛，礼毕点燃，火光冲天，黑烟升腾，也许是取升腾告天之意吧。

韩延徽和耶律屋质不敢怠慢，调动南北两院大臣很快办妥，并快马驰告各番邦，备礼前来朝贺新帝登基。

述律皇后让惠德法师择一黄道吉日，得九月初九。九九归一，且九数最大，绝对吉利。

那日，宫中旌旗林立，鼓乐鸣动。广场上建起了柴册殿，也就是一座黑色毡帐，上有龙纹，也称黑龙殿。殿外用带皮的榆木搭建三十二尺高的祭天坛，上面再置黑漆木坛三层，木坛之上铺有饰龙纹的百尺方垫。新皇帝即位时要先登祭坛受册，表示高高在上，得到上天的册封，而后再入黑龙殿受贺。受册后，便将祭坛点燃。

宫中官员及各部首领齐聚祭天坛前，萧翰带兵雄赳赳驻马四周。辰时，大龙在位，述律皇后驾到，百官叩拜毕，大巫师摇铃请神，主持杀白羊、白马、白雁于坛前。耶律屋质取血和酒，献给皇后。皇后带领众大臣，跪向祖山，焚化契丹字祭文，洒酒遥祭先祖。

祭祀完毕，述律后被侍女扶起。她将在场官员扫视一遍，缓缓道："众卿，今天按我契丹祖制，刑白马以祭祖山，并同时祭告先帝，你们当知是有大事吧？"

众官员们从大张旗鼓地操办和那新建起的高高的柴册祭坛已经明白要干什么，再从韩延徽、耶律屋质的口中，已经明确知道这是就要册立新皇帝。可新皇帝是谁呢？他们不知。

按契丹习俗，在举行柴册礼的前一天，准备登基的皇帝要和从官员中选出来的和他身材相貌差不多的九个人，穿上一样的衣服，在午夜子时，分别进入围禁起来的小毡帐，坐于一把椅子上，旁边点一支蜡烛，而后让帐前的契丹官员们入内辨识天子。谁找到了真正的皇帝，会得到牛、马、驼等各千头的赏赐。在捉认天子时，辨识的人如认为是真皇帝，要说："你是皇帝。"而皇帝要说："我不是皇帝。"如此三次后，真皇帝才会说："是就是。"而后走出毡帐，换上册礼时穿的衣服，等太阳初升时，四拜太阳，而后拜祖陵、拜太后、拜诸祖眷属，然后才登上祭坛接受册封的玉玺玉册。这一切虽近乎游戏，但却郑重其事，反映着契丹部族早期推选可汗时的古朴之风。

但是今天，这道程序还没进行，皇帝还没找，怎么直接就要登基了呢？众大臣心中没底，因有前车之鉴，谁也不敢贸然说话。

韩延徽见众人都噤若寒蝉，便跪禀道："应天地之昭示，承日月之明鉴，有英明皇后做主，我大契丹国当有英主登临大位！臣韩延徽，代满朝文武及万民，恭请皇后宣喻新皇帝加冕登基！"

他的意思很明显，皇后你说要册封谁就是谁，我们拥护就是。

众官员也齐齐跪地高呼："恭请皇后册封新皇加冕登基！"

"那好吧。"述律皇后不易察觉地笑笑，轻轻地咳了一声。

众人都以为她要宣布立谁是新皇帝了，一下子都平心静气，紧张地看着她。

但是述律平并没宣布，只高声道："众卿都是如此通情达理，我怎么能让大家失望呢？"她回头喊道，"你们进来吧。"

随着述律皇后的喊声，太子耶律倍、二皇子耶律德光各乘一匹骏马从宫殿的后面走了出来，来到祭天坛下站定。

众人看着走出来的竟是两个人，都瞠目结舌。怎么回事？难道两个儿子同时当皇帝么？那是不可能的，自从开天辟地，没听说有两个人同坐一把龙椅的。那么这是干什么？

述律平也看出了众大臣的迷茫，淡淡一笑："你们可能在想，为什么不按祖制，在禁围辨识真天子？现在就给你们机会吧，就在这光天化日之下，何必要半夜子时？我这两个儿子，如同我的手心手背，我都非常疼爱。你们非让我选其一做皇帝，我实在不知道该立谁。"

耶律屋质一听，立时明白，述律后是受到了韩延徽的启示，把球又踢给了大臣们。立太子她不情愿，公开立二儿子又怕后人说三道四，那么，就让大臣们说话吧，民意难违嘛。好聪明的女人，不但会用权，而且会用智，真乃男人所不及。

果然，听述律皇后接着说："立君是国家大事，让我一人来定，太难为我了。我听说古时中原有个圣人说过，'鱼，我所欲也，熊掌，亦我所欲也；二者不可兼得，舍鱼而求熊掌者也。'今天，我只好求助于各位帮我选一下哪个是'熊掌'了。众卿都是国之俊才，心明眼亮，你们就选一位认为最合适的，做你们的国君吧。你们想选谁就去牵谁的马笼头。天地昭昭，我想先帝也不会怪罪的。"

耶律倍心中已经明白了一切。他是太子，理应继位，可母亲却要让大臣们来选，这不是明明白白说明母亲不想让他继位吗？那么，还何必难为大臣们呢？他扫了一眼大臣们，缓缓说道："元帅太子英勇睿智，功德高及人神，中外所属，当主社稷，倍当让之。母后，您就直接册封二弟吧。"

述律皇后瞪了他一眼，平静地说："你这是什么话？立国主乃国家大事，怎能我一人独专？我大契丹没立国之前，八部联盟首领还要各部会盟公推，何况这是拥立国君？我当听民意。你就不要作声了。"

耶律倍便不再说话。他虽说要让，但却没走，仍是骑马站在那儿等着。这不扯呢，要真让，你倒是说完就走啊？看来，他心中还是抱着一丝幻想。话说回来，他就是真想走也不敢，陪着玩也得陪到底。

"口是心非！"耶律德光瞟了哥哥一眼，心中冷笑。他一句话也不说，昂头挺胸，稳坐马上，显示着一种逼人的自信。

众大臣望着两位皇子，你看我我看你，竟一时间有些不知所措。

带着骑兵围在场边的萧翰有些急不可待，呛啷一声抽出腰刀，大喝一声："看什么！赶快择马！"

萧翰的倾向是相当鲜明的，因为他的妹妹是耶律德光的老婆呀。

述律皇后向侄子怒目喝道："大胆！众卿都是明白之人，不得无礼！把刀收起来！"

这话虽是斥责萧翰，却更使在场的大臣感到了一种无形的压力，都将目光投向韩延徽和耶律屋质，看他们做如何选择。

述律皇后也把目光投向了韩延徽，似乎在问，难道连我的意思你也不明白吗？怎么不动啊？

韩延徽当然明白皇后的意思，知道该怎么做。但他还是在心里叹息了一声，这扎手的刺猬到底还是自己先抱了。他瞥了一眼四周明晃晃的刀剑，一步步走向耶律德光的马前。他心中自我安慰地想，要说这耶律德光勇武刚健，也是个当皇帝的材料，选了也不误国。再说，太子也在东丹国当着国王，这皇位让出来也行，反正是你自己说要让的，这可不能怪我不选你。

有了第一个，便有第二个，官员们一个跟一个过来，站在了耶律德光的马边。但也有几个如被杀的耶律迭里一样脑袋不开窍的人，真就站在了太子耶律倍的马前。

再分明不过了，耶律倍跟前的几个人，面对耶律德光那边黑乎乎的人群，就似几杯水对一片湖。

这可能是中国历史上记载的为数不多的公开投票选举皇帝。但这是在强权下进行的，只不过是皇后述律平的一种权谋手段，并无任何民主自由的意味。

根本用不着查"选票"了，大局已定。

述律皇后见一切都按自己的意愿实现了，平静地说："众爱卿既然选择了,那就代表了契丹国的民意,我怎么可以违背呢?那我就遵从众卿的选择,我儿耶律德光午时登基,继'天皇王'大位!"

被当"鱼"而舍的耶律倍最后的一丝幻想破灭了。尽管耶律倍明知这是一场政治游戏,但面对这样的结果,他仍是脸色苍白地垂下头,看看跟前选择他的几个大臣,长叹了一声:"我耶律倍,谢你们了。可你们,何必要自找祸患啊……"

在他想来,这几个人很快就是萧翰的刀下之鬼了。

可耶律倍想错了。这一次他的母后不但没恼,反而说敢站在他跟前的几个人忠勇可嘉,降旨加官一级。

这无疑是大局已定后的故作姿态,收买人心。但这却使站到耶律德光那边的一些人后悔不迭。要知站在太子一边能升官,何必跑到这边?都怪韩延徽个老东西带差了头。

3 狂欢与独醉

午时,鼓乐声中,耶律德光登临广场上三十二尺高的榆树干柴搭建的祭天坛接受册封,而后祭坛被点燃,火光熊熊,黑烟直上云霄,通报天庭,感谢苍天福佑。耶律德光再入黑龙殿,龙袍加身,在百官山呼万岁声中登上了契丹国第二任皇帝的宝座。

这一年是公元926年,契丹年号天赞六年。耶律德光二十五岁。

接受朝拜后,耶律德光立刻颁了第一道圣旨,尊母述律平为皇太后,上尊号为"广德至仁昭烈崇简应天皇太后"。册立述律平的侄女也就是萧翰的妹妹萧温为皇后。

萧翰一下子成了国舅爷,脸上的横肉立刻又多了几条。他喻示全族,从今而后定姓为萧,有女只嫁皇族。也就是从那时起,萧和耶律便成了契丹最尊贵的两大姓,以后的皇后还真是大都出自萧姓。

在契丹族,也只有这两姓,都是贵族。皇族姓耶律,后族姓萧。其余老百姓是没有姓氏的。

将晚,新登基的皇帝耶律德光在宫廷大宴群臣,被称作谆子部的宫廷乐队唱番歌,弹胡琴,歌之舞之,鼓乐之声十里相闻。广场之上,干柴烈火,光焰与繁星辉映,向世人昭示新皇登基。

夜已深了,宫廷中的熊熊烈火,暗夜中分外明亮。百人谆子部的歌舞艺人,在宫殿和大帐前不停地演唱着。至夜,谆子部分两班儿轮番歌舞不休,要一直唱到四更,谓之"聒帐"。

也确实够聒噪人的。歌舞鼓乐声被深秋的风一阵阵送入太子府中,使耶律倍格外烦躁。他参加完弟弟的册封礼,就郁郁回来了,没心思再参加盛宴。册封大典是国家大事,再怎么不愿意也不能不参加,可宴会他是无论如何吃不下去的。甭说别的,本该登基的堂堂皇太子去喝另一位新皇帝的登基酒,脸往哪儿搁?

回府后,他便命自己的王妃萧氏也摆下一桌酒席,将所有人都赶出去,用一个大大的银杯自酌自饮。他端着杯,感慨地叫道:"都去陪皇上了,难道就没一个人来陪我吗?"

他望着自己被灯光映在墙上的身影,呵呵笑起来:"好,只有你还没走。'举杯邀明月,对影成三人',今日无月,不能成太白之雅,那就你我二人喝了吧!"说着把杯中酒一饮而尽。

"什么叫'孤家''寡人'?不是皇上,是我啊!今天我真的就是孤家寡人!"他又给自己倒酒,可晃晃荡荡找不准杯口,酒都洒到了外面。

这时传来一个孩子的声音:"父王,你在跟谁说话呀?"

耶律倍目光迷离地抬眼看看,见是十岁的儿子兀欲蹦蹦跳跳跑了进来。

耶律倍努力稳住自己的身体,眯着眼看了看:"是谁呀?噢,兀欲我儿!来,陪我喝一个,共庆皇帝登基……"

小兀欲眨着眼:"父王,你不是跟我说,你当皇上吗?让我当太子……"

"可是为父当不上皇上了，你也当不上太子了。"

"为何当不上呀？"

"因为，为父把皇位让出去了。"

"为何让出去呀？"

"因为……你的祖母，不喜欢你的父王……"

"为何不喜欢呀？"

"因为……嗯？你小小孩子，哪来这么多'为何'？兀欲，你给我记住，往后，你不要再说什么皇帝、太子！"

"为何不能说呀？"

"你！我告诉你不行说就是不行说！"耶律倍看着儿子大吼。他端起面前的一大杯酒一口喝干，把杯墩到桌上，挥手道，"小孩子，不要管大人的事，去吧！"

兀欲吓了一跳，瞪着大眼睛惊悚地看看他，轻声说："父王，你别生气，其实孩儿早就知道了。"

耶律倍又去倒酒："你，知道个什么……"

兀欲坐到他的身边："孩儿知道，我的二皇叔，已经当了皇帝。我要再说父王当皇帝，那我，还有父王你，就没脑袋了。"

耶律倍抱着酒坛子的手哆嗦了一下，一下子清醒了许多。他扭头盯着跟前的儿子："兀欲，这话，是谁跟你说的？"

兀欲："是你跟前那个教我练剑的赵将军说的。"

耶律倍大吃一惊，酒全醒了："赵思温？他在哪儿？"

"我不知道。"兀欲摇摇头，"祖母断腕那天他急忙跑回来，等你不回来，就把一封信塞给我，说是要远走高飞了，也不知去了哪里。"

"他留了信？为啥这么多天不给我？"

"我看二皇叔带着兵来搜他，怕连累父王，不敢说。后来父王几天都陪侍在祖母身边，不得说。"兀欲说着掏出了一封信，递了过来。

耶律倍非常奇怪，因为他记得，耶律德光来搜查的那晚，王府中每个人都盘问过，也搜过身，就连兀欲是个小孩子，又是皇孙，也没放过。当时一无所获，这怎么又有信了呢？

耶律陪急忙将信展开。他一眼就认出，确实是赵思温写下的字。

字写得非常潦草，看得出是仓促而就："太子殿下，恕臣不能再荐鞍马。臣为了太子，力争于皇后，致皇后断腕，弥天大祸也。当时不杀，日后定千刀万剐。臣死不足惜，必牵累于太子，只好远遁他乡。度太子日后多有凶险，不如暂避锋芒，让之避之，也隐于草莽间，养精蓄锐，以待他图。望太子好自斟酌。"

耶律倍吓出了一身冷汗。如此明目张胆，倘落他人之手，如何了得！他急忙把那张纸伸到烛火上，点着了。那张纸升腾起一缕轻烟，瞬间化为灰烬。

耶律倍盯着儿子："兀欲，可有人知道这信？"

兀欲摇摇头："孩儿知事关父王，借玩耍之机藏于鸟窝，别人并不知晓。连母亲也不知。今已化作轻烟，世上就从无此信了。"

耶律怔了一下，一把将兀欲揽在怀中，泪水滚下来："小小年纪如此有心，日后定成大器！"他再次告诫儿子，一要读书，以增其智，二要骑猎，以健其魄，余事不问。

他自己也是这样，除了在府中读书作画，就是射猎游玩，很少到宫中去，更不参与耶律德光的政事。

4　雪夜南奔

转眼进了十月，耶律德光的登基大典过去，百官安排完毕，皇太后还政耶律德光。耶律德光下诏大赦天下，其中也包括那个赵思温，不再治罪，仍可回朝为官，以显示他的宽厚仁德。后来赵思温也确实又回来做了官，看来耶律德光是说话算数的。不过不让他再在耶律倍的身边。

一切都走上了正轨。

这时却传来一个惊人的消息,卢龙节度使卢文进率众十万投降了后唐。这卢文进听说耶律德光做了皇帝,十分惊恐,只因恭维太子便借粮草事被杖四十,今后这脑袋可能随时不保了。正在他恐慌之际,后唐主李嗣源为减少边患,派人悄悄接触卢文进,说是他原来因与主有怨才降了契丹,现在他的主人已被后唐取代了,新主对他没什么嫌怨,愿他归来。机不可失,卢文进便乘机又降回中原去了。

据说这卢文进曾马跃黑龙潭,膝头喂巨蛇,自认为有龙蛇之异,便放肆地叛乱于南北之间,毫无愧色,这算个什么东西?不怪耶律德光看他不顺眼要杖他四十,如知他会叛契丹而去,定先杀了他。其实这也怪德光自己,如不是为了面子怒杖人家,人家会在你当了皇帝后吓得逃跑吗?

不管孰是孰非,也不管卢文进是不是东西,反正是这事使刚坐上皇帝宝座的耶律德光很没面子。但木已成舟,除了咬牙切齿之外,也毫无办法。

但这件事却使耶律倍心中产生了一种莫名其妙地战栗。他想,既然做不成皇帝,那迟早要回东丹国,回东丹是要过卢龙寨的。试想,卢文进不管是真心还是假意,是那么恭维自己,如果在他没叛之时而我回东丹过卢龙寨,这卢文进会不会要拥兵强行立我为帝?想来不可能,以一镇之兵对抗契丹之国,只是以卵击石。那么胁迫我一同投奔后唐又会怎样?我会不会跟着一起去?耶律倍想到这里不寒而栗,也不敢再往下想。

为防再发生卢文进这样的事,耶律德光调换了一大批边镇节度使,全安排从弟耶律麻答、内兄萧翰这样的心腹前去镇守,并将他认为不稳地区的民众移向契丹内地。其中就有原来渤海国的大批老百姓被迁往潢水以北,设饶州(今赤峰市林西县新城子乡樱桃沟一带),为其冶铁、造车。

这使东丹王耶律倍非常愤怒。渤海国已经成了东丹国,随随便便就把我的民人大批迁走,跟谁说了?把我东丹王放在了何处?我把大契丹的皇位让了,情愿去做东丹王,还要把我的民人大批迁走,难道连我也不放心了么?他便去找耶律德光理论。

耶律德光笑着对他说，皇兄你不要多心，我迁渤海之民绝非是对你不放心，同胞兄弟，我能疑你吗？只是想，渤海人靠近中原，善冶炼锻造，移来只为打造兵器，绝没有削弱你的意思。

真是此地无银三百两。耶律倍越想越憋气，也许是钻了牛角尖吧，赵思温原先跟他说的话总在他脑间回荡：让之避之，隐于草莽。

草原上开始落第一场雪，飞舞的雪花使天地间一片混沌。也就是在那一天夜里，耶律倍带上儿子兀欲和十几个随从悄悄离开了太子府。临走，他回望住了十年的府第，心中长叹，既已不是太子，何必赖着不走。他使劲抽了一下坐下的马，很快消失在雪夜中。

他不知要往哪里去，似乎有一个冥冥之中的声音引导着他，一直向南而行。

两天后的早晨，雪后的山川，银装素裹。耶律倍一行人涉过潢水，直奔松州。兀欲问："父王，前面是什么地方啊？"

耶律倍告诉他："是驿道上的松州馆。"

"往前呢？"

"再往前，行六七日，是石门关。"

"再往前呢？"

"便是幽州了。"

"幽州是什么地方？"

"是中原之地。"

"中原是什么地方？我们去那里干什么呀？"

是啊，到那里去干什么呢？耶律倍看看儿子，不知该怎么回答。

正这时，那边突然传来一阵呐喊："什么人——站住——"

耶律倍等人惊疑地回过头去，还没等弄明白是怎么回事，一标人马已飞驰而来，将他们团团围住，杂沓的马蹄腾起了一片雪雾。

耶律倍的随从刚要抽刀，来人的长枪已纷纷抵住了他们的喉咙。

一个彪形汉子勒马大喝："什么人？要往哪里去？大胆刁民，想离我契丹投中原吗？"

耶律倍缓缓回过头来，瞥了那人一眼："我是大契丹国的……咦？这不是麻答将军吗？"

麻答一愣，急忙细看，也哎哟了一声："哎呀，是太子皇兄。你这是……"

耶律倍敷衍道："哦，我是……想带儿子在雪原上猎点獐狍野兔……"

麻答虽是武人，但见耶律倍支支吾吾，而且根本就没有打猎的工具，便明白了大概，拱手笑道："皇兄，小弟奉皇帝之命，巡视边关，为的就是防止不轨之徒逃亡外国。要打猎该在咱北边，越往南猎物越少了。还是跟我往回走，到鸡鸣山，连梅花鹿都有呢。"

耶律倍："麻答，你公务在身，就不麻烦你了。"

麻答冷笑一声："小弟不怕麻烦。如果我让皇兄再向南行，那才是真麻烦呢。皇兄，请回吧。"

耶律倍皱了皱眉："我要是不回呢？"

麻答沉下脸来："皇兄，你是真打猎还是假打猎，我不管。我请你回去是尊重你。如是从兄执意前行，也就别怪小弟不恭了。这是我的职责。"

他盯着耶律倍冷笑，向跟随的马队一挥手："来呀，护送'人皇王'回宫！"

耶律倍看看手持兵器围上来的马队，叹息一声，只好沮丧地垂下了头。

5　逐回东丹

旭日东升，耶律德光上朝，和大臣们商议，如何完善先皇阿保机设置的南北面官制，更好地按不同习俗和政令管理不同的民族，以使民人能各有所从，和睦相处，不再逃亡，从而使契丹能融各族之长，走向强盛。这也许是中国历史上最早的"一国两制"吧。

韩延徽、耶律屋质、萧翰等重臣各奏良策。

韩延徽和萧翰就契丹贵族犯了律条该如何处置，产生了分歧，争论不休。韩延徽的观点是，凡贵族皆是皇、后两族，当为尊者讳，从轻，以削爵折罪；萧翰恰相反，认为正因是皇、后二族，只要犯罪，肯定不是偷鸡摸狗的小事，宜从重，杀无赦。

正争论间，麻答急急上朝奏报，说是从边界上将向幽州方向去的东丹王截了回来，已送回太子府，派重兵看守，奏请皇帝处置。

耶律德光非常吃惊。他心中清楚，原来的皇太子没有当上皇帝，心中肯定怨恨，但总不至于背国南投呀。可事实就是如此，是边境上巡逻队给堵回来的。问大臣们，该怎么处置呢？

这事为韩延徽和萧翰的争论提供了实例。他们都觉得有利于自己的观点。

萧翰大为震怒，说："这还有什么可议的？堂堂皇亲，公然弃国南奔，当杀一儆百！否则民人都效他亡去，哪还有契丹！"

韩延徽急忙说："陛下，万万不可！东丹王并没出我契丹边界，怎知就是要奔幽州？难道不可以是射猎游玩吗？无证可据，此其一也。皇帝刚刚继位，东丹王本是皇上手足，如仅以此事就问大辟之罪，恐有杀兄保位之嫌，有碍皇帝英名，此其二也。望皇上慎之。"

大臣们便也分成了两派。

耶律德光听着两面的意见，觉得都有道理。他在内心迅速地权衡着利弊。大哥虽然让出了皇位，但并不心甘情愿，他南去是否另有他图，以期东山再起？德光很快做出了决定，依萧翰之议，防患于未然。

他面色凝重，对大臣们摆摆手："不要再争了。皇兄不辞而别，带人在风雪之中南行了几日，绝非是射猎游玩，定有他图。传旨，将……"

耶律屋质见德光要下处理东丹王的圣旨，虽不知是杀是留，但从口气中已感到是凶多吉少。他急忙跪下:"皇上且慢,臣有一言。"

耶律德光的话被打断了。他有些不高兴:"说吧。"

耶律屋质:"臣以为,皇上和东丹王同为太后之子,如何处置应禀明太后才是。"

一句话提醒了耶律德光。是啊,这事怎么能不告诉太后?

耶律德光对母亲是非常孝顺的,可以说是唯命是从。母亲生病不想吃饭,他也就不吃饭,一直陪着母亲。就是当了皇上,也是一天三请安,应答稍不称意,太后不用说话只要扬眉看他一眼,他就害怕地赶紧避开,母亲不召的话便再也不敢去见。

他兄长南行之事,不仅是国事,还是家事,如果不和太后商议私自做主,太后问下来他是没法交代的。

耶律德光散朝后,急忙去拜见皇太后,将兄长欲偷奔中原之事说了一遍,当然免不了添枝加叶,意图也非常明显,便是激怒太后。

没想到述律太后听完,面无任何表情,看不出生气,更没有愤怒。她只是淡淡地说:"你想怎么办?"

耶律德光垂手站在母亲面前,恭谨地答道:"孩儿以为,兄长南奔,是叛逆之罪,按我契丹国律……"

"当斩是吗?"

"哦……儿臣不知所以,不敢定,请母后明示。"

述律太后瞥了他一眼,冷冷一笑:"我先问你,如果你是他,该做皇帝而没有做成,你会怎么样?"

耶律德光一愣:"儿臣……不明白您的意思……"

述律太后:"以你的刚勇,恐怕就不只是南奔了吧。德光,你兄不管是为了什么,却是在一再避让,你何必还要相逼?你就不怕对不起先帝,不怕被后人耻笑吗?"

耶律德光怔怔地看着母亲,实在弄不明白皇太后怎么又变得这么仁慈了。

述律太后让宦官查刺把大儿子耶律倍和孙子兀欲招来，当着耶律德光的面说道："我儿一向喜中原文化，慕中原风情，此次南去，是想到中原散散心吧？情有可原。我和你弟弟都不会怪你的。只是，该打声招呼才对，你弟弟也好派兵护送并知喻所往之邦，让他们好生接待，不失我契丹体面。"

述律太后说得柔声细语，越发使耶律倍浑身颤抖，诚恐诚恐："儿臣知错了，愿听候母后发落。只是，兀欲尚年幼无知，此事与他无涉，是我……"

述律打断了他的话："当然不关我孙儿之事。你离开你的东丹国回到这西楼皇宫，有几个月了吧？东丹国谁在主政啊？"

"儿臣临行时将政事托于皇叔、左大相耶律羽之，右相大素贤。"

"羽之是皇族重臣，办事倒还稳妥。那你也该回去了。东丹国刚建，诸事繁杂，也是不可无君啊。东丹那边物阜民丰，地接中原，你在那里随时可和中原交流，于身心不是大有裨益吗？"

耶律德光听母亲这样安排，心中一惊，放哥哥回东丹国，这不是放虎归山吗？

耶律倍更是吃惊。母后的脾气他知道，本来他已做好了最坏的打算，可没想到母亲不但没生气，反而心平气和地安排他回自己的领地。他虽一时弄不明白母亲的意思，还是急忙表示："谢母后对孩儿的关爱。儿明日就回东丹国。"

"那好吧。不过呢，就让我孙子兀欲留在我身边吧，小东西怪机灵的。"述律太后又转向耶律德光，"德光呀，明日派军队护送你的兄长和家眷回东丹国！"

德光唯唯称是："孩儿知道了。"

耶律倍急忙拉儿子跪下谢恩。这时他心中似乎有些明白了，派军队不是护送而是押送，留下儿子也不是什么喜欢，而是人质。

和儿子分手时，耶律倍拉着儿子的手叮嘱："兀欲，你是懂事的孩子,千万不要惹祖母和叔叔生气……"

兀欲眨着大眼睛:"父王,你放心吧,孩儿知道该怎么做。一是读书增智,二是射猎强身,别的事是不会做的。我会让祖母和叔叔喜欢我的。"

就这样,昔日的"太子",如今只背一个"人皇王"空名,带着王妃萧氏,被军队"护送"着,回了千里之外的东丹国。

耶律倍已经没了任何非分之想。唯一的想法就是远避于自己的领地,不再出头露面。

可他哪里知道,他的东丹国并不是他的避风港,他身边的人也是可亲而不可信了。更没人告诉他的是,就在他动身的前夜,宫中的大宦官查剌还宴请过他的随从人员,到底说了什么,谁知道呢?

第三章　无奈东丹王

1　巡幸东丹府

耶律倍回到东丹国的王宫所在地忽汗城（黑龙江省宁安市西南），已是年底。他已没了过多的想法，只想安分守己地做自己的东丹王。

他重新设置了政府机构，任命了百官，一律效法中原体制，甚至连服装也不例外，全是汉服。

转眼过了大年。正月初一，耶律德光颁诏天下，改契丹年号为天显元年。这一年是公元927年。

早春三月，北方草原还是枯草瑟瑟，雪舞沙飞。但在东丹国的大平原上，却已是万木复苏，一片葱茏。由于耶律倍实行轻刑罚、减赋税、免徭役的新令，使对契丹统治者持怀疑甚至敌对态度的渤海人安下心来，不少逃亡的人也纷纷回归故地。曾经是"东海盛国"的这片土地便又出现了稳定的复苏局面。

相邻各族部落也都前往东丹国表示友好，派来带着各种礼物的使者。这些礼物当然和耶律德光登基时各邦国的贡品不能比，但也给了耶律倍很大安慰，心里也平衡了不少。

所有礼物中，耶律倍最喜欢的是生女真部送来的一对白色的猎雕"海东青"。"海东青"是雕中最俊者，体小而健，一飞千里。这对雕，容貌雄健，嘴大而利，眼大而深，翼长腿短，铁爪如钩，通体雪白，喙爪似玉，真是俊异绝伦。

耶律倍爱不释手，每日把玩。他甚至让他的宠妾、渤海夫人高美人臂架猎鹰供他作画，画了一张又一张。耶律倍工画，当时在契丹是很有名的。他的画笔法细腻，线条流畅，设色自然，风格淳厚，有《骑猎图》《番骑图》等流传于世，是不可多得的契丹时期的名画珍品。

可这让柔美女子和凶猛猎鹰在一起，算是怎么回事？可能会叫《美女双雕图》？只可惜没流传下来，我们是无法赏到美女和雕在一起的美妙了。他当时要是能知他会成为中国绘画史上的名人，说什么也会好好保存的。

光是把玩、作画还觉不过瘾，耶律倍索性带上人去长白山打猎，到高天阔野中去感受"海东青"那冲天的迅捷，搏杀的凌厉。

他行猎的毡帐设在山麓湖边的草甸上。耶律倍每天尽情纵马山间，上射飞禽，下撵走兽，很是尽兴。那天傍晚归来，猎得一鹿，耶律倍兴致勃勃安排人架火，刚要烧烤，突然一匹快马飞驰而来。

来人是他府中的贴身掌书记阿思。阿思来到他的面前，滚鞍下马，单膝跪地，急惶惶地报："下官阿思叩见人皇王。皇帝圣驾已到王府，左大相耶律羽之大人请大王速回宫见驾！"

耶律倍大吃一惊，皇帝来了？这么大事怎么提前没一点消息？他打猎的兴致一扫而光，命人收拾东西连夜往回赶。

其实耶律德光根本不想提前通知他。耶律德光是出来巡视南部边界的，完事后，便轻装简从悄然来到了东丹国，想看一看他的哥哥在做什么。

皇帝突然到来，而东丹王又不在，使府上的人惊慌失措。耶律德光却不以为然，反而利用耶律倍不在的机会，赐宴府中大小官员，遍赏耶律倍身边的随从和侍奉人员。所有的人不管是高官还是下人，捧着皇帝的赏赐，哪怕只是一根雕翎，也感激得涕泗横流。要知道，这是皇帝的赏识和信任啊。所有人无不五体投地，高呼谢主隆恩，为皇上愿肝脑涂地。

耶律德光趁哥哥不在，单独召见了东丹国的辅佐大臣耶律羽之。耶律羽之是耶律阿保机的堂兄弟，论起来是耶律德光的叔叔。可耶律羽之见了德光也不敢造次，极尽君臣之礼，一口一个"皇上"。

耶律德光却是极为亲切，受完君臣礼后，让堂叔坐在自己身边，详细询问东丹国的情况，从宫廷官制、军情防务、徭役赋税一直问到市肆农耕、民生疾苦。耶律羽之一一如实答来。耶律德光最后问道："有皇叔辅佐，东丹一定会很快恢复'东海盛国'之原貌。那么您看，如何才能保东丹这片富庶之地不失呢？"

耶律羽之愣了一下。东丹刚为大契丹所得，怎么会谈到失？但他很快明白了皇帝话中的意思，皇帝是对国王不放心。耶律羽之沉吟了一下，说道："先皇和陛下让臣到东丹国辅政，臣定当竭心尽力，保东丹国土、人口不失……"

"这朕相信。可有什么具体措施能保不失呢？"

"臣以为，这忽汗城王宫地处边陲，远离内地，与朝廷沟通实是不便，如真有外族入侵、内部动乱之情况，恐怕我大契丹的铁马精骑也鞭长莫及，此不可不防。"

"哦。"耶律德光认真地听着，"快说说，该怎么办呢？"

耶律羽之又沉吟半晌，看了看皇帝，轻声说道："臣以为，应该把东丹国都迁向内地。"

"迁都？"耶律德光有些意外，但非常感兴趣，"说下去。"

耶律羽之便把应将东丹国都城迁往何处、如何设计、怎样施工，有何好处等等一一道来。君臣二人谈了很长时间，可耶律羽之一个字儿也没说到东丹王耶律倍，耶律德光也只字不提，二人都是心照不宣。

耶律倍赶回来已经是第二天。他见了耶律德光，虽然是弟弟，也要先以君臣大礼晋见。他撩袍跪地："臣耶律倍接驾来迟……"

耶律德光急忙从坐榻上站起来，屈身拉他："哎呀皇兄，这又不是在朝堂之上，何必如此。朕到你的府上，就似回家一样，是来看望哥哥的啊。"

这种亲切和温情使耶律倍放松了许多，便设家宴和德光共叙兄弟之谊。耶律德光说，一路之上，见东丹境内百姓安定，万物向荣，足见皇兄治理有方，甚感欣慰。还委婉地说，他并不想当皇帝，只是母命难违。和哥哥比起来，才疏学浅，难当大任，为了契丹国的强盛，还望哥哥诚心指教。话说得很真诚，颇有些推心置腹。

耶律倍很感动。弟弟放下皇帝的架子前来和好，他心中自然宽敞了许多。为表兄弟之情，他把那两只自己最喜欢的"海东青"送给了弟弟。并写了一首《神雕赋》："新春届候，太簇司月。水溶溶而泛绿，雁翩翩而北归。上沐春光而幸渤海，为观民风而宣郁结。龙旗标而鼓声叠，虎旅围而雄鹰扬。尔其英姿杰立，铁钩利嘴，霜排劲翎，细筋入骨。初贴水而徐回，倏干云而上击。象广寒之舞，似灵宫之战。思报功于所养，甘贾勇于一决。天威扬，皇恩洽，表忠于英杰也……"

"海东青"本是雕中珍品，而白色尤为俊奇。耶律德光非常高兴，当问明来自何地，当即下旨，在生女真部设"鹰道"，每年向契丹宫廷进献"海东青"若干。

耶律德光回宫时，将自己带的亲军留下三百人赐给哥哥作为"人皇王仪卫"，随时在他身边伺候。这么大个东丹国，仪卫队还缺吗？可这是皇上赐的，耶律倍只好表现出高兴的样子接受，还得谢恩。其实耶律倍心里清楚得很，这不就是派来暗地监视他的卧底吗？

耶律德光临行前，看着东丹王宫说，这是当年渤海国的王宫，他的谋士看过了，不吉利，所以渤海失国。他告诉哥哥，东丹王宫该迁，要西迁一千里，地址已经选好了。

迁王宫？这使耶律倍更意外，也使刚刚好起来的心情又变得非常压抑。地址都选好了，说明并不是偶然想到，而是早有打算啊。西迁一千里，离契丹大本营西楼已经很近了，哪里是这儿不吉利，是为了更好地监视和控制啊。

2 夜访之客

天显二年，耶律倍依照皇命只好将东丹国都城由忽汗城西迁至太子河边的东平郡（辽宁辽阳城），由耶律羽之设计并监工扩建了新都城，并将大批东丹民户随同迁来。耶律德光升东平郡为契丹的陪都南京，后又改为东京，备不时巡幸，以示对哥哥领地的重视。

耶律倍却不以为然。你愿意怎么迁就怎么迁，愿升什么京就升什么京，普天之下，莫非王土，反正你皇上说了算。他对新都城的宫廷不感兴趣，而是在医巫闾山上修建了巍峨壮观的藏书楼——望海楼，专在里面读书作画。他也明白二弟将耶律羽之放在他身边是什么意思，索性将所有的事务都扔给耶律羽之等左右相，每天只是面对青山碧水，优哉游哉，不问政事，我看你们监视什么？

当时契丹已有文字，鲁不古和耶律突吕不按汉字隶书增损笔画创制了文字三千，为契丹大字；后来太祖的弟弟耶律迭剌参考契丹大字和回鹘文的拼音法，又创制了拼音程度较高的契丹小字。契丹文字虽已流行使用，但尚无书可言。耶律倍为丰富自己的藏书，只好派他最信任的贴身书记官阿思以经商为名，多次去中原购书。因他的宠妾高美人家在中原，且是书香门第，所以有时也派她以探亲为名前去购书。几次下来，经史子集，藏书已不下万卷。这样规模的藏书楼，在当时的北方，简直是一个不可思议的创举。

夏四月，一天傍晚，高美人又从中原购回了大批书籍和纸墨笔砚。这高美人很有些门路，购回的书中竟有不少善本珍本，有的在中原已是很难寻到。

耶律倍看着这些珍本书，当然是非常高兴。他问高美人："爱妃真是不得了，是在哪里寻得如此好书？"

高美人嫣然一笑，悄悄说："贱妾的家兄介绍了一位绝非一般的书商。可以说是手眼通天，要什么书都不难。这次他也来了，想见您这个大客户。"

耶律倍惊喜地说："那好呀，快让他进来吧。我和他谈好，到时让他送书就行了。"

高美人却说："那人说，得夜深人静时才见。贱妾已经为您安排好了。"

什么人这样神神秘秘的？当万籁俱寂，那人出现在耶律倍面前，竟用布蒙着面。

耶律倍非常奇怪："这、这是干什么？你是谁？"

"在下高慕贤，向慕大王喜中原文化，特来拜见。"那人躬身打揖，直起身时已取下了蒙面布。

耶律倍更是不解："堂堂正正见就是了，蒙面为何？"

那高慕贤回身将门关上："身有重任，不得不如此。实不相瞒，在下并非书商，乃大王高妃的堂兄，后唐国主手下一侍郎。"

耶律倍大吃一惊："什么？你、你是后唐的官员？你暗潜我契丹地，难道不怕被捉住会把你碎尸万段么？"

"怎能不知。要不也不会蒙面夜访。"

"那么，为何冒死前来？"

"受唐主所托，前来看望大王。"

耶律倍听了这话，沉下脸来："你既负后唐朝廷使命而来，便是使者，当是国与国间之事，应堂堂正正，何必冒充书商？"

高慕贤淡然一笑："可大王只是契丹一属邦之主，并非国主，和大王之间有何国事可言？我不如此怎见得着大王？"

"你既知我不是国君，那还到我这里做什么？你这不是给我找麻烦吗？"耶律倍闭目思索了一下，缓缓道，"高侍郎，你不知我现在有多么艰难，不管你来见我是何事，念你是高妃堂兄的份上，我给你拿上黄金一百两，连夜离开东丹。为了你的平安，更为了我的平安，以后不要再来。"

高慕贤一声冷笑："大王，我冒死前来，难道只为了一百两黄金吗？大王让出了契丹国主之位，甘作一方之侯，实有泰伯让贤之大德。如大王觉得在这东丹之地能坐得安稳、安然而又安乐，我真是多此一举了！愿苍天佑大王平安吧。在下告辞。"

他回身向门边走去。

耶律倍愣愣地看着，心里激烈地翻腾着，我这东丹王现在真的安稳、安然、安乐吗？在高慕贤拉开门的瞬间，他突然说："高兄，且慢。你说你是受唐主所托而来，我想，你还有什么话要说吧？"

高慕贤转回身："只要大王愿意听。"

"请坐吧。"耶律倍这才吩咐上茶，并告诫阿思守住楼门，任何人不得入内。

望海楼书房中的灯整整亮了一夜，谁也不知道耶律倍和高慕贤两人究竟谈了些什么。

第二天一大早，天不亮，耶律倍亲自把冒充书商的高慕贤送上了南归的路。他只是对府中的人说，又订了一大批书。

3 试下中原

从那个叫高慕贤的人走后，耶律倍更加小心谨慎，表面上仍是读书作画，暗中却对契丹和后唐那边的一举一动密切关注。

四月末的一天，他正在望海楼中根据那次在长白山猎鹿的情景画《逐鹿图》，阿思送来一件来自南边后唐的密信。

来自后唐？耶律倍急忙屏退左右，匆匆将信打开。让他有些失望的是，这信既不是唐主李嗣源的，也不是那个高美人堂兄高慕贤的，而是后唐一个叫王都的义武节度使写来的。叫他吃惊的是，王都说是举兵反唐，已被后唐招讨使王晏球围于定州，许以重金求东丹发兵相援云云。

耶律倍啼笑皆非。王都何许人也，求援于我？从高慕贤口中他已知后唐主李嗣源重民生休兵革，国人粗有小康，内无声色，外无游玩，赏廉吏，治赃官，深得民心。叛这样的贤主，定非善类，乃不忠不义之举，我能助你么？再说，我东丹只是契丹之一邦，怎可随便用兵？耶律倍将信掷于地下，告诉阿思，将王都的来使逐出东丹国！

其实，这样的信耶律德光也收到了。不过，耶律德光可没将信掷于地下，而是很认真地看了几遍，而后召大臣商议如何对待。

南面官政事令韩延徽和北面院大惕隐耶律屋质等大臣坚决反对出兵，理由是新皇登基，刚刚派使入后唐修好，怎可出兵助逆反唐，这样做出师无名，背信弃义。

大将军萧翰则主张出兵，认为有人信我契丹，不可让人失望。而且，南下中原是先帝夙愿，总没能突破塞上，乘后唐内乱何不借此机会进入中原一试？那后唐主李嗣源也是乱兵中取得帝位，我们乘乱取而代之有何不可？

这很符合耶律德光的意思。他从登基那天起，就立下雄心，要实现父亲南下中原开疆拓土的宏愿。但助一个节度使王都似没什么大意思，有些不值得，况且也真如韩延徽等人说的，出师无名。同时他也知那李嗣源虽比自己仅早登基几个月，但很快稳住了局势，实行了一系列开明政策，对比起来，在乱哄哄的中原政权频繁交替中，还算是一个得人心的明君，和他开战，能有几分胜算？

在他犹疑不决之际，贴身宦官查剌给他出了个主意，不以契丹国名义出兵，让一个附属国部族前去，对后唐既不担背信弃义之名，又可借助王都之机南下中原试之，岂不两全其美？

耶律德光豁然开朗。考虑后决定让东丹国出兵援助王都。他在给耶律倍的信中说，这是让大哥建功立业为国尽忠的大好机会。但只有他自己明白，这冠冕堂皇掩盖下的是，让他大哥去帮助背叛后唐的人，一是消耗他所辖原渤海国的男丁人口，减少他武力反叛的可能，二是让他和后唐对立起来，断了他去南边的念头。多高明的一箭双雕。

耶律倍也不傻，很快派快马回报，突染重疾，卧床不起已多日，恐三月难愈，不能带兵上阵。况且三年前平渤海，男丁或杀或俘，所剩无几，一时难以筹兵。真想为国尽忠，无奈上天不佑，只好将这次立功建业的大好机会让予他人了。

耶律德光心里很生气，但又不能公然强迫"重病"的哥哥披挂上阵吧？那太不近人情了。于是只好作罢，让奚部出兵。

奚部的首领名秃馁，他已得王都重金之贿，所以领命后毫不迟疑，于五月带本部族一万人马突入中原定州，去为王都解围。

唐主李嗣源本是战将出身，深知用兵。他除派王宴球为招讨使主攻，还安排了幽州节度使赵德钧和统领亲军骑兵的左射军石敬瑭为左右策应。这赵德钧和石敬瑭都不是凡人。石敬瑭因辅佐李嗣源称帝，李嗣源将女儿永宁公主嫁给了他。而赵德钧的养子赵延寿也是李嗣源的女婿。赵延寿有些武艺，还能作诗，有两句："占得高原肥草地，夜深生火折林梢"，在当时被做军旅诗佳句广为流传，赵延寿也被传作"文武双全"。

有这样二位驸马防守二线，简直固若金汤，你王都就等死吧。

王宴球有两位皇亲国戚做后盾，自然信心百倍。当王都和秃馁会兵万人汹汹而来时，他召集众将誓师："扔掉弓箭，短兵相接，回头者斩！"于是率骑兵先进，跃马挥刀，直冲敌阵。王都军和奚兵一下乱了阵脚，被杀得横尸遍野。

王都和秃馁仅带数百人逃脱，但半路又被赵延寿横断截击，险些全军覆没。

耶律德光听到这消息，便又派统军则剌、副惕隐（契丹官职）涅里衮带五千骑前去相救。这股人马行至唐河，又被后唐军伏兵迎头痛击，斩俘无数。则剌和涅里衮带残兵企图取道幽州回国，被后唐幽州守将赵德钧围歼，生擒契丹统军则剌、副惕隐涅里衮等数百人。溃败的契丹军逃散村落，村民以铣镐锄钗追打痛击，能存命者才仅数十。

到了天显三年的二月，后唐军把王都和秃馁围困在定州。王都和秃馁几次突围不果。城破，王都绝望之中带全家自焚而死，而奚部大酋长秃馁却被生擒，五花大绑送往后唐都城洛阳，枭首示众。

这消息很快传到了契丹大部落西楼临潢府。

耶律德光非常沮丧。先后折腾了近一年，契丹得到了什么好处？就是个损兵折将，甚至连奚部大首领秃馁都被活捉给斩首示众了。那是再明白不过地告诉北方诸国，如哪个敢再来，就此下场！

这次南下中原去试探，代价有点太大了。耶律德光痛哭流涕地下令，厚厚赏赐战死的将校家属，以弥补自己的过失。

但耶律德光却不后悔。他对大臣们讲，不入虎穴，焉得虎子；不入中原，怎知虚实。他不甘心这次失败，想让自己的弟弟耶律李胡再次带兵南下。

就在耶律李胡刑青牛屠白马祭告了天地和太祖灵位，准备发兵之际，后唐派翰林学士张砺出使契丹，以求修好。

耶律李胡手握宝剑，盯着来使哈哈大笑，对耶律德光说："我大兵未动，已使鼠辈胆破，前来告饶。二哥，杀此来使，以励军威，此一去定势如破竹！"

主战的萧翰、耶律麻答、耶律郎五等战将极为赞同。

后唐使者张砺冷冷一笑，不卑不亢对耶律德光说："唐主派卑职前来，绝非是害怕契丹国的威势，而是劝皇帝息兵罢战，使生灵免遭涂炭。我后唐战将如云，粮草如山，怕谁呢？难道你们不记得奚王秃馁和统军则刺、副惕隐涅里衮是什么结果了吗？我们欢迎贵国的人前去做客，但也绝不怕带着刀枪前去的客人！"

韩延徽和耶律屋质等主和的大臣们都劝皇帝要慎重，应寻机而动，不能意气用事。

冷静下来的耶律德光，仔细考虑后也感到，这次之所以战败，是和中原差距太大，如不富国强兵，真是不可轻举妄动。于是叫三弟耶律李胡偃旗息鼓，不要轻易南下。同时又重新制定了近期战略，招揽战将，广纳人才，提高军队素质，等待时机。就连他自己也从哥哥处弄来一套《孙子兵法》，孜孜研读，以待一展宏图。

4 断其妄念

奚部援王都反后唐失败后，契丹励精图治，不再犯边。

转眼到了天显四年。十月，东丹王耶律倍带着萧王妃回到了皇都西楼，因为述律太后和耶律德光的生日都在这个月。

那一天，宫中大摆宴席，为述律太后贺寿。文武百官各献珍宝朝贺，述律太后非常高兴，即兴对耶律倍和耶律德光两个儿子说："你俩都能读得汉书，而且都习汉字，听说在汉地，把写字叫书法？今天高兴，你俩就为我写写，我看看你们的书法如何啊？"

耶律德光站起来给母亲打了个揖："孩儿也略识一二，但如说习字，孩儿远不如皇兄。"

述律平摆摆手，笑道："不比怎么能知高下？你们都是一国之主了，就以如何治国各自写几个字，我看如何。"

宦官很快将书案和笔墨纸砚准备好。兄弟俩各据一案，濡墨挥毫。耶律倍儒雅，耶律德光潇洒，都是一挥而就。

述律太后赞道："看来这书法也是一种享受。我不怎么习汉字，你们给我念念，都是写的什么？"

耶律倍的字端庄秀丽，他将字呈给母亲："孩儿这几个字写的是：'富民为本，正学为基'，这是为国者之道。"

"好。那么你的呢？"述律太后问耶律德光。

耶律德光的字龙飞凤舞，他念道："孩儿以为，为国当是'金戈铁马，浩荡雄风'！"

述律太后望着耶律德光呵呵笑道:"看来,我真的没选错你啊。"

众臣是一片欢呼。耶律倍这才明白,虽然他的字要比弟弟好几倍,但他仍是一个陪衬。于是,在生日礼过后,他将萧妃留下陪伴太后多住些时日,又搂着儿子兀欲嘱咐了半天,最后摘下兀欲戴的一枚龙形小玉坠,说是想他了也好不时看看,自己便凄怆地回东丹国去了。

耶律德光当然也知哥哥不快,但也没在意。冬日的一天,他射猎归来,洗漱完毕,宦官查剌献上了一卷东西。说是东丹王宫中有人悄悄送来的。

有人悄悄送来?那该是他赏过的那些哥哥身边的人或是那些他安插的"仪卫"们。他也曾通过查剌暗示过一些靠得住的人,把东丹王的一举一动及时报告给他。他打开那卷东西看看,全是东丹王购书的单子,那书名密密麻麻,看也看不过来。送这个有什么用?他翻来覆去看不出什么名堂,便随手放在了一边。他心中暗笑,这些人是想邀功请赏想疯了吧。大哥喜书,没到东丹去的时候他就派人去中原购过书么,这有什么可悄悄密报的?可他嘴里却告诉查剌,赏那送书单子的人骏马一匹,银腰牌一块,以彰其对皇帝的忠心,以后如有大事报来,可赏做团练使。

耶律德光并没把那书单当回事。有一次给述律太后问安时,他无意间把这件事说了。述律太后沉思了一下,说把书单拿来我看看。德光不敢怠慢,忙叫人取来。

述律太后将书单看了半天,缓缓问耶律德光:"这送书单的人有心啊。难道你真看不出这里面有点不同的意思吗?"

"大哥一向喜读汉人之书,"耶律德光摇摇头,"难道这书单有什么不同吗?"

"当然有啊。你没发觉这里边多了不少兵法和权谋之术的书吗?"

听述律太后这一说,耶律德光再细看书单,顿时心中一惊。他抬头看看母亲,犹疑地:"兵书……难道我兄长他……"

"就是书呗,读读又能怎的。"述律平打断了他的话,转了话题,

"儿啊，你已是一国之主，为国家计，应该立下继承人，断他人妄念，以绝后乱。"

德光心中一喜。本来在他当上皇帝后，就想册立儿子耶律璟为太子，但是母亲没发话，他不敢。他急忙说："谨遵母后之命。我子璟儿……"

"我说是璟儿了吗？他刚刚蹒跚学步，你一旦出了什么事，他能担大任吗？"述律太后垂下眼睑，"你的弟弟李胡威猛无比，处事刚烈，大有你父王之风，难道他不行吗？"

耶律德光非常意外："这……可他是弟弟呀，怎么立太子？"

述律太后扬眉盯着他："我说的是'继承人'，没说'太子'！"

耶律德光见母亲变脸，便不再争辩，恭敬地说："孩儿去办就是。"

可他心里却说，只要母亲不生气，让立谁就立谁吧。立了就真的能继承吗？大哥还被立了太子呢，继承了吗？

虽然他对不立自己的儿子，而要立弟弟做继承人心里有些不舒服，但一想到心里更不舒服的大哥还心有不甘，耿耿于怀，为绝他的念头，便立即颁诏天下：策立耶律李胡为"皇太弟"，将来继承大统。

都城西楼皇宫照例举行盛大的燔柴册封大礼，祭告天地。各邦国首领也自然纷纷前来朝贺。

唯独东丹国王耶律倍没有来。他听到李胡做了皇位继承人，大醉了三天。

他太失望了。二弟替代他做了皇帝，他心里虽不情愿，但二弟毕竟胸有大志，神寓英豪，皇位让他坐了倒也说得过去。可这三弟他太了解了，生性残忍，酷虐无常，怎可担如此大任。如真是他当了皇帝，那契丹也就国将不国了。

当然他也不能不理，这毕竟是国家的大事。酒醒之后，他从自己的画中选了一幅自以为得意的《逐鹿图》派人送上，以示祝贺。

5　祸起《逐鹿图》

耶律李胡对大哥不来参加他的典礼非常生气，当接到送来的礼物，急忙打开看看，见只是一张画。画上是两个契丹贵族骑马张弓，在追逐一只梅花鹿。他根本不懂绘画，见别人送的都是人参、貂皮、玉如意、金元宝之类，而哥哥却送来一张涂抹的纸，更加不乐意，感觉受到了嘲弄。

他怒冲冲来到宫中，把画摔到德光面前说："你看看，大哥就送给我这个！啥意思？瞧不起谁呀？也太不把我这皇太弟放在眼里了！二哥，我这皇太弟可是你颁的圣旨。他看不起我，也就是看不起你这皇帝！"

耶律德光见他在自己面前这样毫无顾忌，瞪了他一眼："你还知我是皇帝呀？"

李胡一怔，立刻收敛了许多。

耶律德光徐徐展开画，看了好半天，才缓缓问李胡："难道你真看不出这画中的意思吗？"

"不就是两个人在猎鹿吗？"李胡不明白地看看二哥。

耶律德光："是啊，这是《逐鹿图》。两个人在追一只鹿，那么到底谁能猎到呢？"

李胡无所谓地："嗨，就是个画，又不是活人，谁知哪个能猎到？"

耶律德光哭笑不得，无奈地叹了口气："你该好好地读点书了。"

耶律德光从画中品出的是另一番意思：两强逐鹿，鹿死谁手。大哥送这画，是要暗示什么？难道他真的还有逐鹿之心？太过分了，真是天高皇帝远，要不服天朝管了！不来朝贺也罢，还要送画挑衅！他看着这幅画，突然联想到，曾有人密报后唐使者曾夜访东丹王，他也派了人暗中监视，希望一并人脏俱擒，可一年多并无所获；也有人密报，那次东丹王拒不出兵，根本没病，是装的；还有人密报过，东丹王在暗暗地操练兵马……他越想越肯定，大哥表面上忠厚忍让，可骨子里是杀气腾腾，藏得越深，危险越大。

耶律德光终于下定决心，对大哥不能再姑息迁就，必须要除掉这潜在的威胁。他以耶律倍拒不回宫朝贺，藐视朝廷为由，又历数了他抗旨不战、私纳唐使、暗造兵器、送画公然挑衅等等罪行，传旨将耶律倍拿回发落！

耶律李胡欢欣鼓舞，主动请命前去捉拿大哥，并提议皇上，为绝后患，是否把侄子耶律兀欲先处理掉？

耶律德光斥道："兀欲乃不谙世事之少年，又多年不在其父身边，何罪之有？"

虽如此，北面院大惕隐耶律屋质还是为年少的兀欲提心吊胆。他到述律太后跟前说，要教兀欲读书，将其接出宫去，藏到了百里之外。

而韩延徽更为耶律倍捏着一把汗。那耶律李胡向来是以杀人为乐，他去捉拿耶律倍，如果一时性起，管你什么弟弟哥哥？况且这有关皇位，他主动前去，定非善心。韩延徽苦思良久，悄悄将此消息透给了要回东丹国的耶律倍的夫人萧王妃。萧王妃大吃一惊，顾不得多想，急派一心腹连夜飞马东丹府。

6　设计脱身

耶律倍的东丹王宫中一派喜庆气氛，因为他的宠妃高美人给他生了个儿子，已经满月。他喜气洋洋地安排大摆宴席，要给儿子过满月。

盛宴还没开始，萧王妃派的心腹飞马来到。耶律倍接过萧王妃的密信，当得知皇太弟耶律李胡不日就要来捉拿他，给儿子过满月的喜气一扫而光，登时呆若木鸡。

他绝没想到一张画会惹来杀身大祸。三弟喜射猎，送一张猎鹿的画怎么了？更叫他奇怪的是，他接待后唐使者高慕贤、装病不发兵等等这些事，皇帝怎么都知道了？但他也很快明白过来，欲加之罪，何患无辞啊！

他喟然长叹："想我耶律倍，为不使契丹因内乱而丧国，一而再再而三地忍让，为什么还要这样苦苦相逼呀？苍天啊，我该怎么办？"

他身边的高美人见主人痛苦，试探着说："去年我从兄夜访大王，难道没说点什么吗？"

也许是当局者迷吧，一句话提醒了耶律倍。他愣了愣："哦，你什么意思？"

"鸟择良枝而栖，妾愿大王早做决断。不过，如有想法，当防身边之人泄密。"她见耶律倍有些茫然，又说，"难道大王不觉得皇上知道的事太多了吗？"

耶律倍愣了半天，似乎明白了高美人的意思："哦，你是说，我该防堂叔左大相吗？"

高美人淡然一笑："羽之大相虽深得皇上信任，但他是磊落君子，不会做告密这等下做事的。况且，现在他回京没在，防他做什么呢？"

耶律倍思索着点了点头："哦，我知道了。你歇息吧。"

高美人临出屋时又说："可是，耶律羽之大相如果回来，他虽不告密，但是会不顾生死地阻拦你啊。大王，危难关头，当断则断，机不可失啊！"

耶律倍屋中的灯一夜没熄，窗子中一直映着他来回走动的身影。

雄鸡报晓之时，耶律倍把他最信任的书记官阿思叫进屋来。他把一封信交给阿思，嘱咐道："即刻化妆奔赴关内，将此信交给书商高慕贤。切不可让府内人知，我怀疑府内有人已被朝中收买了。阿思，你如果也是朝中安插在我身边的人，那我就走投无路了，你可把这封信直接送给皇上。"

阿思扑通跪地："大王，阿思如有这等不义之心，您的脑袋早已不在了！您放心，只要臣阿思不死，定不负所托！"

"那好，你去吧。"

耶律倍看着阿思匆匆走出，听一阵马蹄声在黎明中消失后，又叫进一个机警的年轻下人，也交给他一封信，威严地说道："按信上地址两日内送到，不得有误！成则除你奴籍，赏官，误则斩！"

那个下人跪在地上诚惶诚恐："奴才万死不辞！"

天明以后，耶律倍像什么事也没发生一样，吩咐右相大素贤带府内的人收拾东西，备好大船三条并七日饮食，说是要去海上游猎散心。

就在这边紧张准备之时，一匹快马来到了西楼皇宫。宦官查刺听说有急事要报，直接将来人带去面见耶律德光。

那人叩见皇帝："团练使阿思叩见皇上！"

团练使阿思？耶律德光看看，似乎没什么印象。阿思急忙掏出了一枚银牌："此牌是皇帝所赐腰牌。"

一旁的查刺忙证明，这银牌是他替皇上交给阿思的，这阿思是东丹王身边的书记官。耶律德光一下子明白了，这人就是屡报东丹王动向的那个人。他是答应过赏他做团练使。

耶律德光问道："你屡将东丹之情奏知朝廷，使朕明了于心，可嘉可赏。今天急急面见于朕，有什么事啊？"

阿思急忙将东丹王交给他的那封掏了出来："东丹王已知朝廷要捉拿他，可能要联合后唐起兵！"

耶律倍完了。真如他所担心的，阿思果然是被朝廷收买而监视他的人，而且真的把信送到了朝廷。

耶律德光吃了一惊，急忙把信打开，看着看着却对阿思沉下脸来："大胆奴才，竟敢欺骗朕！"将信摔在了阿思的面前。

跪在地上的阿思忙把信拿起来，只见信上写的是："皇帝陛下，臣耶律倍所辖之东丹，濒临渤海。海有蟹，大如碗，色赤红，味美甚。持巨螯而横行，臣当捕之以献君尝……"

阿思顿时汗如雨下。这怎么……这么说，耶律倍察觉到他阿思已背叛了。一向表现的忠诚勤恳，是哪儿让他发觉了？阿思急忙辩解道："皇上，他真的是让小人持此信去后唐找一个姓高的啊，那人实是后唐朝中人，要干什么显而易见。东丹王可能已察觉小人，所以将臣骗开，另有行动。皇帝，快快派兵，耽误不得啊！"

"嗯？"耶律德光略一思索，觉得有理，立刻召李胡跟随阿思急奔东丹，火速捉拿耶律倍！他心里骂道，竟将朕等比作螃蟹横行，还要捕之，何其嚣张！

他不知耶律倍是不是真要起兵，但为防不测，便派三弟耶律李胡带了大队兵马，前去征讨。同时，一并诏示东丹国周围各部集结军队，严阵以待，以防耶律倍真的是要联唐起兵造反。

耶律李胡顾不上按契丹之俗，发兵前用艾草和马粪炙烧白羊的琵琶骨，以择出兵吉日，便急忙出发。他带大军日夜兼程，直扑东丹。一路之上旌旗猎猎，尘土飞扬。

但是，就在李胡到了东丹王宫时，耶律倍已经登上了出海的大船。

他在上船前，面向祖山的方面跪下，将自己的画一张一张点燃，号啕大哭："父皇啊，恕儿不能再到你灵前祭祀了！儿为国家，以天下让主人，但仍时时见疑不放，今又见杀。儿实不忍兄弟相残，辱先皇英名。只好出此下策，远避他国，以成吴泰伯之名！"

他祭祀完，向着生养他的故乡临潢府磕了三个头，而后无限留恋地登上了出海的船。海风呜咽，阴云低垂，好不凄凉。

这是公元930年，也就是契丹天显四年十一月的一个阴云惨淡的冬日。昔日的契丹皇太子，今日的东丹王，怀着无限的留恋和无奈的惆怅，舍下还在京城的萧王妃和儿子兀欲，带着怀抱婴儿的高美人和四十名侍从以及万卷书籍，仓皇浮海而去，踏上了背井离乡的流亡路。

等耶律李胡带人追到海边，只见在海天相接处，有三点白帆在烟云中悠悠远去。海边的沙滩上立着一块木制的牌子，上边写有耶律倍留下的一首汉语诗："小山压大山，大山全无力。羞见故乡人，从此投外国。"

"跑了？"李胡望着点点远去的白帆，咬牙切齿地踢了一脚那块牌子，怒目转向阿思，"你怎么不早说？！"

阿思一颤："我……我也不知他要跑……"

"废物！"随着李胡的一声大吼，只见他手中的剑一挥，可怜一心忠于朝廷的阿思便鲜血喷射，横卧沙滩。

7　入唐

耶律倍在冬日的海风中飘摇了三日后，遇到了率船队前来接应的后唐侍郎高慕贤。高慕贤说，他接到那个年轻的下人送到的信，便急报唐主李嗣源，唐主命他率船前来接应。

耶律倍非常感叹，说定要重赏那个下人。高慕贤告诉他，那下人为尽快送信，已力竭而死。耶律倍热泪长流，跪在船头，洒酒于海，祭奠那个他叫不上名字的忠诚的仆人："如我大契丹人个个如你忠直，我耶律倍哪会背井离乡！"

高慕贤带耶律倍从登州上岸。使耶律倍意想不到的是，后唐国宰相冯道竟亲临迎接，并陪送到国都大梁。一路之上，宝马雕车、旗罗伞幛，好不气派，所过郡县，皆跪拜迎送，俨然是在迎送一国之君。耶律倍心中说不出是一种什么滋味。

到京城，后唐国主李嗣源亲自设宴为他接风，并召文武大臣作陪。这种规格似乎有点过高了。但李嗣源自有他的安排，是在做给天下各国特别是契丹国看，只要奔我后唐而来，我都待做上宾，而且高官厚禄。看看，连契丹皇帝的哥哥都归顺了，你们还等什么？

这真不失为分化瓦解之上策。李嗣源为示皇恩，赐耶律倍姓东丹，名慕华，封怀化节度使、瑞州慎州观察使，并将后宫的夏氏赐他为妻。

赐夏氏为妻？那么高美人儿呢？耶律倍这才想起，从登岸起，由于忙忙乱乱，好像已好多天没见了。后唐主告诉他，高美人已另行受赏了，不必挂念。那孩子因是他耶律倍的血脉，自然给他留下。

耶律倍一下子明白了，宠妾高氏却原来也是身有重任的。只不过他没弄懂，高氏是何时为后唐所用的？

唐主同时对耶律倍带来的部下也各赐姓名，表示恩赏，就连原先擒来的契丹统军则剌、副惕隐涅里衮也宽赦赐了姓名。则剌叫原知感，涅里衮叫耿怀惠，并在亲军中任了官职。

但涅里衮却没去上任，谢过恩后便不知了去向。不过他也没回契丹，有人看见过他，据说是当了和尚，法名就是怀惠。

第二年，唐主李嗣源又改赐东丹慕华名为李赞华。和唐主一个姓了，又是一重恩宠。中国绘画史上留下《骑猎图》《番骑图》等等的那个"李赞华"，便是这个原名耶律倍的契丹皇太子。

叫作李赞华的耶律倍虽已身担节度使重任，却从不问政事，全让后唐主配给他的幕僚去管，而自己只管放任游玩。后唐主李嗣源更是由他去，即便是耶律倍有了什么过错，也从不责怪他。本来嘛，就是个政治工具，谁让你真管事了？耶律倍何尝不知这一点，便优哉游哉地在中原过起了寓公生活。

第四章　乘乱得良机

1　恶癖

东丹王耶律倍在两个弟弟的逼迫下，无奈扔下自己的领地和妻儿，在契丹天显四年，也就是公元930年冬十一月投奔了中原的后唐。这使契丹朝野非常震惊，更让契丹皇帝耶律德光丢尽了面子。

耶律德光非常恼怒，立即遣使入后唐，严词交涉，要求送还叛逃的东丹王耶律倍以及原来被俘的则剌、涅里衮。声称不送还就要对后唐如何如何。

后唐主李嗣源根本不理"如何如何"这一套。想当年战场上，他李嗣源是公认的"横冲郎"，战无不胜，他也不是没和契丹人交过手，怕过谁？有一次交战，他跃马扬刀，大喊：待我直捣西楼，平尔族类！竟使契丹军望而生畏，不战而溃。当了皇帝后，位置不同了，当然不能再这样横冲，两国间关系还是要以和为贵。但他也绝不怕"不送还就如何"的威胁。把到我这里政治避难的人再送回去受迫害，那太不人道、也太不讲人权了。当然那时没这些词，可就是这个意思。

李嗣源派宰相冯道对契丹来使说的是：把逃离虎口之人再送入虎口，太没道义了。还说，这里没有什么东丹王耶律倍，只有节度使李赞华，也没什么则剌和涅里衮，而是原知感和耿怀惠，都已是大唐国民，如何能交给你？

这简直是文字游戏，换个名字就不是那个人了？可按现在的游戏规则想想，入了另一国国籍了嘛，你管不着了。也说得过去。反正不管怎么说，后唐主李嗣源就是不放人。

耶律德光气得不得了。他听说则剌、涅里衮都被后唐封了官，仕于后唐，便以契丹叛逆之人对待，将其家属籍没于"瓦里"，也就是奴隶。但他对东丹王的萧王妃和儿子兀欲却没治罪，仍送回东丹国，由耶律羽之帮着继续执政。

在遣返东丹王的问题上，耶律德光认为后唐连一点面子都不给，感到尴尬和气愤。于是，他开始一次次地发兵扰边。最大的一次，他下诏皇太弟耶律李胡带兵讨伐云中一带，并亲自在上京西郊为李胡饯行。在天显五年二月竟然攻取了山西北边上的寰州。但很快又被打了回来。其余都是在云州、镇武一带小打小闹，就为的是让你不得安宁。因为耶律德光知道，真的打大仗，入中原，还不是后唐的对手，不到时机，根本进不去。

虽说契丹方面都是小打小闹，但后唐主李嗣源也不敢大意，为防范契丹，他调整了大批镇边将领。

天显六年，任女婿石敬瑭为河东节度使，并宣布永世驻守。这个石敬瑭本是将门之后，自幼熟读兵书，虽沉默寡言，却有智有勇，是不可多得的战将，很得李嗣源器重。河东也就是太原一带，是片富庶之地。当时的太原叫作晋阳。石敬瑭在这片土地上励精图治，明法安民，为老百姓做了一些好事，很快树起了自己的威信，拉起了自己的势力，将河东经营成了自己的根据地。

改名李赞华的耶律倍呢，在后唐的保护下，悠闲地做着节度使，整日歌舞相陪。但随着时间的推移，他的心情却越来越郁闷，脾气也越来越坏。面对着中原色彩斑斓的花鸟虫鱼、柔姬美妾，他却常常画牛马鹰犬、契丹汉子。署名"李赞华"流传至今的《番骑图》可能就是那个时期的作品。唐主李嗣源赐给他的夫人夏氏知道，他是想念他的家乡了。

一天夜晚，夏氏为了给耶律倍消愁解闷，组织歌女们为他排演歌舞。丝弦悠悠，轻歌曼舞，好不雅致。可耶律倍呢，却毫无兴致，心不在焉地看着，突然放下酒杯，一挥手说："如此绵绵，那得快意？吹我胡筘，唱我番曲！"

众人都目瞪口呆，奏胡筘唱番曲？这谁人会的？夏氏愣一下，赶紧笑着说，明天一定请人教习这些人唱番曲。耶律倍悻悻说，那我明日再听。他站起来，便拉上一个舞女走入后堂。

夏氏心里好不是滋味。好心安排歌舞为他解忧，却讨了个没趣儿。而且，当着众人面就拉上一个女人去了后堂，把她这个御赐的夫人放在了何处？但她也无可奈何。

好一会儿，那个被拉走的舞女垂头走了出来，苍白的脸上挂满泪痕。又一个被叫了进去，接着是第三个。

夏氏大惑不解。她陪耶律倍也不是一两日了，这厮在床第之上有多大能耐，她是知道的。今天是怎么了？

当第三个舞女被叫进去时，夏氏再也坐不住了。她打着灯笼悄悄来到后堂窗下，只听里面传出女人的呻吟和男人粗重的喘息声，同时还伴着轻微的呱唧呱唧狗舔食似的声音。夏氏不觉耳红心跳，同时也大为奇怪，这耶律倍今天是吃什么药儿了，连弄三个还这等勇猛？她摇摇头，转身欲走。

这时屋内突然传出一声女人的尖叫，接着便是哭泣的哀求声："大人，饶了奴婢吧……"

夏氏一愣，觉得有点不对劲儿，不由伸指捅破了窗户纸，向里看去。这一看不打紧，她简直是魂飞魄散。屋内，舞女跪在耶律倍的面前，耶律倍抓着她白藕似的一条胳膊，用铁钎子扎了一下，顿时鲜血涌出，耶律倍迫不及待地贴嘴就吸。夏氏惊骇地浑身一抖，手中的灯笼失手落地。

屋中的耶律倍听到屋外的动静，用手巾擦着嘴，打开门向外看看，见夏氏惊恐地盯着他，已是面无人色。他淡然一笑："哦……今日心绪不宁，想起了往日在我契丹……哦，不必害怕，你也来尝，味美如甘乳……"

夏氏再也支撑不住，只觉五脏六腑翻江倒海，一股浊流喷射而出，狂呕不止。

从那以后，夏氏再也不敢见耶律倍，不要说陪伴，就连见了他的影子也是胆战心惊。不管耶律倍是怎样的温柔笑脸，她看到的都是狰狞，而且是耶律倍愈笑她是愈发地害怕。终于有一天，忍受不了的夏氏跪到了后唐皇帝的面前，哀奏准许她离开耶律倍出家为尼。

当时后唐主李嗣源已是重病在身，躺在龙床上听完夏氏的述说，也很是生气。但他毕竟是一国之君，得从大处着眼，不能因几个下人女子的血就舍弃一个重要的政治砝码。其实，耶律倍喜食人血也许只是当时在巨大的精神压力下产生的一种变态，后唐主跟前如有心理医生就好了。可惜当年还不知"心理"为何物。后唐主李嗣源只以为这是契丹风俗使然。他准许夏氏出家为尼，但对耶律倍还是很容忍，只让宰相冯道去对那个已叫李赞华的耶律倍委婉地说，中原不是北方荒蛮之地，有些习俗当戒才是。同时又给耶律倍多拨了银两，暗示如是实在戒不了，也该给人家补偿才对。

耶律倍不但没受到惩罚，反而多得了银两，所以有恃无恐，不时有出格之举。好在李嗣源以他的特殊身份，都没有深究。

但好时日不长。第二年十一月，也就是契丹天显七年冬月，后唐六十七岁的国主李嗣源觉病情稍轻，便外出赏雪，谁知恶侵风寒，病情迅速恶化，很快驾崩，史称明宗。十二月，在一阵混乱之后，明宗的一个儿子宋王李从厚继位。

这时，契丹王朝的太皇太后，也就是阿保机的老娘，也病故了，契丹遣使后唐告哀并通报人皇王耶律倍。耶律倍闻听祖母去世，痛哭流涕。他去见李从厚，想求唐主以他的名义给故国发一封信，向祖母吊唁。

可新唐主李从厚根本不再把他耶律倍当回事，不但没给他发信，还削减了他的很多特殊待遇，同时告诫他说，你已不是契丹大太子，而是中原节度使，今后如再有过，定不姑息，与中原百官同律！耶律倍虽是恼怒，但一个皇帝一个令，也无可奈何，只好检点了许多。他心里想，这个李从厚对我如此严厉，不知治国怎么样？

2 一哭转安危

新唐主李从厚是李嗣源的亲儿子，登基时还不到二十岁。他继位后不但留用了冯道等一批旧臣，还起用了朱弘昭、冯赞等一批心腹。

这个李从厚不但年轻幼弱，而且优柔寡断，因此大权很快旁落朱弘昭冯赞等人手中。这些人为了专权，维护自己的既得利益，便努力排斥异己，安插亲信。当时，凤翔节度使兼侍中是潞王李从珂，地位很高，虽是李嗣源的养子，但有战功，威望远在李从厚之上。这自然成了朱弘昭之类人的眼中钉，必欲除之而后快。

有一天朱弘昭暗中对李从厚说，当小心凤翔节度使、潞王李从珂。

李从厚有些不明白，他是我的兄长，我小心什么？

朱弘昭摇头叹息，继续说，潞王跟随先帝李嗣源南征北战，功勋卓著，很得赏识，不但封了王，还被先帝收为养子，朝野上下谁敢小视？他自恃功高，又握有重兵，怎甘居人下？陛下当防啊。

李从厚觉得有道理，可怎么办呢？朱弘昭冯赞等近臣便为他参谋，各镇将军都在驻地形成了势力，应该相互调动，削弱他们，如何如何。

于是，李从厚便开始大调动，调成德军节度使范延光转镇天雄军，调河东节度使石敬瑭移镇成德军，潞王李从珂改镇河东兼北镇留守等等。一时间各镇不明所以，思想混乱。真是天下本无事，庸人自扰之。

李从珂的潞州离京城最近，最先得到朝廷使者的口谕，说是洋王李从璋要前来接他的位置，他很是不解。他把部下召到跟前，商议这是什么意思。有一个叫刘延郎的幕僚说："主上还年轻，他是不会亲自做主干这种事情的。现在军国大事都是朱弘昭那些权臣把持着，一定是他们的主意。

他们肯定是要削弱大王的权力啊。大王如果交出镇守，无疑束手待毙，不如拒绝为是。"

李从珂一想也是，便以无正式诏书为由，拒而不交。

李从厚大怒，把李从珂在朝中做官的儿子李重吉贬到边远的亳州去做团练使，把李从珂已出家为尼的女儿惠明召到宫中做了人质，逼他马上移交。

是可忍，孰不可忍！简直是欺人太甚！李从珂闻听儿子被贬女儿被拘，恼怒异常。他的幕僚刘延郎为他分析道："令郎和令爱还不算什么，大王如果不另想办法，肯定难保全身啊。"

一席话使李从珂下定决心，拍案而起，连夜向各地节度使发出檄文，大意是：朱弘昭、冯赟等辈，乘先帝病逝，杀长立少，专制朝纲，离间骨肉，动摇蕃垣，从珂将整甲入朝，誓清君侧，但虑力不逮心，愿乞邻蕃一同发兵京城洛阳，共图报国云云。

在发檄文的同时，他命手下大将张敬达集结兵马，筹办粮草，不日发兵。

但是，要想进军洛阳，西都留守王思同的军队还挡在凤翔城和京都洛阳中间。李从珂便派一个姓郝的推官带着美妓前去王思同军前，说以利害。王思同听后，慨然道："我受明宗大恩，位至节镇，若与你等同叛，就是成事，也不足为荣。如是失败，身名两丧，反至遗臭万世。这事岂可使得？"于是他拘了姓郝的使者，急忙向朝廷报告。

刚刚当上皇帝的李从厚，吓了一大跳。他怕的就是李从珂威胁他的皇位，想不到李从珂还真的要反了。但他也并没惊慌，仅凭凤翔一镇之兵，能反到哪里去？他立即任王思同为招讨使，前去攻打凤翔城。

李从珂这边起兵进京还刚准备个大概，不想王思同讨伐的大队兵马已经赶到，鼙鼓喧天，兵戈曜日，战马萧萧，旗帜猎猎，很快将凤翔城围了个风雨不透。

招讨使王思同下令攻城，志在必得。凤翔城的城墙不高，护城河的水也挺浅，攻城的兵马很快就打到了城下。凤翔城的东西两关攻得最猛，潞王的手下将军张敬达虽带兵拼死抵抗，但城池已是岌岌可危。

李从珂站在城墙上，眼看着自己的战士一个个血卧城头，城将失守，焦急万分。他恨只恨没能提前做好准备，眼见就要城破被俘，身首异处了！

李从珂正悲愤之间，眼前猛然一亮。他发现，城下攻城的将士中，竟有不少是他过去的老部下！这使他看到了一线生机。他略一思索，几下子脱掉了上衣，露出了身上一块块伤疤，放声大哭。

城下攻城的将士听到哭声，都愣了，抬头看着光脊梁站在城墙上大哭的李从珂，有些莫名其妙，停下了攻城。

李从珂望着城下的将士们声泪俱下："我不到二十岁就跟着先帝出征，东拼西杀，出生入死，毫无怨言。你们看看，我这全身的伤就是证明啊！想当年，你们大家跟我在一起，随先帝南征北战，也为国家社稷的复兴立下了汗马功劳，是九死一生啊！而当今的朝廷却是奸臣弄权，对我妄加猜测，以图加害！想当年我们同甘共苦，你们是了解我的。从前我对你们怎么样，想来你们心里也清楚。可如今为什么还要被奸臣利用，替他们来杀自己的朋友呢？你们说，我到底有什么罪？竟要落到这种地步？"也许是太伤心了，他竟然哭得靠着城墙垛子背过气去。

城下攻城的将士们听他说到了过去，想起他们并肩战斗的岁月，被感动了，莫不为之哀痛。有个叫杨思权的羽林指挥使曾是李从珂的部下，交情也不错，这一阵儿正好和上司有过节，心有不服，便挥刀喊道："大相公乃我主也！我愿随大王！"

他的部下也就纷纷应合。杨思权向城上喊："但我有个条件，就是大王在攻破京城后，要任我当节度使，不能是防御使或是团练使，那我不干。"

危急时刻，李从珂哪顾得许多，急忙让人拿来纸，写下："思权可任颂宁节度使。"抛下城去。

杨思权将那纸揣入怀中，命兵士脱下甲胄，丢下兵器，入西门，归了李从珂。攻东门的都指挥使尹晖听说杨思权降了，便也以同样的条件投了李从珂。围城的将士经李从珂一哭，大部分奇迹般地倒了戈。

李从珂大喜，征集城中财物大赏降兵，而后命守将张敬达率领自己的军队和降军一齐杀出凤翔城，把招讨使王思同打得落花流水，落荒而去。

李从珂不但转危为安，而且不意间又壮大了兵马，于是便于天显八年正月，大张旗鼓，统兵直捣后唐的京都洛阳城。

3 亡后之痛

后唐乱了。

避在后唐的耶律倍不知是出于对李从厚于他不友好而生怨恨，还是出于维护契丹的利益，竟然给耶律德光写了一封密信，建议二弟乘机出兵中原，也许是一次机会。

其实，即便他不送信，耶律德光何尝不知这是介入中原事务的一次大好机会。他便以和后唐是兄弟邦为由，要替天行讨。这时，他的一个大臣拽剌解里手接飞雁，而且星陨如雨。耶律德光很奇异，觉得这是吉兆，便亲自祭告天地率兵南下，很快占了河阴、阳城等几个城池。攻到灵丘，城中父老竟相牵牛前来犒军。

这时从后方大本营传来一个消息。一个是好消息：皇后萧温又生一皇子。同时一个是坏消息，皇后因产子病重。

耶律德光闻听大惊，哪里还有心思再打仗，马上班师回朝。这皇后萧温本是述律太后的侄女，性聪慧，尤洁净，深受耶律德光的宠爱，每征战、田猎，必与德光同行。只此役因有孕在身而留在家中，怎么就病重了呢？

等耶律德光赶回草原，皇后萧温已奄奄一息，拉着他的手只是掉泪，一句话也说不出来。耶律德光想尽各种办法，甚至杀了几个御医，也没能保住萧皇后的性命，到底是撒手而去。

耶律德光悲痛不已，亲自撰文祭祀，谥号"彰德皇后"。

那一日，耶律德光临幸弘福寺，为皇后饭僧。在大殿上，他见到了观音菩萨画像，触景生情，唏嘘不已。那画像还是几年以前，是他和父母大圣皇帝、应天皇后、妻子、哥哥人皇王一同送过来的。可如今，只有他自己前来了。

他对跟在他左右的人悲叹道："昔与父母兄弟聚观于此，岁时未几，物是人非，只我独来，岂不痛哉？"

于是，他自制文字，题于壁上，颂父之功德，念兄之仁厚，悼妻之贤良，言辞恳切，以表追感之意。

皇后的突然离去，对耶律德光的打击很大，他有好长时间郁郁寡欢，意志消沉。

述律太后见此非常着急，如此下去，怎么得了？深谋远虑的耶律屋质献策，何不为皇帝行"再生仪"？

述律太后认为可行，便传旨为皇帝举行"再生仪"。耶律德光非常诧异，再生仪都是在本命年的前一年择吉日进行，我离三十六还有几年呢，行什么再生仪？可这是太后的懿旨，不敢不从。

皇帝的"再生仪"，是契丹的一种独特仪式，为的是给皇帝祈福祈寿。

仪式择吉日而行。那一日，宫中置再生室、母后室，并供奉先帝神主在东边车辇上。再生室内东南角，竖三株叉丫木，象征产妇。一老妇执酒，一老翁执箭袋站于室外。九名儿童及一老产婆侯于室内。吉时，大巫师宣布仪式开始，司仪请先帝神位下车，耶律德光和众臣跪拜，而后他进入再生室，脱掉衣服，裸体三次钻过叉丫木，儿童亦相随，每钻一次，老产婆口中念念有词，并轻抚他的身体，模拟分娩。这时，守在室外的老翁敲击箭袋高呼："生男了！"巫师便蒙上耶律德光的头，接受群臣朝拜，并向他献上襁褓、彩结之类，祝贺并表忠心，以示护佑皇帝，庆皇帝再生。

如是平时，耶律德光定是大宴群臣，可这次他却毫无兴致。述律太后看看他，意味深长地说道："我那为秉承父志的虎虎男儿，可是再生了？"

耶律德光听了这话，浑身一震，这才领会到母亲安排这个仪式并不是为他祈福祈寿，而是有着良苦用心。他急忙跪倒下去："谢母后再造痴儿灵魂！儿德光定不愧做我大契丹男儿！"

4 石敬瑭囚主

耶律德光因皇后病重而撤军，便使潞王李从珂的大军长驱直入。

后唐主李从厚这才认真起来，急调石敬瑭、赵德钧等各镇来援。但这些割据一方的军阀已形成了各自的势力，谁也不愿消耗自己的力量，第一个去和锋芒正盛的李从珂交战，所以都以各种借口拖后，迟迟不到。

到天显八年四月，李从珂的军队已经到了长安一带。后唐主李从厚听到这个消息，沉不住气了，他的左右近臣朱弘昭、冯赟之流更是个个心惊肉跳，手足无措。这些人，把火点起来了，却没能耐救火，不是找死吗？

李从厚见群臣毫无良策，便叹口气说："先帝升天，朕在外蕃，并不想入都争位，是诸公同心推戴，辅朕登基。朕承大业，自恐年少无知，国事都委以诸公。凤祥发难，诸公皆主张出师，认为区区叛乱，立可荡平，今失败如此，你们怎么没话了？唉，看来只有朕亲临凤祥，迎他入主社稷，朕还是回我的蕃镇去吧。"

他的大将康义诚听出李从厚说得是气话，但竟说出让位的话，也足看出他的无能，便生了异心，主动要求带兵讨伐。

李从厚哪里真想迎潞王入主社稷？见有人主动出征，大喜："卿愿前往督军，当有把握。但恐叛寇方盛，一人不足济事，应再下诏让驸马石敬瑭前来，一同前往，可好？"

康义诚说:"石驸马被迁别镇,恐也心有不满。倘有异心,转足盗寇,反倒没法应对。不如末将一人前去,免受牵制。"

其实他心里想的是到潞王跟前去邀功。李从厚哪里能察觉,大喜过望,封康义诚为招讨使率兵抵抗,并把国库打开,犒赏官兵,以励士气。俗话说重赏之下定有勇夫嘛。并答应,等打下凤翔后,每人再赏二百缗。一缗是一千文,二百缗是多少?真是不少啊。将士们便欣欣然,高呼:"到凤翔咱再领一份!"

这话的意思有点模糊。是攻下凤翔领皇上的钱呢,还是去凤翔领李从珂的钱?

康义诚出发后,李从厚令做为人质的李从珂之女惠明自尽,专等前方的佳音。可他哪里知道,两军相遇,还没等战上几个回合,康义诚便又归顺了李从珂。

李从厚这下真是傻了,一面派快马再召姐夫石敬瑭前来救驾,一面急召大臣朱弘昭和冯赟前来商讨对策。朱弘昭见大势已去,听皇帝召他,便说:"这时召唤我去,明明是要杀我以谢敌呀。"于是跳井自尽。随后冯赟也自杀了。

李从厚听说两个近臣都自杀了,惊愕半日,便决定离开京城,到魏州暂避。他带五十几个侍卫相随,惶惶然离开了洛阳城。

出玄武门时,是李从厚的爱将控鹤指挥使幕容进守门,李从厚对他说:"朕暂幸魏州,徐图复兴,你可带控鹤兵同行。"

幕容进说:"生死当从陛下。请先一步,臣召集部下,随后护驾。"

李从厚走出城门,那大门却哐啷啷关了起来。那幕容进再也不理他。李从厚愕然,怎么回事?跟随他的弓箭使沙守荣却明白了,骂了一声:"何等势利!陛下,走吧。"

李从厚摇头长叹一声,只好带仅有的五十人,踽踽而去。

逃到卫州东数里,遇到了石敬瑭的军队。李从厚长出一口气,有姐夫的大军在此,我还怕什么!

李从厚虽然是个小舅子，但毕竟是皇上，石敬瑭急忙滚鞍下马，恭敬地将他迎入一间房中。石敬瑭手下干将、牙内指挥使刘知远见皇上的侍卫带着刀剑进了屋，便也派了一个叫石敢的壮士跟着石敬瑭。那石敢袖里藏了一把铁锤，一步不离地站在石敬瑭的身后。

当石敬瑭听说招讨使康义诚也投降了李从珂，不觉摇头长叹："怎么会是这样啊？皇上，我……"

这时石敬瑭手下的一个掌书记悄悄地拉了一下他的衣襟。这人叫桑维翰，小矮个，大长脸，奇丑无比。但他却相当自负，曾照着镜子说，就是堂堂七尺之躯，也赶不上我一尺长脸有用啊！确实，自他投到石敬瑭的门下，出过不少好主意，是石敬瑭的心腹高参。

石敬瑭回头看看他，见他轻轻地摇着头，并伏在他的耳边悄声说："大势去矣。"

石敬瑭是何等人，顿时明白了，态度立刻发生了变化，脸便冷了下来，对李从厚说："事已至此，拼杀已徒劳无益。我看不如箪食壶浆，以迎潞王……"

"你！"李从厚一拍桌子，愤怒而又惊愕地看着他所倚重的姐夫，"你身为皇家至戚，时至今日，全仗你一力扶持，怎可做如此说？"

石敬瑭嘿然一笑："我是听皇上要调动我，想进京的，所带不过几百人，怎可和他们对抗呢？"

站在李从厚身边的弓箭使沙守荣实在看不下去，说："石将军，你身为朝廷命官，且是皇亲，深受上恩，在国家危难用人之际，当思回报，怎可做逃避之想？"

石敬瑭看看他，冷冷一笑："你是个什么东西？这里有你说话之地吗？"

"这……"沙守荣好不尴尬，仗着皇上在跟前，有些恼羞成怒，"我的所作所为，完全是为国家计！难道我说错了吗？可你石将军呢，吃着国家俸禄，却不思报国！见那边强大便也想投靠，何等势利？皇上，这等人当杀！"

"你说什么？"李从厚看看沙守荣，又看看石敬瑭，"那……"

"皇上，当断不断，必受其乱！"沙守荣见李从厚犹豫，便大喝了一声，"来人，将动摇军心者拿下！"

李从厚的侍卫们，刷刷刷，将刀剑抽了出来。站在石敬瑭身后的石敢一看大事不好，从袖中掣出铁锤，大吼一声："我看谁敢？"

沙守荣感到事不宜迟，必须快刀斩乱麻。他抽出身上的佩剑，上前一步，直向石敬瑭刺去："好你个势利小人！我……"

石敢一步蹿上前来，在沙守荣的剑尖抵到石敬瑭心口的瞬间，他手中的铁锤一道弧光划过，只听"啪嚓"一声，那小小的弓箭使沙守荣登时脑浆迸裂。

李从厚愣了一下，声嘶力竭地喊道："反了！给我杀了他！"

众侍卫纷纷涌上前去，刀剑飞舞。石敢抡锤抵挡着，掩护着身后的石敬瑭和桑维翰向里屋退："主公，快进里屋！"

那石敢堵在里屋的门口，与众侍卫拼杀，任多少刀剑刺在身上也不闪开。等石敬瑭的部将刘知远闻讯带兵赶来，浑身都是血窟窿的石敢才轰然倒下。果然真壮士！后来民间常以"泰山石敢当"的字条贴于墙上避邪，或刻成石条压在宅下镇基，说的就是这个石敢。

石敬瑭抱着石敢的尸体直咬牙，闭着眼对刘知远淡淡地说："都杀掉。"

顿时，只见刀剑搏击，血肉横飞，顷刻间，李从厚五十多个随从和侍卫都躺在了血泊中。

当刘知远将瑟瑟直抖的李从厚从桌子底下拉出来，石敬瑭说："他不能杀。不管怎么说他现在还是皇帝。要反的是潞王，不是我，我不能替人落个弑君之名。"他说着向外走去。

李从厚看着向外走的石敬瑭，咬牙切齿地说："真可惜我父王对你的信任。石敬瑭，你想把我怎么样？"

石敬瑭头也没回:"你就先在这屋里待着吧。"

石敬瑭将不成气候的李从厚囚在卫州,自己也带兵奔了洛阳,去向李从珂请功了。

5 "病"虎归山

天显八年夏四月,后唐潞王李从珂一路势如破竹,直取京城洛阳。圆滑的宰相冯道率百官出迎于蒋桥。并上表劝李从珂登基做皇帝。

怎么回事?李从厚离京时没人跟着,李从珂来京就百官相迎,还上表劝进?这其中除了大势所迫,也是人心向背吧,李从厚虽是先帝的亲儿子,可在大伙心中,他身无股肱,缺少决断,根本就不是当皇帝的那块料。

李从珂心里当然很受用,但嘴上却说:"我这次进京来,只是为了清除弄权的奸臣,扶正朝纲,绝不是自己想获得什么利益,更不敢想谋求皇位。如是那样,那还对得起先帝吗?等到皇帝回来,先帝归陵的大典过去,我就回凤翔去尽我的职责了。"

看看,这是何等胸怀。越是这样,大臣们越是劝进。哈哈,不劝行吗?不要说是皇宫内外,就是满京城都是李从珂的兵马,刀枪林立,谁也不缺心眼儿,不想被当"奸臣"给清了。

迫于满朝的压力,皇太后含泪下诏,废皇帝李从厚为鄂王,命李从珂知军国事。明日,又传诏,国不可一日无主,命李从珂在先皇帝的灵柩前继皇帝位。又明日,再传诏,令囚在卫州的李从厚饮鸩自死。

李从厚跳着脚大哭大叫,说什么也不肯喝那鸩酒。人到这时,他珍惜的不再是什么皇位,而是生命了。他要知道刚当了四个月的皇帝就会丢了小命,是说什么也不会去当这个皇帝的。可那奉旨而来的差人也得回去有个交代呀,不喝也罢,便活活地将他勒死了。

那几道诏书是不是皇太后下的,没人追究,也没人敢追究。反正李从珂是堂而皇之地登上了后唐皇帝的宝座。

　　李从珂上台后第一件事是隆重地将先皇李嗣源葬了，顺便把被勒死的李从厚也埋在了皇陵旁边，就是个几尺高的小土堆，连块碑也没有。见到的人莫不暗暗叹息。

　　接着，李从珂便是加封百官，尤其是他身边有功的如文臣刘延朗、武将张敬达之类，更多的是那些顺从听话、毫无棱角的人。如有个叫马裔孙的，被大家称为"三不开"，议事口不开，会客门不开，办公印不开，只知署名不懂其他，竟也被任为中书郎平章事。但对那些嫡系以外的人，虽有功，也要另眼相看了。那个攻城时投降他而使形势逆转的杨思权功大不大？可并没当上节度使。石敬瑭囚了李从厚，才使他顺利进了汴梁，如是石敬瑭当时听从李从厚的旨意发兵阻击，还说不定会怎样。对李从珂而言，简直可说是功不可没。但李从珂对这却绝口不提，不但不赏，还严加防范，将石敬瑭的部队调到离京城二十里的地方驻扎，把他留在京城中，任了个闲职。

　　本来嘛，石敬瑭是先皇帝的亲女婿，而他李从珂只是先皇的干儿子，如今却夺了皇位，石敬瑭能没想法吗？不得不防。

　　石敬瑭当然也察觉到了李从珂防他这一点，觉得很憋气，甚至后悔当时为什么没救小舅子李从厚。他知道，把他留在京城中，其实就是一种变相的囚禁，随时随地都有掉脑袋的可能。

　　有一次，他的老婆永宁公主在宫中参加太后的生日宴，她也给当了皇帝的干哥哥李从珂敬酒。当时李从珂已经喝多了，接酒一饮而尽，问妹妹："最近石郎可好？他怎么没来呀？"

　　永宁公主说："敬瑭多病，每日卧床静养。"

　　"石郎身强力壮，何致一病如此？御妹就在宫中多住几日吧。"

　　"那怎么可以呢？"公主一听就急了，忙说，"夫君病重，正需人侍奉，我怎么能在宫中住呢？得赶紧回去啊！"

　　已喝醉的李从珂笑着说："这么急着回去，是不是要和石郎一起造反啊?"可能是玩笑话,但酒后吐真言啊。公主听到这话后,吓出了一身冷汗。

公主回家后就把这话告诉了石敬瑭。石敬瑭感到危机深重,更加小心,不敢提要回河东的事,那样会加重李从珂对他的怀疑,可能会加快掉脑袋。这使他整日愁眉不展,日见消瘦。

一日,他参加宫中的宴会回来,突然腹泻不止,而且便血,不两日便骨瘦如柴。用现在的词儿说,八成是拉脱水了,拉血更有直肠炎的嫌疑。他怀疑是不是李从珂派人在他的食物中下了什么药儿?要不别人同样赴宴,怎么就没蹿稀呢?他越想越不妙,如不能赶紧脱身,只有死路一条。但他又苦无良策。他身边的桑维翰说,何不求公主。一句话提醒了石敬瑭,他便求妻子永宁公主到皇太后老丈母娘跟前求情,绕个弯说服皇帝,让他回河东养病。

永宁公主对他在这次事变中不救自己的弟弟很生气,根本不理他。石敬瑭便挺着病弱的身子跪在妻子面前,直到虚脱晕了过去。永宁公主虽是生气,但还是心疼自己的丈夫,毕竟是一日夫妻百日恩嘛。她便到老娘跟前去软磨硬泡。皇太后垂泪叹道:"我何尝不疼石郎啊。可当今皇上,并非我亲生,怎能听我的啊。"太后虽如此说,但还是在李从珂来请安时试着把这事说了。

没想到李从珂犹豫了一下,竟还真答应了。他是想,怎么也得给太后老干娘一点面子,表明他也是真正的李家继承人,二呢,石敬瑭已是瘦得只剩一把骨架子,说不上哪日归西,放回去也无妨。

石敬瑭由人扶着到宫中谢过恩后,便连夜起程,头也不回地奔了自己的领地河东。

李从珂万没想到,他犯了一个致命的错误,那便是:放虎归山了。

6 何去何从

石敬瑭回到河东后，只是安心养病，毫无任何动作。一点不问朝政。但他有两个儿子都在京城为官，一子重英任右侍卫上将军，一子重裔任皇城副使。石敬瑭走时，密嘱二人，侦察内事。所以，看似石敬瑭不问朝事，其实所有事他都知晓。

而且，令人奇怪的是，石敬瑭回到河东，几个月后，他所有的病竟奇迹般的好了。原先他是真有病还是假有病，鬼才知道，反正是好了，很快便又体魄健壮。

李从珂更是奇怪，难道这石敬瑭是在耍手腕玩弄我吗？中书令刘延朗说，这些军人因征战有功，大多骄横，当尽量重用安抚。当时，契丹的兵马不时扰边，李从珂便派石敬瑭北上御敌，以示重用。

契丹天显九年六月，石敬瑭挥兵北上，屯兵忻州。李从珂以犒军为名，赏兵士以夏衣，并传诏抚谕。石敬瑭借机向朝廷要大批军粮和军械，名为防契丹，实为装备自己。有心的将士早已明白了是怎么回事，为了邀功领赏，有人便带头向石敬瑭高呼"万岁"，一连喊了四五遍。意思当然非常明显，就是要拥他为主了。

这让石敬瑭非常害怕，这要是泄漏出去，如何得了！桑维翰也对他说，为成大业，当舍卒保帅，应斩杀呼万岁者。

不怪是心腹谋主，一拍即合。于是石敬瑭便命刘知远斩杀带头高呼万岁者三十六人。可怜这些人拍马屁拍到了蹄子上。

消息传到京城，李从珂更是疑团重重。怎么回事？我赐夏衣，军士呼万岁应该是在谢我，他却杀之，这不是明目张胆地看不起我吗？

石敬瑭为试探李从珂，这时也上了一道奏折，声称自己身体多病，要求移往别镇。

李从珂身边的刘延朗说:"陛下,这哪里是呼您万岁,是在呼他万岁啊。他是害怕走漏风声才杀人灭口的啊。他在河东拥兵自重,已有根基,为防不测,我看正好借他上表,削其兵权,调往别处。"

李从珂点头称好:"正合朕意。"便传诏免去石敬瑭步马总兵职,调虎离山,让他离开老巢,去山东镇守郓州。

这李从珂又犯了和李从厚一样的错误。你不就是因为要调动而削弱你,你才反的吗?

石敬瑭本是试探,却弄假成真,得到诏命后,慌忙召集部下商量:"看来皇上是真对我不放心了。我这河东节度使是先帝亲授,而且当着满朝文武大臣说的是永世驻守,今却忽然要我移守山东,这不就是斩鹰翅断虎爪吗?我决不能坐以待毙。这不是我要反,是皇帝逼我反啊。你们看,我是不是该起兵了?"

桑维翰和刘知远都非常赞同。特别是桑维翰,别看长得丑,但从年轻时就怀将相之志,怎甘只做幕僚?要想出人头地,只有把石敬瑭推上更高的位置。他听石敬瑭要反,急忙说:"主公自幼熟读兵书,胸怀壮志,天降主公于乱世,也必降大任于公。主公做此决断,当正合天时。"

"可是……"石敬瑭犹豫着说,"咱毕竟兵力有限啊,如真的举兵,也恐是……"

桑维翰急忙说:"主公,这可无虑。我太原地处北陲,而契丹就有大队兵马经常活动于云州(大同)、应州的边上,我们完全可求援于他们……"

"你是说,"石敬瑭思谋着,"求外族人相助?"

"是的。"桑维翰侃侃而谈,"这是咱们的地利。族,无所谓内外,我等汉人,可称契丹为外,而先帝和主公你,本都是沙陀人,与契丹原同处北方,只是先常溶入中原而已,何谈内外?先帝在世时就和契丹以兄弟称,兄弟之间相帮相助有何不可?再者,当今皇上且非真正皇家之后,名不正言不顺,且是以武力篡位,本是罪人,如主公能首举大旗讨伐之,当得天下人响应。这是人和。主公，朝廷那边已磨刀霍霍，而我这边又有此天时地利人和，还犹豫什么呢？"

刘知远也在一旁鼓劲："我河东根基已稳，兵强马壮，若称兵传檄，帝业可成。"

二人的话更坚定了石敬瑭的决心，于是决意发难。他马上让桑维翰起草表章，上奏李从珂。表曰：

"臣，河东节度使石敬瑭，谨顿首上言：古者帝王之治天下者，立储以长，传位以嫡，为古今不易之良法。晋献公以骊姬之故，废太子立齐奚，晋之乱者十几年。秦始皇不早立储君，杀扶苏、立胡亥，卒至自亡其国。唐之天下，明宗之天下也。明宗皇帝，金戈铁马之所经营，麦饭豆粥之所收拾，持三尺剑，马上得天下，厥功亦非小可。近者宫车晏驾，宋王登基，陛下以养子入攘大统，天下忠义之士，皆为扼腕。区区臣愚，欲望陛下退处蕃邸，传位许王，有以对明宗皇帝在天之灵，有以报天下忠臣义士之心。不然，同兴问罪之师，靖正篡位之罪，徒使流血于庭，生灵涂炭，彼时悔之，亦噬脐莫及矣！冒昧上言，复侯裁夺。"

这是明目张胆地在逼着李从珂退位，把皇位让给先皇帝的亲儿子许王李从益。你既想立许王，先前干什么去了？

在逼李从珂退位的同时，石敬瑭又命各路兵马做好准备，并派一个叫赵莹的使者通过契丹驻在云州的西南路招讨使鲁不姑向契丹求兵支援。

一切已是箭在弦上，一触即发。

7　求助契丹

唐主李从珂接到石敬瑭的上书，大为震怒。拒不听调遣不说，还公然逼我让位，简直是狂妄至极！真要反了！他将上书撕得粉碎，掷于地上，让人写诏，严词命令石敬瑭不要胡言乱语，即刻起程去山东郓州，否则后果自负。

大臣薛文通奏说:"这石敬瑭不离开河东是要反,即便是离开也是要反,不如先下手为强啊。"

那边石敬瑭也在商议,都押牙刘知远说:"先发制人,后发制于人,已成骑虎之势,不可再下。应传檄四方,即日举义,当无不克。"

石敬瑭依计而行,马上向各镇发出檄文。别说,还真管用,很快有雄义都指挥使安元信、西北先锋指挥使张万迪等先后带兵来归。

石敬瑭大为高兴,问他们:"朝廷称强,河东称弱,公等为何要舍强归弱呢?"

安元信说:"元信不能知星识气,就人事所观,王者如治天下,诚信最重。今主上与石公为至亲,尚不能以诚相待,何况是我辈呢?无信如此,怎可称强。"

石敬瑭大喜,急把他们收入麾下,封官使用。

不久,石敬瑭串通契丹的消息又传入朝中。李从珂立即下令免去石敬瑭的所有官职,派张敬达带兵前去解除他的武装。

这是契丹年号天显十年五月的事情。

契丹国主耶律德光亲自接见了石敬瑭的使者赵莹。当赵莹说明来意后,德光心中一喜,立刻意识到介入中原的机会来了。他马上通知屯在边界的鲁不姑,如石部有所求,当快马驰援。同时让萧翰集结军马以备调动。

石敬瑭当然不会让张敬达的朝廷军队来解除武装,便起兵反抗,和前来围剿的张敬达军展开了拉锯战,互有进退。但他的兵力毕竟不敌强大的官军,不但打不出去,活动范围反而被逼得越来越小,终于被围困在晋阳也就是太原一带。多亏他手下大将刘知远指挥有方,晋阳城才不被攻破。

形势危急,石敬瑭频频向契丹求援。契丹将领鲁不姑的兵马就屯在云州、应州的边上,可以说是朝呼夕至,而且有皇上的话,所以接到石敬瑭的求助,有求必应,都是快马相援。但他派出来的兵马不等到得晋阳跟前,就都被后唐军打了回去。

石敬瑭急得团团转，颇有些埋怨桑维翰："如今起事，并无一呼百应，哪里来的人和？你说以契丹为后盾，求其支援，可屡求而不能近，何谈地利？现在战不能胜，退无处走，该当如何啊！"

桑维翰却显得胸有成竹："主公，既已起事，就当破釜沉舟。求人办事，当有所酬，何况这是在求另一个朝廷？鲁不姑只是小股兵马，既便能来到跟前也是杯水救车薪啊。主公你如果能真心的屈节而事契丹，大事何患无成！"

"屈节事之？"石敬瑭看看他，"什么意思？"

桑维翰缓缓说："先帝在世时和契丹主称兄弟，那么主公就应称契丹为父。儿有难，父自不能袖手旁观。再和契丹约定，如能倾力相助而使大事成，则献幽云北边的十六州作为酬谢，并每年贡奉布帛三十万匹……"

不等他说完，大将刘知远腾一下站起来："这不行！这太低下了！主公也是中原一方之雄，怎可称他人做父？而且要割地十六州，这太过了！如此下策，绝不可用！"

有个叫景延广的将军也站起来说："主公，我堂堂中原大丈夫，怎可认北夷小儿为父，岂不为天下笑？我以为……"

桑维翰瞪了他一眼："景将军，你知道你的身份吗？"

景延广立刻哑了言。是啊，他在军中算个什么？他原是另一路镇守使手下大将，因那镇守使谋反他受牵连被判了死罪，是石敬瑭偷着从大牢中放了他，后来又收他做了客将。所谓"客"就不是主人，有你说话的份吗？

桑维翰又转向刘知远，冷冷一笑："刘将军，如你之兵马能所向披靡，我何必出此下策？自己不行，又耻于求助他人，不就是个死吗？刘将军，那么你说，有何良策呢？"

"这……"刘知远愣了一下，被问住了。他也确实不知该怎么办。

桑维翰鼻子里哼了一下："刘将军，小不忍则乱大谋。主公如能以称父而换得九鼎之尊，以区区十六州换得一国之土，又有何不可？"

刘知远直喘粗气:"眼下敌强我弱,求契丹相援我不反对,可是我觉得……"

正这时,有探马来报,李从珂将石敬瑭在京城的亲弟弟都指挥使石敬德、从弟都指挥使石敬殷及两个儿子石重英、石重裔以反贼之属杀掉,枭首示众了。

石敬瑭一下子脸就变了形,当时就背过气去,好半天才缓过来一口气,捶胸顿足,憾哭道:"子弟冤死,含恨九泉。此仇不报,非我敬瑭。皇天后土,实闻此言!"他咬牙切齿一捶桌子,"一不做,二不休!我石敬瑭如不让你李从珂死,那就是我死!你们不要说了,就按掌书记说的办!"

刘知远愣了愣,唉了一声,也只好不再作声。

桑维翰立即写好投契丹表,刘知远派重兵护送他从一薄弱处突围,连夜向契丹而去。

就是这一次,给契丹国主耶律德光创造了一个千载难逢的南下中原的大好机会。

第五章 轻取十六州

1 梦兆劝母后

七月天气，酷暑难挨。但草原上却是清爽宜人，蓝天白云下，成群的牛马在鲜花碧草中慢慢游走，不时传来一两声高亢嘹亮的牧歌声。好一派塞外风光。

可桑维翰顾不得这些，他不再找屯边的契丹将领鲁不姑，而是日夜兼程，披星戴月直奔契丹大部落西楼临潢府。一路上跑死几匹马就不用说了，反正是等他见到耶律德光时，跪倒下去就瘫在那里，站不起来了。

契丹国主耶律德光看完桑维翰呈上的文书，简直不敢相信这是真的。他连问了桑维翰几遍，得到了确切应诺，狂喜得心都要跳出来。世上真有这等好事？不但要向自己称儿，还要献地献物？

他马上去请示母亲述律太后。

述律太后看了那文书，却不为所动，只淡淡地说，这有什么可怪，人急了，不要说叫声父，就是叫声爷，又有什么？何必动心。

耶律德光说，称呼什么无所谓，那当然是虚的，可割让十六州是实的啊。这能不让人动心吗？

述律太后很不以为然："我大契丹水草丰美，牛羊成群，为什么要那什么十六州？那里只是农耕，无我游牧，有什么好？当年你父南下幽州，我就不赞成，结果是两次无功而返。你大哥喜中原文化，效中原礼法，我更看不上他。你为什么还惦记中原呢？"

耶律德光瞟了一眼母亲，壮壮胆说："母亲，中原有几千年传承之文明，不可不效。我契丹有今日之盛，不是有赖中原而来之士指导建城郭、设市肆、教农耕而成吗？下中原是为我大契丹开疆拓土，引中原之优而补我契丹之弊，此乃父皇遗愿，孩儿不能违。况且，李从珂弑君自立，神人共怒，宜行天讨。"

他这是第一次不按母亲的思路说话。因为他知道，燕云之地太重要了，那是中原的门户，不要说是十六州，就是六州也得之不易。这求之不得而又送上门来的机会哪能错过？

他见母亲只是淡淡地哼了一声，仍是不置可否，思索了一下说："母后，您还记得孩儿半月前跟您说过一个白日做的梦吗？"

述律太后不明白他怎么扯到了这个，想了想："不就是那个有一个什么神人来到你跟前什么的那个梦吗？怎么又说上这个了？"

"那次我是陪您闲聊，觉得白天做梦有些奇，便随便说了说。"耶律德光向前凑了凑，"母后啊，您不知道啊，那神人面容秀丽，戴着花冠，穿白衣，佩金带，挚骨朵，后边跟着十二异兽，有一黑兔入我怀中。神人对我说，石郎使人唤你，你一定要去。"

述律太后："哦，这倒也奇。可这和出兵有什么关系呢？"

"这怎么能没关系呢？"耶律德光显出了一种神秘，"您想，我不是属兔吗？神人让黑兔入我怀，就是降任于我啊。而刚过半月，遣使来唤我者，正是姓石啊！这不是神人在提前告我天意不可违吗？"

"啊？"述律太后非常吃惊。她是非常相信这些的。如她不是地神所化，怎会如此显贵？再有那晴天霹雳昭示先帝崩逝，怎么会那么准？她急忙对耶律德光说："哎呀，你怎么不早说呢？快找神巫一筮。"

耶律德光到底做了个什么样的梦，谁能知道呢？梦本就是个虚无缥缈乱七八糟的东西，任你怎么说都行。耶律德光半个月前也许是为给母亲解闷随口说了一个梦，这次却出了那么多精彩的细节，连神人说的话都清清楚楚。那没办法，你做梦睁眼就是一片烟云，而人家却是越记越清楚。

耶律德光很快找来巫师，当着述律太后的面做法。结果巫师说的是：太祖从西楼来，言中原将立天王，要你为助，须前去。

既是神人所示述律太后也无可奈何，不再阻拦。沉吟半晌，嘱咐道说："我儿既有神示，又为一国之君，那么你就出兵吧。只是记住，你助石郎也可，但不能忘了本土，如听后方有事，及时撤兵返回。决不能为助他人而失生身立本之地。"

别管怎么说，耶律德光那梦就是管事。得到了太后的许可后，耶律德光召三弟耶律李胡及萧翰、麻答等诸武将商议，最大理由还是："我并不是为石敬瑭而兴师，是奉了天帝之命啊。"

将领们听有神的旨意，便不敢反对。再从实际考虑，一致认为这是不可多得的良机，就是神不说，也一定不能错过。

上上下下意见一致。于是，耶律德光便告诉桑维翰："石郎以父礼事朕，颇合礼仪。你回去告诉石郎，待过仲秋，我当倾国以助之成就大业！"

耶律德光乘着后唐起了战乱，终于等到了南下的机会。

2　一战救晋阳

石敬瑭派桑维翰入契丹引兵的消息传到汴梁后，立刻震动后唐，在朝中掀起了一阵轩然大波。究竟怎么办，大臣们对此形成了两派意见，争论不休。

以中书令刘延朗为首的一派对此很重视。刘延朗认为："石贼已被围，本是我朝剿贼内部之事，唾手可得，但如契丹出兵相救，则成国与国之间的对抗，势必逆转而难料，绝不可掉以轻心。以臣之见，当从速交涉，使契丹不战为上策。"

"哦？怎么可使契丹不战呢？"李从珂问。

学士李崧道："以微臣见，契丹太后因李赞华投奔我国，多次求和，只因我朝拘留番将，未尽遣还，所以和议不成。我朝马上释放送还原先抓获的契丹战俘，比如已在我朝为官的则刺，本是契丹统军，契丹多次讨归，先帝不允，何不借机送还，以此为条件约其不可出兵？再派使入契丹，送钱十万缗，以示与之通好。这样，就可绝石贼之妄念，他虽欲跳梁，也可不攻自灭。"

李从珂点点头，觉得有点道理。

而以翰林直学士薛文通为首的一派则坚决反对。薛文通出班奏道："陛下，臣以为，这断不可行。送还战俘乃下下之策，想则刺等人本是契丹悍将，且又在我土多年，熟我地理军情，将他这样的人放回契丹，不是放虎归山吗？陛下当知昔日东胡为谁所灭，是被曾质于东胡的秦开啊！今石逆本在重兵围困之中，已是俎上之肉，灭亡指日可待，何必贿于契丹？契丹边上军队几次企图进入援石，不是均被击溃？何足惧哉？况且，契丹贪得无厌，今日贿他钱财，他日求尚公主，如何应对？"

李从珂勃然作色："出言如此荒唐！朕只一女，年在乳臭，怎可弃之北荒沙漠？"

薛文通急忙说："陛下息怒，臣只是设想而已。今日贿他，得寸进尺，日后索亲，也不无可能。且契丹人反复无常，想当年我高祖曾与契丹有约，而契丹却在关键时背信弃义，使高祖遭了重创。契丹人绝不可信！"

李从珂手指轻敲龙案，沉吟良久，权衡了一番。也许是他对刘延朗在石敬瑭事情上所提的建议都没起什么作用，因而对刘延朗的意见不再重视；也许是小瞧了契丹，觉得没必要送钱请求；也许还觉得已经胜券在握，不等契丹兵到，石敬瑭已被拿下。反正不管出于什么考虑，李从珂发话了："众卿所言都好，但薛卿之言更合我意。北蕃契丹可不必在意，各关严防则可。传旨张敬达，敦其尽快围剿石逆，快传捷报。"

金口玉言，众人只好按旨去办。

其实，不要说李从珂没采纳拉拢契丹以扼石敬瑭的意见，就是真采纳了，带着十万缗钱前去求和，契丹国主耶律德光也是不会应的。十万缗钱和十六州比起来，好比沧海一粟，那算什么？他怎么可能放弃借帮助石敬瑭而进入中原的大好机会？

耶律德光打发走桑维翰，说服了述律太后以后，连发调兵金鱼符，紧急集结人马，并用艾灸烤白羊琵琶骨确定了出兵吉日，派边关上的守将萧辖里通报了石敬瑭出兵日期。出征前，刑青牛屠白马祭告天、地、太阳并祖山祖陵，而后率五万军马，号称三十万，直扑中原。

契丹天显十年秋九月，耶律德光率契丹大军浩浩荡荡开到了雁门关。在他想来，如此边关重镇，定是重兵把守，要想通过，必是恶战！可叫他奇怪的是，他并没有受到后唐军的有效阻击，守关的只是地方镇守部队，不堪一击。耶律德光想，看来，唐军没以为我真会带着大部队前来。面对小股部队的抵抗，他简直如入无人之境，轻而易举闯过雁门关，很快到了忻州。

那日，忽有白鹭于帐前自坠而死，南院夷离巾曷鲁思得到献给耶律德光。随军巫师卜之，鹭，乃璐也，吉。耶律德光大喜："这是璐王李从珂自灭的兆头啊！"他以契丹礼俗再次祭告天地，直奔晋阳。

到了汾北，耶律德光列阵于虎北口。后唐招讨使张敬达闻听契丹大军有如天降，大吃一惊，忙派部将高行周、符彦卿带兵前去阻击。

因耶律德光远道而来，不了解战况，便派巡逻侦察的"栏子马"送信给石敬瑭："朕兴师远来，已至晋阳，我想今天就与卿合兵破贼，能行吗？"

石敬瑭闻听契丹援军已到，心里一块石头落地，马上回信："南军人马众多，部署甚严，应周密筹划。且皇上兵马长途跋涉，须休整，宜明日再战。"

但是，回信的"栏子马"还没等把信送回到军营，唐军高行周和符彦卿已经向契丹军发起攻击。契丹军有些措手不及。

石敬瑭听说那边已经打起来，怕契丹军不熟地形而吃亏，便让客将景延广守晋阳城，急派大将刘知远率兵前去助战。进攻的后唐军怕遭到前后夹击，暂时后退，契丹军这才稳住了阵脚。

有侦察的"栏子马"回报耶律德光，列阵于城西北山下的后唐将领张敬达、杨光远、安审琦等正率大批步兵向这边移动。耶律德光略一思索，马上派大将麻答带三千骑兵，脱掉盔甲，去冲击张敬达那边的队伍。

后唐张敬达军队的先锋是兵马副使杨光远，他见契丹来兵不是很多，而且没着铠甲，心想这不是来送死的吗？便率军奋力击杀。麻答战不过几个回合，也不恋战，丢掉兵器，领兵回头仓皇而逃。后唐军士气大振，张敬达高喊杀敌，率大军紧追不舍。

等追到一山地处，突听牛角号呜呜作响，牛皮鼓声一阵紧似一阵，大队的契丹骑兵突然从各个山包后跃出，翻江倒海掩杀过来，一下子将后唐的队伍冲成了前后几段。

张敬达这才猛然明白，他是上了契丹诱敌深入的圈套，中了埋伏。但已为时太晚。他急引兵后退，半路上又杀出了石敬瑭派出的刘知远，跃马横枪："敬达休走，知远候你多时了！"

张敬达只好仓促再战，无奈部队首尾不能相接，士兵被冲得七零八落，只有招架之功，毫无还手之力，被刀劈马踏，死的死，伤的伤，丢弃的杖甲如山，损失数万人。

张敬达大败而逃，只好退保晋安寨。

首战大捷。一仗便解了晋阳之围。耶律德光在虎北口大宴众将士。傍晚，石敬瑭也倾晋阳城中所有财物，前去犒劳契丹军。

石敬瑭拜见了契丹国主耶律德光。他见耶律德光仪容堂堂，英武雄伟，心中不由称奇。他感谢契丹乃信义之邦，皇帝亲自带兵前来救助。并保证日后事成，定当诚守信义，兑现诺言。

他问道："皇帝千里奔来，军马疲劳，我本想让贵军歇息一日再战。

可没想刚刚到来,就战而大胜,是怎么回事呢?"

耶律德光微微一笑:"我发兵的时候,本以为唐军定会切断雁门关的各个路口,而且还会在险要之地设伏,那我大军前进起来就非常困难了。可是我派'栏子马'侦察,只有地方小股部队,所以才得以长驱直入。看来他们是不相信我会真来,而且来得这么快。后唐军轻敌无备,而我军锐气正盛,乘此攻击,所以一鼓而下。"

石敬瑭频频点头,佩服得五体投地:"皇帝真是用兵如神啊。"

"哪有什么用兵如神?"耶律德光挥挥手,"兵贵战机尔。石郎,明日,你我会兵,合围晋安寨!"

3 君臣二心

第二天,契丹大军和石敬瑭的兵马围上了晋安寨。他们的大营扎在晋安的城南,长百于里,宽五十里。旌旗猎猎,战马萧萧,如铜墙铁壁。而且每营兵都配有脖系响铃的机警猛犬,闻声则狂吠报警,不要说是人,就是插翅的飞鸟也休想过去。

张敬达虽还有五万士兵,一万军马,但他遥望接连如云的敌阵,明显已成敌强我弱之势。他茫然四顾,不知还能退往何处。他实在不明白,契丹大军怎么突然而至,难道朝廷不知道契丹出兵吗?没调兵在各关口阻击吗?他只好报告朝廷,已经战败被围,赶快救援。

形势陡然逆转直下,围困别人的大军转眼间被人所围,这是始料所不及的。李从珂顿时慌了手脚,痛责镇守雁门的将领疏于防守,纵敌深入,怒而斩之。又急忙召集大臣们分析形势商讨对策。

又是两派意见。一派认为,当调集后唐所有人马,集中兵力合击契丹,决一死战。而另一派则想智退契丹。吏部尚书龙敏出了个主意:"陛下,微臣有一策,定能使契丹退兵。"

"能使其退兵?快快说来!"

龙敏道："原契丹大太子不是避于我朝吗？我大唐可将其立为契丹国主，让天雄、庐龙二镇出兵护送，乘契丹后防空虚，取道幽州去西楼，并以朝廷之名发布征讨契丹檄文。这样，契丹必有内顾之忧，定当撤军回顾，而我则可调精锐部队追击之，不愁晋安之围不解，石贼不破。"

这真是个好主意。李从珂对上次没采纳亲和契丹的意见，从而使契丹大军深入本就有些后悔，觉得这个意见可行。散朝后，他便马上把耶律倍招来，说要立他为契丹皇帝，送回契丹继皇位。

在李从珂想来，耶律倍一定会感恩不尽，可谁知耶律倍听完后，惊愕了半晌，却把头摇得像个拨浪鼓："谢陛下恩宠。不过，臣如真想做契丹皇帝，也就不会远避他国，何必烦劳陛下派兵相送回去？臣胸无为帝之志，头无顶冠之骨，实不愿再回草原。"

其实他心里明白得很，契丹大军打过来了，是让他去做扰乱契丹后方的工具，哪里是去做契丹皇帝。如真的回去，这边肯定是安宁了，而他也肯定是要在那边曝尸荒野去喂狼了。

甭管怎么说，耶律倍死活就是不去做这个皇帝。

李从珂挺生气，但也没坚持，也就作罢了。因为也有大臣反对这个计划，认为契丹的述律太后素擅用兵，国内不致无备，此策只能多劳两镇将士，送命沙场。李从珂斟酌了这个意见，也许考虑这计划实施起来有点麻烦，如果再弄不成，还真是赔了夫人又折兵。于是便轻而易举地放弃了。

这是一个犹如"围魏救赵"般非常有用的计策，即便是把耶律倍强硬地绑回去做皇帝，也肯定会把契丹大军引回去。更何况大军出征前述律太后有话，只要后方有事，便放弃援石立刻北归，耶律德光怎么也不可能为了石郎而舍弃老娘的。那么，中原之忧自然可解。可惜李从珂又放弃了，放弃了最后的机会。

龙敏仰天长叹，后唐祖庙的香火断绝是指日可待了。

过后，李从珂又问宰相冯道："冯爱卿，你还有何良策？"

冯道垂目说："李赞华既然不肯回契丹为我效力，那么就是合兵进剿，做最后一搏了。"

两种意见非此即彼，等于没说。

李从珂心里骂道，纯粹是个老滑头。但他也没别的选择，既然不用智退，那就是硬打。他马上下诏，命卢龙节度使赵德钧、顺州节度使范延光、朔州都指挥使符彦饶带三路大军前去晋阳增援张敬达，命赵延寿率军随后跟进配合。

这三路大军中，以赵德钧的实力最强。他在幽州防御契丹多年，多有成效，被后唐皇帝李嗣源封为北平王，也是一个举足轻重的人物。李从珂任命他为这三路兵马的统帅，出飞狐岭截击契丹军的后路。

可那赵德钧自持功高望重，并不是那么好摆布，他心中也是有算盘的。既然想让我去冲锋陷阵，那是有条件的。一是要把收养的儿子赵延寿封为镇州节度使，二是要范延光的部队和他的部队混合。

这伸手要官自不待说了，那混合别镇军队的意图是非常明显的，就是要吞并别人而扩张自己。李从珂大怒："赵氏父子俩在国有急难之时，不思报国，反而在国难当头之际以图强取官职、兼并他旅，真是太可恨了！如他们真能退敌立功，我甘心将帝位让给他。他现在竟然这样目无君王，大胆要挟，到头来只能是犬兔一起完蛋！"

刘延朗劝道，正是用兵之际，也不妨迁就一下，待平定国家大事后，再慢慢追究也不迟。

李从珂怒而不应，坚决不答应赵德钧的任何条件。他通知范延光小心赵德钧使手段吞了他的军队，同时改赵延寿后备配合为挺进先锋，最先去和契丹精锐拼杀。我再叫你闹！讲什么条件，后唐还是我说了算！

赵德钧父子本想是得点好处，见皇帝恼了，有点傻眼。但很快就缓过神来。赵德钧冷笑道："好，你不依重我，看你依靠谁？我还不伺候了！"

赵延寿明白了老爹的意思，便怂恿说："如今之天下，群雄并起，有刀马就可称王。他李从珂做得了皇帝，为什么我们不能？石敬瑭联合契丹反他，不是也想做皇帝吗？我们又比石敬瑭少什么呢？"

这本是赵德钧心中早就有的想法，没想到儿子心有灵犀！他击节赞道："我儿雄心壮志，真大丈夫！天下并非一定姓李！"

父子两个经一番密谋，决定也借助契丹之力，和后唐决裂，起兵夺取天下。依他们分析，就他们现有的兵力，如能得契丹支持，胜算当在石敬瑭之上。

于是，赵德钧父子表面上听从调遣，只不过是以各种借口缓慢进兵，一面暗中派忠实于他的翰林学士张砺秘密去了契丹军的营地。

4 桑维翰哭帐

晋安寨虽被围了，但张敬达手下毕竟还有几万兵马，也守得很厉害，一时半时是攻不下来的。两军便僵持在哪里。

耶律德光也很着急。他也听到了后唐调了赵德钧等大队人马来援的消息，如等后唐的援军上来，战局可能就有大麻烦了。他也想尽了各种办法企图让张敬达出城交战，可张敬达不再上当，就是闭城坚守，等待援军。

有天晚上，耶律德光正在和将领商讨破敌之策，巡逻的"栏子马"绑来了一个人，说是抓来了一个偷窥大营的奸细。坐在耶律德光身边的萧翰看也不看，一挥手："推出去杀了！"

被绑的人毫无惧色，将大帐内扫视了一下，对坐在正中间的耶律德光平静地说："这位大人气宇逼人，稳坐中央，众星捧月，想来就是契丹国大皇帝了吧？大战之中杀一个人太容易了。可你连问都不问我是谁就杀掉，会后悔的。"

耶律德光一愣，抬眼望了那人一眼，见那人清癯爽朗，气度不凡，断定不是一般人，不由问："你是谁？"

那人朗声道："在下张砺，唐三军统帅赵德钧特派军前密使，有话要对皇上说。请屏退左右。"

那人确是赵德钧派来的张砺。这人性格刚正，直言敢谏，因有一次犯颜直谏，险些被李嗣源杀掉，是赵德钧保下了他，让他在手下仍做翰林学士。对赵德钧父子要起兵，他不反对，各保其主吗。但他并不赞成一定要联契丹。但主人意志难违，他既然受命前来，就要尽力按主人的意思说服耶律德光。

耶律德光听说是赵德钧派来的，有些吃惊。他让人搜查张砺身上并无异物，才叫众将退出大帐。两军对垒，不能不防刺客。

当帐中只剩耶律德光一人时，张砺讲出了来意。并说，他这次来带了大量的金银珠宝，就在不远处的山林中，可派人即刻去取。同时也讲了条件，如帮赵德钧做了中原皇帝，会献幽州并十倍于此的珍宝为谢，以兄弟国相称。

耶律德光只是静听，无任何表示。张砺见他似不感兴趣，进而劝道，石敬瑭和赵德钧比，实力悬殊，要不也不能使契丹被拒此地进退不得。契丹大军如想在中原有所作为，当舍石而助赵。如行的话，便丢开石敬瑭这个累赘，与赵德钧合兵，绕道新州而直取洛阳，岂不快哉？而且直言不讳地告诉耶律德光，如是不答应，那赵德钧将率三路大军出飞狐岭击其后路，契丹军定成瓮中之鳖！

耶律德光何尝听不出这是在威逼利诱，冷笑道："你在朕面前如此出口不逊，难道不怕朕杀了你吗？"

张砺不卑不亢："在下如怕死，何不带上敬献皇上的大批珍宝远遁他乡？为人臣当忠直无二，如是我这颗头颅能使皇上助我主公，死又何惜？"

耶律德光不由对张砺多看了几眼，心想这真是不可多得之士。便说："两国交兵，不斩来使，朕怎么可能杀你呢？我只不过是试试你所说的话是不是真的。你所说的我都听明白了，可事情来得突然，得容我思量啊。"

这口气说明耶律德光是有所动心，如不行他肯定一口回绝了。

张砺急忙躬身致礼:"皇帝英明,愿分清利弊,早作决断。"

耶律德光确实是动心了。他动心的不是送来了多少珍宝,而是在掂量赵德钧的轻重。他知道赵德钧守幽州十几年,有一支由契丹人组成而又专门用来对付契丹的轻骑兵,装备精良,训练有素,被赵德钧称为"银鞍契丹直",没少让契丹边军吃了亏。如果赵德钧真的从后边攻击,截断了他回草原的路,那他一旅孤悬于中原,不是太危险了吗?再说,如是让石敬瑭在这边牵制唐军主力,而他和赵德钧从新州直取洛阳,也真是个不错的主意……可是……

他这一犹豫,军事行动便缓了下来。石敬瑭那边就有些莫名其妙,怎么回事?契丹军怎么不打了?

石敬瑭的高参桑维翰觉得事有蹊跷,那天一大早,便亲自到契丹大营中想问个明白。一打听,他大吃一惊,原来是赵德钧也派人来拉拢契丹,企图做皇帝。这怎么可以!眼看主公就要到手的皇冠怎么能轻易被人抢去呢?他顾不上回去请示石敬瑭,便自作主张直闯了耶律德光的中军大帐。

他进帐跪在耶律德光面前,急切地说:"皇上,契丹作为上国,出义兵救我们于危难之际,一战而使后唐军落花流水,真是有如神兵啊,我们的胜利是指日可待啊。"

耶律德光看看他:"这话还用你说吗?你来到底想说什么?"

"听说赵德钧派人来见过皇上了,是真的吗?"

"是真的。怎么了?"

"皇上啊,赵氏父子是既不忠又不讲信用的小人啊。他们来求你们只因是怕你们势力强大,目的是要自立一方做皇帝,所以现在按兵不动,让我们去和后唐厮杀,他好坐收渔翁之利。您千万不能听他们的花言巧语,为一点点小利,而把我们将要到手的胜利放弃啊!"

耶律德光不动声色:"你们中原有一则故事,叫作'螳螂捕蝉黄雀在后',对吧?他赵德钧的大队人马可就在我的背后啊。"

桑维翰明白了他的意思,忙说:"姓赵的不是那种以死殉国的忠义之士，怎么可能为后唐舍弃自己的力量去堵杀你们呢？有什么可怕的呢？我们现在已经扼住了唐军的喉咙，皇帝千万不能背信弃义，为小利而毁盟约，抛弃我们和马上到手的胜利。那是不信不义之举，将失信于天下，将来谁还会信契丹呢？"

也许是情急所致，言辞颇为激烈。

耶律德光本来犹疑不定，听桑维翰指责他，心绪更加烦躁，有些生气，冷着脸站起来："朕还未决，你怎知要抛弃你们，岂有此理！朕要怎样，要看兵家谋略的需要，用不着你前来聒噪！"说着便拂袖走出了大帐。

桑维翰一听，耶律德光还没做决定，这么说还大有挽回的余地，机不可失。他略一思索，便紧跟着追出大帐，可耶律德光却不再理他，上马去了军营。

桑维翰还想跟着，耶律德光贴身侍卫的长枪便顶在了他的脖子上："不得无理取闹！"

桑维翰望着远去的耶律德光，真如被抛弃了一般，心中涌起一阵苍凉，不由地跪在耶律德光的大帐外，放声大哭，哭得是悲悲切切："皇上啊，你不听，我也得说啊！"

他先是吹嘘耶律德光是"以信义救人之急，四海之人俱属耳目"的仁德英主，而后便大骂赵氏父子是怎样不忠不义的奸邪小人，是多么无德无能的草莽之辈；一会儿是反复表白石敬瑭如立国后将是"竭中国之财以奉大国"的耿耿忠心，一会儿又是哀求契丹将士不能背信弃义，将他们推上绝路……

这些话也许是发自内心的，因为事关大业的成败，他本身的荣辱嘛。所以听起来是情真意切。

耶律德光在军营中巡视一天，傍晚回到大帐，见桑维翰还跪在帐外哭诉着，嗓子都哑了。

耶律德光非常惊讶，这个大长脸的桑维翰就这么整整在大帐外跪了一天，也整整哭诉了一天？这让他很有些感动。

桑维翰见耶律德光回来,又支撑着虚弱的身子嘶哑地哭起来,并找了一个非常关键的理由:"皇帝呀,难道你忘了白衣菩萨给您托的梦吗?是天神让您来保护我的主公啊。"

这理由确实让耶律德光不好搪塞,因他就是靠这个梦才说服了述律太后而出兵的。

"起来吧。"耶律德光说,"我怎么会违背神的旨意呢?你如此坚持不懈,不达目的不罢休,可嘉啊。"

其实耶律德光在军中转了一圈,广泛听了将领们的意见,才下了决心,不能舍石敬瑭,因为那十六州毕竟是太诱人了。而且他和将领们也分析到,赵德钧既然派人前来联络,说明已和后唐离心离德,不可能再死心塌地为后唐卖命,因此截后路问题似不可能。

耶律德光让人把张砺叫来,当着桑维翰的面说:"你回去告诉你的主人,他如果想投我契丹可以,但我不能让他当中原皇帝,因为我已经答应给石郎了。"

张砺还想做最后的努力:"皇上,答应的事如果是错了,也是可改的。您率兵孤军深入,还望权衡轻重……"

"不要再说了!"耶律德光指了指帐前的一块大石头,对张砺说,"你回去告诉你的主人赵德钧,除非这块石头烂了,我才能改变这个决策!送客!"

耶律德光再不理任何人,转身进了大帐。

张砺长叹一声,失望地跟着送他的士兵向大营外走去。

桑维翰也是长出一口气,瘫软地倒在了地上。

5 黄袍加身

赵德钧听了张砺的回报,非常失望甚至感到窝囊。他倒不完全是心疼他白白送出去那么多金银财宝,让他憋气的是,契丹主为什么就不把他当回事？这边他已得罪了后唐皇帝，没了领地，只剩了军队，那边又巴结不上契丹，一下子把自己弄到了夹缝里，一时竟不知道该去打谁。他只好带兵强占了潞州，暂做栖身之地，观望战局。

赵德钧这突然一变，另两路人马也犹豫不前了。

这可把被围在晋安寨等援兵的后唐军招讨使张敬达给毁了。城中粮草有限，而援军迟迟不到，军心浮动，每日都有小股人马逃向对面营中。张敬达的部下杨光远、安审琦劝他说，援军不至，城破是早晚之事，以我孤军抵抗已经毫无意义，如被契丹破城而遭屠戮，不如献城以保全城中军民之性命……

不等他们把话说完，张敬达就拍案怒喝："我受先帝和当今圣上厚恩，身为元帅却不能战胜敌人而打了败仗，这本身就是大罪了！怎么能再去投降敌人呢？朝廷不会扔下我们不管，援兵早晚会到，安心等着吧！"

杨光远嗫嚅着："可是，如果等不到援军呢？"

张敬达怔了一下："那……如果真到了势穷力尽……"他一搥桌子，吼道，"你们再杀了我，出去投降也不迟！我是绝不会背主求荣的！去吧！如有谁再来说降，惑乱军心，杀无赦！"

杨光远咬咬牙，示意安审琦下手。安审琦不忍心，犹豫着退了出去，并把这意思告诉了高行周。高行周很佩服张敬达的忠诚，为防不测，便常带骑兵跟在张敬达的身后。张敬达疑惑道："高行周总是带兵跟在我的身后，是什么意图？"

真是把好心当了驴肝肺，高行周闻听后，不便再相随保护。

晋安寨就这么苦苦地撑着。

在石敬瑭这边呢，耶律德光的这次动摇，着实把他吓出了一身冷汗。虽然又得到了耶律德光的保证，但心里总是忐忑不安，担心耶律德光不知什么时候又会变卦。

耶律德光也看出了这一点，为了消除石敬瑭的惶恐之心，也为了显示他的主宰地位，在契丹天显十年十月，他册封石敬瑭为晋王。

石敬瑭当然是赶紧巴结。他听说耶律德光是十月的生日，便在太原城里的家中大摆宴席，请契丹军的高级将领和他的手下来为耶律德光祝寿。

耶律德光看着双方将军杯觥交错，非常高兴，这就是两军的大联欢嘛。石敬瑭为谢被封了晋王，带着妻子永宁公主和全家，不停举觞为耶律德光敬酒，一口一个"父皇"，开始时双方还都有点不大习惯，但第一声叫出去，特别是酒过三巡，耳热心跳之后，就再也无所谓了，石敬瑭叫，耶律德光应，都挺顺当。

没过几天，耶律德光考虑和后唐张敬达的军队这样僵持下去，总不是办法，等和石敬瑭一起灭了后唐那得啥时候？必须采取果断措施，尽快完成自己的承诺。他把石敬瑭召到他的大营，说："我奔赴三千里前来救你急难，答应的事是一定要办成的。我看你体貌恢廓，识量远达，大有国主之气啊。天命所属，机不可失。我广泛征询了蕃汉群臣的意见，决定册立你为中原天子。"

石敬瑭又惊又喜。不过他不能表现的过于猴急，那太没身份了。他再三推辞，说是后唐还没推翻，国土大部还没到手，怎么就可做皇帝。也确实，连晋阳还没打出去，就巴掌大个地儿，谁会承认你是中原天子？

可他的手下在桑维翰的带领下却一再劝进，他才表现出众命难违的样子接受了。在晋阳也就是太原城内筑坛，举行了册封大典。耶律德光宣读了册立诏书。因华夷不同文，相传那册表是出自桑维翰之手。由外族皇帝册封中原皇帝，史不多见，全文照录：

表曰："大契丹皇帝若曰：于戏！元气肇开，树之以君，天命不恒，人辅以德。故商道衰而周道盛，秦德乱而汉图昌。人事天心，古今靡异。咨尔子晋王，神钟睿哲，天赞英雄，叶梦日以储祥，应澄河而启运。迨事数帝，历试诸艰。武略文经，乃由天纵，忠规孝节，固自生知。猥以眇躬，奄有北土，暨明宗之享国也，与我先哲王保奉明契，所期子孙顺承，患难相济，丹书未泯，白日难欺。顾予纂承，匪敢失坠，尔为近戚，实系本支，所以予视尔若子，尔待予如父也。朕昨以独夫从珂，本非公族，窃据宝图，弃义忘恩，逆天暴物，诛翦骨肉，离间忠良，听任矫谀，威虐黎献，华夷震悚，内外崩离。知尔无辜，为彼致害，敢征众旅，来逼严城。虽并吞之志甚坚，而幽显之情可负！达于闻听，深激愤惊，乃命兴师，为尔除患。亲提万旅，远殄群雄，但赴急难，罔辞艰险。果见神祇助顺，卿士协谋，旗一麾而弃甲平山，鼓三作而僵尸遍野。虽已遂予本志，快彼群心，将期税驾金河，班师玉塞。矧今中原无主，四海未宁，茫茫生民，若坠涂炭。况万几不可以暂废，大宝不可以久虚，拯溺救焚，当在此日。尔有庇民之德，格于上下；尔有戡难之勋，光于区宇；尔有无私之行，通乎神明；尔有不言之信，彰乎兆庶。予懋乃德，嘉乃丕绩，天之历数在尔躬，是用命尔，当践皇极。仍以尔自兹并土，首建义旗，宣以国号曰晋。朕永与为父子之邦，保山河之誓。于戏！诵百王之阙礼，行兹盛典，成千载之大义，遂我初心。尔其永保兆民，勉持一德，慎乃有位，允执厥中，亦唯无疆之休，其戒之哉！"

耶律德光读完册封诏书，为显"父皇"的恩德，他脱下身上的皇袍，摘下头上的皇冠，赐给了石敬瑭。石敬瑭如获至宝，急忙穿戴起来，进行了登基仪式。

这是中国历史上独一无二的穿着异族帝服登基的皇帝。但不管怎么说，皇帝是当上了。

当皇帝就得有当皇帝的样子，于是他颁诏天下，国号为"晋"，年号"天福"。并大赦天下，宣布凡过去受他人之命和我石某作对者，只要真心投靠，既往不咎，并量才使用。后唐的各路官员你们看看，这是多优惠的政策，你们还不赶快过来？当然了，为了分化瓦解后唐军，他还向各路军阀派出了大量使者，带着大晋皇帝的优厚条件前去说降。

接着便是给部下提职晋级，所有为他出过力的统统给予提升，刘知远授"步马军都指挥使"，也就是兵马大元帅吧；景延广也不再是客将，被任了侍卫步军指挥使；授桑维翰中书侍郎、集贤殿大学士、枢密院使等等，官衔一大堆。其他人也各有所封，反正是各得其所，都成了王侯将相。桑维翰果然没有白长了一张大长脸。

当然，石敬瑭最忘不了的是给"父皇"谢恩，并再次保证，待国土尽归大晋后，定把十六州献上。为叫耶律德光放心，他亲笔写下了文书，并押上晋国的大印。说白了就是给人家打了个明细欠条。

"欠条"明确标明十六州为：幽（今北京）、蓟（天津蓟县）、瀛（河北河间）、莫（河北任丘）、涿（属河北）、檀（密云）、顺（北京顺义）、妫（北京延庆西）、儒（延庆）、新（河北涿鹿）、武（河北宣化）、云（山西大同）、应（山西应县）、朔（山西朔县）、寰（应县西南）、蔚（河北蔚县）。

这也正是耶律德光想得到的，要不，干什么来了？他忙收起来，叫人保管好。

真是两全其美。

这是公元936年，也就是契丹天显十年十一月，石敬瑭起兵才几个月，就被契丹国主耶律德光扶上了皇帝的宝座。

6　最后的挣扎

石敬瑭在晋阳称帝的消息传到都城洛阳，后唐主李从珂先是目瞪口呆，继而是暴跳如雷。他一会大骂文臣无能，毫无良策，一会大骂武将废物，粪土不如，再就是骂赵德钧心图不轨坐山观虎斗，要坐收渔利，骂各路军阀胆如鼠兔，见死不救，不能共赴国难，该杀该剐……

但是，不管他如何咬牙切齿，军阀们该不动还是不动。李从珂不知道，他的那些文臣武将们，有的开始暗暗分析比较形势，研究石敬瑭的诏书，琢磨是不是投过去能得以重用，更有的已经在悄悄联络。

见他龙颜震怒，圆滑的冯道和"三不开"马裔孙之流这时更不开口了。他身边的刘延朗倒还镇定，建议李从珂御驾亲征，以激励前方将士，调动各路军阀，让他们都看看，连皇帝都上阵了，你们还观望什么？也许还有得一拼。

李从珂想想也只有如此,怎么也不能坐以待毙。恨只恨半年前为什么没干净利索地一刀结果了石敬瑭那厮的性命!

要亲征,除了禁军之外,他自己并没直接掌握着兵马。于是下诏,一面催促驻足不前的范延光等各镇快速进兵,同时再调巡边指挥使安重荣前来支援;一面紧急征集天下将吏及民间马匹,每七户出征夫一人,自备铠杖,组成"义军"。诏令一下,弄得民间纷纷攘攘,叫苦连天。最后得马两千匹,征夫五千人。再加各镇调集的兵马也有了几万人。只是巡边指挥使安重荣没来。

这安重荣也是手握重兵的一方大将,极善骑射。李从珂调他的诏令到时,他正在接待石敬瑭的使者。那使者告诉他,跟着石敬瑭吧,可以当节度使。他很是动心。但他的哥哥和母亲却劝他,不能背叛朝廷,风险太大了,快把石敬瑭的使者杀掉,免招灭门之祸。但那"节度使"的肥缺对安重荣诱惑太太了,他犹豫了半天,想了一个招儿:"那就用我军中常俗,用射箭来决定吧。"

他让人在百步之外立了一个靶子,拉满弓说:"如是石公真是天子,就射中。"一箭射出,正中靶心。他又树一靶:"如果我安重荣能做节度使,就射中。"果然又是一箭中的。

这跟拜佛求签差不多,是神的示意,你们还有何说?哥哥和母亲只好依了他。其实,射箭是他最拿手的,没把握他这么干?也就是骗老娘吧。于是安重荣反倒是把李从珂派来调他的使者杀了,带兵去了石敬瑭那边。

而且,李从珂万万想不到的是,不但赵德钧父子不听他调,就连他信任重用的那个范延光见大势已去,为给自己找条后路,也在悄悄和石敬瑭联络,商讨着归后的条件。

看看,这后唐主李从珂还能有个好吗?

第六章 东丹王之死

1 兵变晋安寨

石敬瑭被契丹皇帝耶律德光在晋阳（太原）扶上了皇帝宝座，国号"晋"，史称后晋。后晋主石敬瑭带着一股新皇帝的盛气，开始对后唐军固守的晋安寨发起猛攻。虽然后唐统帅张敬达率兵拼死抵抗，但小城已是危在旦夕。

晋安寨被围了几个月，早是食尽粮绝。城中百姓饿死者十有六七。正是冬日，荒原无草，军队中战马只有喂木屑，啃食马粪，饥饿得相互撕咬马尾。而士兵身无御寒衣，口无填腹粮，已到了杀军马以解饥饿的地步。他们苦苦地盼啊，可盼来的是一次次的失望，朝廷的援军就是不来。

这样的军队还如何打仗？晋安寨城破是旦夕之事。城外契丹兵的呐喊声清晰传来："再不投降，破城之日，斩尽杀绝！"

副将杨光远和安审琦真是急了。他们从军是为的荣华富贵，熬到副帅已实属不易，为什么要苦撑在这里等死？他们心照不宣地对视一眼，气势汹汹地到城头去找张敬达。

张敬达还在城头苦战，臂上带着一支箭，鲜血直流。杨光远和安审琦来到他的跟前，手提战刀把他夹在了中间。

张敬达见他们眼中闪着一种冷光，心中一惊："你们，要干什么？"

杨光远："请大帅下令，开城投降！"

张敬达冷笑一声："肩担朝廷重任，要我投降，那是休想！"

"还有什么朝廷！他们早就把我们舍出去了！"安审琦大喊，"几个月了，不见一兵一卒来援，只让我们在这里抵挡，他们不知跑到哪里寻欢作乐！我们到底是在为谁拼命，为什么要替他殉死孤城！"

"我们不想让这些弟兄们都成了刀下之鬼。大帅，你如果还不下令献城的话，"杨光远盯着张敬达，狞笑着，"那就别怪末将不恭了，因为你说过，如到势尽力穷之时……"

张敬达看看他，这二位是来取他的人头了。他淡然一笑："是的，我答应过。"

"大帅，识时务者为俊杰。"杨光远动了动手中的刀，"我们也不愿这样。"

张敬达望望城外如云的战旗和如蚁群般涌动的军阵，又回头望望满目疮痍的城中，仰天呵呵笑起来："皇上啊，你为什么就不给我派援兵啊？我孤军在这儿苦苦抵抗了几个月，已经对得起朝廷了！"

杨光远一喜，觉得张敬达是想通了："大帅，你终于明白了！那就快下令吧……"

张敬达看看他，平静地说："大丈夫当有始有终。我是不会投降的！我……"他刷一下把手中的剑抬起来。

杨光远见他扬剑，心中一惊，不及多想，挥刀就向张敬达刺去，利刃瞬间插入了张敬达的胸膛。张敬达一口鲜血喷射而出，瞪大两眼定定地盯着杨光远，在倒下的瞬间说："本来……我是想……成全你们……"说着手中的剑哷然落地，随之倒了下去。

后唐的将领杨光远和安审琦割下招讨使张敬达的人头，开城投降了石敬瑭。

耶律德光看着张敬达的人头，非常感慨，对契丹军和晋军的将领们说："你们看到了吗，这才是真英雄！你们这些为人臣者，都该学学张将军啊！敬达虽与我对抗多日，伤亡我众多将士，但气节可敬，当好好收葬。"

这话，让那些投来变去的人有些抬不起头来。但耶律德光是发自内心的，他非常赞赏这样的忠义之士，而对那些变节之人很有些瞧不起。当他看到跪在马前的杨光远和安审琦，特别是看到只有一只胳膊，又是秃头的杨光远时，心中不由产生了一丝厌恶。他笑道："你们这样的人，真也是凶恶强健的汉子啊！"

杨光远本来就不识字，根本听不出这话的意思，以为是在称赞他，便说："降将无能，在皇上面前不敢称凶猛。"

耶律德光哈哈大笑："不用沾盐卤，就能吃掉十万战马，还不是凶恶的汉子吗？"

这是在讥讽，他们被围在晋安城中，只敢杀军马为食，而却不敢出来交战。杨光远愧不能答。

耶律德光又问："现在知道害怕了吧？"

杨光远说："非常害怕。"

"怕什么呢？"

"怕皇帝舍弃我们，而回北国。"

耶律德光冷笑道："北国没有土地和官爵安排你们这样的人，你们就在中原事奉晋帝吧。"

杨光远所带的后唐降军便尽数归了石敬瑭。

晋安寨陷落了，南下的门户洞开。石敬瑭的晋军和契丹军很快占领了南下的各处要地。

这时唐主李从珂带着拼凑的义军和调得动的几路官军约三万军马刚到河间。听到晋安寨失守的消息后，各镇军马都逗留不前，士气大落。

李从珂见形势进一步恶化，心情十分沮丧，想不出一点制敌之策，只是整日酗酒悲歌。

学士李崧劝李从珂，皇帝既然是亲征，应挺马向前，挥师北进。帅怯则兵更怯,不能让将士望敌而生畏。如能奋军直击,哪怕有一小捷,也可恢复士气,使战局出现转机,进而战胜石敬瑭。

李从珂听到李崧的话后,把酒杯扔到地上:"你们不要再提石敬瑭!这名字使我心胆坠地啊!"

周围的人听到这话都非常惊愕。这是李从珂吗?这是那个仅带十几兵卒呐喊一声冲入敌阵,在万马丛中将李嗣源救出的虎将李从珂?是那个只身夜闯敌营,将敌军旗砍倒,把旗杆扛回营的孤胆英雄李从珂?怎么会听到石敬瑭的名字就肝胆坠地了呢?

李崧退出来,暗暗摇头:"本来,龙敏之策可退契丹,可惜文臣不能纳策,武将不能安边,直至今日。以皇上之英武,今却懦弱如此,这是天要亡唐,先夺其魂魄啊!"

第二天,后唐的军中没了李崧的影子。谁也不知道他躲到哪去了。

2 阵前战歌

晋安寨的失守,使石敬瑭的晋军和契丹大军士气大振。耶律德光把后唐的二万降兵和五千战马,都赐给了石敬瑭,并下诏乘胜南下,不给后唐以喘息之机。

这时,胆战心惊的后唐军在唐主李从珂的带领下,也缓慢推进到一个叫团柏峪的地方,以期做最后的抵抗。

李从珂似乎从惊惧中清醒过来,非常后悔。他一是悔不该不听龙敏之策,没将东丹王立为帝送回草原引起契丹内乱,逼其退兵,从而导致契丹大军深入;二是后悔没听臣下的劝说,在大战用兵之际该迁就一下手握重兵的赵德钧父子,不应意气用事闹翻。如赵氏父子能听调增援张敬达、断契丹后路,战局也不是这样。

但李从珂也并非无能之辈,一旦缓过神来,还不至窝囊到无计可施。面对马上到来的大战,他采取了两条补救措施。一条是连续下诏赦赵氏父子无罪，除了官复原职，还再加官。你赵德钧不是想吞别人的军队吗？我让你当镇国公、六军兵马大元帅，军队都归你管；赵延寿不是要当镇州节度使吗？我可以给你三个州。只要是你们马上开赴前线，共保后唐江山不失，尽可高官厚禄。

第二条措施是，把李赞华也就是耶律倍紧急召到阵前，诏令他以契丹大太子和东丹王的身份向契丹军中写信做分化瓦解工作，并到军前喊话，扰乱对方军心。

这两个主意看起来也不失可用。虽然太晚了点。

但赵德钧父子也许是看出来他气数将尽，根本不理他这个茬儿。可能还会把诏书撕得粉碎大骂，先干什么去了，谁为你收拾残局？你自己都已经不保，还封谁？哄傻子吗？可能还会骂，当年石敬瑭把你扶上皇帝宝座，你还疑他，要杀他，这不才逼石敬瑭反的吗？何况我们还惹恼了你，就是帮你灭了石敬瑭，能不被疑被杀吗？一边玩去！

李从珂恨得牙根生疼，等我剿灭石贼，看不把姓赵的千刀万剐！

耶律倍倒是来到了前线大营。除了传诏的宦官，还有一队陪同士兵。谁也弄不明白他是应诏自愿前来的还是被抓而来的。

李从珂向耶律倍说明了叫他来的意图，并强调：“你受契丹迫害而避唐，我朝待你不薄，孰亲孰仇你自心中有数。先前欲立你为帝你不从，怕有风险，这也罢了，如今你再不助朕退敌，只有被你族人绑回契丹国了。”

耶律倍恭敬地说："臣明白皇上的意思，当然该知恩图报。可是，臣向契丹大营写信可以，但恐起不到作用。"

"朕让士兵把信捆在箭上射入你族大营，他们都可拾而传读，怎能不起作用？" 李从珂有些奇怪地问。

"皇上，以中原泱泱几千年之文明，民间有几人识字？更不要说才刚刚创制文字的北方契丹了。营中士卒战而执刀枪，散而牧牛羊，原先都是结绳记事，有谁知'字'为何物？就是射送过去再多，不也是废纸吗？"

李从珂怔了一下，想想也确是这么回事。他吧嗒了半天嘴，才说："那……那你就到阵前喊话吧，用兄弟之情规劝契丹皇帝，用同胞之亲感化你族将士。以你在唐亲历，讲我朝乃礼仪之邦，从不愿刀兵相见，劝其退兵。"

"可是……"耶律倍看看李从珂的脸色，欲言又止。他本想说，我本是逃亡之人，他们怎会听我的？再说他心里更没底的是，到了阵前，上前喊话，谁能保证他的那两个弟弟不一箭射死他？这和把他交回契丹没什么两样。

李从珂沉脸盯着他："怎么，喊话他们也听不懂吗？"

"哦……"耶律倍头脑里紧急思索着，怎样可避开阵前喊话，离得远一点。他沉吟了一下，终于有了主意，缓缓说到，"我是在想，皇上肯定知道'四面楚歌'的故事吧，张良是利用楚霸王士兵的思乡情绪，而唱乡曲使士兵涣散。如今契丹兵远离家乡，我可以在战前去他们营外唱思乡的契丹曲，也定会乱其军心，不是比喊话更好吗？"

李从珂认为也行，不管用什么办法，能乱契丹兵的意志就好。只要契丹兵乱，石敬瑭就好对付。

前进中的晋军和契丹军侦知唐主李从珂亲自带兵前来，觉得不可小视，便在十里外扎营，研究如何打这一仗。

那日傍晚，李从珂派一队士兵护送耶律倍悄悄来到契丹大营前。他选了一万精兵远远跟进，只等耶律倍扰乱了契丹兵的情绪后便突然发起攻击。他多么渴望能再振当年雄风，呐喊一声，将敌阵冲得落花流水，扭转战局。

可让李从珂万万想不到的是，躲在一丛树后的耶律倍遥望契丹大营，见军旗猎猎，闻战马嘶鸣，再听到契丹兵士的隐约说话声，却勾起了他自己强烈的思乡情，心中一热，眼中不觉涌出了泪。

耶律倍知道，他的两个兄弟就坐在对面的大营中。他没想到他和兄弟还会接触，而且是在酷烈的战场上。他哀叹，他不想参与权谋和厮杀，所以才让国以避，只想过平静生活，可为什么还要把他推到战场上，而且是夹在两军中间？他悲啊、恨啊！要知现在，当年为什么不和兄弟厮杀一场，即使死也痛快。可现在，前面是契丹同胞，后面是庇护之邦，我算什么？！

护送他的后唐小军官两眼紧盯着契丹营门，用刀顶着他的后背："李大人，你倒是快唱呀！"

是呀，我和皇上保证了，得唱曲呀。可唱什么？唱什么？这时的耶律倍紧张得脑中一片空白，什么也想不起来。

小军官一再催逼，耶律倍望着契丹大营的猎猎战旗，耳边突然响起一种他熟悉的旋律。他闭上眼，突然间"啊——"地大吼一声，放开嗓子吼唱起来：

"健如猛虎的契丹勇士，

举起飘着貂缨的长枪，

跨上带着金翅的骏马，

跟着所向无敌的战神，

出征吧——出征吧——。

天赐神勇的契丹武士，

夺下敌人带血的弓箭，

砍下他们愚蠢的头颅，

向着辉煌无比的胜利，

出征吧——出征吧——

……"

这歌声如喊似吼，高亢粗犷。这是契丹人出征前祭祀祖山山神时才唱的战歌。耶律倍为什么突然吼出了这首歌，连他自己也弄不明白，也许是见到同胞战士后，潜意识里那种故乡情结的突然迸发吧。

耶律倍是用契丹语唱的，李从珂当然听不懂。他以为耶律倍就是在唱思念家乡的"番曲儿"，便等着契丹那边士兵情绪的变化。

歌声随风传到了契丹大营中。兵卒们都非常奇怪，在这中原之地，是谁在唱我们的战歌？

耶律德光和耶律李胡当然也听到了，不由走出了大帐。他们望着远处隐藏在枯树丛中的人影，分辨不出是谁，但声音却清晰可闻。李胡恼怒地说："什么人如此大胆，竟敢不敬神灵就唱我战歌！这不是辱我军魂吗？"

耶律德光仔细听听，有些吃惊："我听着，像是大哥的声音……"

"什么？"耶律李胡一愣，细一听，立刻大怒，"果然是他！待我去把这叛国逆贼抓来！"

"慢着。他怎么会出现在两军阵前？"耶律德光思忖着，"他对着这边唱我们的战歌，莫非……是在传递一种什么信息吗？"

他思索了一下，对李胡说："他自己绝不可能到这里来，他的背后肯定有唐军！皇太弟，立刻统精锐出击，我和石郎随后跟上！注意，也可能是诱敌之计，不要中了埋伏！"

李从珂望着契丹的兵营，没看到契丹兵听见歌声而思乡，丢下兵器抱头痛哭的场面，却见一标人马呼啦啦呐喊着冲出营来。

护着耶律倍的那队唐兵的小军官拉起耶律倍就向后跑。后边的唐军见前边惊慌跑回，又听见呐喊，一下就乱了阵脚，也纷纷后退。李从珂大惊，抽出宝剑大吼一声："不许乱！跟我向前迎击！擒住贼酋者赏节度使！"

但是，哪里还控制得住。也许有人想做节度使，可大多数还是想要命。特别是那些将领们，谁不知他想当年答应杨思权做节度使而并不兑现？前边一退，后边不知情况如何，以为败了，争相后撤，再加上契丹的精锐骑兵很快就真的冲杀了过来，更是混乱不堪，不要说战，就是跑都来不及。

后唐军丢戈弃甲，相互拥挤践踏，挤下山谷者不可胜数。契丹兵和晋军前后追堵，抓获后唐残兵近万人。

团柏峪一战，亲自披挂上阵的唐主李从珂不但没能呐喊一声挺马冲入敌阵，而且使后唐最后拼凑起来的部队几乎损失殆尽。他只身带几个近卫仓皇逃去。

3 相约如父子

耶律德光和石敬瑭本是做好了和后唐主李从珂艰苦决战的准备，要不也不可能听说唐军屯兵团柏峪，而扎营不敢贸然前进。怎么也没想到，后唐军如此不堪一击，一触即溃，轻而易举地又是大胜，而且还得了一万俘兵。不怪杨光远和安审琦要提前投降，有眼光。

石敬瑭大受鼓舞，莫不是天在助我？他向耶律德光提出，乘胜追击，一鼓作气直捣京城洛阳。

耶律德光也觉胜券在握，大局已定，极赞同。在石敬瑭要南下的前夜，耶律德光设宴，对石敬瑭说："你急需南下，可我就不跟你去了。我若南下，河南之民定大惊骇，如骚乱，与你不利。我把你送过潞州，你自己带汉兵南下吧，我派萧翰带五千骑送你。我就留在这边，等你的音讯，如有什么急难，我一定前去救你。如果是你占得洛阳，成就帝业，我就回去了。"

石敬瑭拉着耶律德光的手，感激涕零："我有言在先，如事成，当奉皇帝为父。今大局已定，请如约受父子礼。"

他说着捧酒一杯，跪在耶律德光的面前："父皇在上，请受儿皇一拜！"

如果说原先石敬瑭从他老岳父李嗣源和契丹称兄道弟的角度，称耶律德光为"父皇"只是私下讨好，那么这次则是以一国皇帝的身份公开地、郑重地向另一国皇帝称"儿"。当时石敬瑭44岁，耶律德光36岁。所有史书无不称这是空前绝后的奇闻，尤其是汉族史书，把这称作是中原人的奇耻大辱。

可是不要忘了，石敬瑭本是沙陀人，和契丹一样是"胡人"，与你中原汉人有什么关系？也许他们认为人世间有小叔叔大侄子，有小舅舅大外甥，萝卜小长在了背（辈）儿上了嘛。论起来，亲族间因支系原因确可产生长幼年龄的颠倒，但唯独父与子这种关系，是颠倒不了的。

即便是"胡人"，石敬瑭也未免太低下了，就连他的家人和部将都感到屈辱得抬不起头来。

耶律德光欣然接受"父子"之约，拉着石敬瑭的手直掉泪，解下自己的白貂大衣披在了石敬瑭的身上，并赐良马二十匹，战马一千二百匹，说："愿世世子孙不要忘了这个约定啊。"

为表示"父"的关怀，耶律德光要把敬瑭"儿"扶上马，再送一程，送过潞州。因为那里还屯有赵德钧、赵延寿父子的大队人马。而赵德钧和石敬瑭向来不睦，是不会轻易放石敬瑭过去的。

大军出发前，石敬瑭要安排一个儿子留守太原和已经占领的地方，征求耶律德光的意见。这种小事，哪个儿子能行，他心里比谁都清楚，还用着问别人吗？也许是为了表示对"父"的尊重，客气一下吧。可耶律德光却毫不客气，对他说："把你认为能留守的儿子都叫来，朕替你选一个。"

石敬瑭把几个成年的儿子叫到了耶律德光跟前，见过"翁皇帝"。

耶律德光端详了一遍，见一个二十多岁的小伙浓眉大眼、魁梧健壮，指着说："就是这个大眼的孙儿吧。"

这个"大眼的孙儿"叫石重贵，恰恰不是石敬瑭的亲儿子。他是石敬瑭大哥的儿子，因跟石敬瑭征战勇猛，很受石敬瑭的喜爱，便收作养子。石重贵因战功很受养父的器重，被封齐王。

齐王石重贵被耶律德光看重心里很得意，但被一个大不了自己十岁的人当众呼为孙儿也是十分的不舒服。但没办法，谁让自己的父称人家为父呢？从那以后，人们便把他称为"大眼郎"。

石敬瑭便按"父"命拜石重贵为紫金光禄大夫、太原尹、北京留守、知河东节度事。石敬瑭安排好后方，便继续率大军南下了。

4 血染残阳

后唐主李从珂带着残兵逃到河阳，命令河阳节度使和赵州刺史守住河阳，而后烧掉架在黄河上行兵的浮桥，企图以黄河天险阻石敬瑭前进，争取时间，再次集结人马。

李从珂跑回洛阳，第一件事就是传耶律倍进宫。李从珂气坏了，他本想让耶律倍到阵前扰乱契丹军的军心，谁知他却大唱契丹战歌！这不是激敌之志，而灭我之威吗？这耶律倍是有意出卖我后唐，用战歌召契丹兵突然出击，才使我大军一溃千里！何其毒也！何其不义也！我后唐保护的原来竟是暗藏的奸细！他又联想到，有人跟他说过，他起兵反李从厚时这耶律倍曾秘密给契丹写过信，勾结契丹乘乱入中原，他没相信。通过这事，看来是真的！这耶律倍是以避难为名前来我大唐卧底的，企图里应外合啊，如何得了！

耶律倍在李从珂兵败之前就已跑回了洛阳。他何尝不知自己闯下了大祸。当时在战场上，面对前后两面大军，夹在中间的他头脑中一片空白，他只知要唱歌，面对同胞大军时他想起来的只是那豪壮的战歌，便脱口而出了，怎知会引契丹兵大杀而出？又怎知唐兵会一溃千里？李从珂一定会把他当战败的罪魁祸首而推出去顶罪。

他知道是要受到责怪甚至处罚了，可又能躲到哪里去呢？莫非还要再跑回契丹吗？一连几日，愁眉不展，茶饭不思，很快病倒了。

那天，李从珂派人来召他进宫，他托病没敢去。刚把朝中的来人送走，仆人来报，说是有一个和尚要见他。

焦虑不安的耶律倍一挥手："化缘之僧，给点银子打发走就是！"

可那和尚却已经走了进来，垂头打揖："阿弥陀佛。贫僧不为钱财，只为度人。"

耶律倍皱皱眉："你这和尚好不识礼，为何不请自入？"

"只因大王凶兆在身，贫僧特来相救。"

"你说什么？"耶律倍非常吃惊，不由抬眼仔细看那和尚。这一看更是吃惊，那和尚竟是他初到后唐时和他一起受封的那个契丹将领副惕隐涅里衮。

他慌忙起身："哎呀，你、你是涅里衮将军？是那边让你化妆潜入……来接我的吧？"

和尚说："世上早没了将军涅里衮，有的只是和尚怀惠。"

"哦。"耶律倍有些失望，他想起来了，"那次受唐主封赏后，你不辞而别，我以为你回了契丹。有人说你当了和尚，我还不信，看来是真的了。这些年来，你在那个宝刹修行啊？"

"云游四方。"怀惠和尚平静地说。

这时，一个五六岁的孩子跑进来："爹爹，我要写字。"

耶律倍拍拍他的头："先去玩吧，看不到爹爹这里有客人吗？"

孩子撒娇地："不嘛。我就要写字！"

耶律倍皱皱眉，向外喊："来人，把少爷抱走。"

立时有一老女仆跑进来，将孩子抱了出去。

怀惠看着孩子："这是……"

"哦，这是我的儿子，还是我入唐那年生的，取名唐儿。"耶律倍淡淡一笑，把话题又拉了回来，"怀惠，你我多年不见，今日突然登门，是有什么事吧？"

"来引渡大王前去佛门修行。"

"你说什么？想让我当和尚？"耶律倍大为吃惊，盯着怀惠不由笑了两声，"这、这怎么可能呢？"

"贫僧并非在说笑话。"怀惠说，"团柏峪一战，贫僧就在附近，目睹了大王被架在刀尖上的尴尬，也见到了唐军的败绩。想来，大王今后会更艰难吧，唐主今后绝不会再礼遇于你了。"

"噢。那是肯定的，我这节度使呀什么的统统都完了。可顶多做个老百姓，也不至于去当和尚呀！"

"大王一向喜娴静，可乱世偏偏把你拖往纷争，你已是让国求安，可并没得安生。以贫僧看，你恐是想当个小老百姓也当不安稳的。凡尘孽海，烦恼无边，为何还要在里面苦苦挣扎？到得佛门，给心灵找一片净地，让身体远离凡尘，这才是大王的真正归宿啊。"

"这……"耶律倍看看怀惠，沉吟了半晌，点头说道，"你说的也许还真对。我真想躲到一个没有纷争的地方，去读书、去作画、去浪荡江湖行医，可就是没想过当和尚。这提议有点太突然了。这样吧，你让我想想，既是真去做和尚，也得把官府上下安置一下……"

怀惠长叹一声："该走就走，一切都是身外之物，还安排什么？到这会儿想的还仍是凡尘俗物、荣华富贵啊。大王，早做决断，求佛祖拯救你的灵魂、保佑你的性命吧。"

怀惠无奈地走出耶律倍的官府。刚出去不远，忽见一队官兵涌过来，将耶律倍的府宅围了个风雨不透。怀惠心中一哆嗦，闭目轻轻叹道："东丹王，完了。"

带兵围府的是皇城使李彦绅，还有宦官秦继旻。他们是李从珂派来的。李从珂本是想在全朝大臣面前说明这次失利并非是他的无能，而是由于被人出卖，从而将耶律倍当场办了。可谁知耶律倍却托病不来。李从珂更是生气，同时也感到耶律倍可能察觉了，为防意外，便决定直接解决。既然不为我用，就不能留作后患！特别是，契丹人太可恨了，能杀一个也解解恨、出出气！

唉，如果当年对石敬瑭也是这样快刀斩乱麻，哪有今天的事！

这时耶律倍在屋内正搂着高美人生的儿子唐儿，琢磨着能不能出家当和尚，忽听外面一声高喊："圣旨到——李赞华接旨——"

耶律倍一听，愣了一下，稍一思索，急忙将小儿子塞到床下，嘱咐道："千万别出声。"而后才跑出去，跪在了宦官秦继旻的面前。

耶律倍偷眼四下看看，见官兵已把他府中上下所有人都驱赶到了院子中。他心中一下就明白了，他的官府要被查封了，只是没想到这么快。看来不用琢磨了，也用不着安置了，明天就出家当和尚。

秦继旻展开手中的圣旨，大声念了起来，意思是，耶律倍以受迫害要求保护为名，骗取唐朝的同情和信任，实则是契丹使用苦肉计派过来潜伏于我朝高层的奸细，多次将大唐意图偷泄契丹，使唐军行动处处暴露，一败再败，妄图内外勾结里应外合灭唐，罪大恶极！是一条钻入腹内噬咬心脏的毒虫，必须清除，就地诛杀……

耶律倍大吃一惊。他做好了被撤职为民、流放发配甚至被逐出后唐的准备，但怎么也没想到李从珂会杀了他，而且是这样的罪名！他瞪大两眼抬起头来，抗辩："秦公公，皇上这是听了谁的谗言……"

秦继旻捏着公鸭嗓向旁边的李彦绅一甩头："我只管替皇上传旨，其他一概不知。你去问他吧。"

皇城使李彦绅提剑大步来到了耶律倍的身边："你有罪没罪我不知，皇命难违，对不起了！"

耶律倍跳起来："等等，我这就去面见皇上……"

可他的话还没完，李彦绅的剑瞬间已插入了他的胸膛。

耶律倍一手抓着插入身中滴血的剑，一手无望地伸向青天："我、我、我……"便倒了下去。他的两眼瞪着满天如血的晚霞，渐渐失去了最后的光泽。

在他的意识最后消失的那一刻，他想说的也许是，我终于可以清静了……

李彦绅指挥士兵们将耶律倍府上所有的幕僚和佣人，不管是契丹人还是汉人，全部砍杀，不留一个活口。一时间，院中是一片悲惨的哭叫声。

血染的黄昏。一切都归于平静后，怀惠和尚悄悄来到了院子中。院子中尸体横藉，只有小小的唐儿不知所措地跪在耶律倍的身边，哆嗦着哭叫。怀惠流泪默默地为耶律倍念超度经，而后抱起他的尸体，放入堂中，领上失去保护的唐儿，消失在暮色中。

可怜的契丹皇太子、人皇王、东丹王，他为了不使兄弟相残而致契丹内乱，忍辱让国远避他乡。在后唐他不与政事，不想伤害任何人，但还是被他希求保护的后唐杀了。

其实，他就是一颗政治砝码，如果他的弟弟耶律德光不带兵入中原，他能死吗？说到底还是他的弟弟送了他的命。耶律倍在后唐只待了六年，死时只有三十八岁。

5　赵氏野心的破灭

在东丹王耶律倍被杀的那个黄昏，他的弟弟耶律德光和石敬瑭的大军已经推进到了潞州。

潞州还被赵德钧和赵延寿父子占着。契丹大军和石敬瑭的晋军很快把潞州围了个水泄不通。

在石敬瑭看来，后唐已是苟延残喘，而赵德钧父子不助唐而保存实力，就是要和他一争高下，坐山观虎斗，等两败俱伤时，便乘机夺得中原皇帝。所以他做好打一场恶仗的准备，为刘知远、景延广等大将配备了精锐的攻城骑兵。并让降过来的杨光远、范延光、安重荣等原来后唐和赵氏父子不相上下的藩镇大将到城下轮番喊话，扰乱赵军的士气。

但石敬瑭的担心是多余的。这时城中赵德钧赵延寿部队的战斗力已经大不如前，不少官兵因对他们失望都先后离去了。赵氏父子现在想的不是怎么打，而是怎么不打。他们当然不服石敬瑭，你算个什么东西，也配做皇帝？老子如果先你一步去契丹，今天能有你吗？但有契丹大军在石敬瑭的跟前相助，他们便无可奈何了。

赵氏父子怎么分析也无力再和石敬瑭分庭抗礼，只有率众投降一条路。但有条件，只降契丹，不降石敬瑭所谓的"晋"。因他们觉得，降给石敬瑭未免太没面子了。

降给谁都无所谓，耶律德光兵不血刃帮石敬瑭解决了最大一股乘乱而割据的势力。

耶律德光和皇太弟耶律李胡及萧翰、麻答等大将带着契丹军队，驻马高岗之上，接受赵氏父子的投降。

赵德钧和赵延寿首先跪在耶律德光的马前："败将赵德钧愿归顺契丹大皇帝陛下。"而后双手擎上了自己的佩剑。

他身后所有将士也都把手中的兵器放在了地上。

耶律德光看看赵德钧，笑了笑："你就是驻守幽州十几年，因防我契丹有功的北平王？果然气度不凡哪。"

赵德钧听这话很不是滋味，但又不能不答，尴尬地说："末将和契丹无冤无仇，那时只是奉命而为。"

"各保其主嘛，当是如此。"耶律德光笑笑。

在耶律德光身后的耶律李胡看着赵德钧父子哼了一声："穷途末路要降我契丹，想当年在国界之上，你杀我多少兵卒，掳我多少将士？该当何罪？"

赵德钧父子无话可说。但他们身后却有人说话了："两军交兵，各为其主，定然是你死我活！互有杀戮，不足为奇！今我家主公愿降大王，已知前非而今是，何以要旧仇重提？况且，几月前我主公就有意和贵军联好，是贵邦大王不容，怎反怪我们？"

赵德钧回头看，见是张砺站在那里和耶律德光抗争，马上斥道："你怎么可以这样？快跪下！"

萧翰刷地抽出了剑："哪里来的穷酸书生，胆敢这样对我大契丹皇帝说话？"

耶律德光看看张砺，认出来了，便说："退下！这不是张学士吗？刀剑丛中，敢为主力争，这等忠直之士当为我用。通事官可在？"

一人急忙上前，单膝跪地："臣高彦英在。"

"你照顾好张学士。如出差错，拿你是问！"

"臣遵旨！"高彦英便恭谨地将张砺带走了。

耶律德光又转向赵德钧："赵将军，也不怪朕的将领耿耿于怀。你镇守幽州多年，过去收降俘虏我不少契丹兵，听说编成三千'银鞍契丹直'精兵，专用来对付我契丹人，说是以夷制夷，着实是厉害呀。现在何处？能让朕看看吗？"

赵德钧向自己身后降军张望了一圈，指着一处山坡："那里便是。不过，已有一些逃回北国或他投，不足二千了。"

后唐军本都是黑衣，俗称"鸦军"，而那被他改编的契丹兵却是白衣银甲。看来绝对是待遇不同的特种兵。

耶律德光向那边看看，冷冷笑道："果然与众不同啊。"

他慢慢转向耶律李胡，眼中闪出了一丝冷峻："皇太弟，面对多次败我的同族精兵，你不想比试一下吗？"

耶律李胡一愣："比……比什么？"

倒是麻答明白了皇上的意思，马上挥刀向身后的骑兵大喊："皇上有令，跟我来——"便策马向那些已服役后唐军的契丹籍士兵冲去，转眼间到了跟前，挥刀便砍。

可怜那些被俘后又用来当兵的所谓"银鞍契丹直"士卒，虽然已放下武器手无寸铁，但还是被挥舞战刀的同族突然围住，跑没处跑，藏无处藏，一片惨叫，血肉横飞。

汉人降兵看见，顿时大乱。连同族都这样杀害，我们还能有好吗？

耶律李胡指挥大军将汉族降兵团团围住，大喊："谁敢动！就是如此下场！"

一切都来得这么突然。赵德钧父子惊呆了。赵德钧稍一愣，向耶律德光的马前跪爬了两步，哭喊："皇上，不能啊……"

赵延寿看着那些纷纷倒在血泊中的士兵，有些急了，大喊："皇帝，他们虽是你的同族，但抗契丹也是为保性命，奉命而行，何罪之有？如一定问罪，就绑我吧！"

耶律德光何尝不知那些契丹籍士兵无罪。他这样做的真实目的，就是要告诉自己的同族士兵，如敢为敌效命，就是这个下场！同时也是要彻底镇服一贯骄横、野心勃勃的赵氏父子。

他见已收到效果，便让麻答回来，淡淡地对赵氏父子说："你们既已归我，怎么能绑呢？这样吧，我派人保护你们去我契丹国。"

赵德钧愣愣地看着耶律德光："这……皇帝，送我们去契丹国？那……不行呀……"

"你们不是说降的就是我契丹么？不去契丹要去哪里？"

赵延寿急忙说："为父的意思是，我们去了契丹，这些兵谁带？我们都是战将，如不带兵……"

"带兵就不用你们了。"耶律德光拨转了马头，"这些降兵朕赐给石郎了。"

赵德钧一下便瘫坐在地上。悲哀啊，不可一世的北平王，几个月之间，官职没了，领地没了，现在连一兵一卒都没了。天道如此不公啊，我赵某和石敬瑭，到底差在哪儿了？

赵德钧和赵延寿第二天就坐一辆毡棚驼车，顶着呼啸的北风，踏上了北去的路。不过，毡包门是锁着的，不经护送将领麻答的允许是不准打开的。这哪里是护送，这不是押送吗？

6　后唐末日

石敬瑭过了潞州这道障碍，直向黄河边推进，很快到了河阳。

后唐主李从珂本是派了河阳节度使和一个刺史镇守的。但是石敬瑭的晋军一到，他们马上就出城迎降了，而且把渡黄河的舟船都准备了。看来，他们早就有了投降的打算，抑或是被石敬瑭分化收买了，你李从珂断浮桥又有什么用？

李从珂再次召集大臣商议，必须收复河阳，如黄河天险一失，则都城洛阳门户洞开。议还未决，便纷纷传来各路将领飞速向石敬瑭递降状的消息。

李从珂真的感到大势已去了。彻底把他击垮的是，石敬瑭为防他西逃蜀国，已派一千骑扼守渑池。他已成瓮中之鳖。

晋军渡黄河后，很快就把皇都洛阳城铁桶般围了起来。其实，洛阳城中只有皇城使李彦绅带的几千皇城禁军，石敬瑭要进城那是易如反掌。可是他不，而是传话进去，说是为使城中百姓不遭兵祸，让李从珂捧着传国宝玺率百官出来跪着投降。这和逮住耗子的猫要先好好玩一玩再要耗子的小命是一个意思。

李从珂毕竟是战将出身，还有点骨头，怎么可能受这等侮辱？再说，他杀了石敬瑭四个子弟，石敬瑭能饶了他吗？怎么也是个死了，何必低三下四？

宰相冯道跪地劝他："大丈夫能伸能屈，何必要宁折不弯？有一首诗说的好：'莫为危时便怆神，前程往往有期因。终因海岳献明主，未省乾坤陷吉人……'"

李从珂哼哼冷笑，接着念道："接下来是'道德几时曾去也，舟车何处不通津。但教方寸无诸恶，狼虎丛中也立身。'对吧？"

冯道一愣，急忙说："太对了。看来皇帝也熟这首诗。以微臣看，现在形势确实很危，但……"

"但我可以不要道德，伏身于狼虎！这是你的诗，呈给朕看过，朕当然记的。这是你的为人之道，绝不是朕的！"李从珂长叹一声，"你们既然都以为江山就要归'明主'了，朕也就不再难为你们。只希望你能告诉石敬瑭，我走后，不要涂毒城中的百姓。去吧。"

冯道求道："皇上，你这是何苦啊……"

李从珂垂着头不再看他，咬着牙一捶桌子："树倒猢狲散，何必这样假惺惺！去吧！"

冯道见李从珂绝计不投降，只好退了出去。

李从珂让宦官秦继旻把大量绸缎布帛堆于宫中玄武楼上，撒上松脂，浸以油膏，而后拿上传国宝玺带着皇太后、刘皇后还有他的几个儿子登临其上。

李从珂手指皇城外夕阳晚照中的莽莽青山问："你们远看，这河山，美吗？"

儿子李重吉说："江山如画。只可惜战乱频生，满目疮痍。"

李从珂："再近看，这皇宫，华贵吗？"

刘皇后点点头："好比天阙，比当年的潞王府强似万倍。"

"再好好看一眼吧，这一切马上就不是我的了！我们得走了！"

李从珂点燃了一棵松明，仰天长啸："我李从珂一心为保李姓的后唐江山，可为何天不助我啊！先祖先帝啊，从珂无能，江山就要姓石了！"

刘皇后悲愤地流着泪："可恨石郎如此不义啊！皇上想得对，把皇宫都烧了，何必要留给他！"

李从珂的儿子李重吉摇头说："新天子入洛阳，不会住露天地，一定还会劳民伤财地重建。我们把皇宫烧了，会给老百姓留下怨恨的。败就败了，为何还要留骂名？"

李从珂哈哈大笑："我儿真是大仁大义，如临天下定是爱民之主！可惜苍天无眼啊！我们一起去见先皇吧！"说着将手中的火把丢到了浸油的布帛中。

皇太后、刘皇后还有李重吉等几个儿子大吃一惊。他们原以为皇上说"要走了"，是带他们逃跑，让他们"好好看看"是做最后的告别，怎么会突然点火呢？等他们明白过来是自焚时，周围已是烈焰熊熊，浓烟滚滚……

站在楼口的宦官秦继旻吓得滚下楼梯，连滚带爬地报告了宰相冯道。冯道望着黑烟升腾的玄武楼，摇头叹息，而后率官开城。并授意皇城使李彦绅"不做无宜抵抗"，带禁军自动解甲待罪。

入夜，石敬瑭带晋军进了后唐的都城洛阳。石敬瑭派大将刘知远部署京城。刘知远使晋军还驻城外军营，把送他们的契丹兵安排在天宫寺。并布告全城百姓，安心勿惧，一切仍从唐制。城中一片肃然，没一个人敢出来游走。

这年是公元936年，也就是契丹年号天显十年十二月，后唐覆灭。后唐最后一个皇帝李从珂自焚洛阳皇宫中的玄武楼，年五十一，史称"末帝"或"废帝"。

就这样，石敬瑭在契丹的帮助下，真正夺得了中原的最高统治权。

第七章　尴尬儿皇帝

1　太后戏赵侯

石敬瑭攻入后唐的都城洛阳，这才感到真正坐上了中原皇帝的宝座。虽然后唐大部都降了，但有些和他不相上下的藩镇还是有人并不服他，不愿称臣。为安稳局面，他下诏一切皆从唐制，意在告诉天下，别看我称"晋"，其实还是要发扬光大后唐，我不是要灭唐，而只是讨伐篡唐的李从珂。

因此，他追废李从珂为庶人，并重新启用原来后唐的一些大臣，以此来证明他就是为了后唐。冯道等人便又得到了重用。晋不设枢密院，政务全归中书省，冯道被任为中书令，相当于宰相吧。这冯道也真是有两下子，不管谁来当皇帝，都少不了他的官位。

耶律德光见石敬瑭坐稳了，便也在第二年春天，也就是公元937年春二月，班师回朝。

途中，他也遇到了几次不愉快，比如过云州，有个叫吴峦的小小判官却不开城迎他，率众拒守，说："我本礼仪之邦，怎么可向狄夷称臣呢？"德光要灭了他，无奈这时的契丹士兵回乡心切，无心再战，他也就作罢，只让留守的契丹军队围攻，自己回草原去了。还有应州刺史郭德威，也不愿向他称臣，但又觉无力反抗，便南下投了江南的政权。耶律德光想，无所谓，小小一方藩镇，已是我儿石郎之地，成得什么气候！他不再介意，让人传信石敬瑭，注意收拾就是。

路过幽州时，耶律德光幸临大悲阁。阁内供奉着一尊观世音立像，一袭白衣，足踏莲花，头戴宝冠，容颜端丽，神态栩栩如生。耶律德光第一眼看到这尊佛像就愣住了。那观世音一双慈目俯视着他，似乎在问：怎么，不认识了吗？耶律德光凝视了片刻，猛然想了起来，啊呀了一声，急忙下拜："一白衣神人曾托梦于朕，命朕扶助石郎为中原之主，原来真神在此啊！"

跟随的文武官员见皇帝下拜，便也纷纭虔诚地跪了下去。一时间把庙里的僧人们忙得不亦乐乎，也高兴坏了。要知道，大契丹的皇帝都到这庙里上香叩拜，往后这香火能不旺吗？可僧人们的兴奋维持了不到半个时辰，便彻底凉了。耶律德光拜完，站起身来说："如此神灵，当请做我大契丹的皇家家神。佑我契丹万世长盛。"于是，他命人将那尊观世音像移往契丹的发祥圣地木叶山，修观音堂，春秋祭祀。

这也算是给自己那个梦搞了个圆满结局。当然了，也说明当时佛教已经开始取代萨满教进入了契丹的精神社会，连皇帝耶律德光也是笃信不疑的。不怪后来他们在五京中能建那么多巍峨壮丽的佛塔。

耶律德光挥师北归时，赵德钧父子和他的下属们早已被解到了契丹西楼临潢府。耶律德光回来后，仍没把他们当回事，只是放在一处院子养着，好吃好喝，但就是不见任用。倒是那个敢顶撞耶律德光的赵德钧的手下张砺，被耶律德光任用为翰林学士。

赵德钧非常失落，他心中那团还没有熄灭的权欲之火烧得他心痛。怎么办呢？他思来想去，想到了述律皇太后。皇太后最爱有用之才，那汉人韩延徽在契丹是高官了，听说是见了契丹太祖阿保机不跪，而被太祖罚去放马，不就是太后见其有才极力保举的吗？要不现在还在放马。当今皇帝也最听太后的话，只要太后说句话，我赵德钧就不会遭此冷遇了。

他便用重金贿赂了大宦官查剌，让他到述律太后跟前疏通。

不知查刺是怎么和皇太后说的，述律太后很快传下话来，说是要召见他。

赵德钧心中一阵暗喜，能被皇太后召见，是要时来运转了！

赵德钧把自己精心地修饰了一番，为讨太后喜欢，他特意向查刺借了一件契丹贵族常穿的貂皮袍子套在了外面。他见了皇太后，献上所带的大批珍宝并田宅籍册，并慌忙跪地："臣赵德钧叩见太后娘娘。太后千岁千千岁！"

述律平没在意那些珠宝，倒是见他是汉人发髻，却穿着契丹服装，有些不伦不类，不觉皱了一下眉头："罢了。早就听说赵大王是一员猛将，原来是这副模样啊。你抗我契丹多年，战功卓著，乃中原之上将，今天怎么在这儿啊？"

"哦……"赵德钧有些惶恐，"当年，那都是……奉唐主之命。身不由己。如今……下臣愿弃暗投明……"

述律平冷冷一笑，指着天说："听说你向我儿求做天子了？我真不明白，你怎么会说出这样狂妄的话呢？"又指指自己的心，"你应该知道，这里不可欺啊！"

赵德钧一下便怔在了那里。这是什么意思？

还没等他反应过来，述律太后又说话了："我儿将要南行时，我曾告诫过他，'赵大王如是出兵渝关，必须紧急北还，不可再救太原。'你想要做天子，为什么不先击退我儿？其实我儿是非常害怕你出兵截后路的，你如果真那么做了，我儿肯定退兵。那么你就是救国的第一大功臣，慢慢再图其他也不晚啊。你作为唐之臣子，既辜负了你的主人，不能击敌，又想乘乱谋利，所作所为如此卑下，还有什么脸面面对世人呢？"

"这……"赵德钧深深地垂下头，不能回答。

述律平看看那些他送来的珍宝，摆弄了一下献上的田宅籍册，冷笑了一下："器玩在此，田宅何在啊？"

"在幽州。籍册已献上。"

述律平不屑一顾地将籍册扔到桌子上，说："幽州今属谁了？"

"属太后。"

述律平站起来："那么你还有什么可献的呢？去吧，我最看不起的就是投机取巧之人，我儿也是。"她由侍女扶着向后堂走去，再也没看赵德钧一眼。

赵德钧愣愣地看着述律太后走入后堂，孤零零地被扔在那里，羞愧得一句话也说不出来。

赵德钧受到述律太后这番羞辱后，知道自己在契丹是彻底没戏了。是啊，要知契丹如此怕我北平王，我当初何不断其后路以邀大功，那才是要挟后唐国主的本钱，哪路蕃镇敢不服？他石敬瑭还算个什么？可如今降了契丹，反倒被人戏耍！悔呀！恨呀！早知如此，何必当初！

可是一切都晚了。赵德钧从述律太后宫中回来，憋屈得茶饭不思，很快就骨瘦如柴。他弄不懂，契丹的君主为什么就看不上他，韩延徽见太祖不跪、张砺面对面和耶律德光皇上抗争，为什么就能得重用？其实述律太后已和他说得明明白白，契丹君主喜欢的是刚正之士，而最瞧不起投机取巧的人。没说的还有一层，韩延徽、张砺之类只是文人，用的是他们的才能，而他赵德钧是称霸一方的诸侯，而且心术不正，不加小心用起来能放心吗？

赵德钧终于抑郁而死。可怜一番天子梦，空自取辱死他乡，只能伴着北方草原的凄风苦雨去做孤魂野鬼了。

2 东丹王魂归故里

石敬瑭进入京城后，听说东丹王耶律倍被杀，非常震惊。他立即命人将耶律倍的尸骨收敛，在耶律倍的府上设灵祭奠，他亲往哭祭。再怎么着，耶律倍也是"父皇"的亲哥哥不是，论起来还得叫大伯呢。

因耶律倍是"非命而死"，石敬瑭追赠他为"燕王"，并要将他的灵柩送回契丹国，连同原来俘获而滞留于中原的那些将领，比如则剌等人，一同放还。他要用这些向契丹证明，我石敬瑭知恩图报，对契丹绝对友好忠诚。

护送耶律倍灵柩的差事，落在了略通契丹习俗的单州刺史李肃的身上。

这可把李肃难坏了。当时的人都把出使契丹当作难事，千里迢迢，风餐露宿，苦差事啊，不亚于发配，如遇契丹人一变脸，那就是个回不来。李肃接令后，惶悚的不知所以。

李肃回到家中，独自坐在客厅中直愣愣地发呆，满面愁容，不住地长吁短叹。

他的夫人张氏有些奇怪："夫君，今天是怎么了？"

李肃低头沉默不语，夫人再问，他才抬起头来，已是泪流满面："夫人，为夫接了一差，怕是要与你永别了。"

张夫人闻听这话一惊，忙到他跟前，扶住他："为何要说这样不吉利的话？什么差事会这样难？再难还难得过去北地契丹么？何至哭泣？"

"夫人，此行正是去契丹啊。"

"啊？"张夫人惊得一下跌坐在椅子上。

李肃擦了擦泪，叹了一声："我这次是奉上命护送东丹王的灵柩去契丹草地。风寒苦旅长途跋涉我都不怕，怕的是有去无回啊。夫人你想，这东丹王虽是叛国投唐之人，但毕竟是契丹皇帝的哥哥，他的死，是被朝廷派人杀害的，契丹皇帝能不知道吗？能不恼怒吗？我如去送宝还行，可我去送死尸，能有好下场吗？"

张夫人愣了半天，镇静下来："皇命难违，光唉声叹气有什么用呢？得想办法完成使命才能保住全身啊。"

"哪有这等万全之策啊，愁死我了！夫人，此一去恐是……"

"事在人为。"张夫人给丈夫倒了一杯茶，"我听你刚说到了送宝二字，可是？"

"是啊。契丹贪财好利，我听说凡送财通好的使节都能体面而归。"李肃点点头，"可我这是送东丹王之灵啊，悲不胜悲啊……"

张夫人说："这就是了。既然契丹人贪财好利，何不投其所好？"

李肃怔怔地看着夫人："什么意思？"

张夫人说："想我家中，金银珠宝，粗略估算也有几十万钱。你全部拿走，权当是我为你送行的仪注。到了契丹，你献契丹主万金，再将其余重贿契丹国主左右亲近之人，你定能安然归来。"

"但愿如此吧。"李肃也别无良策，便把家中的金玉珠宝尽行装车，与耶律倍的灵柩一同送往契丹。

到达契丹京城后，李肃倾尽所带财物献于大臣和耶律德光。耶律德光相当惊喜。他喜的不是得了李肃的一点财物，对于一国之主来说，那算的什么？他喜的是，他的哥哥终于归来了。自从耶律倍投唐之后，随着时间的推移，他心中渐渐升起了一种愧疚，觉得当年真是有些逼人太甚了，有点对不起哥哥。特别是述律太后，也越来越思念这个儿子，经常对德光说，想办法把你哥接回来吧。可他接不回来，唐王不放。如今哥哥回来了，虽已是一具僵尸，但总算对母后有个交代了。他问明了哥哥是因何而亡，并未诘责李肃，因他知这不是小小李肃的错。耶律德光反而是厚赏了李肃，嘉其不辞劳苦送皇兄魂归故土，赐他良马百匹及大宗珍宝，并派司职机构礼送他回国。

李肃回朝复命，对契丹皇帝的赏赐不敢留用，全部献于石敬瑭。石敬瑭也很高兴，这一趟差跑得不错，使两国更加交好。他不但给李肃升了官，还加倍奖赏，要比李肃送出去的家产多得多。哇呀呀，李肃送的可是真宝啊，要知这样，当初哭的那门鼻子呀？他得感谢他的夫人。

耶律德光将哥哥耶律倍按人皇王的规格归葬于其领地东丹国的医巫闾山，并建人皇王行宫，由人皇王妃萧氏领之。后来，耶律倍被儿子追谥为"让国皇帝"，陵曰"显陵"，庙号"义宗"。也算行了，耶律倍总算能魂归本土，没做他乡之鬼。

3 称"辽"效中原

耶律德光从中原回来后，踌躇满志。从去年九月出兵到回来不足半年，中原十六州轻易到手，虽还没最后划入版图，但已是囊中之物。国土南扩，四夷皆服，实现了太祖阿保机的遗愿，更使自己有了坚实的政治资本。

于是，他在草原上"六月雪"和"金莲花"盛开的六月，宣布改契丹国号为"辽"，年号为"会同"。那年是公元937年。

耶律德光颁诏天下，公卿百官设置皆效仿中原。皇帝和"南面"官着汉服，国母和"北面"官着契丹服。南面院设枢密院、中书省、行宫都总管司，主管汉事；北面院设契丹枢密院及行宫都总管司，主管契丹族和其他族事务，并按汉官制设了夷离毕、林牙、夷离巾、敞史等等职衔，相当于汉官的参政知事、翰林学士、刺史、佐吏吧。

这使辽的政治体制更加完善，为契丹进一步强盛奠定了基础。耶律德光不囿于一族之隘见，广纳他族之长，绝对是有政治胸怀和眼光的一代君王。

耶律德光为落实他的主张，大量启用汉官。其中就有曾被冷落了半年的赵延寿。可惜他的养父赵德钧却已经因憋屈郁闷而死去了。怎么就不再挺几天呢？大小也能弄个官儿。

好在，他的养子还有希望。耶律德光为表示对赵延寿的重视，同时也为不让他生出二心，便派使者入中原，把赵延寿的家眷后唐兴平公主接来。同时更重要的是，向石敬瑭通报改元事宜。

辽使到了晋，石敬瑭不敢怠慢，以最高规格接待，生怕有什么不周，亲自陪同。连宰相冯道都觉得有点过了。石敬瑭却说："父皇帝之使不同于他国使，且是初次往来，怎可按旧制？况且，我们还有求于父皇啊。"

石敬瑭当然有自己的打算。他要派使入契丹,一是向父皇的改元上表致贺,二是要向辽求赐尊号。去父皇那边,当然不能是一般的使者,得派一个像样的。他决定派桑维翰前去。但辽使说,皇上有话,回使要冯道去。

石敬瑭有些为难。因为他知道,冯道在后唐庄宗朝为宰相时,劝庄宗施仁政、抚农桑,出过不少好主意,很有点名气,契丹主阿保机曾动过把他抢去为契丹所用的念头。这次点名要他去,显而易见,恐是有去无回。

冯道虽是处事圆滑,但也不是一无是处。他见石敬瑭作难,而辽皇又不能得罪,便说:"臣受陛下大恩,尽管放心吧。去一趟又有何不可?"

其他那些被派使辽的人听说要去苦寒的塞北,都面露难色,有些人甚至手脚都不自觉地抖起来,要知那里是荒凉野蛮之地啊。冯道却泰然自若,镇定地写下"道去"二字,算是立下了军令状。感动得石敬瑭差点掉了泪。

于是,晋便认真准备晋见礼品。最重要的当然是献给父皇帝最贵重的礼物——已经收复的燕云十六州的图籍和户口册。二是给上至皇太后、皇后、皇太弟及各大王皇室成员,下至地方官员和将领都准备了一份厚礼。

辽会同元年八月,冯道作为晋朝的册礼使,带着大批礼物,护送着赵延寿的妻子兴平公主出使大辽。

4 冯道使辽

辽主耶律德光听说冯道真来了,想要亲自迎接。

韩延徽劝道:"陛下礼贤下士,实为美德。可自古来也没有天子接宰相的礼节啊。"

耶律德光这才作罢。只在宫中按礼仪接待了晋使。当他接过冯道献上的十六州图藉和户口,心花怒放,马上厚赏使团所有人员,赐金袍、金带、白马、银饰鞍勒。并极力夸赞石敬瑭是信义之人,没看走眼。

十六州已是大辽统治区域，耶律德光立刻调整各地官员，派他所信任的得力人员前去接收、治理，并将大帐临潢府（赤峰林东镇东南）升格为辽上京，改原东丹国的东平城（辽阳一带）为东京，升新收的幽州（北京一带）为辽南京。

中原十六州并入大辽，契丹人并没费什么事，用耶律德光自己的话说是"一战而胜"，是他们"寻机而动"战略的重大成果。其实从长远看，这不仅仅是一片土地的得失，而是实现了塞外北方民族和中原政权实力优劣的转换。对大辽而言，它得到燕山地区和华北平原，不但在文化上更方便和中原交流，经济上能得到塞北所没有的财富，有利于国势发展，更重要的是，可以使自己的铁骑毫无阻挡地直驰黄河岸边，占尽了军事优势。但对中原政权来讲，由于失去了北边的天然屏障，则失去了战争的主动权。这在几年后便充分显现了出来。

耶律德光兴奋之余，破格设宴招待晋朝来使，并亲自作陪。他见石敬瑭诚心实意，确实是孝顺，便将晋朝贺表上的"臣"字划掉，对冯道说："告诉石郎，都是一家人了，不要称臣，称儿就可，一切就按家中的礼仪办吧。今天这就是招待儿家来的客人啊。"

冯道不置可否，心里说，称儿是你们两人的事，称臣就是国与国间的事了，不称也好。

酒过三巡，耶律德光问冯道："你在辅佐唐主庄宗时很有点名声，朕的先帝很想得到你，后来连换了几个君主，用人各有好恶，但你都能为高官，想来一定是有什么安邦定国之策吧？"

"皇帝夸奖了。"冯道急忙恭谦地说，"微臣不管辅助那位君主，所劝的第一件事，就是要以德治天下，要日慎一日，才能答谢天下百姓……"

"以德治天下，很多大臣和朕说过。这'日慎一日'怎讲？"

"当年我主后唐明宗也问过这个，我给他讲过一件事。有一次我陪庄宗出行，过山口时，因为坡陡路险，格外小心，马缰拉得非常紧，结果平安无事。但等到了平地,就松懈下来,不再小心,却从马下摔下来,而且伤得不轻。这个事儿虽小,但道理很大。陛下不要以为得了土地就天下太平了,只有时刻兢兢业业才能江山永固啊。"

"有道理。"耶律德光点点头,"石郎给我的十六州,虽是土地肥美,但连年征战,百姓们一定挺苦,怎么办呢?"

"那里是以农耕为生,当然是以抚农为重。"冯道说,"谷贵饿农,谷溅伤农,这是常理。有一首诗写得好:'二月卖春丝,五月粜秋谷。医得眼下疮,剜却心头肉。我愿君王心,化作光明烛。不照绮罗筵,偏照逃亡屋。'这就是老百姓的心声啊。"

"好!想不到冯相做得这样好诗。"

"不不,这是近代举人聂夷中的《伤田家》,微臣只是信口引用而已。"

"'我愿君王心,化作光明烛',好!"耶律德光很有感慨,"冯爱卿,你把这首诗写下来,朕要悬于壁上,用作提醒!"

又过一日,耶律德光和述律太后临御开皇殿,接受晋朝上尊号。给耶律德光上的尊号为:睿文神武法天启运明德彰信至道广敬昭孝嗣圣皇帝。

这一大串,谁记得住。不过尽是好辞,耶律德光相当高兴,又是一番赏赐。同时也为石敬瑭加了尊号,不过简单多了,为:"英武明义皇帝"。相互吹着玩呗。

通过几次接触,耶律德光认为冯道还真有点学问。有一天,耶律德光办完公事,兴致挺好,把冯道叫到宫里,拿出一只玉杯,上面刻有"传国宝万岁杯"的字样,问他:"这是赵德钧送给朕的,说是战国时赵武灵王之物,是他镇守幽州时,从一盗墓贼手中所得。你看看是真是假呀?"

冯道将那杯仔细看看,轻轻放下:"确是至宝。是否为赵武灵王物,微臣才疏学浅,不敢妄言。"

"韩廷徽也是如此说。"耶律德光有些失望,"那就当真吧。"

冯道看耶律德光有些失望,便说:"不管是真是假,这只是前世有形之宝，王者才是无形之宝，而仁义又是王者之宝。古人云：知及之，仁不能守之，虽得之，必失之；知及之，仁能守之，不庄以涖之，则民不敬；知及之，仁能守之，庄以涖之，动之不以礼，未善也。"

耶律德光虽也读过不少书，但这一通之乎者也还是把他整到了五里雾中。可他当冯道的面又不能表现出没听懂，过后才去问韩延徽。韩延徽告诉他，这是孔老夫子的一段话，意思是啊，皇帝用智慧得到了宝座，不能用仁德去保护它，即使是得到了，一定会失去。用智慧得到的皇位，能用仁德去保护它，但如不用庄严的制度治理百姓，那百姓也不会尊敬他。用智慧得到皇位，能用仁德去保护，能用严明的法律治理百姓，但如不能用礼仪去教化老百姓，也是不完美的啊。

耶委德便不住点头："这冯道还有点滋味……"

韩延徽见耶律德光对冯道似乎有点兴趣，便委婉地说，这冯道家贫苦读，有点才华，但就是为人太过圆滑了。

其实不光是韩延徽说，耶律德光从别人口中也听到过类似的评价，但他还是觉得冯道可用。世无完人嘛。

冯道在唐在晋，说话都是很有把握的，轻易不开口，怎么到了这里就滔滔不绝了呢？其实，这都是冯道在和耶律德光周旋，你不点名要我来吗？我偏说些契丹人不懂也不喜欢的儒家道理让你讨厌我，快把我打发回去。

他恰恰想错了。如是耶律李胡，也许这样，早把这满口仁义道德的家伙撵回去，酸不酸呀！可他遇上的是急于招揽人才的耶律德光，不但不烦，还觉得有点滋味。于是便露出了要把他留下的意思。

冯道暗暗叫苦，再让你臭显摆，弄巧成拙了。他婉转地对耶律德光说："陛下，南朝为子，北朝为父，我其实就是两朝的臣子啊，在南北不都是一样吗？我在晋和在辽，有什么区别呢？"

说得很在理，耶律德光讲不出要留他的更好理由。但很不高兴。虽没说强迫他留下，可也没说让他走。

这期间发生了一件事，就是那个被耶律德光任用为翰林学士的张砺跑了。可是没跑掉，又被大辽的巡逻骑兵给捉了回来。

辽帝耶律德光很生气，责怪张砺："朕这么器重你，你为什么要舍我朝而去呢？"

张砺说："臣本是汉人，饮食衣服皆和这里不同，生活实在不适应，生不如死，所以才逃。臣逃当斩，愿早就戮。"

耶律德光把那个叫高彦英的通事官唤来，责问："朕曾经告诫过你，要你好好照顾这个人，你为什么要让他不能适应生活而逃亡？如果他真的走了，哪里再寻找这样的人才呢？"

他光是训斥不算，当着张砺的面就把高彦英施以鞭刑。看来是真的生气了。

张砺惊愕、惭愧，急忙跪下，表示愿为明主效力。这要用俗话说，"得识抬举"，用文辞那就是"士为知己者死"嘛。自此后他在辽帝面前还真是忠正敢谏，为辽帝的决策提过不少好意见。

这件事使冯道感到就是做给他看的。小小张砺都如此厚待，你还拿捏什么？别不识敬！他感到，要走也得费点周折了。于是，他便把耶律德光赏给他的什么金袍金带之类，都换了柴和炭。跟随他的人都很奇怪："这些东西多宝贵啊，金袍金带银鞍勒就不用说了，仅像那貂皮、良马，到了中原，那得值多少钱哪，怎么换了柴草木炭了呢？"

冯道淡淡一笑："你们知道什么。北地天寒，眼见已是入冬，我年老难御，怎能不备啊。"

看来他是做走不了的准备了。但令他想不到的是，耶律德光却允许他回去了。也许是认为他是派来的使者不便强留，也许是认为他不识抬举，反正是不留了。耶律德光对他说："听说你在备过冬薪炭，不必了。我地已滴水成冰，想尔等已是手足无措，还是回你中原吧。"

冯道以为辽帝是在试探他，便推托说，如大皇帝有用，可留下效劳。不这么说也不行，真不让走，你走得了吗？

耶律德光冷冷一笑："你心中本不想留下，何以这样假惺惺？朕喜的不是这样的人哪。回去吧。"

入冬的草原已是朔风呼啸，雪花横飞。冯道带着随员上路了。可他并不急，而是慢慢地行进，护送他的契丹人让他住他就住。随同人员不可理解："能从北边回来，我们都恨不能插翅而归，您还这样慢吞吞地住宿停留，为什么啊？"

冯道哼了一声："如果不是让你真的回去，大辽的快马一夜之间就能赶上，你逃得掉吗？慢慢走反倒显得我们心不虚，更安全。"

他走了近两个月，才到了边界。一进边界，他便快马加鞭直奔洛阳，向石敬瑭交差。

5 重臣离朝

石敬瑭见冯道平安回来，很高兴。更让他高兴的是，辽帝给他册封了尊号："英武明义皇帝"。石敬瑭受宠若惊，赶忙叫人治下一方宝印，印文是："受天明命，惟德永昌。"

石敬瑭虽是自我感觉良好，可还是有很多人不买账。社会由于连年战乱，经济凋敝，民人多有逃亡。而留守驻扎在中原的一小部分契丹军队，却仍是肆意搜刮，强取豪夺，可石敬瑭既不敢问，更不敢管。特别是有辽使来，他都躬身前迎，如奉神明。每年除贡献三十万布帛外，每逢吉凶节庆之事，也得敬送礼物，以至向辽赠送玩好珍奇的车队相继以道。但就是这样，往往还遭到辽朝的斥责。他真尝到了"儿皇帝"不好做的苦楚。

因他的奴颜媚骨，一些大臣托病辞职还乡，一些大臣公然表示不满，这使他的朝廷上层也发生了很大变化。

先是他的得力大将刘知远和他疏远了。

他做上皇帝后，对刘知远还是重用的，和一个叫杜重威的一起被封为"同平章事"。这个杜重威是石敬瑭的妹夫，虽无功却有裙带关系。战功卓著的刘知远觉得和这样的人平起平坐简直是受辱，便装病不上朝，避开和杜重威同时出现。杜重威便在石敬瑭面前说刘知远居功自傲，应该撤他。

石敬瑭便对刘知远生了猜忌。为削弱刘知远，免了他步马军都指挥使的职，让杜重威接替，而以防边为名调他去了河东。刘知远也很知趣，离朝而去，专心经营自己的地盘去了。

接着是他的心腹谋主桑维翰离开了中央决策层。他的离开还得从范延光谋反说起。

那个在李从珂和石敬瑭决战前迫于形势，向石敬瑭递了降表的范延光，被石敬瑭用来镇守邺都。本来他很被后唐主重用，投降是很勉强的，对石敬瑭称帝并非心悦诚服。一次他梦见有蛇入腹，术士说，龙蛇同种，此乃为帝之瑞兆。这范延光便不觉心热，开始聚卒集马，并暗中和齐州刺使勾结。

朝廷当然有所察觉。桑维翰献策说："汴梁开封城北控燕赵，南通江淮，是水陆要冲，资源富足。今范延光反形已露，正好乘此时迁都。汴梁距邺都很近，他如有变，随时可发兵征讨，迅雷不及掩耳，就地征服。"

石敬瑭也正有迁都之意，便将汴梁升为东京开封府，大肆挥霍修建。因此，后晋有东西两京，西京为洛阳府，东京为开封府。在迁都的同时，加封范延光为临清王，以期羁縻。范延光得了王爵，又加上身体有点病，反意便消了许多。可他手下一个叫孙锐的人却背着他向朝廷发难，逼他不得不起兵。

石敬瑭先派东都巡检使张从宾前去讨伐，可这姓张的不但没讨，却和范延光一起反了。可能也是范延光答应给他个节度使干干，那比他现在东都巡检大多了。石敬瑭骂了一声娘，便再派晋安寨降他的那个杨光远前去征讨。

那反叛的张从宾更狠，竟把石敬瑭一个做节度使的儿子石重信和一个做东都留守的儿子给杀了。石敬瑭气死了，严令杨光远即刻剿灭，杀无赦！张从宾很快被打败，逃跑中在渡河时淹死。范延光逃回魏州，被杨光远围了个风雨不透。可魏州城固若金汤，几个月也攻不下来。

石敬瑭没办法，只好下诏招抚，说范延光是被部下逼迫而反，赐铁卷许范延光不死，这才平定了此次叛乱。

杨光远因旷日无功，而范延光却得了铁卷不死，还接着做官，心中十分不舒服，便令他的儿子在护送范延光的时候，将他连人带马推到河中淹死，并侵吞了他的家产。上报朝廷说范延光投水自杀。

桑维翰认为，二皇子被乱军杀死，是杨光远征战不利造成；范延光被赦后自杀可疑，杨光远有逆旨之为；同时还告杨光远因功骄横，纵兵扰民。

杨光远可不是个省油的灯。别看他折臂秃头，不识字，但有辩智。他降晋后，被石敬瑭封了宣武军节度使、侍卫马步军都指挥使，但每见到石敬瑭，都装作色，像有什么不满。石敬瑭有些奇怪，我安排你不错了，还有什么不满足吗？杨光远叹气说："臣对于富贵，没有什么不满足的，只是不如张敬达，死得其所，因此而常常愧疚啊。"蒙得石敬瑭以为这人非常忠义，对他相当信任。

杨光远听说桑维翰在皇帝面前告他，大怒，立刻反告桑维翰，上书列了他损公徇私、用人不当，并贪得无厌，在东西两都广设店铺，与民争利等等罪状。

石敬瑭为安抚在外的将领，再说桑维翰也确实大开店铺，民间早有反映，便无奈地把他贬出京城作了相州节度使。

这是大辽年号会同三年的事情。

6 "七不能战"书

最使石敬瑭头疼的是那个他诱降的安重荣，紧接着也反了。

石敬瑭吸取了李从珂的教训，不能食言，他做了皇帝后真让安重荣当了成德军节度使，后来又提拔为镇州节度使。

可安重荣觉得光做节度使不过瘾。有一次辽使拽剌过镇州，他接到朝廷的通知后，以礼接待。可骄横惯了的拽剌看也不看他，连马都不下，还要让他为其牵马。安重荣气坏了，指着天上的一只飞鸟说："看到了吗？"

那辽使拽剌刚刚抬起头，安重荣手中的箭已脱弦而出，飞鸟应声落地。拽剌面无人色，急忙滚鞍下马。

安重荣把辽使拽剌弄到屋内，叉腿坐在虎皮椅上，大骂道："你一介小小使者，算个什么东西？竟这样小视我朝，如是辽帝，又当如何？我皇上怕你们，难道我怕你们吗？"

那个拽剌点头称是，并将自己的马送给他，以表谢过。可安重荣不受，竟将辽使拽剌给拘了起来。

这一箭震辽使，让安重荣在北方名声大震。他也有些飘飘然，自以为天下也可一箭而定。有人献五色鸟，他说是凤，以为祥瑞，以水蓄之。有饶阳县令献给他一支大铁鞭，他便对外宣称此是神鞭，指人，人辄死。每出行，都以大铁鞭雄赳赳为前趋，因此被称为"铁鞭郎君"。真够威风的。

人要不知自己是几斤几两时，便要狂起来。安重荣对石敬瑭也不放在眼里了，常常讥讽石敬瑭："降自己堂堂中原大国身份，侍奉狄夷契丹，搜刮已经很贫穷的百姓，去满足辽人贪得无厌的欲望，这是大晋国的万世之耻！"

安重荣对过他辖区的辽使再不接待，接待也是羞辱谩骂，有的甚至派人暗暗斩杀。这使耶律德光非常恼火，让石敬瑭严惩这个不知天高地厚的东西。

耶律德光的来使对石敬瑭毫不客气地大加训斥，石敬瑭只是低头敬听，好言相劝，说安重荣只是一介武夫，行为鲁莽失礼，并无反辽之意，罪不该杀。并说，这只是他个人的行为，和朝廷无涉，这就好比家中出了一个不听话的孩子，父母一时控制不了，又能怎么办？慢慢管教吧。其实他心里的算盘是，他也觉得在辽朝面前挺窝囊，有安重荣在，也可时不时地出出气，使辽人收敛一点。

安重荣听说辽逼着石敬瑭收拾他，对辽更恨。他听说，居于幽州北部的吐谷浑人划归辽后，不堪忍受契丹人盘剥欺凌，有内附之意，便秘密派人前去游说。吐谷浑都督白承福受他的引诱，便率领所部，拔千帐内附中原。

辽帝耶律德光相当震怒，立刻通牒石敬瑭，不许收留，全部送还。

石敬瑭哪敢违抗，下令将来附的吐谷浑部逐出晋境。安重荣和刘知远乘机将吐谷浑部瓜分而收为己用，壮大了实力。安重荣又联络和契丹有矛盾的其他部族，结成了联盟。

他手握强兵、占据重镇，恃仗着骁健勇猛，大有飞扬跋扈不可一世之态。他上书石敬瑭，辽欺人太甚，视我中原如草芥，应断其往来，起兵讨伐，最少也应讨个平等！又说吐谷浑、突厥、沙陀等部都愿内附，党项国不堪辽之凌暴，也愿自备兵十万，与晋共同击辽。他历数契丹人之罪行，言辞激烈。同时，他还将这份奏章发给各地节度使，希求得到响应。

还真有些将领上书附和。侍卫马步都虞侯景延广就非常支持。石敬瑭见有这么多部族要反辽，心中也想摆脱过分受气的局面，一时犹豫不决。

安重荣不但上书，而且到幽州南境骚扰，制造开战的事端。

已经外调相州的桑维翰听到这件事，非常着急，连夜写了奏章，派人送给了石敬瑭。他在奏章中说："近来闻听吐谷浑白承福率众内附朝廷，节度使安重荣上表请求讨伐大辽。臣下身在远离朝廷之地，不能预测事态发展之端倪。然事关国家社稷，臣不能缄口沉默。

"窃思陛下当年在晋阳，兵少粮缺、没有外援、计穷力尽，要不是契丹军越阴山、穿沙漠，万里赶赴急难，救陛下于危卵之中，哪有今天的帝业？既受天命，当以罢兵息战，使民安居乐业为长远计。如今安重荣以一己之愤恃勇欲战契丹，吐谷浑等部畏辽，欲借他人之手报仇雪恨，圣上不可被迷惑啊。

"臣以为万不可和大辽开战,理由有七:辽现在日趋强盛,侵伐邻国、吞并各部,又得中原十六大州重镇,人口众多,中原华夏的精良武器都归到了辽军,并多良马,这是不可相争之一。

"辽国自中原大捷,士气大振,兵锋正锐,而南方汉军兵败受挫,胆小怯懦。况且铠甲虽有但不精良,兵卒众多但素无训练。这是不能战之二。

"辽与我朝,恩德情义并不轻薄,信用盟誓非常深厚,虽索取很多,但还没达到要侵吞我朝的地步,为什么要挑起事端,成为战争的主谋?武器是凶器,战争是险事,就是胜了,也后患无穷,倘若有失,后悔莫及。这是三。

"王者用兵,察敌破绽而动。今大辽国主胸怀雄伟英武器量,有战斗征伐谋略,部族团结和睦,属国敬畏服从,土地没灾害,国中无动乱,无机可乘。这是不能征之四。

"辽人本是挽弓游猎之族,迁徙无常,不畏风霜雪雨,极能吃苦,是中原士兵无法比的。这是五。

"北人都是骑士,喜走平地,而我大多为步兵,善山隘坚守。燕云之南,平地千里,步骑谁优谁劣,明白可知。如和辽开战,就要在北境守卫,但驻兵少了又怕辽兵人众,多了又要供应粮草,所以只能速战速退。我退敌必进,我进敌再走,将是疲于奔命,劳民伤财。这是六不可战。

"议事者将陛下对辽的供纳,称之为耗费国库,将陛下对辽的友好,称之为屈辱。臣以为不是这样。以汉高祖那样的英雄,还向匈奴冒顿单于纳送财物,唐高祖那样的武略,还向突厥始毕可汗称臣,您这算什么呢?千万不能感到不舒服。这叫作通于权变,善于屈伸。如果真要战争,军需巨大,那才是真的耗空国库;战争爆发,将帅拥兵自重,极易欺主越位,那才是真正的屈辱。这是不能开战的弟七条。

"臣受上恩深厚,以国家社稷为重,冒死上奏,望陛下深思熟虑……"

石敬瑭将这奏章看了一遍又一遍，非常慨叹，传旨给桑维翰说："朕近日北面臣服于辽，多受挟制，心中烦闷不快，今省览所奏，方如梦初醒啊！朕下决心了，爱卿不必担心了。"

于是石敬瑭便依然坚持原来的政策，并一连十次给安重荣传话："你为晋朝之臣，家有老母，这样不计后果和辽对抗，这是抛弃君主和至亲的行为啊。朕因契丹而兴基业，你因朕而富贵。朕现在都不敢忘恩，你怎么能这样做？对辽友好称臣，也只是为安边，为天下大计着想。你以一镇之兵就想对抗大辽，太不自量力了，不要自取其辱！"

安重荣见石敬瑭十次传话，也就不敢轻举妄动，表面上收敛了许多，可暗中仍在积蓄力量，并多次和山南东道节度使安从进联络，互为表里，谋划起兵。

他手下有一个指挥使叫贾章，一再劝他，他怒而将贾章斩杀。贾有一幼女抚父尸大哭："我家三十口死于战乱，只剩我父女，今父无罪见杀，我何忍独生，愿随父去！"这安重荣真的将小女孩也给杀了。城中人都称这女孩为烈女，认为安重荣太残忍了。镇州城关有一个护关的铁人，像胡人，头无故自落，因安重荣小名叫铁胡，人们以为不祥，暗传安重荣死到临头了。有谁知那铁像的头不是被人砸下而警告他的呢？安重荣也以为不吉，但反意没消。

他的老母哭着求他："儿啊，你已当了节度使了，一家荣华富贵，还想干什么呢？别再他图，保全家性命吧。"

是呢，节度使也不小了，相当现在的军区司令员吧？知足常乐才对嘛。安重荣可不这样想，大丈夫哪能没点雄心壮志！

为安抚老母，他又自欺欺人地故技重演："我为母亲占卜一下吧。"

于是指着堂下幡竿上的龙口，仰而张弓射箭："如我能做天子，就射中！"

听听，要做天子！节度使算什么？这才是他要起兵的真正目的啊，哪里是要击辽？那年代是怎么了，是个人就想做天子！

那能射不中吗？老母骂道："去做你的天子吧！"无奈哭着离开他，回了老家。

石敬瑭也听说了安重荣在联络安从进，便想把安从进调得远一点。便派人去跟安从进说，青州节度使位子出了空缺，那是你家乡，你要愿意回去，就调你去哪里。堂堂皇帝，要调就调，还商量什么？也许是他吸取了历史教训吧？李从珂，还有他石敬瑭不都是因要调镇才被逼反的吗？

那安从进回话说："要是把青州移到汉江南，我就去。"这不是胡搅蛮缠吗？青州城能移吗？

石敬瑭见他这样出口不逊，很生气，但为了不激安从进和安重荣同时生变，暂且也没动他。这未免是要养虎为患了。

7　自不量力

辽会同五年夏六月，晋境大旱，飞蝗蔽野，灾民生活无着。

石敬瑭要北巡邺都，视察灾情，安排已晋封为郑王的石重贵留守京城。临行，宰相冯道说："陛下离京，二安必动，理应预先布置。陛下北巡，京城不得兼顾，应留下空白诏书三十通给郑王，如有变，便可及时发诏调兵讨逆了。"

石敬瑭认为主意不错，依议而行。

果然，安重荣认为这是一个机会。便致函安从进，叫他乘京城空虚之际，马上起事，掩杀过去，占领皇宫。他在这边也开始行动，去攻邺都，将在外的皇帝拿下。

安从进便举兵造反，出其不意攻下邓州，向京城进发。

留守石重贵闻报，立即以皇帝名义填写空白诏书，急调各镇兵马前去进剿。安从进听说各路大军前来，大吃一惊："皇上未归，是何人能调各镇兵马前来，如此迅速？"

安从进慌忙率军后退。官军乘乱追击，反兵败如山崩，安从进只身逃走，连山南东道巡检使的印信都丢了。如此不堪一击，造的什么反？纯是活腻了。

安重荣还不知这些，集结饥民万余，打着朝拜皇上的旗号，仍率大军向邺都进逼。

石敬瑭马上派杜重威前去迎击。在汾河边，两军相遇。安重荣列的是偃月阵，杜重威几次攻击，岿然不动。杜重威便有些束手无策。这主将是怎么当的？还是他的一个偏将皇甫遇说："两兵交战，退者为败。这是偃月阵，中间厚而两翼薄，何不分兵击其两翼？"

杜重威本武卒出身，毫无将略，哪里知这是什么偃月阵，经提醒，便依其策，分左右两队攻其两翼，皇甫遇以少数精兵冲击中军。战至正酣，安童荣左翼的部将赵彦之抵抗不住，率部向杜重威的官军投降。官军中见赵彦之盔甲鞍鞯多有银饰，立起贪心，也不管降是不降，纷纷砍杀，哄抢银饰，将赵彦之的头砍下扔向敌阵。这都是些什么东西？

安重荣的偃月阵一下子被冲得不成阵形。他听赵彦之倒戈被杀，更是方寸大乱，慌乱中退入了自己的辎重车队，更加扰乱了阵形。杜重威乘机掩杀过来，安重荣的人马立刻被冲得溃不成军，落水溺死者不可胜数。

安重荣带十几骑逃回镇州，以牛马革为甲，驱逐州人守城，想据城固守。可他的部下见他根本成不了气候，便打开城西的水碾门放官军入城，安重荣退入牙城，终被俘。

杜重威把他杀掉，割下脑袋，送给了石敬瑭。

这安重荣也是，就是不听老娘的，放着好好的节度使不做，非当什么天子呢？也不尿泡尿照照，是什么人就能做得皇帝吗？看看掉了脑袋不是！

石敬瑭赶紧把这颗不安分的脑袋用漆涂了，以防生腐，而后送往大辽，也好向父皇耶律德光有个交代，我把这个惹您生气的东西，按您的要求处置了。

耶律德光倒也解恨，可却不依有饶，严辞让石敬瑭送回吐谷浑部，并再呈来其首领白承福的脑袋！

这可是石敬瑭无论如何也办不到的。他知道，吐谷浑部来降时，他不敢留，逐出境外，但却被刘知远和安重荣分别收留了。白承福被刘知远留在了帐下，但没多久刘知远就以白承福要谋反为由把他全家四百多口全杀了，侵吞了白承福的所有财产。安重荣手下的人也四散逃亡，还到哪去找吐谷浑部？又到哪里去寻白承福的人头？

范延光和安重荣的两次造反，给石敬瑭造成的心理打击很大，已是焦头烂额，再加上辽的不断施压，他真是心力交瘁。石敬瑭终于抑郁成疾，倒在了北巡邺都的病榻上。

第八章　荒唐大眼郎

1　魂断晋阳宫

大辽年号会同六年，夏六月，病倒在邺都的后晋主石敬瑭已是病入膏肓。

他躺在晋阳宫的病榻之上，没有了对手间的恶斗，没有了君臣间的纷争，真的是太清静、太轻松了。他感到太累了，真的是该歇歇了。在一片宁静中，一幕幕的往事便自然而然地涌上了心头：我石敬瑭自幼熟读兵书，长大从军屡建战功……那一次，是怎么救了明宗？哦，差一点没了命……那时，是哪里来的那等勇气……后来当了驸马，也算是荣华富贵了，公主挺好……给我生了六个儿子，儿子们都挺好啊，可为啥不来看我……哦，在我当皇帝前有两个被杀了，连同两个弟弟……还有两个在我当皇帝后又被杀了……这都是为什么啊，就为了我当皇帝……当皇帝真累啊，我为啥要当皇帝呢？不当皇帝，弟弟们、儿子们就不会死了。为我一人当皇帝，把全家都搭进去了，值得吗……而且，我还要给别人当儿子，整天低声下气，多窝囊啊……我知道有人骂我，可你们不知我这皇帝做得有多难受……现在，终于可以松口气了……

心力交瘁的石敬瑭自度时日不多，便在邺都的晋阳宫中开始安排后事。

石敬瑭这时很想再见见助他成就帝业的武将刘知远和文臣桑维翰。也许是人之将死,其言也善吧,他很想拉着他们的手说说对他们的感激话和迫不得已贬他们的苦衷。可惜,这两个人都不在身边,已被他贬往外地,一个远在河东,一个远在相州。虽已传诏让他们前来晋见,可一时半时是赶不到的。

于是,石敬瑭便把随驾的大将景延广叫到跟前,加封他为侍卫亲军都指挥使、检校太尉。并嘱咐道:"朕戎马一生,所喜战将不多。刘知远我所喜,因居功自傲不敢用,杜重威我所喜,因是外戚不能用。你跟朕从太原起事,忠贞不贰,朕思来想去,把军权就交给你吧。历代王朝,前王一走,为皇位多有纷争。你跟朕这些年,忠心保朕,从无异志,朕归天后,你要倾力保我大晋不失。"

景延广伏地三叩首:"臣由死囚到今日,全是受皇上大恩,哪敢有半点欺心?皇上放心,为保我大晋,景延广即便是肝脑涂地,在所不辞!定使朝中不乱,江山永固!"

"好,有你这句话,朕就放心了。"

接着,石敬瑭又把冯道找来。冯道来到石敬瑭的病榻前,见他已是气喘吁吁,说话都有些费力气了。冯道不觉黯然神伤。

石敬瑭将朝中政事托给了他,而后用手示意跪着的冯道坐到他的身边来:"你为几朝老臣,处事稳妥,朕有……一事相托……"

冯道诚惶诚恐,急忙说:"微臣领旨就是,怎敢望相托。"

石敬瑭挥挥手,把最小的儿子石重睿叫出来,艰难地向他指指冯道说:"皇儿,拜过冯大人……"

石重睿那年还不到十岁。石敬瑭本有六个亲儿子,在战乱中有两个被李从珂杀了、两个在范延光反叛时被张从宾杀了,一个老早就病死,只剩下这个最小的。

重睿很听父亲的话,给冯道跪下:"孩儿拜见冯大人。"

冯道大吃一惊,慌忙也跪下去:"这如何使得,折煞老臣也!"

石敬瑭示意冯道坐下，又示意身边宦官把石重睿抱在了他的膝上。冯道急忙紧紧地搂住。

"爱卿从唐入仕，到我晋朝，已辅佐了两朝五位君主，足见谋深智广、德高望重，才如此深得信任。朕有六子，为创帝业，四子捐躯，一子夭折，只剩幼子睿儿。为我大晋江山，朕把睿儿……就托给你了。"石敬瑭望着冯道，眼中充满了希望和信任。

这意思是再明白不过了，是让冯道在他死后，辅立石重睿。

冯道何尝不知这是在托孤。他有些诚惶诚恐，跪地谢恩，可也只是安慰奄奄一息的石敬瑭罢了，说了一些天佑之神助之龙体定能安康之类的没用话。

但石敬瑭的"龙体"不可能康复了。几天之后，六月十三日，便病死在邺都的晋阳宫保昌殿。

石敬瑭憋憋屈屈地当了六年儿皇帝，在惊惧和抑郁中撒手西归，年五十一岁。

这年是公元942年，辽国号会同六年。

他死后，谥"文彰武明德孝皇帝"，庙号"高祖"，葬显陵，也就是现在河南宜阳西北一带。

这石敬瑭，年轻时不但饱读兵书，胸有大志，而且为政勤俭，不贪声色。如果他是靠自己之力夺得天下，那是真本事，后人无话可说。但他却是借外人之力，而且屈膝于小自己八岁的人自称为"儿"而坐江山，不能不贻笑于后世。"儿皇帝"替代了他的所有称呼，成了他的专用词。什么"文彰武明德孝皇帝"，什么"晋高祖"，很多人可能不知说的是谁，但如果说"儿皇帝"，多少学过点历史的就都叫得出是石敬瑭。行啊，也算是大名鼎鼎，留名后世了！

皇帝驾崩，除了安排丧事，第一大事就是国不可一日无主，当立新君。受命掌朝政大权的冯道和掌军事大权的景延广进行了紧急磋商。冯道讲了石敬瑭托孤的意思，立石重睿。可景延广却反对，说是：国事多难，立幼童只是摆设，皇权极易旁落，国必混乱，因此宜立有主事能力的长者为君。

这就是说石敬瑭唯一的亲儿子石重睿尚且年幼，是当不上皇帝了。那么"长"兄便只有石敬瑭收养的儿子郑王石重贵了。

冯道争了几句，见手握兵权的景延广态度坚决，口口声声以国家社稷为重，也就不再言语。

这冯道可是真够呛！石敬瑭临死前满怀希望地托孤于你，你要是认为不行，就当面说出来，不说反而含糊地应下。如今石敬瑭还停在梓宫里，尸骨未寒，你就变卦抛弃幼子而立别人，算个什么东西？叫亡人怎么闭眼！呵呵，懂什么，人家自己诗中说得好，"道德几时曾去也"，"虎狼丛中也安身"，只要我自己不丢官，能安身立命，什么道德良心，还管那许多！

也许是冯道和景延广真是为国家安定考虑，也许二人更是防范对方会以幼主为傀儡，而架空小皇上，使皇权旁落，从而独霸朝纲，所以才这样做。

不管是为啥吧，反正是大眼郎石重贵捡了个大便宜。

2 "新女婿当得怎么样？"

石重贵轻而易举地要即位做后晋的第二个皇帝，纯粹是朝中权臣密谋的结果。

很多大臣们都有些意外。他是不是石敬瑭的嫡生儿子还在其次，关键是在很多人眼中，特别是在朝中大臣们的眼中，他不像是当皇帝的那块材料。整天吃喝嫖赌不说，只会耍枪弄棍，毫无谋略，怎么能当一国之大政？

这石重贵小时候慎言谨行，质朴淳厚，精骑善射，大有沙陀祖上之风，因此很得叔叔石敬瑭的喜欢。石敬瑭为培养他，曾找老师教他《礼记》，可不管老师怎么讲他也弄不明白其中的深奥含义，便扔下书本说："这根本就不是我要干的事业！"

长大后他染上不少吃喝玩乐的毛病，但因他作战英勇，还是很受石敬瑭的器重，把他收了养子，还封了王。当他被耶律德光看中，指为"大眼郎"而留守太原时，被授予"北京留守"、"金紫光禄大夫"、"检校司徒"、"行太原尹"、"掌河东管内节度观察事"等等一大串官衔和权力，但却政绩平平，在百姓中特别是朝中没什么声望。可他依仗叔叔，仍是不断高升，封了齐王，后来又晋封为郑王。

如果不是因为石敬瑭的关系，石重贵平常得不能再平常了，顶多也就是个小校尉。这样的人也能做皇帝？

但是，冯道和景延广却异口同声地说，让郑王继承皇位，是先帝临终所托。只有这两个人在先帝生前的最后时日被单独接见过，说了什么谁也不知道，而且又没留下文字，谁知是嘱咐了什么？二人都权倾朝野，就当是真吧。连石敬瑭的老婆永宁公主也只能抱着重睿掉眼泪，无可奈何。

远在太原的二十八岁的石重贵接到来使报告，说是奉迎他做皇帝，惊得愣了半天，而后是跳脚狂呼，乐得不知如何是好，星夜奔赴邺都。他在石敬瑭的灵柩前大哭一通之后，便在鼓乐声中堂而皇之地登上了后晋皇帝的宝座。能做皇帝，这是他无论如何也想不到的，就如做梦一般。

已经是一国之君了，如果他把国家放在心上，就是能力差点，只要认真去做，也能以勤补拙。可谁也想不到，他做的第一件事就叫人目瞪口呆。

是什么事呢？就是将冯氏招入宫中，纳为皇后。冯氏何许人？说出来吓人一跳，是他的婶母，他老叔石敬胤的老婆。

还是石敬瑭在后唐当河东节度使的时候，和一个叫冯濛的副使交好，就讨了冯副使的女儿给弟弟石敬胤为妻。可他弟弟没福，不两年却死了，扔下了红颜薄命的冯氏寡居。那冯氏颇有些姿色，每日里虽是双眉紧锁，泪眼流波，却愈显娇媚。

那时，恰石重贵的原配夫人张氏病亡。这冯氏比石重贵年轻，两个年轻人干柴烈火，在府中常常碰面，少不了眉来眼去。

石重贵对这个年轻貌美、姿色动人的婶子早就动了心，可是因有石敬瑭在，他不敢胡来。如今做皇帝了，还怕什么？天下都是我的，况一女人乎？

这时，石敬瑭的皇后李氏、石重贵的生身母亲安氏以及婶母冯氏都前来邺都奔丧。冯氏在梓宫前，缟衣素服，焚香化表，秀发似乌云，眼波如流水，粉面似桃花，细腰如柔柳，就连那嘤嘤啼哭，也是千回百啭。这把个石重贵看得两眼发直。那冯氏又不时偷眼把秋波送去，引得那石重贵更是心荡神驰。

傍晚，石重贵给养母李氏、生母安氏分别请过安后，又来到冯氏的住室，说是给婶母请安。

冯氏急忙站起来："妾哪里消受得起。是妾该给皇上请安……"说着便要下跪。

石重贵一把拉住："非朝堂之上，不讲这些规矩。我是特意来看望你的。"他说着很随便地坐下去，对跟在身边的人和冯氏的侍女挥挥手，"你们都出去，朕要和婶娘单独说话。"

什么话还要背人呢？下人们都出去后，他笑着对冯氏说："朕已登大宝，天人顺意，只有一事不遂心，特来和婶母商议。"

冯氏低头道："妾一孀居妇人，少才无智，何事要和我议？"

"身边孤独，缺一皇后啊。"

冯氏心中嘣嘣跳起来："后宫有诸多嫔妃，选一则可。"

"那些人都不合我意。"石重贵盯着冯氏，笑着说，"我看中了一人，只是不知是否愿意应允。"

冯氏已听出话中之音，瞄了石重贵一眼，轻声说道："普天之下，都是皇上的子民，只要你愿意，谁能不从呢？只要看中，迎娶就是。"听听，把话已经递过去了。

石重贵何尝听不出来，大喜："那就是你啊！"

冯氏虽有思想准备，但还是羞红了脸，急忙站起来："不、不，这怎么可以……妾已是残花败柳……"边说边急急走入卧房。

石重贵也闯入卧房，一把将冯氏抱住："你是应了的……"

冯氏娇叫一声，便顺势倒在了他的怀中……

这一夜，石重贵没从冯氏的房中出来。

第二天一大早，石重贵带着冯氏拜见养母也就是永宁公主李氏。

身带重孝的小重睿见到冯氏，欢快地跑过来："婶婶！"

"咦，要叫嫂嫂了。"石重贵拍拍重睿的头。

幼稚的重睿坚持着："这是婶婶嘛！"

石重贵瞪起了他的大眼睛："朕说是嫂嫂就是嫂嫂！你还敢和朕犟嘴？"

小重睿看着他那吓人的大眼睛，哇地哭了。

李氏急忙把儿子拉到自己身边，疑惑地看着石重贵和冯氏："重贵我儿，你这是……"

石重贵毫不知耻，一拱手："孩儿和新妇拜见母后。"

李氏更是莫名其妙："新妇？谁是新妇？"

石重贵嘻嘻一笑："就在身边。"

李氏大吃一惊。当她终于弄明白是怎么回事，看着昔日的妯娌今日突然要变做儿媳，如此有违纲常，惊得她半天说不出话来。可她又能说什么？敢说什么？保住自己亲生儿子重睿的命要紧啊。她羞得不敢再看，扭头掩面挥手说："这……这……唉！我儿已是天子，如觉合适，就自己做主吧。只是，不要庆贺了。"

她的意思是，悄悄地吧，不要让天下人耻笑了。

这算是征得了母后的同意。当满朝文武大臣前来祝贺他登基即位时，他拥着冯氏说："太后有话，卿等就不要庆贺了。"

大臣们本是来庆贺他登位的，见了他和冯氏嬉笑相拥的场面，不禁个个目瞪口呆,都急忙纷纷避去。不光是景延广瞠目结舌,冯道也是摇头长叹,这这这,这像天子吗?可一切都是你们策划、扶上去的,木已成舟,后悔也来不及了。

石重贵可不管那些,等大臣们走后,他便大摆宴席,和冯氏毫无顾忌地饮酒作乐,以庆天作之合,直到酩酊大醉。

当左右侍卫们扶他回宫,走过停着石敬瑭灵柩的梓宫时,他醉眼蒙眬地看看,似乎想起了养父石敬瑭。便嘿嘿一笑,醉醺醺说:"皇太后有令,先帝也不必参加庆贺了!"

左右侍卫忍不住笑出声来。他醉眼迷离地看看左右,笑问:"你们,笑什么?朕今天,做新女婿,怎么样?"

真是丑态百出,连冯氏和侍卫们都大笑不止。

不几日,石重贵下诏,尊李氏为皇太后,生母安氏为皇太妃,册立冯氏为皇后。

冯氏受宠后,干预朝政,石重贵言听计从。冯氏有一哥哥叫冯玉,大字不识一个,写字都是找人替,却被石重贵任用为礼部侍郎,最后竟升至枢密使这样高于宰相的要职。

石重贵荒唐如此,是保他即位的冯道和景延广始料不及的。

石重贵还远不止这些。他即位后在东京汴梁大建宫殿、装饰后庭、广造器物。为铺一块地毯,不惜织工数百,用时一年。他尤喜歌舞,对他喜欢的优伶赏赐无度,动辄赏帛百匹。

当时晋境内连续闹蝗灾,百姓饿毙于道者不计其数,他却如此挥霍,怎不叫人担忧?

冯道尽管圆滑,也实在看不过眼,劝道:"陛下啊,先帝在世时,带兵亲征,遇有战士受伤,所赏不过几段帛。现在那些伶人一谈一笑动辄赐万缗千帛,并赐锦披银带,那些守边的战士们难道不寒心吗?如果真遇上什么大事,谁还会效力呢?"

石重贵根本就一点也听不进去,心里骂道,我堂堂天子,天下之物尽归我用，这点儿算什么？真是小题大做！因此，对这个把他推上皇位的冯道便疏远了。

他把被石敬瑭贬在相州的桑维翰重又召回宫来，不过也没怎么重用，只授了个侍郎，兼修国史。

3 只称孙不称臣

大眼郎石重贵尽管荒淫，但也不是不问朝政。他即位后很重要的一件事就是向大辽上表通报石敬瑭的死和自己即位的情况。

在石敬瑭时，向大辽的奏表都是出自桑维翰的手，和辽的政策是既定的，用不着商量。但到石重贵这儿，桑维翰说不上话了，大权是在景延广和冯道的手中。特别是景延广，冯道被石重贵疏远后，更是大权独揽，自恃扶皇帝即位有功，便骄横起来。

石敬瑭发丧时，百官前来吊唁，还不等到宫门，他就命令全部下马，以显示他的权威。同时发出告示，先皇大殡期间，全城百姓不许说话，小声议论也不行，违者格杀勿论。因他手握禁卫亲军，谁也不敢说什么，弄得京城一片恐怖。

在给大辽怎么上表的问题上，景延广提出了一个提案：晋和辽，是南北两个独立国，是平等的。对大辽，只称孙不称臣。

他对石重贵说："先皇帝称辽帝为父，陛下就私人而论，称其为翁，顺理成章，也无不可。先皇为契丹所立，可称臣，而陛下乃我中原自己所拥立，与辽有何干？为何要向他称臣呢？"

石重贵没想过这些，感到该讨论一下，这是关系国家决策的大问题嘛。这一讨论，在朝中立刻引起了激烈争论。

翰林学士李崧已升为中书令，立刻说："这万万不可！不称臣，乃示我欲脱辽而自立，辽定不依。如我坚持，必导致刀兵相见。到皇帝亲自披甲戴胄时，再后悔就来不及了！"

"危言耸听！"景延广叱道，"难道我大晋就没有兵马吗？"

"景将军，话不能这么说。国之大计，不能意气用事。"桑维翰上前一步，又对石重贵说，"陛下，以微臣之见，国家刚有几年安定局面，然连年荒旱，民生不富，国库不足，实在没有和大辽朝对抗的能力。我朝应该珍惜眼前的安定，养育黎民、增加人口、积聚粮食、储备国库，演练军事、训练士兵，等有了九倍于现在的丰富积蓄，十倍于现在的强大军队，对外说什么都是理直气壮啊！陛下，国之大计，非同儿戏，千万不要听取'樊哙'的空口大话，而应接纳'娄敬'的逆耳忠言啊！"

景延广大怒，指着桑维翰的鼻子喝道："你在说谁是莽夫'樊哙'？这里还有你说话的地方吗？先皇和我大晋的一切耻辱，不都是你一手造成的吗？还有什么资格在这里说三道四？你还想让我中原臣服于狄夷番邦到几时？永远耻辱下去吗？退下！"

桑维翰被骂了个狗血喷头，气得额上的青筋直崩。但此时他只是一个小小的侍郎，已是人微言轻，虽有满肚子的话，也只好不再争辩。

景延广还是在石敬瑭刚起兵要联契丹时，就不同意向契丹献土称臣，但那时是客将，根本没人听，还遭到了桑维翰的斥责。在安重荣要对抗契丹时，他也赞同，但也没被石敬瑭采纳。如今他大权在握了，便把压在肚子中的主张端了出来，岂容反对！

石重贵见冯道一直没说话，便问："冯爱卿，你一直静听不语，定是有什么深思熟虑的妙策了？"

冯道急忙说："国之大计，不敢轻易言，只是在作比较而已，哪里有什么深思熟虑。"

"那么你看，哪个意见好啊？"

"臣以为……"冯道见皇帝非让他说，想想说，"桑大人的话不无道理，富国强兵乃立国之要务。勾践卧薪尝胆十年雪恨，韩信忍胯下辱终成王侯，报仇雪恨不在一朝一夕……"

"哼！"景延广狠狠地瞪视着他。

冯道看了他一眼，又看看皇帝的脸色，又说："当然，景将军的话也有道理。臣那年使辽，辽帝就说过，可不称臣，只称儿则可，一切按家人礼。此次只称孙，想来他也不应有甚恼怒。"

石重贵皱皱眉："不要这样依违其间。你到底认为哪个更可行？"

冯道："臣一介书生，如处理政务当是井井有条不违律制，但这军国大事，心中无数。陛下圣明睿智，久经沙场，当自有决断。"

每到关键时刻，总是这一套。你说没发表意见？说了。你说没具体意见？帮助分析，供决策参考。不管哪方面出了问题，都没自己的责任。

石重贵看看他，心中不觉对他又疏远了一层。以后很多事很少再找他商量，而是依重了同是中书令的李崧和冯玉。

石重贵见大臣们争论不休，觉得有点烦，见景延广坚持的强硬，敢反驳的不多，便轻易地做了决定："就按景爱卿的意见拟表吧。朕个人可以向辽帝称孙，但我大晋不再向辽朝称臣，两国之间还是平等相待吧。"

这事就这么轻而易举地定了。国之大策啊，该反复论证才是。

就情而论，石重贵要保一国尊严不臣于外族，比起他的养父石敬瑭来，还算是有点骨气，也许能得多数晋人欢呼。但是，就事而论，在没条件、国力不足的情况下不虑后果地单方撕毁盟约，未免是太轻率了。如果真的采纳了桑维翰的意见，暂修前好，内修政事，养精蓄锐，处善而动，也许几年后真可与大辽一争。然而当时的形势是，后晋新皇登基，且君德荒秽，将相不谋，民力困竭，却想逞一时之快，以弱晋挑逗强辽，这不是拿治国当儿戏吗？

石重贵不但在生活上荒淫无德，治国上也是这样荒唐草率，后果可想而知了。

4 "我有十万横磨剑!"

大辽国主耶律德光虽然得到了安重荣的脑袋,后晋也平了镇州、襄州、朔州等地反辽之乱,但因吐谷浑部未归,他仍是耿耿于怀。

还是在二月时,他就召集大臣们商讨该怎么办。众臣多数意见是:三州之叛虽平,但被安重荣所诱的吐谷浑部犹没归命,宜发兵讨之,以警诸部。

这正合耶律德光的意思。他立刻下诏,任明王隈思为西南路招讨使,集结军马习练兵事,以备待用。

进入六月,晋使驰报,石敬瑭崩。耶律德光既意外又惋惜,刚刚扶持起来的儿皇帝,听话讲信用,突然撒手而去,这中原不会出事吧?他下令辍朝七日,以示哀悼,并遣使入晋吊祭。

恰这时,述律太后病了,而且不轻。耶律德光急忙进入后宫,亲自伺候,一汤一药都要亲口尝过再捧给太后服用。并亲自到太祖庙祭告,到菩萨堂为太后饭僧五万人,以祈太后平安。

精诚所至,金石为开。耶律德光的孝心也许感动了上苍,述律太后的病渐好。当耶律德光再次临朝视事已入七月。他处理的第一件事便是接见晋派来通报石重贵即位的使者右金吾卫大将军梁言。

耶律德光接到石重贵的奏表,见只称"孙重贵",不见晋称臣,果然大怒:"岂有此理!当年石郎于我忠心耿耿,晋之国也就是我之国,自可不必称臣。今石郎一去,大眼郎则欲自立,何其负义!如不向辽称臣纳贡,朕扶石郎在中原建大晋又是为何?"

耶律德光立即将晋使节梁言等拘留,再不许返晋,并派御使大夫耶律解里入晋,让他严肃地告诫石重贵,赶快重新上表称臣,否则后果自负!并强调,我大辽能让你建晋,就要为我所用,如不服天朝管,我大辽也就不会再要这个晋!

扣留使节、严词交涉,这是一国向另一国传达的严重信号,不同儿戏。如这时石重贵能认真对待这件事,仔细琢磨琢磨,也许还来得及。但他每日只顾在后宫中拥着冯氏听曲,根本没当回事。

当宦官报辽使求见时,被打扰了雅兴的石重贵非常不耐烦,翻着白眼说:"小小来使,还用朕亲自接待吗?朕设的那些官员都是干什么的?空吃俸禄吗?政事上有冯道,军事上有景延广,去找他们。有事让他们奏朕。"

看看这派头,谁说人家不是做皇帝的材料。

冯道听说梁言被扣,而辽使又来,知是来者不善,十有八九辽帝是恼了,便托病不见,把棘手的来使推给了景延广。景延广倒是不客气,召见了来使。

使者耶律解里以为还是石敬瑭时,到景延广的府上,两眼望天,昂头挺胸走进屋来,等待恭迎上座。可半天没动静。他不由垂眼看看,见景延广稳坐大椅之上,面冷如铁地盯着他。再看看左右,站着如狼似虎的两排大汉。

耶律解里有些奇怪,咳了一声,提醒道:"大辽皇帝驾前特使耶律解里到!"

还是没动静。耶律解里有点沉不住气了,提高了声音:"听不到吗?为何不接大辽使者?"

"你还知你只是个使者?"景延广冷笑一声,说话了,"小小来使,见本官为何不跪?"

耶律解里一怔:"我朝为父,你朝为子,我朝来使从来不跪你朝官,已成定例……"

"放肆!新朝新制,旧例作废!"他一拍桌子,"跪下!"

两边的壮汉们一声大喝:"跪下!"

耶律解里一哆嗦,可还是抗声道:"我是大辽皇帝驾前御使大夫,带有皇帝亲笔诏书,你们……"

"可这里是大晋王朝,谁来也得按晋律办事。"景延广一挥手,"小的们,教教他如何遵从我大晋礼法!"

几个大汉立刻扑过去,三下五除二就把耶律解里拧胳膊摁脑袋地按在了地上。

耶律解里气焰顿挫,彻底老实。景延广这才看了辽朝的措辞强硬的交涉函。他自然是一顿大骂,言辞比辽的来信还强硬,让耶律解里回去向辽帝说,泱泱中原大国,不可能向任何人俯首称臣,往后再休提此事!便毫不客气地把辽使解里赶了回去。

皇帝认可的既定方针嘛,所以景延广执行起来就相当强硬。不光是对辽的官方,就是对在晋的普通契丹人也不放过。

洛阳城中有处货栈,专营北方草原上运过来的毛绒皮革、山货马匹,而换取中原的布帛油茶之类,生意相当红火,东家叫作乔荣,是中原汉人。

其实这个乔荣原先是赵德钧的手下,和赵氏父子一起被带到了契丹。耶律德光发现他很有点经商理财的才能,便任他为回图使,从事两地间的经济贸易,兼体察中原地区一切机要事宜。说白了,明处是经商,暗里是坐探。乔荣便在京城买了房子,开了货栈。用现在的话说,这是辽在晋的投资产业,属国有公司,乔荣只是经理而已。同时也可以说这里是大辽设在晋朝的办事处,来往于晋的官方或私方辽人都可在这里落脚。

有一天景延广骑马经过这里,见货车驼队出出进进,突然意识到乔荣是在为辽人办事。他马上命令将乔荣抓起来,并将货栈里的所有财货查封没收。

乔荣抗辩,这是经过晋朝前宰相桑维翰特许的,是合法的,你们不能这样。而且,我是大辽的回图使,已经接到大辽皇帝的诏书,让我再次和大晋交涉,你们抓我要考虑后果!

他不这样说也许还好,越是这样说,景延广越来气,姓桑的算个什么东西，不但自己利用职权在两京广开店铺与民争利，还要让外族插手商贸，这得挤垮多少中原小本商家？必须打击！你乔荣是什么回图使，投靠外国，以经商为幌子，就是坐于京城刺探情报的奸细！和我大晋交涉？你们扣我大晋使节，我也扣你！

于是，景延广不容分说，便将大辽的回图使乔荣五花大绑地下了大狱。

光是京城的乔荣还不算，景延广还下令将在晋地之内所有辽的贩易商人全部逐出境外，不走的则斩杀，夺下财货充公。有了这话，地方上便疯狂抢掠契丹商队马匹财物，人则一律杀掉。一时间在晋境内的辽人个个在劫难逃，惶惶不可终日。

朝中大臣们听说这件事，都议论纷纷，认为景延广做得有点太过分了。你不向辽称臣倒也罢了，干什么要杀那些无辜的商人，抢人家的货物呢？这不是有意在激怒辽庭吗？

桑维翰尽管这时官职不显，但还是想办法见到了石重贵，恳切地说："辽人在我晋地的商人都是普通人，是按我晋律守法贩易的，有什么罪要被杀呢？这和杀人越货的强盗有什么区别吗？再者，乔荣本是大辽派在我朝的使臣，怎么能无故就抓呢？我泱泱礼仪之邦竟做出这么不明智的事，这不是授人以柄吗？上层政策可以有变，但不能殃及无辜啊！"

不知桑维翰在两京的店铺和乔荣是不是有经济往来才来求情，但他的话还是颇合情理。石重贵也觉得是这么回事，国和国之间怎么整都行，别拿小老百姓出气呀。他便传旨景延广，不要再滥杀在晋的普通辽人，不就是不想称臣吗，别把旁的事都扯上。与大辽，只是不称臣，并不是要绝交，不能整这么僵。同时指出，乔荣是辽的回图使，不能随便抓，尽快释放，礼送回辽。

皇帝有话了，景延广只好把乔荣释放。可怎么礼送呢？他也有办法，在大牢中摆了一桌酒席，以示以礼相送。

景延广站在桌边，冷笑着对乔荣说："喝吧，这是我朝皇上对你的恩赐啊。"

这样的酒宴，怎么看着也跟送死刑犯上路的那顿酒差不多，乔荣哪里喝得下去？

景延广看看他，突然脸色一沉，双目圆睁："不喝是吧？那可别怪我不以礼相待！回去告诉你的国主，我朝先帝是北朝所立，所以才称臣奉表。而我当今皇上是中原自立，之所以还要降一格面对北朝，正是因为不敢忘了先帝盟约的缘故，作为邻国，称孙已经足够了，没有称臣的道理。"

他说到这里，发出一阵大笑，"那个当'爷爷'的如果是恼了，那就来战，'孙子'这边有十万把横磨剑，足以用来等他啊。他真的来战，如败在'孙子'手下，为天下耻笑，可是不要后悔呀！"

乔荣心中正在为把财货失落了回去没法交差犯嘀咕，听了这些话，看看狂妄的景延广，计上心来，急忙垂头说："在下可以把大王的话传到。只是，大王您说了这么多，我怕记不准，回去传错了。大王能不能给我写在纸上啊？"

"这有何难？"狂傲的景延广根本没做多想，便让人把他的话抄录下来，交给了乔荣。

他无论如何想不到，就是这张字条，三年后成了他的死证。

景延广啊，到底是什么让你如此热血沸腾？不可一世？是急剧上升的权力使你忘乎所以呢，还真的是民族自尊使你这般慷慨激昂？

朝中很多人都对景延广的行为担心，桑维翰几次劝阻，都被景延广大声斥回。石重贵呢，反倒认为景延广有定策功，更加信任。

朝中无人敢再说话。

远在河东的被冷落的刘知远闻听这一切，知道景延广的所作所为肯定会招来大辽的报复，他给石重贵上表劝谏，没得回音，知是劝说不进去，便也不再说话，自己招募了大量兵马做准备。

是准备抗辽呢，还是另有他图？没人知道。

5　怒惩负义郎

受辱的耶律解里回到大辽，将晋绝不称臣的意思说了，回图使乔荣也相继回来，又原原本本地把契丹商人在晋地的遭遇和景延广的那番挑衅言语也向耶律德光做了汇报。

这次耶律德光是彻底被激怒了。这大眼郎到底是吃了什么东西，竟有如此胆量，不但不称臣，还肆意侮辱我使臣、屠戮我民人？他便针锋相对，通令大辽全境，凡晋朝来的使节，不管是政治、经济、军事哪方面派来的，一律逮住，先下大牢再说！

已经被耶律德光重用的赵延寿见后晋和大辽有了矛盾，马上意识到这是一个可以取而代之的大好时机。

他便不失时机地到耶律德光跟前鼓动："陛下，对后晋这种不信不义的行为不能姑息迁就，否则他们会得蜀而望陇，更不把我大辽放在眼里！"

"那么，依你说该怎么办呢？"耶律德光问。

"应发兵讨之灭之！灭这等负义小人，天经地义，人神不遭！"赵延寿见耶律德光听得认真，便接着说，"陛下，留着这样的不义之徒，不但麻烦不断，而且后患无穷，何不在中原另立一个开明仁义之君，与我大辽结永世之好？"

耶律德光是何等人，当然能听出他的意思。但他不露声色，看着他淡淡一笑："中原人大都狡黠多智，朕到哪里再去找像石郎那样守信用的人呢？"

"陛下慧眼识人，不难找到。"赵延寿急忙跪地，"也许您的身边就有啊。"

说得再明白不过了。耶律德光盯着赵延寿，又笑笑："你说得有道理,这大眼郎必须惩治。不过呢,战争毕竟是个不吉利的东西,让我再好好想一想。"

这期间,又发生了一件晋辽双方都没想到的事。后晋的平庐节度使杨光远脱离后晋而归附大辽。这要是在战争中,实在打不过了,为保性命投降也是常事,不足为怪,可这和和平平的,双方并没打仗,怎么就突然叛这方投那方了呢?

事情是这样的,还是在几年前,杨光远和桑维翰有了矛盾,在石敬瑭面前相互攻击。石敬瑭为稳住军心,便将桑维翰外放到了相州。但没过多久,也把杨光远调了,做西京留守,兼镇河阳,其实是把他在朝中的兵权削了。杨光远心中大为怨恨,暗暗给耶律德光送去礼物,并写了信,说是被晋朝疏远贬斥了。耶律德光也只是看看而已,没当回事。你被疏远了,是你没跟皇上搞好关系,跟我说什么?

等石重贵上了台,为拢住杨光远,给他加了官,为太师,并封寿王。可他仍是怨气冲天,觉得大晋对不起他。有件事使他彻底恼了。还是在石敬瑭时,曾宣制借给过杨光远二百匹战马。景延广掌军事后,要扩天下马以佐军,查到了这笔旧账,便以石重贵的名义下令让杨光远归还。杨光远十分恼怒,是战马,必是用于打仗了,保家卫国的事,你还跟我个人要什么?你景延广在皇帝身边掌了点权,就想压制各路将领,也太不把人放在眼里了!他怒而抗命,大骂:"这是先帝赐我的,怎么可以再往回要?这是对我不信任,疑我要反!"

石重贵闻听也恼了,说他是欺君犯上,要办他。杨光远当然不能等着给办了,一怒之下便来投附大辽。

杨光远派谋士丘涛呈上降表,同时还说,晋境连续两年大灾,民无食,饿死无数。石重贵不但不恤民情,反而大加搜刮,民怨沸腾。乘此攻之,一举可取;如辽军愿发兵,他可引路云云。

耶律德光本来对背信弃义的后晋恨得不得了,得知后晋民心不稳、国力衰弱,如今又有了内应,便下定了征讨负义郎的决心。

他便对野心勃勃的赵延寿说:"朕已经下决心征讨负义郎。你原是中原战将,谙熟中原战法,回中原作战当是轻车熟路。朕给你精兵五万,由你做先锋,去经营中原吧。如果能得到中原,那么就立你为中原皇帝。如何?"

"谢主隆恩!"赵延寿喜出望外,急忙跪地,不过还是假意推托:"臣何德何能,敢奢望中原天子。只是想尽忠效力,使中原早日成为大辽的囊中之物,足矣!"

耶律德光心想,不想做中原皇帝,你干什么一而再再而三地来鼓动我灭晋?他不置可否地一笑:"去准备吧。放心,不会让你孤军深入,朕也会随后跟进的。"

于是,在辽会同七年腊月的呼啸寒风中,一道道调兵的金鱼符传向草原上的各大部落。大辽的兵马快速集结。

由于石重贵荒唐的决策和景延广的狂妄,后晋在石敬瑭死后的第二年,便被逼上了战争的边缘。

第九章　激战澶州城

1　贝州陷落

公元944年，也就是辽会同八年，春正月，耶律德光挥师南下，决心惩治背信弃义不听话的"孙子"石重贵。

既要惩罚，那就得严厉点，管孩子嘛，光轻轻拍两下屁股不起作用，得一次就让他记住，下回再也不敢这样才行。

耶律德光的大军兵分三路，浩浩荡荡向中原杀来。分别由燕王赵延寿、大将赵延昭、大惕隐伟王耶律安端、大将解里等为先锋，从沧州、恒州、易州、定州等地分道而进，他率的大军相继跟进。

一时间，大辽的军队浩荡而来，晋的北境烽烟四起。看看，惹事了不是，不知景延广那十万把横磨剑，备好了没有？

西边一路由皇太弟耶律李胡统帅，出雁门，攻山西的并州、代州。可这一路碰上了硬钉子。那里是刘知远的地盘。还是在晋和辽较劲儿的时候，刘知远就感到会有一拼，便暗暗招募军队，现在果然用上了。很快，耶律李胡就在秀容一带被打败了。

东面一路由国舅萧翰带领攻山东的于河、博州，意欲去青州（山东益都），接应会合已经降辽的杨光远。但也遭到了晋将李守贞的顽强抵抗，进展不前。

中路最强，耶律德光亲自坐镇，由燕王赵延寿为先锋，由幽州入河北，直取贝州。

贝州，也就是河北清河一带，是水陆交通会冲要地。后晋和大辽绝交，也不是没有一点准备，北方诸州都做了一定的战争部署。特别是在贝州，因为运输方便，囤积了大量的粮草和军需物资，以备随时向各州调用支援。

耶律德光是怎么知道贝州如此重要，要先攻呢？这还得从贝州自身说起。

守贝州的主将是节度使王令温。他手下有一个叫邵珂的牙将，骄横不受节制，王令温一怒之下便削了他的职。邵珂非常怨恨，暗生报复之意。这当然也传到了王令温的耳中，便时时加着防备，但又没见邵珂有什么动作，也并没把他怎样。王令温应诏要回京城办事，怕邵珂有什么不测，就把他的儿子带上，作为人质。意思是告诉邵珂，你要在我离开之际敢胡作非为，就先把你儿子砍了！那邵珂本是亡命不轨之徒，见儿子也可能不保，更加恼了，听说辽军入境，便一不做二不休，写了一封密信，用蜡丸封上，派人偷偷送往辽营，说是贝州是晋军的军需供应基地，且主将不在，极易取。

事情就怕这样，如是内部出了变节之人，将所有秘密都泄给对方，任你有天机妙算也会防不胜防。如不是杨光远报晋境两年大灾，国力艰难，引辽攻晋，而他作为内应，辽帝也下不了南下的决心。如不是这个小小的邵珂密报贝州是军需重地，辽帝也不会这么方便地直取贝州。要知道，那时候没有什么侦察飞机、卫星什么的，在出兵还要靠占卜凶吉来决定的年代，能得一确切情报是相当困难的。耶律德光每到关键时刻，都出其不意地有人递送情报，真是似有天助。

当然，晋朝廷这面也不傻，怎么也不会让贝州这么重要的地方没有主将。在王令温应诏回京的同时，已经调谏议大夫、防御使吴峦代王令温前去守贝州。

这个吴峦就是耶律德光扶石敬瑭当上皇帝北归时，过云州（大同）而闭城不开的那个小判官。当时，云州已被石敬瑭答应献出，归了契丹，耶律德光北归路过时，守城主将出城迎接，这个吴峦却关了城门，拒不开城。耶律德光怒而攻城，不下，也不恋战，自己先回了草原，安排留守的契丹驻军围攻，小小云州已是我契丹囊中之物，不怕你不开城！可这吴峦就是闭城不让契丹军入内，整整被围了七个月。后来还是石敬瑭出面向契丹说情，答应处理吴峦，契丹才撤了围兵。石敬瑭也许是为吴峦的义节有所触动，只是把他调离云州，不但没处理他，还提拔他做了防御使。

石重贵当然也知道这事，也许正是看重吴峦有守云州七月不下的壮举，才特意选派了他。用这样的人放心，绝不会献城！而且守城经验丰富，也轻易不会失城！

吴峦接到调令后，星夜急驰赴任，接替王令温守贝州。他是个很仁义的人。正月天，天寒地冻，他见士兵寒冷，就把自己的帷幄撕开，分给兵卒御寒。按说，州中有大量的军备物资，士兵御寒还不是轻而易举的事吗？但是他不动，说是国家之物，无令不能私取。士兵们都非常敬重他。

耶律德光接到邵珂的密报大喜，如把晋的军需储备库拿下，晋军还怎能抵抗？北面防线会很快垮掉。他当即派人侦察，当得知确不是假情报，毫不迟疑地围了贝州城。但同时他也侦知，不是没有守将，吴峦来守城了。

耶律德光和这个吴峦交过手，就是这个人曾拒城不让他入，守城七个月就是不臣于辽。别看这个吴峦官不大，但是块硬骨头，要在这人手中硬攻取城很难。于是，便派军中的汉人化妆成打柴的樵夫，悄悄混进城去见了邵珂。

一通密议之后，那邵珂便来到吴峦面前，痛哭流涕："珂乃一介匹夫，做事唐突，得罪主将，被削职为卒，后悔莫及。今国难当头，匹夫有责，小人愿跟随大人舍身赴义，将功补过！"并指着头上发誓，"如有二心，天诛地灭！"

吴峦并不摸邵珂的底细，见他誓言铮铮，又是用人之际，哪里会疑，便又任他做了牙将，带兵守贝州城南门。

辽军开始攻城。一连三日，赵延寿指挥辽兵从四面急攻，架云梯一次次向城上冲击。但是，一次次的进攻都被守城将士用礌石滚木击退。而且，城墙的垛口处都浇水结了厚厚的冰，光滑如镜，即便是靠近也根本爬不上城墙去。

吴峦还指挥士兵在城墙上倒上油脂，把柴草点燃投到城下，将辽兵靠上来的梯子烧毁，靠一层烧一层，把辽军攻城攀登的工具焚烧得所剩无几，而且，大火熊熊，辽兵根本就不能近前。

耶律德光和赵延寿很着急。攻吧，不能近前，困吧，要把贝州困得弹尽粮绝是不可能的，城中粮食有的是，守军可用上几年。如不尽快拿下，等晋的大部队上来，就太被动了。

本来已安排好里应外合的，可让他们奇怪的是，潜伏在城中答应开城门的邵珂怎么不见动静？许不是露馅儿让吴峦给逮住杀了？他们便再也顾不得保护卧底之人身份什么的，让士兵在四门大喊："邵珂何在？"

其实，邵珂还在城墙上，只不过是吴峦和众将巡视的很严，他一直得不到下手的机会，不能有所行动。

在东城门奋战的吴峦听到城下辽军喊邵珂，立刻意识到这其中事情有异，便急忙向南门跑，要去控制邵珂。

可一切都晚了，等他到时，听到喊声的邵珂也不再伪装，突然砍杀身边的两个将士，已将南门打开。

辽兵呐喊而入，见人就杀，城南一片混战。

"无耻小人！我真是有眼无珠！"吴峦挥剑直刺邵珂。

邵珂不敢搭话扭身就跑向辽兵："救我啊！"

吴峦拾起地上的弓箭，一箭将他射死。

吴峦环顾城中，已是乱不成军。他悲愤地仰天大喊一声："苍天哪！城破，非峦之无能，轻信小人尔！"

辽兵围了上来，喝他投降。

吴峦哈哈大笑："峦守城，只能与城同在！"遂跃入身边的井中。

贝州陷落。失于一个为泄私愤的卑劣小人。

2　十万横磨剑在哪里

晋军的战斗计划和指挥调动完全由景延广一人说了算，连石重贵也插不上手。

景延广没想到辽军会这么快就攻破了贝州，而且南下的兵锋这么急。于是，他急忙调高行周、符彦卿、皇甫遇等三路兵马北上御敌。都是节度使级的人物，高行周任北面招讨使，在中路统三军。

景延广随三路军之后，也带军到了澶州，也就是河南的濮阳一带。

辽军已经推进到邺都，继而占了元城。

高行周统领的晋军北上途中，在澶州之北和赵延寿的辽军主力遭遇，被多于自己几倍的辽军团团围住，拼杀异常艰苦，只得向在澶州城中的景延广紧急请求援兵。

但景延广却按兵不动。理由是，辽兵有其国主亲自督阵，而且刚取贝州，锋芒正锐，待磨其锋锐再战不迟。啊呀呀，那么你就舍高行周去磨其锋锐了？

辽军确也锋芒正盛，已攻下贝州，仿佛是无坚不摧。现在又围了一股晋军，马上就会杀尽，便有辽兵蹿至城下，高声叫骂："景延广，你不是叫我们前来厮杀吗？为什么不出来交战？"

景延广坐在城中，一言不发，就是闭城不出。

跟在他左右的人干着急，背后里纷纷议论："他这是怎么了？和契丹绝交时是那样的胆豪语壮，到战场上怎么这样的怯懦气短？那十万把横磨剑到哪里去了？"

城北原野的战场上，从中午战到日西斜，晋军虽是拼命厮杀，但寡不敌众，已战死大半。这时，辽的两员战将已将高行周前后夹住，高行周两面搏击，大呼："景将军为何不援，我命休矣！"

危急之中，只见一小将飞马而来，一声大叫："孩儿在此！"

一辽将猝不及防，顿时被搠于马下，另一辽将稍一打怔，高行周的大刀便挥了过去，那辽将立刻身首分离。高行周这才看清来到跟前的是自己十八岁的儿子高怀德，已是浑身创伤。父子俩驰马纵横拼杀，带着仅剩的残兵，这才突出重围，边战边退。

这时，在另一路行动的符彦卿得到高行周被围的消息，急忙率军调头来援。

耶律德光见远处烟尘飞扬，知是又来了晋军，便也不再追击突围的高行周余部，撤回了元城。

石重贵绝没想到辽军进攻如此迅猛。贝州丢了，损失了那么多储备军资，够让人闹心的了，又听说北面招讨使高行周也差点战死，急忙披挂上阵，来到澶州。

石重贵听说高怀德战场救父，勇猛异常，立刻召见了这员小将，大加赞赏，并封了官。战场之上，鼓舞士气嘛。高行周痛哭流涕。是对皇帝赏赐的感激呢，还是对景延广见死不援的怨恨？

这时东线又传来消息，山东博州节度使周儒不敌辽军萧翰的进攻，投降了。而且周儒还带领辽大将麻答正在向郓州进发。石重贵便派侍卫亲军都虞侯李守贞前去进击。

李守贞急忙率军前去，到达一个叫作马家口的地方时，两军相遇。当时辽大将麻答率领的辽军正在渡河。一部分辽军已经过河，在河东岸开始修营垒，准备固守，而辽的大部队还在河西岸，正在陆续渡河。

李守贞抓住辽兵渡河的大好时机，大喊一声，跃马向前，迅速发起冲击。辽的骑兵猛遭突击，来不及上马，慌忙后退，东岸的营垒很快被摧毁。辽军急忙渡河西退，后有晋兵追杀，加之相互拥挤践踏，淹死者数千人。

马家口一战，后晋缴获战马几百匹，俘获的辽兵不用说，光偏将、裨将就有七十多。辽兵丢盔弃甲，恸哭而去。

辽将麻答恼羞成怒，将他原先所俘获的晋地百姓全部杀死，把俘虏的后晋兵圈在山谷中，绑在一起，用火烧死。

辽军在马家口遭受重创，身在中路的耶律德光听到消息非常震惊，屯兵元城，不敢再贸然前进。

后晋军虽有小胜，但也损失惨重，贝州失了，博州降了，且民人饱受摧残。石重贵这才感到事态严重，过去做得有点太轻率了。随驾而来的冯道、李崧等也劝他，还是想办法让大辽退兵吧。

石重贵想想也是，便修书一封，派人送给耶律德光，表示只一个称呼问题，有什么大不了的？何苦刀兵相见？何不坐下来和平谈判？

送信的使者找了好几个地方，才把信送到耶律德光手中。战争期间嘛，兵不厌诈，主帅移动不定并不可怪。

晋的信使找到耶律德光时，见辽帝正利用战争的间隙时间，带着将领们在河边会猎。信使暗暗惊奇，战事正紧，你死我活，怎还有心射猎玩耍？再见耶律德光盔甲威整，气度从容，不觉从心底佩服辽帝那种举重若轻的大气。信使急忙趋前跪拜："晋皇帝驾前特使叩见大辽皇帝。"

骑在马上的耶律德光扭脸看看信使，并不答话，又转头抬眼向空中望去。

空中，耶律德光放出去的一只"海东青"正在和一只雄鹰厮杀，上下翻飞，凌空搏击，那只鹰明显不是"海东青"的对手，翎羽不时飘落，眼看就是那只凶猛"海东青"的爪下之物。

可就在这时，从河对岸却"吐噜噜"飞起几只鸽子，那只雄鹰见了鸽子，便舍"海东青"直向河对岸的鸽子扑去。"海东青"也向鸽子直追过去。一场精彩的鹰雕之间的搏击瞬间被几只鸽子给瓦解了，耶律德光顿觉索然无味。这时，河对岸的草丛中突然嗖嗖有箭直射天空，那只先飞过去的雄鹰刹那间中箭，摇摆坠下，"海东青"急忙在横飞的箭镞中趔翅而回。

耶律德光和众将正惊诧间，对岸草丛中站起了几个晋军士兵，举着那只射下的鹰向这边哈哈大笑，并得意扬扬地嬉笑叫喊："谢谢把鹰给撵过来！"

耶律德光这才知鸽子是对岸那几个后晋士兵放出诱鹰的，连他的猎鹰"海东青"也险被射落。一股被戏的感觉顿时在他胸中升腾，咬着牙低沉地对左右说："谁能把鹰给我取回？"

他的话音刚落，只听有人大喊一声："臣愿往！"

说话的是大将沤里思，不待耶律德光答话，只见他身披重铠，手握铁槊，已跃马过河。可怜河那边的几个晋兵只见一道黑影飞来，还没弄清是怎么回事，便已成槊下之鬼。

瞬息间，那沤里思已持鹰归来，献于耶律德光。耶律德光赞赏地点点头，而后将那只鹰掷于跪在马前的后晋信使面前："看到了吗？朕想得到的，是一定要得到的。晋主派你来见朕，有什么事吗？"

信使看见刚才猎鹰时河对岸晋兵被杀的一幕，已是心惊胆战，听辽帝问话，急忙把石重贵的求和文书递了上去。

耶律德光看完石重贵的求和信后，冷冷一笑。心中骂道，先你干什么去了？我一次又一次警告你，你置若罔闻，如今我大辽已占诸州，形势大好，怎能轻易退兵？况西路遭刘知远败，东路又被李守贞挫，又怎能甘心罢兵？他对石重贵的信使说："你回去告诉石重贵，大势已经是这样，更改是不可能了。"

没办法。石重贵只好准备和大辽战下去。

3 澶州会战

春三月，中原已是万物复苏，绿意盎然。潇潇春雨中，原野上早春的马兰花不管马蹄怎样践踏，还是顽强地竞相开放了。

耶律德光的辽军和石重贵的后晋军已经在澶州对峙了二十多天。

这样僵持，对后晋军队来说无所谓，本土作战嘛。但对辽军来说，绝对不行。契丹本是游牧民族，逐水草而居，走到哪儿吃到哪儿，打仗也是一样，胜则突进，败则快走，讲速战速决，从不带粮草，靠的是"打草谷"，也就是说，人吃马喂全靠所过之地劫掠维持。但那得常换地方才行，如仅靠一地，哪里有那么多"草谷"可打？怎能维持几万大军？

耶律德光见僵持不下，便心生一计，假装放弃元城而北去，但是在顿丘城却埋伏下精锐骑兵，等待晋军追来，突然围而歼之。这是契丹人惯用的战术，佯装败走引你入埋伏圈。

后晋军队也确实想追，可因为阴雨连绵，行动不便，也就暂且做罢了。

石重贵坐在澶州城中，因不战不和，闲来无事，望着外面的春雨，便忍不住又想听曲儿。他虽也调鹰玩鸟，但绝不敢像耶律德光一样出城去会猎，还是在城中听曲儿保险。

但军中哪有曲儿可听？景延广为给他解闷儿，便召左右那些粗鄙的军校，奏三弦胡琴，和以羌笛番鼓，以为娱乐。不要说轻歌曼舞了，就听那动静，可想而知。石重贵摇头苦笑着对臣下说："这哪里是音乐，简直是在折磨朕啊！"

也许是冯道被疏远了，想讨好皇帝，便奏请是否把宫中教坊乐班接来伺候皇上。这时的石重贵还算清醒，斥道："大战间歇之中，我只是解闷而已，如要宫中乐班，我到前线来做什么？"

真是呢。冯道那么精明乖巧的人，怎么拍马拍到了蹄子上。

埋伏在顿丘城的耶律德光可没听音乐的心思。他等了两天，并不见后晋军前来，又见设伏的人马在冷雨中饥饿疲惫，懊恼得坐立不安。

赵延寿献策说："晋军守在黄河边，畏我锋锐，不敢前来。依臣之见，乘晋军萎靡不振，不如集其城下，合而攻之，夺其浮桥，直过黄河，则天下定矣。"

这并不是什么妙策，只是强攻而已。耶律德光也没什么更好的办法，耗是耗不起的，于是也就同意了。

耶律德光亲自带兵十余万，挺进澶州，列阵于城北。

景延广站在城楼之上，见城北辽军如云，对石重贵说："敌强我弱，坚守不战，耗其士气，辽兵自去。"

哇呀，到这会儿你才知敌强我弱？先前你干什么那样强硬？逗人家玩呢？

倒是受到赏赐的高行周向石重贵请战："辽兵既来，就不会轻易退去。臣身为北面招讨使，愿前去与辽兵一战！"

石重贵想，辽军不讲和，那就是战，早晚之事。反正也是这么回事了，战就战！

高行周出城与辽兵大战一日，你来我往，互有胜负。

耶律德光为鼓舞士气，坐镇中军，亲自指挥。石重贵一看，也有些急了，呀嚅，你以为我不敢怎的？便也披挂上阵，亲自来到阵前。景延广见皇帝出去了，也只好带兵倾城而出。

耶律德光望着晋军那边旌旗招展，战鼓如雷，惊愕地对左右说："杨光远给朕的密信中说晋境两年大饥，晋兵半已饿死，可一鼓而下，这怎么会有这么多啊？"

赵延寿说："也许是临时凑起来的乌合之众吧。先冲乱他再说。"他命令萧翰统领的精锐骑兵"铁鹞子军"冲击晋军两翼。

晋军也许是因有皇帝在吧，没有乱，而是万箭齐发，飞矢遮天蔽日，落在地上的箭镞积了一寸多厚。辽军的冲击骑兵在箭雨中纷纷落马。耶律德光的辽军这才稍有后退。

战至黄昏，双方死伤无数。耶律德光见部队死伤惨重，无法取胜，只好放弃强攻澶州的想法，引兵向北退去。

辽军有一个小军官逃到晋军这边，说耶律德光已传木书，辽军将分两路北归了，一路走沧州、德州，一路走深州、冀州。这是多好的追击机会，连路线都说得非常清楚。可是作为主帅的景延广怀疑这又是耶律德光安排的诱敌策略，不但不信，还把那个来投的小军官给杀了。仍旧是坚闭不出。

因无追兵，辽军从容北撤，一路抢掠而去，所过晋地，民物殆尽。

虽无晋军主力追击，但却不时有地方守军对辽军发起袭击。过定州时，一次突然的攻击险些要了耶律德光的性命。

那天，阴雨霏霏，耶律德光的人马浑身湿透，行进在泥泞的路上疲劳不堪。安营扎寨无干燥之地，埋锅造饭无可烧之柴，将士情绪低落，极想找一城镇歇息。过一山脚处，突地一阵呐喊，冲出了一队晋军，向疲惫的辽军发起了攻击。

这时正好耶律德光骑马走到近前，他的坐骑猛然受惊，一下拐入路边的泥潭中，陷住了四蹄。

晋兵见这人穿戴不凡，觉得可能是个官，一下子就围了上来。

正危急之时，辽军一个叫刘珂的军官挺身跃入泥潭，一边同晋军厮杀，一边护住耶律德光，身受十几处刀伤，血染全身，仍是拼命抵抗着将耶律德光背出泥潭。这时，回过神来的辽兵也冲杀过来。

那股后晋军也不恋战，很快撤走。就是个突袭嘛，玩呗。

哎呀，如那些晋兵们知陷入泥潭中的是大辽的皇帝，肯定会拼死上前，如能活捉而去，献于朝廷，那还不是一辈子荣华富贵？可惜啊！

前后也不过十来分钟，可是却把耶律德光吓了一大跳。

4 换帅

耶律德光见战事不顺，又受此惊吓，便暂回了草原，留下一部分军队继续在中原巩固占领地区，伺机而动。

澶州一战，看上去是晋军占了上风。其实不然，大辽虽没能一鼓深入，但也占领了贝州、博州、戚城、元城等重镇，而且留下大军在继读作战骚扰，辽帝回去只不过是做战略调整。

辽军北撤，石重贵以为是被击溃了，大为高兴，便奖赏将士，对在乱军中拼死救父的十八岁的高怀德尤为赏识，还有在马家口破麻答的李守贞、在澶州之战中出战的高行周等等都加了官。景延广也不例外，因为他是总指挥嘛。而且他的赏赐比别人都多。

大臣们和战将们都非常不服气。他景延广临敌不战，多次贻误战机，该罚才对，怎么还会得赏呢？在一些被他排挤打击过的大臣如桑维翰之流的鼓动下，便纷纷上书弹劾他。大战是因他景延广辱辽引起，可他又临敌不战，见死不援等等。这些都是主要的理由，除此之外还有两点。

一是他为不撒手军权，母亲病故他不回去奔丧守孝，违背伦理，大逆不道。在那个时代，按封建法律规定，不管多大的官，父母去世，都要暂时弃职回家守孝，孝期满后才能复职或改任，特殊时期不回，也要经皇帝批准才行。怎么样，你母死不回，经皇帝允许了吗？为了手中的权力，竟违背人伦弃老母于不顾，不可恨吗？在家不能孝于母，在朝怎能忠于国？道理多透。

还有一条是，他利用职权，挟嫌报复，滥杀大臣。有一个叫王绪的大臣过去和他有矛盾，开战时刚好从德州回来，景延广便一口咬定他是从青州回来的，和降辽的杨光远是同谋，抓起来施以酷刑，并斩首弃世。大臣们都知这是冤案。如他再继续掌权，其他人如是和他有了矛盾，不是随便找个词儿就掉脑袋了，不可怕吗？

弹劾景延广的奏折一道接着一道递上了石重贵的龙案。石重贵见景延广引起了公愤，而且在战争中也确实是表现欠佳，可能也怕越来越骄横的景延广以后更难驾驭，弄不好会把自己驾空，所以忍痛割爱，让他把军事大权交出来，调他离朝去当了洛阳留守。

那么军权交给谁呢？中书令李崧可能是出于拍马屁吧，便一而再而三地推荐杜重威，说这杜重威是如何有帅才。石重贵心里道，他是俺姑父，他是不是帅才，有多大能耐我还不知道？不过用他也对，军权握在自己人手中总是放心。

于是，统领全国兵马的大权就落在了杜重威的手上。杜重威是石敬瑭的妹夫、晋主石重贵的姑夫。一些史书上记为杜威。那是因避讳皇帝石重贵名字中的"重"字，而把自己名中的重字给省掉了。咱别管那些，为别说乱了，还是叫他杜重威吧。

景延广被赶出朝廷，一下子蔫了，再没了往日的威风。没了权，他就觉得没了希望，整日长吁短叹，借酒消愁，所干的事就是聚敛钱财，广造豪宅。

从个人素质这一点上看，他比桑维翰要差远了。桑维翰和石敬瑭那么好，但被贬出京后也没消沉，而是把交给他的属地治理得大有起色，如是和他这样消沉，还能回朝吗？

桑维翰见景延广被扳倒，便急忙写了一封自荐信，花钱收买石重贵身边的人递了上去。信上说："陛下如果想制服北方夷人以安定天下，非用我桑维翰不可。"

这口气有点大。但考虑到他有和契丹打交道的经验，石重贵还真又启用了他，任中书令。他也不负君托，几个月之内就把朝中各种政务处理得井井有条。

然而，有一件事非常不得人心。他的地位权势显赫后，投机钻营之徒的馈赠贿赂纷纷而来，他是来者不拒。而且，他还向石重贵出主意，因与大辽争战，国库用度过大，已趋空竭，应该补充，以备急用。石重贵觉得有道理，闲时不备，忙时抓瞎嘛。于是，他马上派了三十六员特使，分赴各州，向民间征收钱粮，以备军用。

这三十六人都持有石重贵亲赐的尚方宝剑，带有众多的官吏和士兵，同时还都带着枷锁刑具，持刀枪棍棒直入民家征讨，有钱拿钱，没钱拿粮，没粮取物，什么也拿不出带人去充劳役。口中还振振有词，保家卫国，家家贡献，人人有责。稍有不逊者则披枷戴锁，敢反抗者格杀勿论，弄得鸡飞狗跳，人人自危，怨声载道。

更有甚者，各州县官乘机层层加码，从中渔利，中饱私囊。就连景延广也不例外。当征军费的使者来到洛阳府时，数额是二十万缗，他在向下摊派时却加到了三十七万缗。他的下属官员实在看不过眼，劝他："主公曾官居显位，既有地位又有财宝。现在国库空虚，不得已才向民间取财。可近两年连闹蝗灾，今又起兵祸，民间也不富啊，主公怎么还能忍心这样做呢？"

景延广听后觉得很惭愧，这才把伸出去的手又缩了回来。还算是有点良心。

5　收复青州

晋朝这边搜刮民财充实国库，以备再战，辽军方面也没闲着。虽然皇帝耶律德光回了本土，但还有不少军队留在晋地，虽没有大的战役，但小的侵扰不断，各地的战斗时有发生。

较大的战斗相继有三次。

五月，晋为讨伐勾引辽军入境的杨光远，派升为泰宁军节度使的李守贞前去青州（山东益都）征讨。因留在晋境内的辽军赶来援救，大战了几日，无功而返。而且还被辽将耶律解里攻破了德州。

九月，西线的辽军进攻遂城、乐寿，代州刺史白文珂和这股辽兵大战于七里烽，辽兵没占到便宜，败北而去。

第三次战事比较大，发生在十一、十二月间。十一月，李守贞再次征讨杨光远，将杨光远围在青州城。为防止辽军再次来援，在辽军的来路上都布了重兵，使辽兵不能近前。

青州城被围到十二月，城中粮尽，饿死者大半。杨光远苦苦支撑，等着辽兵前来解围。他的儿子杨承勋出主意说，大辽已经败走，而且迟迟不来救援，已是凶多吉少，要不，还是投回后晋吧。

杨光远用仅有的一只手撸着长秃疮的头说："我在代州时，曾经以纸钱祭天地，那纸钱投出去就不见了，有人说是被天神收走了。大家都说我命有天助，当作天子呢。契丹能助石敬瑭取中原，为何不能助我？还是安心等着，不要再轻易说这事！"

杨承勋这才明白他老爹原来有这等抱负，还想做"天子"！

杨光远手下的人听了这事，都偷着乐，因他的老婆是跛脚，便笑着说："自古来哪见过秃疮天子，跛脚皇后？般配的一对。那要是上得朝来，定是千古风景。"

你笑你的，杨光远却坚定不移地等着。可他哪里知道，辽军被晋军截着，根本就来不了。他每天都向着辽兵所在的方向不住地磕头作揖："皇帝啊，皇帝啊，你怎么还不派兵来呀？再不派兵来救，就误我杨光远了！"

他的儿子杨承勋再也忍不住，一天，直闯他的大帐："父帅，你不让我说我还是要说，别再想什么天子，快顾眼前吧！我们本是晋之大将，为何一定要投靠辽人？我们只是和景延广有矛盾才被逼走此下策，如今景延广已经不再当权，为何不重返朝廷？"

不等杨光远开口，他的谋士丘涛立即反对："此策万万不可！已经降辽，晋才震怒，重兵来伐，再降过去何能得免？"

就是这个人给杨光远出谋划策而降的大辽，而且去辽报信说"晋境大饥，速来攻"，引辽入攻的也是他。他明白，杨光远因献晋安寨而有功于晋，再降回去，可能问题也不大，但他作为替罪羊，一定是要掉脑袋的。所以他当然是坚决反对再降回去。

他鼓励杨光远坚定信心："大帅，大辽皇帝意取中原，绝不会弃我们于不顾，我们就是他放在中原上的一颗钉啊。大帅，请放心，辽的援军一定会到的！"

杨承勋指着他大骂："姓丘的！你给我住口！我父帅之所以走到今日，全是听了你的妖言！你口口声声辽军来救，在哪里？你去给我找来！要不我就杀了你！"

"这……这……少将军，你这……"丘涛看看阴沉着脸盯着儿子的杨光远，胆又壮了，"大敌当前，你这可是动摇军心啊！"

杨承勋刷地抽出了佩刀："你还敢放屁！如今城中将士饿死大半，百姓嗷嗷待哺，求死不得，还谈什么军心！辽本夷狄之邦，本是狼性，贪婪而不义，早已舍我而去！城外乃我中原同胞，犹如反目之兄弟，终能和好，为何一定要与入冢之贼为伍……"

杨光远一拍桌子："放肆！怎可这样说大辽皇帝！"

杨承勋痛心道："父帅啊，你当他为皇帝，可他把你当臣下了吗？只是牵制晋朝官军的一粒棋子啊！"

帐外的将士们也高喊起来："大帅啊，回我大晋吧！"

丘涛一听，脸色大变，急忙对杨光远说："大帅，事要有变，请大义灭亲，拿下贵公子，震慑军心！"

"毒如蛇蝎！"杨承勋大喝一声，举刀就向他劈去。

丘涛急躲入杨光远的身后："大帅救我！"

杨光远怒喝儿子："大胆！给我退下！"

杨承勋只好咬牙退了出去。可他越想越觉得不顺气，再守在城中，只有死路一条。入夜，他和弟弟杨承业密议，在城中放火，城中一下子大乱。他二人乘机杀掉丘涛等人，以避火为名把父亲强行架到了一所房子中。

杨光远大惊："孽子！你、你们想干什么？"

杨承勋一拱手："儿是为了杨家，不得不如此。"

杨承勋兄弟把丘涛的脑袋送给李守贞，而后开城以纳官军。并上表石重贵，说父受人蛊惑一时糊涂而附辽，今幡然悔悟，已诛谋主，解甲待罪，乞恕不死云云。

反叛的杨光远被平，拔除了大辽插在中原的一颗钉子，绝了里应外合之患，石重贵非常高兴。他看了杨承勋的上表，考虑到杨光远虽是罪行很大，引辽入境，但因诸子皆归，而且于晋开国有功，没他在晋安寨杀张敬达而降，能有晋吗？所以下诏，许杨光远不死。

但群臣都认为不可，杨光远引狼入室，造成山河动乱，不杀不足以平民愤。石重贵挺为难，"许他不死"的话说了，再下诏杀，哪有这样出尔反尔的皇帝？便对李守贞说，你去看着办吧。

李守贞还不明白这意思嘛，便派一个叫何延祚的客省副使前去办理这件事。

何延祚便带人来到杨光远住的府第。

杨光远因有皇帝"许他不死"的话，也就放下心来，便安然度日。那天，他正在马圈中悠闲地给自己心爱的骏马添草，突然有一个人进来报："天使在门，求大王一见。"

杨光远扔下手中的草，拍拍手上的草屑："天使？何人？"他有些莫名其妙，天使为何官？

他正要向外走，何延祚却持剑走了进来："在下便是天使，不认识吧？"

杨光远打量一下，还真不认识，便问："就是你找我？何事？"

何延祚一笑："想回朝拜见天子，可手头没什么可以奉献的东西，特意来向大王借一宝物。"

杨光远奇怪地看看他："你到底什么意思？借什么？"

"愿得大王的头一用而已。"

杨光远大惊，既而明白了来人是干什么的，大骂："我杨光远有何罪？想当年是我把晋安寨降了契丹，才有他石家世世为天子！我现在已无他想，也只是指望以此富贵终身，为什么要这样负心待我！"

何延祚说："并无他想？你不是也想做天子吗？天无二日啊。大王，为保你全身，恕在下不恭了。"

于是，他便令人用马草塞入杨光远口鼻中，活活将其憋死。并以其病死上报了朝廷。

晋庭当然不会深究，就此了事。但为表彰杨承勋兄弟回归有功，特赏做侍卫将军。杨承勋欣然受命。

哎呀，这个杨承勋哪，你认为父亲降外族不对，迫其回来这没什么不好，可以说是正当之举。但父亲被杀了，你却欣然去做官，这是拿你爹的脑袋换的啊，你于心何忍啊？你父有没有病，怎么就会病死，你们心里不是清清楚楚吗？

李守贞因平叛有功，石重贵将杨光远在京城的旧宅子赐给了他。李守贞便收买周围官家和民人的房子，大肆扩建，一时成为京都的头等豪宅。

按当时的惯例，官军攻克收复城池后，朝廷都要颁降德音，赦免余党。可杨光远的部下因先降契丹，再回来怕被治罪，有几十人逃匿，没有抓获，中书令桑维翰便好长时日没下德音制书。

有一个杨光远的部下孔目，也曾是李守贞的手下旧吏，叫宋颜，带着杨光远的大批珍宝、美姬、良马投奔于李守贞，寻求保护。李守贞接受了财务，自然受用，便把他藏在了家中。

但没有不透风的墙，有人把这事向桑维翰告发了。桑维翰立即让皇帝跟前的侍卫亲军前去捉拿宋颜，并没给什么"德音"，而是给杀了。理由相当充分，逃跑就是不愿归降，还是有反心！

李守贞相当气恼，他不是归了我吗？你为何还杀？这不是和我李守贞过不去吗？于是便和桑维翰结下了怨恨。

当时打仗，出兵要给赏，叫"挂甲钱"，胜了回来，也要赏，叫"解甲钱"。皇帝从将领到士兵都给奖赏，可李守贞却把皇帝的赏赐留下，只发给士兵一些茶叶、染木、姜药之类轻微之物充数。士兵们哪里能不知道是被克扣了，便把染木用布缠成人头状，挂在树林间，指着诅咒："这就是李守贞的人头！"

唉，后晋刚小有胜利，就这样将相不和，士兵离心，如辽军再来，能对付得了吗？

第十章 败走白团卫

1 下诏再征

耶律德光这次下中原，澶州会战没占到便宜，便暂时回了草原。

从中原回辽上京临潢府的途中，驻跸平地松林，也就是现在赤峰市克什克腾旗一带，并沿潢水溯流而上，观看了潢水之源。其源三面环小山，在箕型山洼中有泉水汨汨而出，清澈翻滚，如明珠跳荡，汇成小溪，在草丛间蜿蜒穿流而去。

耶律德光很是惊叹，那滔滔潢水，竟源自小小一泉。如是李白杜甫之流在，定会诗兴大发，咏出千古佳作，可惜耶律德光不会作诗。不过，他面对涛涛松林和清清源头，也是大有感慨，慨然叹道，泉水聚而成河，民人聚而成国。我先祖可敦乘灰牛顺此河而下，至土河与我先祖奇首可汗相遇，育八部生息繁衍，才有我今日大辽。泉水能聚成潢水浩荡入海，我大辽为何不能聚四宇统于一朝！

也是一番豪情壮志。

而后，耶律德光又驻跸大水泊，要举行盛大的捕天鹅活动。大水泊也就是现在克什克腾旗的达里湖，当时是契丹人重要的春"捺钵"之一。捺钵，是营地的意思，契丹人逐水草而居，秋冬御寒，春夏避暑，便有了较为相对固守的四时营地。契丹建国后，虽有规模不小的皇城和大大小小的州郡，但皇家也仍是保持着四时捺钵的习俗，冬末春初到水边捕鱼猎鹅，叫作"春水"，夏末秋初便到横亘于北部的大兴安岭的黑山（今巴林右旗北部赛汗乌拉山）、赤山（乌兰达巴山）、庆云山一带射虎猎鹿，叫作"秋山"。皇家的"春水""秋山"活动为避暑御寒，很大程度已经是一种仪式，借演习祖宗习俗，祈求一年平安。

耶律德光要在大水泊捕天鹅，也是想占卜一下今年辽军在中原能否还有转机好运。

大帐扎好后，耶律德光身着绿色的猎鹅装，带着同样穿着墨绿衣服的御林军来到湖边。之所以是绿装，就是伪装成和周围草木一样的颜色。而后，手执扁鼓的士兵击鼓惊动水草中的天鹅、大雁和水鸭子。当水鸟腾飞而起，耶律德光张弓射出第一箭，随着放出了"海东青"。

只见那"海东青"直扑比自己体大几倍的白天鹅，啄住天鹅的头只来回几拧，天鹅便从空坠落。周围的人便争先上前，用手中的刺鹅锥去刺鹅，最先捕到的要得奖赏。这也近乎是一种游戏。第一只天鹅捕到了，献到了耶律德光面前。

那只天鹅体大肥硕，丰满异常，耶律德光非常高兴，因这预示着今年事事圆满。他将那只天鹅向着祖庙供奉在香案上，而后遍撒天鹅翎羽，众人皆拾鹅翎插于头上，以为吉祥。然后大家便歌之舞之，举办盛大的"头鹅宴"，求一年诸事皆顺。

歌舞正盛，一股黑云突起，风雨骤至，岸上人急避帐中，但在湖中为皇帝捕鱼的船却被风浪掀翻，六十士兵溺水而亡。真是乐极生悲，这一下使耶律德光的兴致一扫而光，他立刻命令好生安葬这些士兵，并宣喻大辽上下，要以此为戒。同时，他也感到，今年可能上天不佑，于是便不再加强中原的攻势。

到了十月，丁卯日，是辽的"天授节"，也就是皇上耶律德光的生日。各部落民众杀牲以表庆贺。各朝更是纷纷派使节前来祝寿。并带来大批贺礼，都以各国特产为主。如东边的新罗国，也既是朝鲜一带，敬献的则是金器为主：金抱肚一条五十两，金砂锣五十两，金鞍辔马一匹五十两。紫花绵紬一百匹，成形人参不定数等等；西夏国在西边，现在的宁夏甘肃一带，献得则以名马为主：细马二十匹，驼一百头，沙狐皮一千张，兔鹘五支，犬子十只，井盐千斤等等；东北的女真部当然少不了要献"海东青"猎鹰了。

耶律德光相当高兴，给各朝都赐赏了回礼。回礼送什么也有定制，不是皇帝随随便张口就赏，如没什么特例，回赐物件大致是：犀玉腰带二条，细衣二袭，素鞍辔马五匹，散马二十匹，弓箭器仗二副，细绵绮罗绫二百匹，衣着绢一千匹，羊二百口，酒菓子不定数等等。

赏完回礼后，他在昭庆殿接受各朝使节的祝寿，并开御宴答谢。一时间鼓乐齐鸣，歌舞并起。酒酣处，有回鹘、敦煌二使节先后离席，跳本民族舞蹈，为宴会助兴，为耶律德光祝寿。众人观看，颇觉新鲜，欢呼雀跃。

气氛绝对欢乐融洽。耶律德光虽也春风满面，但心中却是怏怏不乐。因为，在所有来的邻邦中，只有后晋没派来使节。

这是从来没有过的事情。往年，后晋的使节不但是第一个来，而且带的贺礼最重，使团规模也大。今年连理也不理了。看来这"重贵孙"是真不把我放在心上了。耶律德光恨恨地想，如不好好收拾这个不知天高地厚的小子，如何了得!

腊月，传来降他的杨光远在青州被平的消息，使耶律德光更加愤怒。他再次征诏诸道兵，向温榆河的北面集结。

2 安阳受阻

公元945年也就是辽年号会同九年，春正月，耶律德光以耶律李胡留守大本营，仍以赵延寿为先锋，再次南下中原。

这时晋朝掌军事大权的帅印已由景延广的手中移给了杜重威。这个杜重威武卒出身，不但德行不咋样，而且也不懂将略，只因他是石敬瑭的妹夫，才屡被重用。有一件事就足以说明他的操行如何。

还是他在德州当节度使时，他不知治政，却重敛民财，弄得其境户口凋敝，但他自己却积粮十万斛。在契丹兵第一次南下后，晋派三十六特使向民间征粮时，去德州的殿中监王钦将这十万斛粮收为军粮，但因他是皇亲，怕他有什么想法不好交代，便认真做了记录，并答应以数万匹绢还他。可杜重威还是大怒："我又不是反贼，为什么把我的财产罚没充公？"并到朝中大闹，石重贵只好答应再给他加绢。作为国家高官，国难当头之时，不要说还答应将来有所补偿，就是没有，捐献出去以解国之急需，又当如何？老百姓都是无偿征走的啊，你还闹什么？就这种德行，不怪刘知远瞧不起他，耻于和他同朝为官，而避他远去。

但中书令李崧就是推荐他，说全军统帅非杜公莫属。不知是他要拍石重贵的马屁，还是他收了杜重威的贿赂。石重贵当然也乐得顺水推舟，便把军事大权交给了杜重威。姑父嘛，信得过。

当大辽这次南下时，正值石重贵有病在身，便把抵御辽兵的军事大权完全交给了他的姑夫杜重威，任他为"都招讨使"，也就是全军总指挥吧。

杜重威还没见过这么大的阵仗，听说辽十万大军突然入境，声势浩大，非常紧张。他一面命令前线守卫部队暂时后撤，避其锋芒，保存实力，一面任张从恩为北面招讨使，安审琦、皇甫遇为排阵使，率军北上，待与前方后撤部队会合后再与辽兵交战。

谁知前方部队在后撤中引起了混乱，导致无法辖制，不少士兵丢了兵器四下逃散。直到在相州附近碰上了北上的主力，这才稍稍收拢安定了下来。

辽军无人抵抗，畅通无阻地连过邢、洺、磁三州，很快推进到了河南的安阳河。十万辽兵人吃马喂，要"打草谷"，千里之内，被劫掠一空。

安阳河边有一株大桑树，虬枝如伞。每到春天，如它的叶子先萌发，则这一年便风调雨顺，蚕丝大丰。因此当地民人称这棵树为"桑神"。耶律德光见了这棵树，上面挂满了红布条，四周还有祭拜的香灰，不知怎么联想到了中原皇帝，怒而大骂："朕知道那负义小儿身上的紫锦袍就出自你的身上，朕怎能容你生在天地间？"

于是便命令士兵将柴草围在桑树的周围，点火将大桑树烧了。

这是一种什么心理？怎么连不会说话的树也要跟着人遭殃呢？也许耶律德光这是要给石重贵施加的一种心理压力。小子，我告诉你，谁要敢不服我大辽，我就消灭他的一切！

三月初一，晋军到达相州，也就是河南安阳一带的安阳河南岸。

排阵使皇甫遇带几千骑作为先锋部队在前面侦察敌情，到邺都附近，突然遇到辽军大将麻答带的辽军几万人。

两军交战后，皇甫遇带人边战边退，到一个叫榆林店的地方，已被辽军团团包围。皇甫遇带兵猛力拼杀，坐骑战死，他就挥刀和辽兵步战。随从杜知敏见了，急忙策马过来，翻身下马，大喊："皇甫将军，上马快走！"

皇甫遇飞身上马，又直向辽兵杀去。自午时至未时，大战百余回合，双方死伤甚重。

守在安阳的晋军主力见前去侦察的部队到傍晚了还不归来，知是遇见了敌情。另一排阵使安审琦要去接应，主将张从恩却以城不能空为由，不答应前去。安审琦便自己带人前去营救。

皇甫遇在厮杀中已突出包围，突然发现救自己的那个杜知敏被辽兵掠去，大叫："知敏乃壮士也，怎可落入敌手？"便再次杀入敌阵，将杜知敏抢了回来，继续厮杀。

麻答指挥大辽的兵马将这股晋兵越围越紧，大有把他们全部消灭干净之势。

正危急时刻，安审琦带人马赶到，呐喊着掩杀过来。

辽军见晋军来援的兵马众多，马蹄腾起的尘埃遮天蔽日，有人惊慌地大喊:"晋军的主力大军到了!"

麻答看看,一时弄不清晋军来了多少援兵,再看自己的部队,经几个时辰的厮杀,战斗力已下降,明白已不占优势。他便不再恋战,挥兵撤出战斗。

皇甫遇这才平安归来。但所带人马损失了大半。

这时,耶律德光正在邯郸,他听说晋的主力部队北上到了安阳,便命令辽军暂时北撤,等待萧翰的后续部队上来再战。

晋军这时本可以追击。但主将张从恩似乎更害怕,也不和众将商量,便擅自下令,也率军向南撤去。

3　倾轧

石重贵这次没有亲征,除了放心于他的姑父杜重威统兵作战外,主要是自己的身体闹病。龙体欠安,如何了得,特别是那受宠的冯皇后,更是大惊小怪,连上朝都不让他去。

朝中的事便扔给了大臣们。可这些大臣们素来钩心斗角,相互猜忌,并不管国家发生多大的事,总是从一己之私出发办事,百人百心,根本形不成合力。

听说石重贵病了,病得连朝都上不了,桑维翰不知是出于什么目的,悄悄通过宦官向李太后永宁公主进言说,应该给皇帝的弟弟,也就是先帝石敬瑭的亲儿子石重胤请师傅了。咦?朝中那么多翰林学士,教石重胤"经史子集"的师傅肯定少不了,那么还要请什么样的师傅呢?教权术?教谋略?还是教治国治民之道?

这给那个靠冯氏而上来的冯玉,造了个结实的话柄。因为冯玉大字不识,却当上枢密使,分摊了桑维翰的权力,所以一向被桑维翰瞧不起,无公事从不与他交往,即便见了也总是昂面而过。这使冯玉相当不舒服,怀恨在心。

冯玉虽大字不识一个，但却琢磨桑维翰给石重胤请师傅这事不大对头，便到冯氏跟前说："桑维翰要干什么不是明摆着吗？他是看皇上生病，是要让重胤替代皇上啊！如真到那时，还有我们冯家的地位吗？你还到哪里享这样的荣华富贵？你得让皇上小心啊！"

冯氏一听，没了皇上，我当的什么皇后？这还了得！当然要到石重贵跟前去哭闹。石重贵对桑维翰的这种做法很生气，但他还不相信桑维翰会有什么不良企图。安慰冯氏道："朕不是死不了吗？怕什么呀？他只不过是为兄弟多学点知识罢了。"

可是，树欲静而风不止。

有一天，一个叫卢价的中书舍人任期满，冯玉不知是收了人家的礼了还是那人是他的心腹，便要任那人为吏部尚书。桑维翰觉得有点不可思议，对冯玉说："只是个文学侍臣，一下子就授这样高的官职，这也有些太轻慢了吧。外人会怎么说呢？"他坚决不在任命书上签字。

按说二人共同主政，他不签字是不行的。谁知那冯玉自恃是国舅，便独自任命了。

桑维翰相当生气，便给他写了一个字丢下："认识这是什么吗？"拂袖走了出去。

那是一个"心"字，但却少了中心的一点。冯玉别说不识字，就是识字，也不认得这念什么啊。还是旁边一个幕僚歪头琢磨了半天，给他点破了："大人，心中少一点，这似是在说，胸无点墨啊。"

冯玉大为恼怒，这不是在骂他不识字吗？便到石重贵面前说："臣本皇上亲命大臣，臣为国选官，他却戏弄本官胸无点墨，这不就是在嘲讽皇上是有眼无珠吗？他根本就不把您放在眼里，所以对我才这样肆无忌惮。皇上啊，难道你真没察觉到，他要培养皇弟重胤，是为有朝一日要取代陛下吗？"

再加上和桑维翰有矛盾的李守贞、觊觎枢密使位置的中书令李崧等人也乘机上告，石重贵便真的生气了。

他问冯玉，该怎么办？冯玉赶紧出主意说，把桑维翰赶出朝廷，贬去做开封府尹。想想，相当于国务院总理的高官去做小小的开封市长，一下子降多少级。

石重贵说："赵莹不是在开封当着府尹吗？"

冯玉便说，可以让赵莹来接替李崧的中书令，而让李崧升为枢密使来协助他。什么协助，那李崧还不是他咋说就咋干。看看，早就安排好了。

石重贵有些犹豫："桑公毕竟是国之元老啊，怎么只做府尹，去管一些琐碎小事呢？"

冯玉鼓动说："皇上，你还看不出他的叵测之心吗？如果让他去做节度使，怕他要造反啊。"

"他只是一介书生，怎么可能造反呢？"

"书生自己是不能，但他可教唆鼓动别人啊。皇上，您难道忘了，先帝起兵，不就是听他之策吗？"

石重贵怔了半天，觉得有点道理，便点头将桑维再次撵出朝廷，贬为了开封府尹。

桑维翰只好摇头而去。用他，本是想让他在和辽的周旋中发挥作用啊，可现在辽军又入，他还没起什么作用，便又被赶走了。桑维翰出朝以后，也非常失望，便以脚疼为由，很少参加朝谒，也很少再接待宾客了。

后晋朝廷在大敌当前之时，还在相互倾轧，那么前线怎么样呢？

4　攻占祁州

这时的执掌军权的杜重威并没在前线，只是坐镇京城指挥。而他派出去的北面招讨使张从恩呢，在辽军后撤的大好形势下，不但不进，反而也在大踏步地后退。

但各州县那些守城的将士以为晋军主力肯定在撤退辽兵的背后追击，便对后撤的辽军不断主动发起攻击，以期配合主力。可哪里是那么回事啊。

辽军后退过祁州时，刺史沈斌见辽军后退，垂头丧气，还赶着牛羊，以为是辽军深入晋地，定是兵败而归。他见所过辽兵人困马乏，便命州兵开城出击。

其实，这又是辽兵的诱敌之策。辽兵见开城有人来战，精神大振，马上派精锐骑兵堵住了城门。沈斌的兵马大惊，但已回不了城，只好拼命厮杀，最终全部战死。

辽军立刻把祁州团团围住。沈斌这才意识到，辽军的后边并没有追击的晋军。等外援是不可能了，可城内又无多少储备，怎么办？

这时，辽帅赵延寿命令一次次地攻城，并亲自向沈斌喊话："沈公，你我曾同朝为官，同加刺史。可我现在是大辽的燕王、兵马先锋统帅，而你呢，还是小小刺史！沈公，以你之才，而不被知，更不被用，你不觉得委屈吗？何苦这么为他们卖命？降了吧，我大辽皇帝知人善任，至少能让你作一镇节度使……"

"住口！"城头上的沈斌大骂道，"你赵氏父子为一己之私欲，宁可背国弃民，甘愿陷于腥膻，忍气吞声事奉犬羊之众，来屠杀生养你的父母之邦，算个什么东西？还有什么资格和你祖宗之地的人说话？我沈斌确实是官微位卑，但宁可为国战死，也不会像你赵氏父子那样下贱！"

赵延寿被骂的无地自容，恼羞成怒，命人攻城。

到第二天，祁州城被攻破了。沈斌站在城头，仍是大骂赵延寿，而后引颈自杀。

这件事传到京城，石重贵很有些感动，命人赏赐沈斌的家人。同时他对晋军迟缓不前也挺生气。连小小的刺史都敢舍身击敌，那主力大军怎么就不能上前呢？他责问杜重威，到底是怎么回事？

杜重威给他解释说，不是不进，是辽兵已退了，没有进的必要。

夏四月，病愈的石重贵决定再临前线，看看到底是怎么回事。本来也没大病，早就该去嘛。

稳坐京城的杜重威见皇帝动了，也只好跟皇帝到了军中。石重贵驻跸在李守贞驻防的滑州，就是今河南滑县。他命杜重威督促各路军马向北推进。

杜重威这才真正发挥了"都招讨使"的作用，在定州集结了各路观望等待的大军，准备北上。

5 死里求生

后晋军都招讨使杜重威在皇帝石重贵的督促下，率领有都监李守贞、马军都排阵使张彦泽、节度使符颜卿等大将率领的五万大军，在四月中旬挥师北进。

四月二十三日，晋军攻打泰州，即河北保定，辽兵不敌，投降。

五月二日，晋军又收复了被辽占领的满城、遂城，俘获了辽军的一个部落头领和几千士兵。

五月三日，曾为耶律德光夺鹰的那个辽将沤里思在望都被围。危急时手下军士建议从晋军布兵薄弱处突围，沤里思却率军向坚固处冲击。他带少数人突围后，回头看，凡晋兵少处，皆是深沟大堑，无路可走。沤里思以经验才没至全军覆没，死里逃生。

看看，只要是敢于挺进，辽兵也不是不可胜嘛。

这时，辽军中有一个赵延寿的手下投降过来，说："辽国的皇帝已退到了虎北口，听说晋军攻下了泰州，又集结了八万骑兵，向南开了过来，估计一早一晚也就到了。"

杜重威听说辽帝带八万兵亲自来了，又是先怯了三分，心想，我方五万对辽军八万，肯定是打不过人家。于是，在五月初四日，退守泰州。想想还是不保险，过两日，又向南退。

你退人家就进，耶律德光带着辽军尾追而至。

后晋军退到阳城，即河北的安国市，见辽军紧追不舍，便开始反击，将辽军打得北撤了十几里。晋军以为辽兵退了，又向南撤，辽的大队骑兵再次反追上来，诸军力战，边战边退，人马饥渴难挨。

五月十一日，晋军退到一个叫白团卫的地方，杜重威令埋鹿砦扎营房，暂做歇息。鹿砦也就是一些带刺的障碍物，目的就是阻止敌人骑兵的前进。

耶律德光见辽军一时突不过鹿砦，便下令将晋军重重包围起来。而且还派大将耶律朔古带一支精兵，插到晋军的背后，断了他们的粮道。这一招够狠的，大军没了给养，不攻自乱啊。

傍晚时，突然起了东北风，而且越刮越大，咆哮肆虐，天昏地暗，大树都被吹断了。双方人马都窝在了背风处。

因为供给被切断了，被围的晋军士兵们都是饥渴难忍，便在营中就地挖井找水。可好像是土地爷儿也有意和他们过不去，每当见到水，井便坍塌了。士兵们只好用布包上泥土，绞出泥汤来解渴。

大风整整刮了一夜。到天快亮时，风不但没停，而且更大了。

耶律德光看着昏暗的狂风，听着耳边似千军万马般的咆哮，觉到这是天在助他，此时不动，更待何时！

他果断地说："晋军的主力全在这儿，不能让他们乘着大风的昏暗而逃掉！今天要全部消灭他们！然后直取他们的首都！"

国舅萧翰献策说，他的"铁鹞子军"是精锐，既然骑兵不好跃过鹿砦，那就下马突入，出其不意短兵而战。

耶律德光认为主意不错，采纳了。他坐在奚车之中，下达了作战命令，精锐骑兵"铁鹞子军"全部下马，拔掉鹿砦突入晋军大营，用短兵器直接攻击避风的晋兵，再顺风放火扬尘，高声呐喊以助声势。

辽军的士兵占着上风头的优势，高声呐喊，放火扬沙，火球顺风滚入晋军营中，晋营顿时大乱。

作为突击队的"铁鹞子军"乘机将鹿砦拔开缺口，突入进来。

靠近鹿砦的晋兵大乱，一边抵抗一边大喊："敌军突营了！快下令啊！"

那意思是该怎么抵抗，是反攻还是后撤，将领们快拿战斗方案。

可中军大帐中的杜重威却走来走去，一言不发。众将领都非常着急，符颜卿大喊："都招讨使为什么还不下令反击，难道就这样束手待毙吗？"

杜重威说："慌什么？这只不过是小股挑衅而已，更可能是敌人的诱兵之计，千万不可上当。等风势缓和一点，天也亮了，弄明白情况再说！"

都监李守贞站出来反对："大帅，现在敌众我寡，而且被围，形势与我极为不利。但现在正是风沙弥漫，且天不明，敌人弄不清我们兵力部署的虚实，只要勇猛冲杀，就有可能战胜！这场大风沙是来帮我们的啊！大帅，如等风停了，我们被围在光天化日之下，就只有被全歼了！"

杜重威看看他，还是犹豫不语。

这时外面已是越来越乱，辽军的喊杀声清晰可闻。

李守贞对众将大喊："反正也是一死，我们何不出去一拼？"

众将高喊："不能坐以待毙！拼杀还有生路！"

马军都排阵使张彦泽也代表骑兵方面说话了："现在我们的军队极度饥渴，如等风停，早成俘虏。现在敌人以为我们不能顶风作战，所以正应该出其不意地攻击敌人。这就是兵家常用的欺诈之术啊！"

这张彦泽的一双眼珠是黄的，在昏暗中发着莹莹的光，如同野兽。

符颜卿也说："如其束手就擒，不如以身殉国！"

外面的杀声越来越近，有浑身是血的小卒跑入大帐，报告多处鹿砦被破，边营已经不守。

李守贞再也不犹豫，对杜重威一拱手："令公善防御，您就守着大帐吧。守贞和众将前去决战了！"他又向众将大喊一声，"不想死的，咱们一齐出战杀敌！拼一条生路！"

他是都监，相当于前线指挥部的二把手，谁能不听？况且生死攸关，没有人愿意等死。大部分将领都跟他蜂拥而去。

大帐外面立刻是人喊马嘶。也许是死里求生吧，晋军将士这次是出奇的一致，奋勇向前。

晋军出其不意地突然逆风反击，大出辽军意外，慌忙后退了百余步，可还没等站稳脚，张彦泽、符颜卿带着万余骑兵，高喊着直向辽军横扫过去。

风沙昏天黑地，杀声排山倒海，大辽的"铁鹞子军"本是精骑，锐不可当，可下马攻击就不行了，突遇对方来击，根本来不及上马，被冲得落花流水，丢弃的战马装备遍地都是，大败而去。

李守贞带兵一直向北追了二十多里，便停下不追，带兵回来了。

众将都说，士气正高，应该乘胜追击，以获全胜。

杜重威却说："碰上强盗，幸好保命不死，这已经不错了。为什么还要去追取丢掉的衣服钱袋呢？"

这话听起来挺幽默，可将士们笑不起来。

这时的李守贞也和杜重威一样，不愿再追了，但他的理由似乎更合理一些："这两天来我军人马渴得要命，现在刚刚喝饱了水，行动缓慢，很难追上敌人了。已是大胜，不如就此而归吧。"

一二把手都说不追了，众将还说什么？晋军便撤回了定州。

真不明白，后晋军败也退，胜也退，为什么就不敢乘胜将敌人彻底击垮呢？这一次，后晋军是背水而战，死里求生，靠将士们的勇猛作战才反败为胜。如果在扭转战局后，晋军乘着胜利的高昂士气一鼓作气，历史也许会重写呀。

可惜，怯懦无能的主帅杜重威轻易放弃了。

6　狼狈而去

后晋军不知道，辽帝耶律德光在逃跑时是多么狼狈。

当后晋军在大风中突然发起反击，没骑马的辽兵退如潮水，败如崩山，根本控制不住。凶狠残暴的麻答连砍了几个后退的士兵，也遏制不住，无济于事。败兵裹携着耶律德光乘坐的奚车慌忙逃去。

可是，道路不平，受惊的马拉着车颠簸狂奔，几次险些翻车。逃出十几里时，他的奚车被退兵堵塞道路，动弹不得。后面又有晋兵追杀，情况十分危险。紧急时刻，赵延寿给他牵来一匹犍驼："皇上，乘驼快走！臣断后！"

耶律德光也顾不得许多，爬上骆驼，连连加鞭，狂奔而去。

李守贞啊，你如是在二十里处接着追下去，将这骑驼之人逮回朝廷，还有杜重威什么事？后悔去吧！

白团卫之战，辽军本是占尽了优势，可转瞬间却化为乌有，一败涂地。这全是听了萧翰让骑兵下马短兵相接的错误战术而至。耶律德光相当懊恼。

耶律德光退到幽州后才镇定下来。他经过认真思索，感到自己是犯了两个错误。

一是战略上太轻视后晋军了，本以为被围的晋军饥渴难忍已毫无斗志，能围而歼灭，一网打尽，却没想到晋军会是狗急跳墙，困兽犹斗。这是犯了兵家大忌。应该是网开一面才对，等晋军溃逃而后穷追猛打，那时晋军只顾逃命，也许这会儿真打到汴梁城了。

第二个是在战术上犯了个致命错误，不该听萧翰的，让自己的"铁鹞子军"下马作战。这不但失去了冲击力，而且在退却时根本就上不了马。

耶律德光除了自责外，对带兵将领们也进行了严厉惩罚，包括萧翰在内，每个大将都受了鞭刑。唯独赵延寿没有挨到鞭打。因为危急时他送的那匹骆驼是太管用了。

耶律德光暂且无力再组织大的战役，便让赵延寿屯兵幽州，命萧翰、麻答等大将留守已经占领的州镇，自己回了草原。

白团卫大战，晋军在逆境中大胜，这叫石重贵高兴得手舞足蹈。

回到京城，石重贵在宫中大摆庆功宴，对带兵突击的李守贞尤为赞赏，加封为北面行营都部署。教坊的戏子见皇帝赏识他，便献词吹捧："天子不必忧北寇，守贞朝北领幽州。"

李守贞自此后也很是自负，经常用戏子的这两向话在外人面前自我夸耀。

但是，不管是胜方还是败方，经过这次大战，都是大伤元气，筋疲力尽。对后晋主石重贵来说，将第二次南下的辽军打了回去，虽是胜了，可他明白，这其中有很大的偶然性。真论作战实力，后晋军还不是辽军的对手。而且军费耗资太大了，三十六名特使已在民间搜刮了一遍，弄得怨声载道，很多村庄已是十室九空，田园荒芜，再刮就是地皮了。

桑维翰虽是已不上朝，但他把这一切也都看在眼里，忧心忡忡。他通过各种渠道给石重贵上书，痛说不能再战。他引用老子的话劝石重贵，"故兵者非君子之器也，不祥之器也，不得已而用之。若美之，是乐杀人也。夫乐杀人者，不可得志于天下矣。"大意是，战争不是君子该追求的事物，只有万不得已才使用战争，如果过于沉浸在战争的胜利中，实质上是等于以杀人取乐。杀人取乐的人是不可能得到天下拥护的。

他进而劝道，我们这次虽然胜了，但战争是在后晋的国土上进行，遭受损失最大的是后晋的老百姓。老百姓穷了，国还能富吗？从高祖立国，还不到十年，没有雄厚的积蓄，不具备和正在走向强盛的大辽抗衡的能力。为了天下安定，暂时称臣，平息战争，换取休养生息，养精蓄锐，以图将来，又有什么可耻的呢？

石重贵读了他的奏章，对老子的那套"之乎者也"不感兴趣，但对战争使晋地百姓饱受涂炭之苦还是大有感触。便和文臣武将们商议,这次我们暂时胜了,下步该怎么办呢?这时的朝中可是再也没有景延广那样的自恃有十万横磨剑的狂傲之人,而且也饱经了两年战乱之苦,都非常厌战。特别是那个杜重威,巴不得快点停下来,省得到前线担惊受怕。

当然也有主战的,比如符颜卿、皇甫遇等将领就认为,我大晋连续两年战胜辽军,说明我大晋不是没有实力,只要我们上下同心,定可抵御入侵之敌。

但是,他们的声音太微弱了。后晋朝下步要怎么办,可想而知。

7 罢兵还是再战

耶律德光从前线回来,心绪相当不佳。

一路之上,他视察了各游牧之地,见到辽境之内也是一片萧条。由于连续两次南下,征用大量壮丁和战马,往返奔波,人畜多有死伤。特别是边境地区,饱受涂炭,国内更是一片怨苦之声。

七月,耶律德光射猎于平地松林。八月,驻跸赤山。赤山,就是现在赤峰市巴林右旗乌兰达巴山一带。在赤山,他大宴从臣,问军国要务。随从在身边的大惕隐(辽官名)耶律屋质说:"军国之务,贵民为本,民富则兵足,兵足则国强。"

耶律德光以为非常好,下诏今后行兵打仗,有践踏庄稼者,一律军法论处。看来,这耶律德光对农桑是相当重视的。

八月辛酉,耶律德光回到了辽上京临潢府。回来后的第一件事就是去拜见母亲述律太后。

述律太后问了耶律德光这次南下的战况。耶律德光低头说:"不佳。败走白团卫。"

述律见他面有惭色,想了想,便问他:"如果让汉人来做大辽的皇帝,行吗?"

耶律德光不假思索地答道："那当然不可以。"

"那么，你为什么非要南下中原，给汉人去做皇帝呢？"

耶律德光这才明白母亲的意思，急忙施礼说："母亲误解孩儿了。儿不是一定要做中原皇帝，只是石重贵忘恩负义，有负我大辽，儿是不能允许他这样的。这只是对他的惩罚。"

述律平叹了一口气："你已经得到的十六州汉地，还没有统治安稳，还南下干什么呢？连续两年了，并没什么收获。如果再继续下去，出现什么意外，连到手的也丢掉了，那就后悔都来不及了。"

她又对耶律德光和跟在他近前的大臣们说："已经两年征战，汉儿一定是胆战心惊不敢睡安稳觉了。我听说，是凡战争，自古来大多是汉人向番族求和，很少有番族向汉人求和的。我想晋也会如此吧。你们听着，如果汉儿派使来表示回心转意，我们也要珍惜，就此罢兵和好吧。两族平和相处，他在南而农，我在北而牧，共同繁荣，不是很好吗？"

听听，不光是个铁腕女人，更是个有见识的政治家。这番话站在两个民族、两个政权的高度，强调的是和平相处，共同发展，这在只知攻城略地，称雄称霸的乱世，真是一种大见识。只可惜，男人们，特别是北方大野上的一族又一族强悍豪横的男人们，根本没人品味过这些话，而是不断地用马蹄一代又一代地书写着铁血历史。

耶律德光当时是唯唯而退。在母亲面前，他是轻易不敢表示不从的。但他毕竟是一国之主了，而且血液里鼓荡着契丹男人一往无前的剽悍雄风，他自有他的主张。

果然不出述律太后所料，会同九年九月，晋朝虽是在白团卫胜了辽军，但还真的派一个叫张晖的作为供奉使来到大辽求和。表示只要大辽就此罢兵，后晋愿意奉表称臣，向辽帝耶律德光谢罪。

耶律德光心中暗自高兴，服软了？我就不信治不了你！可他心里也挺生气，不识趣的东西，早干什么去了，让我损失这么多兵马？

他对来使张晖冷笑道："晋与我大辽亲好，始自桑维翰；晋与我大辽交恶，肇于景延广。让他们俩为使，亲自前来，跟朕说明白这到底是怎么回事。就派你这种身份的使者来，想搪塞朕吗？而且，你回去告诉大眼郎石儿，要求和也可以，再把镇州、定州割让给我大辽，朕才准许他称臣！"

这耶律德光也是，你本来没打胜，人家前来服软，表示愿称臣，也就是说往后接着进贡，当"孙皇帝"，你怎么还拿捏起来，得理不饶人了？还要人家两个州，有点得寸进尺了吧？

那张晖听了这条件，非常委婉地争辩道，得饶人处且饶人哪。不就是嫌后晋不称臣才南伐的吗？如今晋朝已经前来称臣求和了，怎么还变本加厉再要人家两个州呢？

耶律德光根本就不屑于解释。只是说，朕已是够宽宏大量的了，要不是我太后仁慈，朕就灭了你们！并加重语气强调："回去告诉石儿，何去何从，可再遣使来。"

张晖一事无成，只好回来。石重贵听了使者的回报，怎么想也不能答应这些条件。辽帝要桑维翰去，不就是要问罪，为什么不能继续坚持臣服于辽的政策吗？要景延广去，不用问，当然是问罪为何对抗大辽。能有好吗？怎么也不能把自己的大臣乖乖地送给人家做刀下之鬼吧。再一个还要再献两州，凭什么啊？如果这样下去，今年要两州，明年要两州，我大晋的国土不是几年就没了吗？没了国我还称的什么皇帝，给你称什么臣啊？

石重贵和大臣们商议，多数大臣和他的想法一致，认为大辽得寸进尺，我们已经答应称臣谢罪了，还要加这么苛刻的条件，未免太贪婪了，以后说不上还有什么条件。

于是，石重贵便再也没有派使入辽。

其实，耶律德光也是很疲惫的，也想罢兵，何况还有太后"如是汉儿派使来和，要珍惜机会"的吩咐在先。耶律德光只不过是抬高谈判条件而已，让石重贵知道知道轻重。如果见面就答应，也显得太轻而易举，往后大眼郎还是不会当回事儿。

因为后来他曾经对人说过:"倘晋使再来,南北可不战矣。"也许当时他对张晖说"何去何从,可再遣使来"便是一种暗示吧?

可惜,不知是张晖没转达这句话,还是转达了而石重贵和大臣们没能理解,反正是从此后拉倒了,没再派使节去讲和。

一次大好机会错过了。要知道,耶律德光给你留着"可遣使再来"的活口啊。既然想和,为什么不再试试呢?

历史往往就是这样,有时是在一件不起眼的小事上,或是不经意而被忽略的一句话上,就会引起根本的转变。

那么,后晋和大辽之间,只好等着再战了。

第十一章　倒戈中渡桥

1　谁来挂帅

　　大辽对晋的征讨，连续两年南下，都因关键战役失利而进展不大。但耶律德光却不接受后晋想要称臣求和的上表，也不顾述律太后的劝阻，在会同十年，也就是公元946年，他第三次再度挥兵南下中原。

　　看来，不彻底制服石重贵他是誓不罢休。应该的，作为一代君王，既定的大政方针，那是不能轻易半途而废的。

　　石重贵见惹了祸，屡次求和不成，也只能硬着头皮应战。他仍以杜重威为都北面招讨使。这回，却遭到了不少人的反对。

　　桑维翰听说还要用杜重威，虽是已被贬出中央决策层，不再参与朝中事，但还是进了宫，对石重贵说："杜重威常恃勋亲，及疆场多事，无守御意，擅离战场，藐视帝命，应以治罪，不可再用，这样才能免除后患。"

　　石重贵听见这话，便面露愠色。

　　桑维翰你倒是看看皇上的脸色啊，不乐意听。可他却死心瞎眼地继续说："如若皇帝顾及情谊，不忍加罪，那也决不可再任他为主帅。望皇上把握啊。"

　　石重贵生气地说："杜公与朕是至亲，并无异志。愿卿勿疑。至于他临阵不前,战场之上,瞬息万变,究何原因,朕会查询。你不要再说了,管好你自己开封府的事就行了。去吧。"

桑维翰见皇上不再理他,只好灰溜溜退出。

但朝中仍有人反对用杜重威挂帅御敌。就连圆滑的冯道都对石重贵婉转进言说,杜重威这人私心太重,品行太差,对人不忠,觉得人人都对不起他,不可大用。但他要比桑维翰说得委婉巧妙,不致让皇上生气,给撵出去。

由于反对的人多,而且杜重威在战争中的表现,也确是有些畏敌不前,白团卫之战,如不是众将士拼死突杀,以杜重威之策等天亮再战,后果不堪设想。石重贵便也犹豫起来,那么用谁呢?

冯道这时说了一句公道话,大将刘知远助高祖取天下,是真正的将兵之帅才,只因高祖宠杜重威而被冷落,也因他看不起杜重威而远避外镇,何不启用呢?当然了,这番话他说的也是相当委婉,措辞谨慎,但把这个意思却表达得相当清楚,既不能让皇上觉得他是在挑拨离间,更不能让皇上误以为他有什么企图。

石重贵一想也是,怎么把这人给疏忽了?他连下三道诏书,召刘知远回朝,重掌军事大权北上抗敌。

可刘知远却不领情,拒不应诏。他也连回三道奏折,声称谢皇帝器重,但年事已高,且身染重疾,动弹不得,请皇上另选高人。是啊,想当年我刘知远拼着脑袋为你石家得天下,到头来你让皇亲国戚去享富贵而将我们踢出门外,现如今不行了,又想起让我再去卖命,我咋那么贱啊?我凭什么非保你姓石的坐天下?

石重贵见调不动刘知远,只好矬子里拔大个,想任前二次战役中表现不错的李守贞为"都北面招讨使"。他把李守贞找来说:"卿英勇善战,前年马家口力挫辽军,功勋卓著;去年兵困白团卫,如不是李爱卿力主反击,哪可扭转战局?卿且宽厚仁德,听说你把家财都赏给了将士,可嘉啊。我听伶人都在唱你'天子不必忧北寇,守贞朝北领幽州',这是民意啊。今天，朕要把北上抗敌的重任交给你，可好啊？"

李守贞闻听，忙跪地谢皇帝的恩宠，但却也推辞不就。

李守贞不接印，绝没有刘知远心中的那种怨恨，只不过是一种巴结。他李守贞何尝不知，石重贵本心是要让杜重威挂帅，只因不少大臣反对，皇上这才迫不得已另行选帅。你如果不看眉眼高低真把帅印接了，不是自己找罪受吗？同时呢，他不接这印，也还有一点报德的意思吧。想当年，还是在杜重威守德州时，有一次李守贞兵败带兵过德州，杜重威热情款待了几日，而且赠送了大量的珍宝，使颓废的他重又振奋了精神，这才有了他的今日。再怎么的，也不能夺恩人之美呀。他便对石重贵说："臣赏给兵卒的东西，其实全是杜公赏给我的啊。杜公宽厚仁义，臣不敢忘其恩，还是愿在鞍前马后，效力于杜公。"

那么，再选谁呢？已当了枢密使的李崧还是坚持认为，如刘知远不干，那没有谁比杜公更合适了。虽说杜公是阵前有些指挥不力，不是也胜了吗？看来还是可以的，不要听别人的忽悠。

石重贵正好顺坡下驴，我不是不用有气魄的人，也广泛争取过意见，够民主的了，可没人应啊。于是便理直气壮地再度任姑夫杜重威为三军统帅，李守贞和张彦泽为副手。

杜重威虽是毫无帅才，但这官衔吸引人哪，便壮着胆子又北上了。这回，他不能再无所作为，为向那些瞧不起他的大臣们证明也当得三军统帅，便命各路将领频频向辽军发起攻击。

四月，吐谷浑部在首领白可久率领下降辽。晋定州指挥使孙方简附辽，晋将皇甫遇率兵将其平定。

六月，辽军进攻定州，李守贞带兵防御，败麻答远遁。

八月，张彦泽攻掠幽州，斩辽将解里，杀辽兵两千而还。

几个月下来，双方互有进退，处于胶着状态，辽军进展不前。

九月，耶律德光阅诸道兵于渔阳枣林淀，商讨南征进展不畅、如何破敌大计。但也没商讨出有何良策能突破后晋的防线。

如果这样发展下去，辽军在中原还是不会得到太大的便宜。

可是，军情就在这种互有进退的胶着状态中，却突然间发生了重大转折。

这是因为，战事期间，不但前方在进行着真刀实枪地力量的搏杀，后方也在进行着虚虚实实地智慧的较量。

2　将计就计

九月的一天，晋朝已升任枢密使的李崧在视察监狱时，发现有一大批赵延寿的家族人被关在里面，顿时产生了一个想法。在和石重贵充分商讨后，他把在赵氏家族中一个有威望的长者带到了石重贵的面前。

这人叫赵行实，须发皆白，从家族上论起来，还应是赵延寿的爷爷辈。

石重贵在一个便殿里秘密地接见了这个人。他盯着跪在面前的赵行实："你知道朕叫你前来，是为什么吗？"

赵行实连头也不敢抬，瑟瑟直抖："草民……实是不知……"

"朕是想给你一个立功赎罪的机会啊。"

"啊？小的，一定为皇上效力！"

"你赵氏出了赵德钧、赵延寿那样的逆臣，罪在诛灭九族。现在赵延寿充作辽军的主将，屠戮中原民众，你不感到羞辱吗？"

赵行实以为要拿他问罪，努力辩解："赵氏出此逆贼，实是辱没祖宗。但请皇上明裁，这是他个人所为，实与族人无关啊。"

"如你能前往劝其弃暗投明，不再助纣为虐，朕则会赦赵氏全族无罪。你能办到吗？"

"真的吗？"赵行实急忙叩头，"只要能保赵氏全族不死，小人愿尽全力而为，冒死前往！"

于是，赵行实便化装成一个游乡郎中，背着药搭子骑着小毛驴进入了辽军的占领区。

赵行实进入辽军的控制区后，明目张胆地打听赵延寿的所在，很快被巡逻的"栏子马"逮住，当刺探军情的奸细给抓了起来。

"栏子马"的小头目摇着马鞭子问他："说吧，你到底是什么人？来这里干什么？"

"我是赵延寿的叔爷，是来看望他的。"赵行实实话实说。

"呀哈，你是赵大帅的叔爷？"小头目上下打量着他，哈哈大笑，拍拍他的脑门儿，"还是卖药的呢，没发烧吧？你咋不说和我家皇上也是亲戚啊？"

赵行实急忙说："这位军爷不可造次，皇上开不得玩笑。"他掏出了一个小玉坠，交给那小头目，"军爷如想活命，快把这个交给你家大帅，他自有分晓。"

小头目见赵行实神情泰然，便也真的不敢造次，急忙向赵延寿做了报告。那个玉坠是赵家祖传之物，赵延寿自然认得，急忙将赵行实接入了大帐。

那小头目登时冷汗淋漓，多亏问问，这要是把老头儿一刀砍了，如何向赵帅交代。

赵延寿急忙把赵行实让到上座，躬身施礼："两军阵前，兵荒马乱，你老人家如何到得这里？"

"哦……是家中之事啊。"赵行实指指左右的人，"能让他们都下去吗？"

赵延寿向那些人挥了下手，众将领便退了出去。

等大帐中只剩他们二人时，赵行实也不绕圈子，直接说："寿儿，我是来求你回中原的。"

"来求我回中原？"赵延寿一怔，看看叔爷，便有些明白，沉下脸来："是晋朝皇帝让你来的吧？"

"正是。"赵行实从药囊中掏出了一枚酷似丸药的蜡丸，剖开取出了一张纸,"这是皇上的诏书。"

赵延寿阴着脸接过去看了一遍。上面的大致意思是,你赵氏父子原与后唐李从珂有矛盾才被迫陷入房地,我晋朝也是因和他不和才推翻了他。我们能理解你们的心情,也并不怪你们。你如能归来,大晋将封你为王……等等。

赵延寿心中冷笑,大辽皇帝已答应我做中原皇帝了,你封王算得什么?他阴沉着脸将那诏书放下,看看他的同族叔爷:"这么说,是大晋的使者到了?"

"不不。我更是代表赵氏家族来的啊。"赵行实见他脸色不对,急忙说,"不管是谁让我来,情理是一这样的啊。你生在中原,长在中原,祖宗根基都在中原,为什么要助北番……"

赵延寿一拍桌子,怒喝:"不要再说了!两军交兵,公然策反,要不看你是我的叔爷,早就一刀砍了!"他咬着牙喘了一口粗气,想了想,低声说,"我给你拿些银两,快走!以后不要再来!"

赵行实见他恼了,又气又急,满面通红。他怔怔地看着赵延寿,突然卟咚跪地,号啕大哭:"乱军丛中,我冒死前来,难道只是为了银子吗?不说什么哪家皇上了,什么祖宗了!就为了赵家的几百口人,你想想吧!我回去没法交代呀!他们现今都在死牢中,就等着你的一句话啊,你就真忍心为你一人,而让赵氏灭族吗?我代赵氏的祖宗给你磕头了,求你了!"

"这……这……"赵延寿想不到这老头儿会给他跪下,再怎么说也叫叔爷啊。他皱了眉头,急忙拉他,"这是干什么……"

外面的将领听见帐内哭声,不知发生了什么事,纷纷涌进帐来。

赵延寿见将领们进来,虽知他们没听见是怎么回事,但如是让耶律德光听说了他偷着接见过中原来的族人,也定会引起怀疑。他眼珠一转,便对将领们淡然一笑,说:"没事,是……我家一长辈辞世,他才如此悲伤。你们出去吧。"

等将领们再次退出去，赵延寿垂目思索了一下，悄声对赵行实说："这是掉脑袋的事，怎可这样大哭小叫？怕别人不知道吗？事情重大，你得容我想一想啊。你先住下，对任何人不要露出一句，只说是来报丧的。容我好好权衡一下。"

赵延寿安顿下他的叔爷，便急急去见了耶律德光，并把石重贵给他的"诏书"一点不敢隐瞒地呈了上去。

耶律德光将石重贵的字条认真看了一遍，笑了："燕王能把此物让我看，足见一心不二啊。那么，你打算怎么办呢？"

赵延寿咬咬牙："我已是大辽臣子，当舍小义而取大义。为成就大辽事业，赵氏家族何足惜哉！我想……杀掉来使，将人头送回，让石重贵断此妄念！"

"爱卿真是赤胆忠心啊！"耶律德光在大帐中来回踱着步，"可你赵氏家族是几百条性命哪，为什么不能不让他们死呢？"

"可是……"赵延寿愣愣地看着耶律德光，不知皇帝是什么意思。他心里在想，我本姓刘，亲爹曾是县令，只不过老母在战乱中被赵德钧所获，我才跟着姓了赵，他赵氏家族死不死和我有多大关系呢？不过这话他没说出口。这话说出来似是有点太绝情，毕竟是赵氏让你得了荣华富贵不是。

耶律德光慢慢地停下了脚步，显然在胸中已经有了想法："他们在招降，好啊。为什么我们不能将计就计呢？"

"将计就计？皇上是说……"

"这样吧，你把瀛洲刺史高模翰找来……"

这一晚，耶律德光中军大帐的灯光整整亮了一夜，一个重大的战役部署完成了。

3 奇迹不可能再现

赵行实兴高采烈奔回汴梁城，将一个蜜蜡丸交给石重贵。那里边同样有一张赵延寿的亲笔字条："臣久陷虏地，安敢忘父母之邦，常思乡而暗泣。然恐有杀身之祸，苦不敢归。今皇上大德不嫌，臣感恩不尽，愿断然弃暗投明。望陛下早日派兵北上接应，臣则归矣……"

石重贵大喜，如是这赵延寿反戈一击，那耶律德光还往哪里走！他立刻下诏，赦赵氏家族全部出牢。

不几日，又有人送来密信，说是守瀛洲的辽将高模翰因战不利，受辽帝处罚，心生怨恨，在赵延寿的策动下，也要率军开城降晋，希望晋朝快去派兵接收。

这一消息使石重贵更是喜出望外。他马上下诏，令杜重威立刻率全军北上，去策应将要归降的赵延寿和接收瀛洲。

这时晋朝大臣中也有人提醒他，应该警惕，这会不会是敌人的诈降之计？

这策反计划是李崧谋划的，见赵延寿有回应，他心中狂喜，极力在石重贵面前说，切不能疑神疑鬼，宁可信其有，不可信其无，大战面前，机会难得，稍纵即逝，绝不能错过大好时机呀。即便是诈降，有我十万大军做后盾，又能怎么的？

石重贵也认为机不可失，便也深信不疑。大辽已经有两次失利，这次又有主将背降，看来是气数尽了，怎能放过这大好时机？

这时的石重贵有些忘乎所以了，在给前线杜重威的诏书中竟然狂称要"先取瀛莫，安定关南；次复幽燕，荡平塞北！"

朝堂上的皇帝是雄心勃勃，就看前线的将士表现如何了。

杜重威接到皇帝的诏书，便奉命北上，前去与要投降的赵延寿和高模翰会合。晋军的计划是，只等两军交锋时，赵氏反戈一击，晋军一拥而上，一举将辽军彻底击溃。

如意算盘不错，可天不作美。当时，正值秋雨连绵，道路泥泞不堪，在凄风苦雨中行军，可想而知。后续部队调运粮食更是艰苦，而且常常是淋湿发霉。就这样军粮还供应不上，常常是拆老百姓的房木烧饭，撕民家的炕席喂马。

但晋军却不断接到赵延寿传来的密信，催促快点来接应，等后晋军到瀛洲，他就和高模翰合而出降，与后晋军会合，将辽帝拿下。

杜重威觉得这是立功的大好时机，不能怠慢，便连连催军前进。就这么在凄风苦雨中艰难地走到十一月初，好不容易才到了瀛洲，军马已经是疲惫不堪。

杜重威带军来到瀛洲城下，并不见辽将高模翰出来迎接，更不见赵延寿的踪影，却见城门洞开，空寂无人。

怎么回事？

副帅张彦泽向城中看看，说："还能是怎么回事，城门大开，是让我们进去啊。"

同是副帅的李守贞也向城中看看，犹豫道："不对！这莫不是空城计吧？如我们进去，伏兵四起，我们岂不成了瓮中之鳖？不能进！"

待捉一个老百姓来问才知道，高模翰已经带兵跑了，连老百姓也带走了。城中无一生物，连井都填了，已是一座死城。还说，那高模翰刚跑，还没走远。

到这时后晋军才知是诈降！中了辽军的圈套。杜重威大怒，大胆辽贼，让我大军在秋雨中苦行几十天，竟这等戏弄于我！他命令身边的一个偏将："梁汉璋，你带两千人马，给我追杀这个高模翰！"

梁汉璋立刻引兵冒冷雨而去。

"那我们怎么办？"李守贞问。

"退兵南撤！"杜重威毫不犹豫地调转了马头。

"我们是来接应赵延寿的,可还没和他接触就回撤,是不是……"李守贞犹豫着说,"该请示一下皇上啊……"

"我估计赵延寿和这瀛洲城一样,也是诈降!引我们奔波而来,他们以逸待劳,聚而歼之!"杜重威大喊,"不撤,以我疲惫之军,不是等着被歼吗?将在外,君命有所不受!撤兵!"

杜重威这次害怕得还有些道理。还真是那么回事,在高模翰遁去的山谷中,赵延寿就带着重兵等在那里。

辽将高模翰其实并没跑多远,而且跑得也不快,意图非常明显,就是引晋军来追。他还没到辽大军设下的包围圈,果然就被晋将梁汉璋带两千兵马给追上了。

梁汉璋见高模翰只有几百人马,大喝一声:"大胆辽贼,哪里走!快下马受降!"

高模翰回头看看,见晋军疲惫不堪,对身边的将士说:"用兵之法在正不在多。以多凌少,不义必败,这正是指他们说的。我们杀将过去!"他便呐喊一声,调头率兵直冲而来。

那辽军已养精蓄锐多日,且全是轻骑,突入两千晋军中横冲直撞,疲惫的晋兵那里抵挡得住。再加上赵延寿的伏兵也赶了过来,梁汉璋的人马犹如羊落狼群,很快被收拾干净。

站在山坡上观战的耶律德光看到这一切。战后赞扬高模翰说:"朕登高观两军之势,爱卿真是英锐无敌啊,就如雄鹰追难兔,畅快淋漓!杜重威疲兵如此,当是不堪一击!"

当然也有散兵逃回晋军,并惊慌报告梁汉璋已经战死。杜重威便急忙退兵到武强。辽军见杜重威没有上当追击,进入伏击圈,而是带大军退走,当然不能放过,便率大军跟了下来。

这时后晋副帅张彦泽带的骑兵屯在恒州,他对杜重威说,敌军主力突前,但两翼空虚,可乘机攻击。

杜重威便带军向桓州移动,到一个叫作中渡桥的地方,和辽的大军不期而遇。张彦泽带兵与辽将耶律朔古力战，抢先占领河桥，并烧掉了一半，这才将辽军阻在了滹沱河的北岸。两军隔着滹沱河，夹岸而峙。杜重威见辽军过不了河，便修筑营垒，以为持久之计。他想，我带十万大军堵在这里，你过不来，又能怎的！

辽军也确实强渡不了。有将领说，调集其他方面的援军，慢慢图之。耶律德光点头，认为也只好这样。

有一个叫耶律图鲁窘的夷离巾严肃地说："愚臣以为，陛下如想安逸，那么仅仅在家守着我北国的四境就行了，还出来干什么呢？既然要扩大疆宇，出师远攻，就不能顾虑重重。如果是中路而止，那正好是对贼有利，他们可乘势夺我南京幽州，平我所属县邑。如果真是这样，那我北国之民就没法睡安稳觉了。况且，他们多是步兵，而我方多是骑兵，何必担心攻不破他们？汉人脚力弱而行动缓慢，我们如选精锐轻骑先绝其饷道，那他们就一点办法都没有了。"

耶律德光眼前一亮，拍案道："好主意！真是国强则其人贤，海巨则其鱼大。就这么办！"

于是，耶律德光便令赵延寿带大军截在前面，又派萧翰带精锐骑兵从几十里外悄悄偷渡过河，插入晋军背后，攻下栾城，断掉了晋军的粮道和后退之路。

在部署军事行动的同时，耶律德光还用了攻心之术，他命令部队，凡遇见晋人，就是遇见打柴人，也一并掠去，在脸上刺上字"奉敕不杀"，然后放他们南归。

这招确实管用，那些为后晋军队运粮的民夫看到那些被抓而刺了字的人，都吓得丢下粮车，四散而逃，谁也不敢再为晋军卖命。

本来主动北上前来接收"降军"的晋军主力，因中了调虎离山的诈降圈套，突然间又被辽军主力包围了。杜重威派人向截他后路的萧翰方向突击，以求打开后退的口子。可萧翰的"铁鹞子军"就如铁壁铜墙，你往哪里冲就堵向哪里。因国舅萧翰给他们下了死令，从哪里放走一个晋兵，就把哪里的守军全部处死。因此，晋军的多次突击都以损兵折将为代价而被截了回来。

晋军陷入了进退无路的绝境。有一个叫李榖的转运使给杜重威和李守贞出主意说："现在我军主力和张将军留在恒州的骑兵近在咫尺，烟火相望。如果用三根木头捆在一起做支架，在上面垫上柴草，再铺上泥土，桥梁立时可成。夜里由精壮士兵组成敢死队突袭敌营，密派人让恒州城中高举火把响应，这样里外配合，乘着敌人混乱，我们就可以突围，与恒州骑兵会合了。"

众将都认为这是一个好主意，但杜重威却没有采纳。也许他还等着去年白团卫的奇迹出现吧？

他反而嘲笑李榖："把断桥再接起来？现在两军隔河对峙，辽军之所以不能攻击，就因无桥而不可渡河。以你之策，将桥接起，如不等我方突出，反使敌军乘机突入，岂不是为敌铺路？你就是个运粮官，也学会用兵了？没见辽兵已断了我后方粮道吗？快去筹粮吧。"

可白团卫的奇迹不可能再出现了。耶律德光也绝不会再重复轻易出兵的错误，既然再次把你围了，我就一直困死你！

李榖之策不被用，只好去筹粮。但粮道被辽军堵住，即便是他筹到粮，也根本运不到晋营，半路上就成了辽军之物，等于是在给辽军运粮，还不如不筹。李榖只好跑回朝廷报急。

晋营中的存粮越来越少。杜重威急忙派人向朝中要粮，并请求派援军前来解围。

晋的主力全在杜重威处，还到哪去找援军？石重贵便把守卫宫廷的几百禁军派了上去。杜重威一看，这不是开玩笑吗？刘知远不是有几万兵吗？为什么不调来？他急忙再派一个叫孙旺的小校回朝请援。可这次，被派的孙旺没跑出多远，就被辽兵给拿住了。

自此，杜重威便和朝廷失去了联系。

4 "许你做中原皇帝！"

当第一次杜重威派人向朝廷要兵要粮时，桑维翰已经估计到前线形势肯定是出了问题，不是太妙。他左思右想，不管石重贵是不是厌恶他，还是决定面见一次石重贵。

已是十一月末了，那一天雨雪交加。桑维翰出府上马，打算去宫中，走到国子门，他的马不知怎的，突然打了前失，一下子将他重重地摔在泥水中。好半天，他才苏醒过来。

跟随他的人将他从泥水中扶起来，都认为马失前蹄，大不吉利，劝他不要去了，换个日子。可桑维翰不以为然。他年轻时，家中的住宅就常闹怪异，衣物常是无故移位，家人都惊骇，唯他泰然处之，毫无惧色。这马失前蹄有什么可怪的？

桑维翰斥道："国事不吉，顾什么人之不吉？"于是拐着摔痛的腿上马，穿着脏兮兮的衣服，仍是坚持入宫求见皇上。

石重贵正在后苑陪着冯氏调鹰，宦官报开封府尹求见，兴致正浓的他挥挥手："没看朕正忙吗？让他等着。"

桑维翰便站在皇宫院中石阶下的雪地里等着，一直等到天黑，他浑身湿透，也没等到皇帝召见他。其实石重贵早就把召见他这回事忘了，那会儿已在饮着美酒听教坊唱曲儿呢。

桑维翰便请求宦官通报，再次请求接见。石重贵这才想起他，但有些不耐烦地说："已经入夜，有事让他明天再来吧。"

桑维翰听了宦官的回话，闭上眼，摇头长叹一声。他回到家已是深夜。他对自己的亲人说："倘若根据祖宗的神灵，也许会有天保佑，这不是凡人所能推测的；但如果根据眼前的人事来看，草野之人干着急说不上话，晋氏祖宗可能将得不到祭祀了！"

桑维翰要说什么，石重贵可能也不难推测出来，无非是向大辽俯首称臣，割地赔款之类，否则还能有什么好招？也许石重贵猜出他要说这些，才故意不见他的吧。

可这次石重贵猜错了。桑维翰其实是想劝他亲征，上前线以励将士。因为桑维翰也看出来，辽帝不可能再接受什么称臣、让地这些小利，是有大企图的。后晋这面呢，主力已经被围，没了讲和的条件和余地，如不倾力而战，没有出路了。他见不到皇上，便通过冯道把这意思说给了石重贵。

石重贵听了冯道的劝说，也从别的渠道隐约听到前方形势有点不妙，但到了什么程度却不摸底细。于是便想亲自到前边看看。可枢密使李崧却劝他说，好长时日与前方联系不上，情况不明，不可贸然前行。一国之主如遇偶然，后果不堪设想，待派人探清情况再去不迟。再说杜帅所带是全国主力，去年情形那么危险还能转危为安，大败辽军，今年也问题不大。

石重贵也确实对前线心中没底，也就打消了贸然去前线的念头，只是派人尽快和前方联系，摸清情况再作打算。

可哪里联系得上。所去之人不等到得晋营，就纷纷被萧翰布置在外围的"栏子马"捉拿。

杜重威真正成了一支孤军。他除了在大帐中焦虑地走来走去，就是和将士们喝酒，想不出一点退敌之策……不不，这么说有点过了，是想不出一点脱身之策。

有一天傍晚，他独自一人正在帐中喝闷酒，那个他派出去向朝廷求援的小校孙旺突然归来。

孙旺进帐跪下："校尉孙旺拜见大帅。"

"孙旺？你可是带来了朝廷兵马？"杜重威见派出求援的人回来了，喜出望外，急忙放下酒杯抬起头来。

杜重威仔细一看，却见孙旺脸上刻有四字"奉敕不杀"。他的脸便一下子非常难看，"这么说，你早就当了俘虏了，根本就没去得朝廷？你就带着这张脸来见我吗？贻误军机，该当何罪，推出去斩了！"

"慢着。听小的把话说完，再斩不迟。"

"有话快讲！"

孙旺掏出了一封信，递了上来："该说的全在这上面。大帅如认为不可用，就杀我；认为可用，就留我，我愿为大帅继续效力。"

杜重威疑惑地看看他，把信打开，只看一眼，顿时大惊失色。他急忙屏退左右，细看那信。信是赵延寿亲笔写来的，只有这么几字："识时务者为俊杰"。

这意思是再明白不过了。这一夜，他在大帐中的床榻上辗转反侧，两眼像天上的寒星一样，一直眨到天亮。

一早上，那个孙旺在后晋营中不见了。原来他又潜回了辽营。赵延寿见他活着回来，便知道事情有成，急忙向他要回信。

孙旺说，杜大帅没写信，只让问一下条件如何，再做打算。

要条件，这赵延寿可不敢做主，便带孙旺去见耶律德光。

耶律德光听说晋军的主帅表示条件合适，便可率军归附，大喜，挥笔就写下几个字，也不让赵延寿看，就直接交给孙旺，让他赶快潜入晋营，送给杜重威。

那字条写的是："赵延寿和你比，资历尚浅。你如能助辽灭晋，许你做中原皇帝！"

看看，"许你做中原皇帝"！这条件怎么样？已经到顶了，不信你不干！

这当然不能让赵延寿看了。因为耶律德光他已经许下赵延寿做中原皇帝了，怎么能再许一个？如果赵延寿一恼，我不跟你玩了，怎么办？都得拉住才行。

孙旺便又潜回后晋营中。杜重威接到耶律德光的回条，如获至宝。他简直不敢相信，我老杜真能当皇帝？他只是做梦时这么想过，没想到这一天真来了！要知道自己还能当皇帝，何苦要当这屁招讨使，在这儿受这个活罪呢？他把字条珍藏起来，再也不想怎样攻敌、突围之类，而是思想着怎样说服众将领。

于是，他便不断找李守贞、张彦泽等等高级将领谈话。想想看，李守贞连"都招讨使"的官衔都不和他争，能不听他的吗？张彦泽呢，战争中是员猛将，但残暴异常。想当年他的一个下属得罪了他，吓得躲到别的官员家中，他还逼出来剖心咧嘴断手足处死。大臣们纷纷上书石敬瑭，应严惩他，是杜重威在石敬瑭面前说情，这才弄了个降爵的轻微处分。张彦泽对他能不俯首帖耳吗？再说了，杜重威肯定许下了，如自己当了皇帝，他们都是开国元勋啊，谁能不动心？

这时军中的粮食已经快用尽了，士兵们为了争抢有限的粮食，有时打得头破血流。不少将领都急了，不断来找杜重威请战。

有个叫王清的奉国都虞侯，慷慨激昂地对杜重威说："大帅，再这样下去，晋军太危险了！我们死守在这里，营孤粮尽，将怎么办？"

"你说怎么办？"

"此去镇州不过十里，我愿带步兵两千为先锋，夺桥开路，大帅随后带大军跟进，突围进入镇州，那里是可以守的。"

杜重威看看他，似乎想到了什么，眼睛一亮，点头道："你的想法正合我意啊。可用可用。好，给你二千兵马，再让宋彦筠配合你。愿你力挽狂澜。"

那王清便带兵和宋彦筠一起向桥上的辽兵发起了冲击，经过一场厮杀，还真的从辽军手中夺得了桥梁。王清大喊："主公，快带大队人马上来，过河啊！"

谁知后面却不见晋军上来，而辽军却在赵延寿带领下开始反扑。与王清配合的宋彦筠一看不好，扭头就向回跑："我去叫大帅！"便向回跑，可没跑几步，既中箭坠水而死。

王清又对另一个小军官高喊："我战死也会守在桥头，快叫我大军过河！"

话没喊完，身上已被砍伤多处，血流如注。但王清毫不后退，最后被赵延寿一刀砍倒在桥头，还在回头喊："大帅，快过河……"

可怜的王清啊，你哪里知道，你的杜大帅根本就不想过河。杜大帅就是要用你的一腔热血为自己的下一步做铺垫啊。

杜重威马上召集众将议事，对王清的战死表现得非常沉痛和惋惜。他对众将说："目前，战不能胜，王将军力战而死，不就是明证吗？突围是没有希望了。可守呢，营中粮已告尽，而朝廷又不管我们，大家说，怎么办？难道我们眼看着这十万士兵活活饿死在这里吗？"

众将无语。

沉默了好长时间，杜重威长叹一声，说："为了十万弟兄的性命，我杜重威甘愿背一个负国骂名，投降吧。唉，我也是万不得已，才出此下策呀，谁不想留个忠义之名？可大辽太强大了，晋的寿数到了。中原，也许该换天子了！"

李守贞和张彦泽便也同声附和。像皇甫遇等再下一层的将领惊愕得说不出话来。他们见主将们异口同声要降，敢说什么呢？再看军中现在的情况，能说什么呢？

但皇甫遇还是站起来说："朝廷以公为贵戚，委以重任，今兵并未战败，便欲降虏，敢问公如何对得起朝廷？"

杜重威叹口气："时势如此，不得不委曲求全。"

杜重威见大多数将领并不说话，便拿出早已写好的降表，让众将签名。唯独排阵使皇甫遇，犹豫了半天，到底掷笔而去。可仅他一人，又能起什么作用呢？杜重威让军士把降表挂到了大帐外，通令全军，解甲待降。

士兵们原以为挂出来的是要和辽军决一死战的战书，欢腾雀跃，终于要突围了！但等看清是出降表，解甲大哭，声震旷野。

5　十万大军换了一件黄袍

后晋朝的石重贵听了桑维翰和冯道的建议，虽没亲临前线，还是派出了大批探马。探马大多被辽军捉去，但毕竟也有逃脱的，回来报告说，杜帅的大军被围困中渡桥，相当危急。

石重贵这才真的着急了。他召刘知远，召不动，只好启用景延广。可主力全在杜重威处，国中已无可用之兵，好不容易才凑了几千兵马，让景延广带上前去解围。

景延广只好披挂上阵。事儿是你挑起来的，你不去谁去！

他出府跨上战马，可那马腾蹄长嘶，就是不肯向前，无论怎么打，就是腾蹄不进，还险些把他掀下马来。景延广只好换马，这才得以带兵出行。

很多人都认为，临阵换马，这是不祥之兆。果不其然，他刚带兵出了京城不远，就遇见从前线逃回来的散兵，说是杜重威已经带全军倒戈投降了。

景延广一下子跌坐马下。完了，大晋完了！

就在景延广哀叹的时候，赵延寿正在接收杜重威的降军。

耶律德光不费一兵一卒，将后晋的主力降为已有，灭石重贵已是指日可待。他志得意满地赐给赵延寿一件只有皇帝才能穿的绣着龙的赭黄袍，说："汉人士兵，就全归爱卿了，你就穿上这件衣服，亲自前去降军中慰问安抚吧。"

并拿出了一个锦盒："把这个就代朕赐给杜卿吧。"

赵延寿穿上龙袍，相当受用。他洋洋自得骑着高头大马来到了晋军大营中。后晋军中除了杜重威，李守贞等以下的将领全部跪在赵延寿的马前迎接。

杜重威宣读了降书，并象征性地献上了自己的佩剑。赵延寿也宣读了大辽皇帝的受降诏书，宣布各将领职爵不变，全部留用，同时代皇上将锦盒赐予杜重威。

杜重威跪地谢主隆恩，而后将锦盒打开。锦盒里面，竟也是一件赭黄色的龙袍。

这使赵延寿目瞪口呆，怎么回事？他一个降将，也配和我一样穿龙袍吗？是不是皇上拿错了？

杜重威见到龙袍，喜形于色，急忙穿戴起来。这大辽皇帝许我当中原皇帝，果然不说假话。可他见赵延寿也穿着同样的衣服，不觉纳闷，他怎么比我还先穿上了？莫不是皇上也应他了？

可他俩谁也没敢说出口，相互看着对方的龙袍，只是尴尬地笑着，言不由衷地恭维着。但心中都有一种被戏弄了的感觉。

站在辽军大帐前的耶律德光遥看着对岸煞有介事的仪式，心中笑道，你们不都想当中原皇帝吗？朕就让你们过一回瘾。他慢慢转身回帐，又去筹划下一步的行动了。

这天是公元946年、辽会同十年十二月初十。晋军主力在中渡桥倒戈降辽。这是全后晋国的兵力所在啊，有谁还能救得了后晋呢？

从944年开始，耶律德光坚持不懈，三下中原，到底稳操胜券了。

第十二章 马踏汴梁城

1 兵围皇宫

辽帝耶律德光在公元946年也就是辽会同十年腊月初十，收降了杜重威率领的晋军。而后，他便部署乘胜南下。

耶律德光派降将张彦泽带两千精兵作为前锋部队，先入汴梁，快速控制石重贵，稳住局势。他带的辽军和杜重威的降军在后平定安抚所过州镇，而后跟进。

他这样做是有道理的。如果辽军直接入京都，势必引起民人的惊恐和混乱，而张彦泽是晋军，百姓又不知他已经降了，出入是不会受人注意的。待张彦泽把京城控制住，大军再慢慢推进不迟，反正中原已是囊中之物，不急这一日两日。

耶律德光派通事傅住儿为张彦泽这支部队的都监，并选了几个精干的将领作为副将相随。这里面就有那个不愿在降表上签字的排阵使皇甫遇。他被选中做先头部队去攻取国都，擒拿自己的皇帝，心中非常矛盾。他无论如何不想干这个差事。于是找到杜重威，推说自己身体不适，请另选他人。

杜重威冷笑道："你没在降表上签字，辽帝已是非常生气，没治你的罪已是宽大为怀了。这次让你前去，是给你将功折罪的机会，你怎么还抓不住呢？大晋气数尽了，该改朝换代了，你还抱着这个僵尸不放，不觉得有点愚蠢吗？"

而后他又叹了一口气，颇有些推心置腹地劝皇甫遇说："大丈夫当是审时度势啊！我知道你还在想什么'忠、孝、节、义'那些玩意儿，别再迂腐了！人生一世，不就是为自己奔个前程吗？村夫俗子都知道'哪头炕热占哪头'，你咋也比他们明白吧？你从武卒熬到现在不容易，辽帝是非常爱才的，只要是再立战功，是不会亏待你的。去吧。再说，将令是皇上所下，是不可能轻易改的。"

皇甫遇只好退出来。可他对杜大帅的那番苦口婆心的劝说却当了耳旁风，似乎一句没记住。他回到自己的帐中，悲愤不已，对身边的亲信说："我皇甫遇位居大晋将相，北上抗战败不能死，还要反过头来南下攻打自己的京城，还有什么脸面去见乡亲父老啊！"

亲信们都劝他，随遇而安吧，乱世之中，何必那么求真儿？

皇甫遇只好硬着头皮跟随先锋部队南下。走到一个叫平棘的地方，安营扎寨。可等第二天早上开拔时，却不见他从帐中出来。

这支部队的主将张彦泽挺生气，作为军中将领，怎么能这样拖拉呢？他让亲兵去叫，打算在军前好好教训一下皇甫遇。

亲兵进入营帐，旋即惊慌跑出来："皇甫将军他、他已经自扼喉咙而死！"

许多将士大为震惊，既而就明白了是怎么回事，都羞愧地垂下了头。其实，在很多将士的心中，都和皇甫遇有着一样的感受，有谁情愿把刀指向自己的同胞？可是，又有谁能像皇甫遇这样，为不使自己的双手沾上同胞的血，而用自己的生命去保护自己心灵的清白？有些将士不觉跪了下去，哭出声来。

"自己把自己勒死了？"张彦泽先是一阵惊愕，继而是哈哈大笑，看看那些哭泣的人，"你们是在哭这小子是个节义之士吧？呸！他如真是贞义节烈之士，在杜大帅谋降之时，就应该跳起来将大帅杀死在座位之上，虽免不了要被砍成肉酱，但那忠义该显得多么壮烈！这算什么？跟着低头降了，再来这套，狗屁！"

他刷地抽出佩剑，瞪起了黄眼睛，哼哼狞笑着："你们谁愿像他一样，马上自己扼喉！我成全你们！"

那些跪着哭的人，便立时噤声，一个个默默地站了起来。

张彦泽狠狠地大吼一声："没有就乖乖地跟我走！直杀京城！再他娘地三心二意，这刀可不认人！"

也许张彦泽说的还真有点道理，你皇甫遇的死算个屁。因为后世的一些历史家们就是这个腔调评论的这件事，说得比张彦泽更到位，讥讽皇甫遇就是一个鄙夫。欧阳修老夫子就是其中一位。真不知这老夫子摇头晃脑说这话时，想过没有，晋军全军投降，皇甫遇作为一个普通将领，孤身一人，能怎么办？在无力扭转局面之时，以死表明自己的立场，进行抗争，是对还是错？如是你，敢去死吗？舍得去死吗！真是站着说话不腰疼！

晋朝的十万大军前线突然倒戈，把晋朝瞬间就推向了彻底灭亡。

消息传到宫中，朝野大哗，谁也不会相信贵为皇亲的杜大帅会把皇室给卖了。可事实就是这么回事。石重贵更是捶胸顿足，大骂杜重威误国！身为皇亲国戚，朕那么信任你、倚重你，为提拔你不惜得罪疏远了那么多比你有能耐的大臣，不就是想让你忠心保我吗？可你却这么轻而易举地把我大晋给卖了！待有朝一日，一定要把杜重威千刀万剐下油锅！

可一切都已经太晚了。任你跳三丈高也没用了。如果你多用些像吴峦、沈斌、王清、皇甫遇之辈，少用点杜重威这样的，能有今天吗？啥也别怪了，要怪就怪你自己昏庸无能，眼睛虽大，但散光，认不清好赖人哪。

李崧、冯玉等大臣们更是麻了爪，劝他，先别骂杜重威了，能不能惩治杜重威那是以后的事，还是先看眼下怎么办吧。石重贵便又跳着脚骂他俩，都是你们怂恿让我用他，纯是溜须拍马献媚之徒，我该先杀了你们！冯玉便壮胆劝妹夫，皇上消消气，都是我们的错还不行吗？事已至此，快拿个主意，是抗呢，还是跑？

　　石重贵连喝几大碗凉水，这才把满腔火气压下去，坐下来商量下一步。杜重威率全军投降，国内已无可用之兵，说抗只是妄想。商量来商量去，觉得只一法可行，那便是去投奔刘知远。

　　刘知远因看不起杜重威被石敬瑭外放，一直盘踞河东太原，不回朝，也不参与朝中之事，仿佛成了独立王国。晋和辽绝交，他知道大辽定会怒而出兵南下，但他除了对入侵他辖区的辽军进行抗击，几次大战都以各种借口不出兵。他不是没兵，而是不出，调不动。因他是开国元老，石重贵也拿他没法。也好，你居功自大，拥兵自重，正好保护了一块地盘不失。石重贵想，再调刘知远的兵来，先别说他来不来，就是真来也不赶趟了。好在他还保住了一块地盘，朝廷如此急难，皇上到你那儿躲几天总行吧？

　　主意一定，石重贵便命令宦官们赶快收拾东西，并通知朝臣，准备尽快撤离汴梁，投奔太原的刘知远。

　　但是，他绝没想到，辽军比他还快。还没等他收拾好，张彦泽、傅住儿带两千兵马日夜兼程，于腊月十六日深夜来到汴梁城下，从封丘门斩关而入，十七日五更时分，便将皇宫团团包围了。

2　乞命上降表

　　半夜里，石重贵听宫外人喊马嘶，便急派宦官探看。宦官一会报辽军已过封丘门；一会儿报，辽兵大队人马已入城；紧接着报，辽军已将皇宫团团围住，到了宫门……

　　石重贵颓然坐到榻上，长叹一声，知大势已去，末日到了。他不再抱外逃的幻想，垂头默想了片刻，便命令大内都点检康福全守住宫门，而后在宫中点起了火。他想，与其被辽军逮住凌辱屠戮，还不如体面死去。

　　石重贵心下一横，用宝剑将后宫中的十余人包括李太后、安太妃、冯皇后、皇弟重胤和两个皇子延煦、延宝，都逼到了火堆旁，仰天大喊：

"大晋不保，全是重贵治国无能，以死谢罪了！"

他说着就要往火里跳。

他身边的一个叫薛超的小吏一把将他拉住："皇帝，万万不可啊！皇上龙体乃上天为万民所赐，非皇上之物也！留得龙体在，万民有所依，何愁日后不能复国！"

石重贵怒喝："国已不国，留一身又有何用？"

薛超一看他要来真的，忙命跟前的军士："快把皇上架开！"

立刻上来几个军士，将石重贵从火堆边架开。

这时张彦泽已来到了皇宫的宽仁门，见宫内烈焰腾空，心知大事不好。因大辽皇帝是派他来控制晋帝的呀，如让这石重贵死了或是跑了，怎么向辽帝交代？刚降过来才办第一件事就砸锅，怎得辽帝重用？他立即对站在宫墙上的康福全大喊："点检大人，快下来打开宫门！我是张彦泽，是来接皇上出宫的啊！"

康福全怔了一下，疑惑地："你是来保护皇上的？不能吧？听说你们全已降了辽兵，我怎能……"

张彦泽："快开门吧，我有话和皇上说！你看我身边不全是咱中原人吗？哪有辽兵？看不见起火吗？皇上要自焚了！"

康福全回头看看，宫中果然起火，再看宫门外，兵强马壮，他要抗也抗不住。他一咬牙，管他真假，救皇上要紧，便让军士打开宫门，自己急忙带人前去灭火。

这时的石重贵已经被薛超硬给架到了明德楼前。

张彦泽带兵涌入皇宫，很快将明德楼团团围住。他对辽帝派的都监傅住儿说："我把晋帝捉住了。剩下的事就是你的了。"

傅住儿上前一步，对被围着的石重贵和李太后等皇室成员高声用汉话喊道："大晋皇帝听着，我代我大辽太后和圣明的皇帝向你们传话，尔等不必害怕，只要俯首认罪，我皇帝自会给你们一吃饭处。我大皇帝不日到京，你要脱龙袍，着素服以迎我主。"

他清了清喉咙,从怀中拿出诏书,展开:"宣大辽皇帝诏——"

石重贵已经从刚才的激动中安定下来,听说大辽皇帝赦他不死,心中便有了底。再看看眼前,知再挣扎已是徒劳无益,再看看身边吓得瑟瑟直抖的太后、皇后和孩子们,都眼含乞求地望着他,心中不觉一酸。唉,自己无能败国,凭什么要让他们跟我一起死呢?他叹了一口气:"也罢!事已至此,死又何益?"

石重贵脱下皇袍,跪了下去:"败国罪人石重贵听诏。"

说是诏书,其实也就是耶律德光写给石重贵和李太后的一封信,没什么过多内容,无非是告诉他,只要献国认罪,可保他不死。

信写得也很轻松,其中竟有这样的话:"我有一梳头妮子,窃一药囊以奔于晋,今皆在否?我战阳城时,亡奚车一乘,在否?"

这简直就像是在和石重贵随便闲聊说笑话。如此大战,扯什么梳头妮子,什么奚车,这是哪儿跟哪儿啊?可细想想,是那么回事吗?堂堂大辽皇帝,胸有千军万马,能在乎一妮一车一药囊吗?关键是两个字:在否?他无非是在揶揄石重贵,把欠我大辽的,统统还我,别想占我大辽朝一点便宜!

石重贵听完耶律德光的诏书,不杀他的话是听明白了,可其他如什么妮子、药囊,他实在是不知所云。他对身边的薛超说:"这胡儿说的可真是皇上的话?辽帝跟我要什么妮子、奚车?你把张彦泽给朕叫过来,我问问他。"

问什么问,辽帝没问你他的大哥"东丹王在否"就不错了。

薛超来到张彦泽的马前:"张将军,皇帝召你问话。"

张彦泽怔了一下,垂目道:"啊,你去说,我张彦泽已经不是晋的臣子,没脸面见他了。"

薛超将这话回报给石重贵。石重贵叹了一口气:"他怎么能这样呢?想朕对他不薄啊,是朕不断给他加官封赏,他才有今日啊。你再去说,就说是朕求他前来,让他看在当年的份上,对皇室多加保护吧。"

薛超便又到了张彦泽的跟前，将皇上求他的话说了一遍，并将那"求"字说得格外重。

张彦泽一声冷笑，仰着头再也没搭理他。这时天已经大亮了。张彦泽没和任何人商量，就自作主张地安排了："晋帝已是亡国之君，没有资格再住在皇宫中了。即刻搬到开封府暂住，等大辽皇帝到京后发落。控鹤指挥使李筠可在？"

一个军官上前："末将听命。"

"带兵护送他们去开封府。"张彦泽用马鞭子点点石重贵及家人，"派人守卫四周，不得闲人出入。去吧。"

石重贵一愣，这怎么，连皇宫也不让住了？而且马上就走？他看看骑在高头大马上的张彦泽，想请求能否宽容一日，也好收拾一下，可张彦泽眼望别处，根本不理他。石重贵长叹一声，吩咐薛超，把收拾出来准备去刘知远处带的金银珠宝等一起拿上，走吧。

想当年石重贵刚当上皇帝时，见到宫中的大宗财宝，就曾对人说，这些东西多沉重啊，应该都换成金子，金子体小而值高，带着走轻巧而方便。当时朝中人就不解，你身为皇上，稳坐皇宫，要带着金子走，往哪里走啊？真像是一种大不吉的谶语，今日还真应验了，这皇帝还真就要走了。

张彦泽看看那些箱笼，冷笑着说："放下吧。那已经不是皇上的东西了。"

白积攒了。石重贵恋恋不舍地望着那些箱子，怅然地在两列士兵的"护送"下，和太后、冯皇后等一行十几人，徒步走出了皇宫。出宫后，薛超小吏为石重贵和李太后弄了两乘肩舆，其他人包括皇后冯氏，不要说车轿，连匹马也没有，就那么一步一步走到了开封府。

皇室的人刚被押走，张彦泽立刻命令手下士兵，把石重贵准备带走的那些箱子，以及皇宫中的其他好东西，统统运到了自己在京城的宅子中。理由很充分，说是在他的府中保存安全。

石重贵和皇室中的人住到开封府，重兵把守，外人进不来，里面出不去，实际上是被囚禁了。

腊月天，正是冷时候，石重贵派人到皇宫的库中想去拿几段帛来御寒。在他想来，这是顺理成章的事，不要说几段帛，那皇宫中的东西他不是随便用吗？可是，没拿来。管库的人说："这里已不归皇帝所管了。"不给。

他愣了半天，似乎才明白，皇宫让人占了，说了不算了。好吧，地方说了不算，旧大臣们我还说的动吧？于是，他又让人去找他非常信赖的枢密使李崧和大舅子冯玉，让给他弄点酒。就是嘛，想往日，夜夜美酒金樽，这冷冷清清的怎么行呢？这会儿，他倒是没有往日宫中金樽美酒的心情，只是想弄点酒喝口暖暖身子。冯玉没动静，也许是躲到什么地方去了。李崧倒是有回话，但是说："臣家有酒，也不吝惜给皇上。但考虑到酒这种东西容易使陛下忧躁，在眼前这种境遇下饮了可能有不测之虞，所以不敢进献。"

石重贵摇头长叹，悲哀啊！想当年这些人匍匐在朕的跟前，恨不能舔朕的脚，转眼间怎么都这副嘴脸？他这才真正明白，已经没人把他当皇帝了。他开始认真思索，既然死不了，那么就得想想怎么好好活着了。

石重贵把翰林学士范质找来，口授意思，整理出了给大辽皇帝的降表，经反复推敲词句，最后定稿如下：

"孙男臣重贵言：倾者，唐运告终，中原失驭，数穷否极，天缺地倾。先人有田一成，有众一旅，兵连祸结，力穷势孤。翁皇帝救患摧刚，兴利除害，躬擐甲胄，深入寇场。犯露蒙霜，度雁门之险；驰风掣电，行中冀之诛。黄钺一麾，天下大定，势凌宇宙，义感神明，功成不居，遂兴晋祚，则翁皇帝有大造于石氏也。旋属天降鞠凶，先君即世，臣遵承遗旨，纂绍前基。谅闇之初，荒迷失次，凡有军国重事，皆委将相大臣。至于擅继宗祧，既非禀命，轻发文字，辄敢抗尊。自启肇端，果贻赫怒，祸至神惑，运尽天亡。十万师徒，望风束手；亿兆黎庶，延颈归心。臣负义包羞，贪生忍耻，自贻颠覆，上累祖宗，偷度朝昏，苟存视息。翁皇帝若惠顾畴昔，稍霁雷霆，未赐灵诛，不绝先祀，则百口荷更生之德，一门啣无报之恩，虽所愿焉，非敢望也。臣与太后、妻冯氏于郊野面缚俟命。"

降表写好后，石重贵正在展阅，李太后，也就是石敬瑭的老婆跟跄而来，边哭边说："我屡次训诫于你，说冯氏兄妹误国，你就是不听，以至今日失国，你有什么脸面去见先帝啊！"

石重贵长叹一声，默默无语。李太后拿过降表看看，更加伤心，不觉大声恸哭起来。石重贵劝道："事已至此，哭又何益？还是顾及当前吧。"

李太后哭了一会儿，想想也是，再怨天怨地的还有什么用？便也亲自执笔给耶律德光写了降表。

表称："晋室皇太后新妇李氏妾言：张彦泽、傅住儿等至，伏蒙皇帝阿翁降书安抚者。妾伏念先皇帝倾在并、汾，适逢屯难，危同累卵，急若倒悬，智勇俱穷，朝夕不保。皇帝阿翁发自冀北，亲抵河东，跋履山川，逾越险阻。立平巨擘，遂定中原，救石氏之覆亡，立晋朝之社稷。不幸先帝厌代，嗣子承祧，不能继好息民，而反亏恩辜义。兵戈屡动，驷马难追，戚实自贻，咎将谁执！今穹昊震怒，中外揣离，上将牵羊，六师解甲。妾举宗负篦，视景偷生，惶惑之中，抚问斯至。明宣恩旨，曲示含容，慰谕叮咛，神爽飞越。岂谓已垂之命，忽蒙更生之恩，省罪责躬，九死未报。今遣孙男延延煦、延宝奉表，请罪陈谢以闻。"云云，也是乞怜恕罪饶命之类，诚惶诚恐。

看看，这石重贵的告饶书写得多好，"……臣负义包羞，贪生忍耻……翁皇帝若惠顾畴昔，稍霁雷霆，未赐灵诛……臣于郊野面缚俟命……"。啊呀，真的是哀哀切切，快饶一条小命吧。再听听，这检讨书写的，"……凡有军国重事，皆委将相大臣……轻发文字，辄敢抗尊……"得，都是那些将相鼓动的，没孙子啥事呀。把对抗大辽的责任推了个一干二净。

这些降表得经张彦泽先看过，才派快马送给了还在半路上的大辽皇帝耶律德光。

3 陈桥救俘

耶律德光已经走到陈桥，离汴梁不远了。他接到石重贵和李太后的降表，认真地看了一遍，觉得也有诚意，其情可哀，不觉叹了一声："早知今日，何必当初啊！"

他又看了张彦泽同时附来的一封信，说是已经安排好了，要让晋皇帝手牵白羊，口叼玉璧出郊跪迎大辽皇帝。耶律德光问左右，这样的仪式怎么样？

国舅萧翰和大将麻答认为非常好，可还不够劲儿，应该脱光晋皇帝的衣服，五花大绑，好好羞辱一番。

当时耶律德光的侄子、也就是东丹王耶律倍的儿子兀欲也在军中，他却认为这样不妥："陛下，我们已经胜了，在他们的面前已经是高高在上，对失败者怎么处理是我们的权力，可有什么必要再玩弄呢？能满足我们什么呢？"

翰林学士张砺也说："说得太对了。孟子曾言，'人皆有所不忍，达之于其所忍，仁也。'晋皇的背盟毁约，是大辽不能容忍的，但在他们低头认罪俯首称臣之后，就应该有所容忍，那才充分显示我大辽皇帝的仁义啊。再者，石重贵虽已战败，但还是晋的皇帝，还没有废掉。天无二日并出，在光天化日之下，两个皇帝不宜相见啊。"

耶律德光想了想："兀欲和张学士说得有道理，那就不用石重贵和李太后出城来降了，让石重贵的两个儿子出来替代就可以了。你们去测一个吉日，朕去汴梁。张彦泽在取汴梁时行动迅速，下诏告诉他，控制好京城，做好迎接朕入京的准备。"

在等待入京的时日，大军就屯在陈桥。也算是暂时的休整吧。

当时，辽的大军和杜重威的降兵都屯在陈桥附近，合起来有十几万人。这对军需供应来说，绝对是一个大问题。粮食和取暖都是先辽兵而后降兵，晋军自然是饥冷难忍，情绪骚动。

有一天，一队晋兵实在饿得不行，杀了两匹马准备解饥，突然进来一队骄横的辽兵，不由分说就抢。晋兵自然不干，辽兵抬手就打。晋兵本是一肚子怨恨，忍无可忍，竟和契丹兵动起手来，两边的兵越聚越多，手执兵器，怒目而骂，眼看就要发生流血冲突。好在赵延寿及时赶到，这才把双方震住。

耶律德光听到这件事非常生气，也非常担心。晋的士兵敢和辽兵对抗，这说明在他们的心目中并没把辽人当作主人，时时有作乱的可能。如果身边的十万降兵真的在营中突然杀将起来，防不胜防，那后果真是太可怕了！于是，他便产生了一个非常残酷的想法，把降辽的晋军全部就地杀掉，以免后患。

耶律兀欲和燕王赵延寿关系不错，因他的妻子甄氏是中原人，一向称赵延寿做哥哥，所以两人无话不说。他听叔叔耶律德光有杀降兵的念头，便把这消息悄悄告诉了赵延寿。

赵延寿闻听皇帝有这个想法，大吃一惊，急忙赶到耶律德光的中军大帐："臣叩见陛下。皇上，我大辽经千征百战，才得到了晋国。不知皇帝是自己要统治呢，还是为别人攻取的呢？"

耶律德光听了这话，不觉皱了眉头："你这话是什么意思？太荒谬了。朕因晋人忘恩负义，才率全国兵马南下，经几年厮杀，才得中原，难道不是自己要做君主，还有为他人取中原的道理吗？爱卿有什么要说，不要绕弯子，从速奏来！"

"既然如此，皇帝可知道南边的吴国、西边的蜀国，也经常同晋国相互攻杀吗？"赵延寿问。

"当然知道。"

"如今中原南起安州、申州，西到秦州、凤州，沿边长达几千里，全是和吴、蜀两国接界的防守之地。"赵延寿缓缓说，"将来皇帝回国时，天气又逐渐热起来，倘若吴、蜀二国贼寇交相攻伐中原，不知如此广大世界，叫什么兵马来抵御防守？如果丧失了边防，岂不是为他人攻取了中原？"

耶律德光怔了一下："哦。朕还真没想到这些。那么对此应该怎么办？你有什么良策吗？"

"臣下以为，我大辽将士，皆为北方人，在炎热酷暑之时，如让他们沿吴、蜀边界防守，恐怕难以使用。"赵延寿将话引入了正题，"以在下看，不如将聚集在陈桥的降兵进行整合，改编为其他名号的军队，用来充防吴、蜀边境。"

耶律德光沉吟着："你说得也不无道理。可朕回想起当年在壶关、阳城时，曾想把所有俘虏杀掉，但没执行，结果留下了祸患。现在又遇到了这种情况，而且降军情绪不稳，恐有不测，所以朕想把他们处理掉以绝后患。"

赵延寿听耶律德光话语中有些活动，便马上献上具体方案："皇上，如果让这些降卒还像从前一样，继续留在黄河以南，确实不行。臣下的意思是，将这些晋军士兵，连同他们的家属一同迁到镇州、定州、云州、朔州之间来分散安置他们，每年轮番差遣他们分批到边境值守。这既保存了兵力为我所用，又可避免祸患啊。"

耶律德光思索了一会儿，点点头："嗯，这个主意不错。朕就按你说的办吧。"

就这样，屯于陈桥的后晋十万降兵，在赵延寿的劝谏下，才避免了如战国时三十万赵军降卒被强秦坑杀的那般惨剧。

要说赵延寿这还算是有良心，做了一件积德事儿。那十万降兵能留下性命，当念赵延寿的好处。

4　首倡献土者的下场

汴梁城中的张彦泽接到耶律德光的诏书，受到褒奖，并让控制好京城，便不知自己是几斤几两了。他以捉拿反抗之人为名，下令军士可在京城大掠两日，作为赏军钱。

那些兵卒们没令还想抢呢，别说还有了令，那疯狂程度可想而知。一时间汴梁城中是横尸街巷，哭声震野。

要抢嘛，那些大户是重点，小老百姓有多少油水？所以城中那些后晋高官显贵之家都不能幸免。士兵们抢到冯玉家，听说是国舅府，争相而入，一个晚上，家中所有资财被抢了个溜光干净。

冯玉跺脚阻拦，说你们太大胆了，不能抢国舅爷。我和你们张大将军原来同朝为官，我要去告你们。那些士兵边抢边对冯玉说，这就是给张将军抢的，你可劲去告吧。不是张将军指点，我们哪里知道这是国舅府？

冯玉眼看着辛苦搜刮积攒的万贯家财瞬息化为乌有，尽入张彦泽腰包，心疼得上吊的心都有，但除了咬牙切齿，毫无办法。

可等第二天他见了张彦泽，却毫不敢提这件事，仍是满脸谄笑，卑恭地说："臣愿意把晋朝的玉玺拿出来，献给辽皇。"

张彦泽看看他："希望用这来得到辽帝的恩奖？"

冯玉笑笑："恩奖不敢望，只想为大辽皇上尽心而已。"

张彦泽冷笑一声："我虽是一介莽夫，可琢磨着这献玉玺就是献国吧，那该是石氏的人来做。你只是石家的大舅子，你要来献玉玺，算是怎么回事？合礼仪吗？"

一句话将冯玉的脸憋成了紫茄子，羞愧而退。真是无耻至极，作为皇室至亲，不以丧国为辱，还要争着献印，怎么说得出口！石重贵净用杜重威、冯玉这样的亲戚来辅国，不亡国才怪。真是活该！

被囚在开封府中的石重贵,从看守他的兵丁口中也知道了耶律德光还没到来,现在京城就是张彦泽说了算,他便想见见张彦泽。可张彦泽根本不再理这个被他囚了的"皇帝"。

没办法,石重贵只好给他写了一封信。信中说,城中的那些老百姓并不重要,谁当皇帝他们都不会有什么想法,都会老老实实地服从,捉拿他们有什么用?倒是应该注意桑维翰之流的大臣们啊。如把这些人控制住了,民人还能怎么样呢?桑维翰曾劝我御驾亲征,说明是要抗辽,而且摇唇鼓舌,极有煽动性,将军可要防范啊。

张彦泽看了这封信,心中一阵冷笑。你以为我老张就是一介武夫,啥也看不出来啊?什么桑维翰要抗辽,你和辽绝交时,桑维翰向你痛陈利弊要与辽和好,也不是一次两次,我们都在朝中,难道不知道吗?你不就是怕辽帝见到桑维翰,而暴露你不听他劝告,非要和辽对抗吗?为减轻自己的罪行,就要借我的手除掉这个对你不利的证人。哼哼,那我就除了他?这姓桑的也确实烦人。人们都说我张彦泽像野兽,我怕过谁?可就是见了他那大长脸,我就不由自主地冒汗。晋和辽交好,是他一手促成,辽帝非常赞赏他,如是辽帝来到再重用他,哪里还显我的功劳?再说,桑维翰在两京有大批家产,也是挺稀罕人的。

他反复掂量了一番,决定杀掉桑维翰。这倒不是为执行石重贵的旨意,而是想侵吞他的家产。

于是,他便以晋皇帝石重贵的名义,传桑维翰前来晋见。

还是在闻听杜重威降辽时,桑维翰左右的人就劝他,晋朝完了,赶快避一避。桑维翰也知大晋寿数到了,可他不走。当张彦泽进京,囚禁了皇帝,劫掠京城时,左右侍从又劝他走。他端坐府中,泰然道:"我身为国家大臣,当与国同在,我往何处逃呢?"

桑维翰听说皇帝石重贵召他去,便整装束带,骑马要去皇帝现在待着的开封府。走到街上,他碰到了枢密使李崧。两人自然是下轿停马,相互问候。

桑维翰见李崧官轿依然，相服严整，前有开道之旗幛，后有护卫之随从，与先前毫无二制，笑道："李公，兵荒马乱，还是这等排场，想来仍是在做相吧？"

李崧有些尴尬："啊……哦，辽帝已接受了皇上的降表，传诏下来，百官如无大过，还可留用。我呢，现在只不过是帮他们维持一下京城的秩序而已……"

"好啊，但愿能多保些老百姓。"桑维翰一笑，"最近可见过皇上？"

"哦……公务繁乱，还没顾上……桑公这是要到哪里去？"

桑维翰淡淡一笑："我嘛，毫无公务，无事之人，去看看皇上吧……"

正说着，有小吏来到桑维翰的马前，打揖道："张将军有令，请桑大人赶快去侍卫司。"

侍卫司可能相当于现在的警卫局之类。传唤去警卫局怎么也不会是好事。桑维翰听是张彦泽找，自知不免一死了，回头对李崧冷笑道："李大人身为晋之宰相，辅国执政期间极力推荐杜重威，从而失国，怎么反倒让我桑维翰先去死，是什么道理啊？"

李崧羞愧地一句话也说不出来。桑维翰拨马回到了自己的府中，我凭什么要去侍卫司？不去！

张彦泽闻听大怒，亲自带兵到桑府去捉拿他。他进到府中大喊："桑维翰何在？"

桑维翰端坐在正屋堂中，厉声道："桑维翰在此！难道你不认识吗？我，晋之大臣，自当死国！你一背国小人，有什么脸面在这里大呼小叫！休得无礼！"

张彦泽见那张大长脸黑如铁冷似冰，两条腿竟不由自主地哆嗦起来。过去，桑维翰因相貌奇异，又素以威严自恃，朝中老臣大将，无不屈服。张彦泽虽是骄悍无比，每见到他也是冒汗。这次张彦泽以为自己已是"得势的狸猫赛似虎"，而桑维翰是"落魄的凤凰不如鸡"了，能压他一个点儿，可见了面还是不行。

他急忙退出去，对左右的人说："我真不知道这桑维翰是个什么样的人，今天看见他，还叫人这样害怕。我以后还能再见他吗？"

当天夜里，张彦泽便派人把桑维翰活活地勒死在家中，并用绳子拴着他的脖子吊起来，造了一个桑维翰是自杀的假象。同时，他急忙派人去侵掠了桑维翰的财产。

这天是腊月十八。桑维翰那年只有四十九岁。

桑维翰为了圆自己的将相梦，给石敬瑭出了个出卖国土换当儿皇帝的主意，被后人骂为"万世罪人"。但在后晋灭亡的最后关头，他却没有卑躬屈节，没有向入侵的外族政权低头，而仍旧忠诚自己的王朝，就做人的气节来讲，比杜重威、张彦泽之流还是要强的。可悲的是，他是死在降辽走狗的手中，也许是报应吧？

5　为所欲为

张彦泽处死桑维翰以后，上报辽帝耶律德光，说是桑维翰害怕辽皇追究他的责任，畏罪上吊了。

耶律德光闻听桑维翰死了，非常惋惜："朕根本就没有要杀他的意思啊，他怎么要上吊自杀呢？朕原先说让桑维翰和景延广做使者来降，可惜晋没派啊，如是派了，当时也许真和了。朕是想得到桑维翰，惩治景延广啊。"

他下诏，在桑维翰的宅第停灵，优厚安抚桑维翰的家人，桑家原来所有财产，仍全部赐给桑维翰的家人。

这下张彦泽慌了，急忙将桑维翰的财产又悄悄地送了回来。这不扯呢，落了个白忙乎。要知这样，我杀他干啥。

因为桑维翰的事，耶律德光也想起了景延广。他立刻派辽兵混到晋兵中间，进入京城去秘密捉拿景延广。而且严令，不管景延广逃到哪里，就是跑到了南吴或是西蜀，也要不惜一切代价捉拿回来。

张彦泽杀害桑维翰的目的主要是想侵吞他的家产，这下没戏了。可这也不算什么，偌大的京城，不是有的是吗？

杀桑维翰这事瞒混过去了，张彦泽更加肆无忌惮。他根本不受都监傅住儿的节制，汴梁城简直就成了他的天下。他耀武扬威地骑着高头大马带兵在城中横行，而且身后还打着旗帜，上书四个大字："赤心为主"。凡看见的人无不唾骂："黑心贼！"

张彦泽自然是听不到，自以为对大辽有功，张狂得不可一世。

晋皇子石延煦是石重贵弟弟的儿子，他的母亲楚国夫人丁氏有姿色，张彦泽便对李太后提出要求，他想要。并对石重贵说，你为了保自己，让我杀掉桑维翰，我给你办了，你得谢我呀。

这李太后怎么能答应呢？再怎么说也是侄媳皇亲呀。石重贵当然也不会干，再怎么为了保命，这也有点太屈辱了，你张彦泽既背叛了国家，又这么欺凌君主，也有点太过了！

张彦泽可不听这套，不给是吧？我还不问你了。他不等李太后回话行还是不行，将丁氏弄到车上，扬长而去。你们又能怎的？

被囚在开封府的石重贵连饭都快吃不上了，又能把他怎的？除了和太后、皇子抱头痛哭，毫无办法。

石重贵有个姑母乌氏公主，见皇室被囚了，便买通守卫，悄悄进去看望。当她见皇帝一家遭受如此欺凌，羞愤难当，回去后当晚便上吊而死。

看看，连没被囚的公主都忍不了这等侮辱，你石重贵怎么就没法呢？就是看得紧，你上不了吊，不吃不喝绝食总行吧？何必要受这样的屈辱？

嗨，这不是瞎出主意吗？人家这是"大丈夫能屈能伸"，石家的江山就是这么来的，舍一个女人这算什么？只要辽帝高兴，这孙皇帝也许还能接着做呢。留得青山在，不怕没柴烧嘛。

张彦泽对皇家尚且如此嚣张，对其他人的暴虐是可想而知了。后晋的官吏中有个阁门使叫高勋，过去和张彦泽同朝为官时，因事得罪过他。好，这回你落到我手上，我岂能饶你！

那天张彦泽喝酒喝到高兴处，突然想起了这件事，便拔剑而起，带人闯到了高勋家，大叫："高勋小子何在？滚出来给老子叩头！"

恰巧那日高勋外出不在，他的弟弟急忙迎出来，给他跪下："家兄不在。不知张将军大驾光临，有失远迎……"

张彦泽醉眼看看他："你是个什么东西？我找高勋，叫他出来！"

高勋的弟弟解释道："张将军，小的已经说了，家兄外出不在。"

张彦泽用剑指着高勋的弟弟："不在不行！我说让他出来，他就得出来！"

"这、这不是强人所难吗？他不在我怎么让他出来？"

"放肆！京城之内，谁敢不听我的！敢和我顶嘴！"张彦泽手中剑一挥，竟把高勋的弟弟给砍了，接着大叫，"高勋滚出来！"

高勋的老父亲听见外面一声惨叫，急忙奔出来，一见小儿子倒在血泊中，急忙扑过去抱住小儿子："儿啊！你这是怎么了？"

他并不认识张彦泽，见这黄眼珠的凶汉手上的剑还滴着血，便扑过来："你们是哪里的强盗，光天化日之下杀人！我儿高勋是朝廷命官，待他回来……"

张彦泽一脚将他踹开："老不死的，敢说老子是强盗！老子是张彦泽！杀他算什么？连你也算上！"说着手起刀落，把老头也砍了。

他又在府中找了一圈，没找到高勋，便把高勋的弟弟和老爹的尸体摆在高府的大门口，又回去接着喝酒去了。

他就是要告诉京城中的所有人，谁敢惹我张彦泽，谁敢不服我张彦泽，就是这个下场！

但是，那些没惹他，甚至他连见也没见过的人，下场就好了吗？他在京城中每日酗酒作乐，每当有士兵捉来人，他醉眼蒙眬地根本不问，只是伸出三个手指头向下一比画，士兵们也不管被捉来的人有罪没罪，便推出去断其腰颈。

一时间，张彦泽宅中的财宝堆积如山，城中死者如麻。一座繁华的汴梁城日日见刀光，夜夜闻哭声，一片恐怖。

人们躲在屋中烧香拜佛，天啊，番兵还没进来就已如此，如等番兵来，又该如何啊！谁来救救我们啊！

第十三章 辽帝大登殿

1 狂妄的代价

大辽年号会同十年，腊月底，辽帝耶律德光带着大军浩浩荡荡来到了汴梁跟前的封丘。

后晋朝的降将张彦泽受耶律德光的指派，早已先行进入汴梁，意在控制皇室、稳定局势。但张彦泽入城后却大肆屠杀劫掠，民人一片惊恐，闻听外族辽军马上开进汴梁城，更是吓得不行，纷纷逃离。

那么，原来晋朝的那些臣子们怎么样呢？态度各异。一些人积极配合，主动出面协助张彦泽，如枢密使李崧、冯玉之流，自动形成了"维持会"。这是一大批，属低头保命型。另一些人是不愿配合，仍以晋臣自居，如桑维翰之流，属自我找抽型。还有些是态度暧昧，分析观望，等待定局，选择于自己有利的最佳行动方案，如冯道、刘知远之流。他们属圆滑投机型。当然也有选择公然对抗的，如刺史梁晖，就闭城拒不臣辽，这更是找死型。

冯道在张彦泽进城之前，就躲到了南阳。他观察分析了几日之后，晋皇帝已是阶下囚，辽皇帝马上就要入城，刘知远那边又毫无起兵的动静，便得出了结论，大晋已毫无翻盘的可能，天下归辽已成定局。于是，他决定不能再等待观望。再等就没我啥事了。于是，他急匆匆赶往封丘的辽军大营，去面见耶律德光。

当年冯道使辽，耶律德光曾有留他的念头，可冯道圆滑的周旋没让他留成。耶律德光见他来了，揶揄道："想当年朕要留你在身边，你不干，非要回来伺候你的晋皇帝，说是南朝北朝都一样。这话让朕不好强留。这倒罢了，可你身为辅国大臣，怎么把晋朝给辅佐成这个样子了？和我北朝离心离德啊？"

冯道一时无言以对，想了半天才说："晋上有国主，下有群臣，非臣一人能说了算……臣也是有苦难言……"

"哦，也是这样。"耶律德光点点头，"那么你现在来见朕，是什么意思啊？"

"无兵无城，怎么敢不来。臣下虽无将兵之才，但自认腹中还有点墨可用。望陛下能给糟老头子一碗饭吃。"

"糟老头子？"耶律德光哈哈大笑，觉得有趣，"你是怎么样的一个老头子？自己给自己一个评价，朕来听听。"

冯道见耶律德光没生气，便诒笑自嘲地说："是个无才无德，痴顽的老头子。"

耶律德光不免笑了："倒也准确。刚是取笑了。朕来问你，朕已取中原。可百姓苦遭涂炭，如何能救得呢？"

冯道看看他，略一沉吟，说道："现在的中原，就是佛祖再世，也救不得了。只有陛下您才能救得。"

"不要胡乱吹捧。朕怎能和佛祖比？"耶律德光有些不愿听，可马上反应过来，这里话中有话！便又问，"嗯？你这话是有所指吧？"

"陛下进城看看便知。臣不便明说。"

这无形中将张彦泽告了一状。耶律德光正想问下去，城中怎么了？恰巧这时有人来报，晋将景延广前来投案自首。

景延广？耶律德光一听，再顾不得冯道，挥了一下手："你先下去吧。把景延广给我带进来。"他有些奇怪，派人去抓还没抓到，怎么自己倒来了？

其实也不奇怪。景延广并没跑，他自己心里清清楚楚，大辽是不会放过他的，跑到哪里也会被抓回来。那次皇上向大辽求和时，大辽不是指名要他去吗？那时他就明白了，不管是战是和，他景延广都脱不了大辽的手掌心儿，只是早晚而已。再说，就是能逃脱，他一人跑了，一大家子人往哪儿跑？不得全被杀吗？因此，他就躲在城中。当他听说全城到处在搜他，有不少和他有点瓜葛的人为此而丧了性命，知是躲不过去，便带着一个叫闫丕的侍从来到封丘，向耶律德光投案自首。

到了耶律德光的帐外，景延广和闫丕立刻都被捆绑起来，推到了大帐中，大喝："给大皇帝跪下！"

景延广看看身边不住哆嗦的仆人，抬头对耶律德光说："这个闫丕只是我的侍从，他是履行自己的职责才跟我前来，他有什么罪？也要和我一样绑起来呢？"

耶律德光挥挥手，让把闫丕放了。他逼视着景延广，气得咬牙切齿："大胆景延广，你前来见朕，难道也是想乞求一条活命吗？"

景延广被绑着跪在耶律德光面前，昂首答道："在下不来，皇帝派兵捉拿，来了又绳索加身，已知难免一死。不乞活命。"

耶律德光一怔："那你为何还要自己前来受死？"

"只为救家人和城中人不再受我连累而横遭屠戮。我的事我自己担当！"

"好！这才是丈夫气魄！景延广，两朝交恶，至晋倾覆，由你一手造成，你可知罪？"

"皇上抬举下臣了。景延广只一臣子，所提所议只供国主参考，我怎么能成灭国的祸首呢？"

"要不是你鼓动晋主不向我大辽称臣，而且骄横地说是你有十万横磨剑在等着朕，要让天下人看朕战败的笑话，朕会带兵来把晋灭了吗？你不是祸首是谁？"

"我为晋朝之臣，当为朝廷争取最大利益，这是我的职责，我觉得并没有错。"景延广争辩着，他在潜意识中还是尽量为自己的生存争取着，"而且，我只提议改一下称呼，并没要和大辽对抗打仗，更没说过有十万横磨剑等着陛下的话……"

"是吗？"耶律德光一声冷笑，向旁边人一招手，"宣乔荣！"

当年那个被景延广下大牢的回图使乔荣很快来到了大帐中。这使景延广很吃惊，他没想到乔荣也在军中。

乔荣见过礼，耶律德光指指跪在面前的景延广告问他："乔爱卿，当年朕派你使晋，这个人是怎么对你说的？"

乔荣看看景延广："禀皇上，当时……"

景延广惊讶地盯着乔荣，急忙说："乔大人，当时下面之人将你下狱，实属非礼，后来是我把你放的，还给你摆酒压惊啊。"他两眼充满了期望，"当时，我记得，我只是代皇上向辽朝赔礼道歉，并没说什么别的啊。乔大人，当时只有你我二人，我绝没说过别的话。皇帝面前，我求你可要实话实说啊。"

乔荣一笑："景将军放心吧。景大人对我的'款待'我怎么能忘呢。皇帝面前，我又怎敢不实话实说呢？"

景延广："我绝没说过有十万横磨剑之类的话，对吧？没说过……"

乔荣："三四年前的事了，大人可能模糊了。不过，我怕忘了，当时让您把说的话写在了纸上，你还记得吧？"

"啊？"景延广听到这儿，底气便不足了，"这……我没写过……"

谁知乔荣却将衣领撕开，从中取出了一张保存完好的字纸，冷笑道："我怕有朝一日我说不清楚，想不到今天真用上了。景大人，用我再念一遍吗？"

人证物证俱在，景延广再也无话可说，一下便泄了气，垂下头去。

耶律德光一拍桌子："难道朕这是冤枉你了吗？景延广，你有十大罪状，待朕一一给你说来，让你口服心服，明白朕为何要抓你！刚说的就是一条，口吐狂言，辱我上朝，可服？"

景延广只能点头。

耶律德光："来人，他承认一条，将筹签放在他面前一根！"

用筹签决事是契丹人特有的习俗，也可以说是由长期结绳记事而形成的习惯法则。不管是民间还是皇室，凡涉及纠纷、过失、论理、断是非、列罪行、定惩戒之类事，都要策筹以决。筹有木质、竹质、象牙质之分，以社会身份等级而用。断事时，当事人承认一条事实，问事者便在他面前放一签，作为纪录。耶律德光身边侍卫听到吩咐，便将一支象牙签放到了景延广的面前。

耶律德光又说："第二罪，你鼓动晋主毁盟弃约，陷你主于不信不义，可服？"

景延广不再说话，又点头。又是一根牙签。

耶律德光一条一条说下去，什么他使两国交兵，祸国殃民；什么他骄横专断，排斥打击议和的桑维翰，造成将相不和；什么他临阵不前，贻误战机；什么他搜刮民财，广建豪宅……等等。

景延广面前的筹签一根接着一根地摆。当摆到第八根的时候，景延广已经十分绝望，心中明白，欲加之罪，何患无辞。他以头触地："皇帝，不要再说了。在下罪该万死，但求从速就戮。只是求陛下别再连累无辜。"

"认罪就好！念你敢作敢当，也不愧一条汉子，朕就赦你家人无罪！但你罪大恶极，定当不赦！"耶律德光喝令手下，锁住他的手臂，立即押回契丹本土，怎么处治他以后再议。

景延广再次以头触地："谢大皇上保我全家性命！"

当天，景延广就被押上了北去的路。傍晚住在汴梁东北四十里的陈桥。押解他的辽兵们以给他取暖为由，用架火烧烫了他一番以后，便歇息去了。既是用刑也是取乐。夜里，景延广悲愤不已，早晚是死，何必一路之上要受这等酷刑？他趁着守卫不备，自己掐住脖子，结束了生命。死时五十六岁。

诚如耶律德光所说,在惹辽灭晋这件事上,景延广确实是肇事者,犯了一个致命的错误。有很多人认为,后晋因桑维翰的臭主意而兴,后晋因景延广的臭主意而灭,都是"罪人"。但话得说回来,后晋真是因他而灭的吗?他为了维护一国尊严,最先提出对抗大辽不假,可后晋最后是亡在了谁手呢?后晋不是没有十万横磨剑,也不是没有和大辽抗一抗的能力,辽帝三下中原,前两次不都是没占到太大的便宜吗?第三次如果不是轻信赵延寿诈降,不是杜重威为一己之私率全军倒戈,而是奋力拼杀,如果不是刘知远坐山观虎斗,而是为国出兵,结果可能会完全相反。怎么就一定认为景延广是罪人呢?他敢于提出和辽对抗,尽管没能抗成,那是因为主子的昏庸和身担卫国重任大将的出卖。他在生死关头没有逃跑,选择出首而救他人性命,也算是对得起"我有十万横磨剑"那句话了。就人格上来讲,他比杜重威、杨光远、张延泽、李崧、冯玉之流强多了。

不怪后来刘知远当了皇帝后,要追赠景延广为中书令,而把杜重威给杀了。当然,那都是发生在以后的故事了。

2　风光受降

大辽年号会同十一年,也就是公元947年,春正月初一日,大辽皇帝耶律德光按契丹人的习俗,隆重祭祀了天、地、太阳之后,举行了入城大典。

耶律德光头戴金貂冠,身披紫貂裘,骑着高头大马伫立于封丘门外的高岗之上。他身后是雄赳赳万名"铁鹞子军",铠甲在阳光下闪闪发光;身旁是如云的旌旗,在寒风中呼啦啦飘动,好不威严。羯皮鼓一阵响似一阵,滚滚如雷,犀角号一声接着一声,声声凄厉,好不肃穆。

巳时,也就是现在的九点吧,仪式开始。仪式由大辽朝的政事令、已被德光加封为鲁国公的韩延徽安排并主持。因他熟知中原礼仪,是应诏从北国紧急赶来的。这时，有人来报，石重贵牵白羊和李太后素服候在封丘门外，等着拜迎大辽皇帝。白，表示承认失败，羊，表示像羊一样老实，绝对听话。

这不知是谁的主意，皇帝已经说过不见晋帝，这怎么又牵白羊出来了？是石重贵为表诚心认罪自愿的呢，还是张彦泽为讨好皇上强行安排的？不得而知。韩延徽立即对耶律德光说，这样不妥。

耶律德光点点头，有些不高兴地吩咐手下说："朕不是已说过不见他们了吗？把他们安排到封禅寺，好生看护。"

安排好石重贵和李太后等人后，韩延徽宣布耶律德光接受后晋百官臣服朝拜。

原任后晋的官员们，在冯道、李崧、冯玉等带领下，一律缟衣纱帽，俯伏在地，表示待罪。缟，是一种白色的绢，纱，也是白色的，耶律德光的面前是一片皆白。这就像打白旗投降一样，是表示彻底认罪服输了。

耶律德光头戴金貂冠，身披紫貂裘，稳坐马上，非常英武。他面色凝重地扫了跪在面前的晋臣们一眼，大度地挥了一下手："其主负恩，其臣何罪。朕赦尔等无罪，回去换服，各领职如故。"

晋臣们三叩首，齐呼："谢主隆恩！吾皇万岁万万岁！"

你看看，半月前可能还被他们呼为"夷狄"、"北番"的人，转眼就成了他们的"吾皇"。

那算个什么，还有更提气的呢。这时突然有一个人出班，跪到耶律德光的马前，用契丹语大呼了三声万岁。听听，契丹语，你们会吗？气死你们！

耶律德光听见契丹话，非常惊喜，低头细看，似乎想起了什么："你是那个'安没字'吧？"

这人是晋的左卫上将军安叔千，因"喜夷言，罕识汉字"，被人称为"安没字"，辽帝便也如此称呼他。

那安叔千见耶律德光还记得他，很是受用，忙用契丹语答："正是小人。"

"你镇守邢州时，曾向朕上表通诚，朕还记着，至今未忘。"耶律德光向他摆摆手，"难得你会我族语，朕会赏你的。下去吧。"

安叔千赶紧给耶律德光磕了响头，再呼万岁，欢跃而退，如狗得到一块骨头一样，极尽丑态。

接下来韩延徽宣布接受大晋传国玉玺，也就是把象征着政权的大印收了吧。因为耶律德光不见石重贵，就由后晋的皇子石延煦、石延宝代献。冯玉还曾大言不惭地要献，你算个什么东西？连大痞子张彦泽都知道不合规矩，怪不得桑维翰要骂他胸无点墨。

这两个皇子在大辽皇帝面前应算是"重孙子"了，根本不敢仰视耶律德光。石延煦浑身颤抖地代石重贵和李太后郑重其事地念完了那两份经过了耶律德光审查认可的降表，石延宝哆嗦着把装有玉玺的锦盒向前举过了头顶："请大皇帝接受败国的玉玺。"

韩延徽将印盒接过去，呈给了耶律德光。耶律德光打开看看，皱了眉头："这是真的传国宝吗？怎么像是新治的？韩爱卿，你来看一下。"他说着把印盒又递给了韩延徽。

韩延徽明白了，耶律德光要的并不是后晋皇帝用的玉玺，而是要那件一代一代在各朝皇帝中传下来的"传国宝玺"。

"传国宝玺"为何物？说起来话长。"传国宝玺"的前身便是春秋战国时有名的"和氏璧"，秦始皇统一中国后，"和氏璧"落入秦国，秦皇嬴政将这块宝玉让承相李斯磨制成皇帝印信，要代代相传，称"传国玺"。后来有一次秦始皇大狩猎，过洞庭湖，突遇风浪，龙船将翻，嬴政将此玺投入湖中祈湖神镇浪。八年后复得，落入刘邦手，被称"汉传国玺"，后又归魏晋南北朝、隋、唐，直至后梁、后唐，这"传国玺"得而复失，失而复得，便在各皇帝手中转，争来抢去，似乎得到它，就是"受命于天"的意思。耶律德光既已入主中原，当然也想得到赋有"天命所归"的传了近千年的宝物。

韩延徽将石延宝呈上来的玉玺仔细看了一番，对耶律德光说："皇上，据臣所知，那'传国宝玺'乃和氏璧雕琢，应是蓝田玉，色正青，玺方四寸，玉螭虎纽，印作鸟文，曰：'受命于天，既寿永昌'。传至西汉末，王莽逼夺此宝，太后怒而掷地，摔损一角，后以金镶补。今献之玺，无论玉质、形制还是印文，毫无一致处，绝非'传国宝玺'。"

耶律德光逼视着跪在马前的两个后晋皇子："朕知道唐灭朱梁时得了那宝玺，你晋灭李唐怎能不得？为何匿而不献？"

两个皇子瑟瑟抖着，根本不知"传国宝玺"是何物，当然更不知该如何作答。冯道看看，跪到了皇子旁边："回陛下，据臣知，唐确从梁朝手中得了'传国宝玺'，但昔日唐潞王从珂覆国时，举火自焚，传国宝已不知所在，可能葬身火海了。晋立国时高祖曾多方寻找，并没得到。传国宝如在，想晋帝不敢不献，国已不国，还在乎一印吗？今献之玺，确非历朝所传的'传国宝玺'，乃晋高祖受大皇帝册封时所治，印文还是陛下所赐'受天明命、惟德允昌'八字，是韩大人作为册礼使前来的。群臣备知。此也是一国之玺，献之无不当。"

众臣便都跪下，证明冯道所言是真。韩延徽也说，确实如此。耶律德光听众人如是说，再看看那印，确实是自己所赐那几字，皱皱眉轻叹了一口气，也就无可奈何说了一句："既如此，权受此玺。'传国宝'继续寻找。过去，不是多次失而复得吗？"盛典之上便也不再深究。

耶律德光所说的"传国宝"多次失而复得，也是实事，但他是没得到。据说在他之后的金代、宋代就又有人盖房子时挖出来了，又被抢来夺去，元、明、清历代相传。其实，从秦始皇将那印扔于洞庭湖，八百里水泊，哪里去找？巴掌大的一块石头，就是科技高度发达的今天，打捞也恐是不易，何况当年？后来一次又一次冒出来的"传国宝玺"，是真是假，大有可疑，也可能就是那些当皇帝的人为给自己镀上一层"受命于天"的光环，玩的自欺欺人的把戏吧。

耶律德光也想来一把，不想没玩成。但也没啥，这些只不过是一种形式,只为显得正规庄重而已。进驻皇城才是实的。仪式结束后,耶律德光前有旗罗伞幛开道,后有铁甲骑兵护卫,威风凛凛地进了汴梁城。

城中民人见穿着毛皮衣服的"番人"进来,高头大马,刀枪剑戟,大为惊恐。尤其是见了有些没戴帽子的契丹兵,个个髡发,只在前额两侧各留一缕长毛,形同怪物,无不惊而四散逃窜。

耶律德光登上城楼,览视全城。他见民人慌乱,马上让通事,也就是翻译,用汉话宣喻民人:"我们契丹人也是人,你们不要害怕。我们会给你们大家一个安定的生活环境的。我们大辽国本没有要南来的意思,是汉兵把我们引过来的。大家放心,我们会约束我们的士兵,不伤害你们。"并让把这些内容写成告示,城中四下里张贴。

可民人们根本不信,仍是纷纷逃窜,城中大乱。这是耶律德光所始料不及的。他倒没指望民人会箪食壶浆以迎王师,但也不至于这样啊,为什么见他们如见狼虎,怕成这样?我怕民人见了辽人惊慌,先派张彦泽前来安抚,怎么还是这样?

耶律德光怀着满腹的狐疑和不痛快,来到了后晋的皇宫前。他下马认真地拜了三拜,才走进宫中。张彦泽安排后宫中那些没能跟着石重贵的嫔妃们,出来迎接大辽皇帝,在大殿前跪了一片。他的意思也许是,皇帝出来这么多时日,可该放松逍遥一下了,在这些美人中选几个吧?可耶律德光连瞅也没瞅,反而在心里骂道:"石重贵荒淫如此,怎不亡国?"

他在宫中转了一圈,各处看看。他见皇宫金碧辉煌,如此豪华壮丽,远远超过他的想象,真似天上宫阙,惊叹不已。黄昏时分,他又撤出了皇宫,住到了城外的赤岗。皇宫虽好,但暂时还不能住,要住,那还应有仪式的。

回去的路上,街道冷冷清清,家家关门闭户。耶律德光愈发觉得事有蹊跷,想起冯道说"只有皇帝才能救百姓"、"进城看看就明白"这些话,感到定有原因。于是,便安排侄子兀欲悄悄调查,这到底是怎么回事。

3 "杀的就是你这样的功臣！"

按照耶律德光的旨意，石重贵和李太后、冯皇后等人又被囚禁到了封禅寺。

当时，下了十几天的大雪，天气冷得很。他们被安置在一个供奉着大慈悲金刚菩萨的大殿中。偌大的殿堂，只有一个小小的炭火盆供他们取暖。为抵御寒风，石重贵将被子都挡在了破了窗纸的窗子上。

不光是冷，饭食也好像没人经心，时送时不送，送来也已经冻得硬邦邦。

那一日，时近中午，还没人送早饭。石重贵让薛超催了守卫几次，守卫说，各司其职，他们只管站岗，做饭的得找火头军。到中午，饭才送来，只是一些冻硬了的高粱米饭团和带着冰碴儿的煮白菜。

石重贵饿透了，再说年轻时行兵打仗，比这难吃的东西也吃过，所以不觉得怎样，摸起一个饭团子就啃。可李太后、安太妃、冯皇后和皇子们，拿着饭团子却怎么也咽不下。特别是李皇后，从小就是金枝玉叶，哪受过这个？不要说让她吃冷饭团，就是她喂的猫，那肉都得精选，不新鲜都不用，何况人乎？她拿着冰冻的高粱饭团吧嗒吧嗒直掉泪。

她实在咽不下去，让人把寺里的主持高僧找来，求道："想当年，我经常在这里布施斋僧，每次都不下数万钱。今日我落到如此境地，你们就没有一点怜悯之心吗？哪怕就是一盆热粥也行啊。"

条件不高，不图大鱼大肉，一盆热粥就满足。可那高僧却说，虏人凶狠难测，不知他们要怎么处置你等，如惹恼了他们，一把火烧了寺庙，是对佛的大不敬啊，体谅我们吧。别说是一盆，就是一碗热粥也不敢送。

这都是些什么东西？每天敲着木鱼煞有介事地念慈悲为怀，都是念给狗听的？坐在庙堂上的大慈悲菩萨，有什么道理享受人间香火！像这种庙早该一把火烧掉。

没办法，石重贵通过身边的小吏薛超，去贿赂看守的士兵们，伙食才得到了稍许改善。

一国之主尚且如此，民人怎样可想而知了。他们又没钱贿赂辽兵，不跑还能怎的？

耶律兀欲受命调查的就是这事。他没用细查，很快就查到了民人逃避辽人的根源。因为到处是怨恨之声，稍用心听听就能什么都明白了。他向耶律德光报告，民众生活无着，整日担惊受怕，对辽人充满了敌视和仇恨，是因张彦泽入城后张狂劫掠滥杀所至。

耶律德光大为吃惊，之所以没敢派辽军先入城，就是防屠杀劫掠，这才派了张延泽，他本后晋之人，怎会劫掠同胞？

可不由你不信。接下来的事让耶律德光更是吃惊。

阁门吏高勋复职后，立刻上书耶律德光，状告张彦泽无故残杀他的父亲和弟弟，要求皇帝严惩；

都监傅住儿指责，张彦泽根本不把辽将放在眼中，不受他的节制，擅自将晋帝迁往开封府，目无主上；

桑维翰的家人上告，桑维翰并非自杀，是被张彦泽勒死的，他犯了欺君大罪，该杀；

冯玉举报，张彦泽不但纵兵抢掠民间，搜刮大户，连宫中的大量金银财宝也掠到了他的家中，堆积如山；

更有被残害的士大夫及民人申冤的状纸雪片样飞来……

耶律德光大怒，立刻下诏，将张彦泽给我锁来。为防止凶横的张彦泽拒捕，特派大将麻答前去捉拿。

大队辽兵来到张彦泽的府上时，他还在喝酒。他见麻答到来，有些意外，急忙笑着迎出来："哎呀，是麻答将军光临敝府！快请上座……"

"不必了。"麻答看也不看他，对士兵大喝一声："给我拿下！"

几条大汉立刻扑上去。张彦泽大吃一惊，抵挡着后退："干什么？麻答将军,别弄错了,我是张彦泽!"

"那就没错,皇上让我抓的就是张彦泽!"

好虎架不住一群狼,张彦泽很快被摁倒在地。他的脸扭曲了,向府内被惊呆了的侍卫亲兵大喊:"还瞅什么?快救我!"

他的那些随身亲兵这才明白过来,抽刀扑了过来。

麻答是何许人,残暴是有名的,杀人向来不眨眼。他向身后的辽兵一挥手:"一个不留!"

院子中顿时惨叫连声,血肉横飞。

张彦泽的黄眼珠变成了红色,声嘶力竭地大喊:"王八蛋!我可是你们大辽的功臣啊!"

麻答抓着他的发髻,将那张变形的脸扭过来,嘿嘿笑了两声:"你就是我大辽的一条狗!给我带走!"

抓是抓了,可怎么处罚呢?耶律德光把那些上告信展示给大臣们看:"张彦泽先取京师,于辽有功。可入京后作恶多端,毁我大辽名声。你们看,该怎么处罚他呢?"

不管是辽臣还是原来的晋臣,几乎异口同声,张彦泽罪不可赦!

耶律德光稍作权衡,当即下诏,将张彦泽大张旗鼓地腰斩于市!他是想,张彦泽虽有战功,但罪大恶极,民愤太大,杀了他,一是可杀一儆百,二可安抚民心。

耶律德光派高勋监斩。

行刑那日,阴风怒号。张彦泽披枷带锁走在大街上,那些被他残害的士大夫子孙和被他杀害过亲人的老百姓,跟在他的后面,一边哭骂,一边用棍子揍他,到不了跟前的,便向他扔石头。没等到刑场,张彦泽已是血肉模糊,奄奄一息。

到了北市的行刑地,张彦泽临死前还在咕哝:"我赤心为主,是大辽的功臣啊……"

高勋附在他的耳边,咬牙切齿地说:"杀的就是你这样的功臣!"

他命令将张彦泽断腕出锁，剖其心祭奠死者。老百姓怒骂而上，争破其脑，吸其髓，脔其肉而食。

万众碎其尸、脔其肉、剔其髓，这是多么疯狂的举动啊，自古来太少见了。足见当时人们的愤怒仇恨，已达到了什么程度。国委你重任你反卖之，民盼你拯救你却祸之，这等恶人，必是这样的下场！

不知耶律德光是不是知道张彦泽有一面表忠心的"赤心为主"的旗帜，反正把他处决了。还真起了一些作用，辽兵的劫掠行为大有收敛，民人们也稍许有些安心。

4　称制崇元殿

公元947年二月，耶律德光备法驾入住晋宫。

宫中诸门都由契丹兵把守，并杀狗于门前，用竹竿悬挂羊皮立于庭院之内，用作压胜避邪之法。这怎么有点挂羊头卖狗肉的味道？可人家契丹就这习俗。

甲午日，耶律德光穿着大辽的貂裘服饰视朝于广政殿，商讨正式临朝的事宜。广政殿前，列胡马奚车于阶下，设毡帐貂旌于庭中，晋人伏首，不敢仰视。他们弄不明白，这是在北国还是在中原？

丁巳日，耶律德光正式登崇元殿，临朝中原。汴梁城中，旌旗蔽日；皇宫内外，鼓乐喧天。金吾六军，执仗内殿；太常乐舞，陈列阶庭。耶律德光完全换上汉皇的服装，头戴通天冠，身穿绛纱龙袍，臂揽白玉珪，稳步登上大殿，安坐金龙椅上。

韩延徽宣读称制诏书，阶下群臣，不管是辽人还是汉人，按爵职也全是汉服，齐齐跪地，山呼万岁。

朝拜完毕，耶律德光抬了一下手："朕已亲临中原，从今而后，晋地归属大辽，统称辽国，废晋年号，统称大辽年号。自今日起，朕愿不修兵甲，不市战马，永享天下太平，真正实现四域大同。因此朕宣布，改大辽年号会同十一年为大同元年。轻赋省役，大赦天下！"

又是一阵山呼万岁。

接着他便开始任用百官，以张砺为平章事，李崧为枢密使，冯道为太傅，赵莹为太子太保，冯玉为太子少保等等，其余官复原职，一切皆如旧制。

封到李崧时，耶律德光看看他，还特意加了一句："朕得南朝，得力于崧一人而已。"

所有大臣都不解，就连李崧自己也弄不明白，大辽得南朝只得力于他一人？这是啥意思？

耶律德光笑道："如不是李卿极力推杜重威挂帅、信燕王欲降，我大辽怎得这样轻取中原？"

原来是一种嘲弄。李崧大惭。

而后，耶律德光又对契丹官员也进行封赏，其中侄子耶律兀欲被封为"永康王"。各大州重镇进行了调整安排。但这其中却很少再用中原将领，全部任用辽之部族酋豪充任。

他同时下诏，降石重贵为光禄大夫、检校太尉，封负义侯，贬往渤海黄龙府。说话算数嘛，给你一吃饭处。

众官又是一片谢主隆恩。

耶律德光真正过了一把当中原皇帝的瘾。散朝后他还不愿离开宝座，跟近前的韩延徽说："汉家的礼仪，这么盛大啊？我得以在此殿坐，也不枉为是真天子了！"

散朝后，耶律德光在皇宫中大宴群臣。

身在草原的述律太后和镇守大本营的皇太弟耶律李胡，在腊月接到他的捷报，闻听他取得中原，立刻让应诏前来的韩延徽带来了北朝的干肉乳酪奶酒以为赏赐，并有"明殿诏书"作为嘉奖。明殿，也就是耶律阿保机陵寝的配殿，设置明殿官，司职如生时。国家每有大事，则祭祀祈祷，占卜凶吉，发诏赐国君。这道"明殿诏书"就是以先皇阿保机的名义，嘉贺儿皇终获中原，完成了祖宗宏愿。

耶律德光相当高兴，宣读完"明殿"诏书后，他将北国述律太后所赐肉食奶品，遍赏群臣。

他将奶酒斟满，举过头顶："太后所赐，儿皇怎敢坐饮？"而后恭敬地站在案边，慢慢饮尽。众臣谁还敢坐，都站而饮之。不管奶酒好喝不好喝，也不管那肉干子嚼动嚼不动，都表现的如饮甘露，如食膏饴。皇帝他老娘亲赏的，有几人吃得着，眼馋去吧！

盛宴整整进行了三天三夜，轻歌曼舞，火树银花，并在皇宫中也搭建高台，按契丹礼仪，燔柴其上，烈焰腾空，昭示四方，风光无限。

耶律德光风风光光大登殿，意在昭示天下，中原已是我大辽国土，我耶律德光就是中原之主了。

这使赵延寿有些傻眼了。怎么回事？不是说好了，灭了后晋让我做中原皇帝吗？这怎么你自个儿穿皇袍坐龙椅了？可他又不敢明着去问。等了些日子，仍不见什么动静，再也忍不住，便想提醒一下耶律德光，别忘了原先的承诺。

可怎么提醒呢？他左思右想，便让李崧到耶律德光面前说，能不能册立他赵延寿为皇太子。皇太子就是皇帝的继承人嘛，皇帝应该想到是怎么回事了吧？

赵延寿是大辽的燕王，比李崧官大多了。李崧不得已只好上言。可耶律德光似乎懵懂不知，装做什么也没听出来，绝口不提让他做中原皇帝的事。只是笑着说："朕对燕王，没有什么可吝惜的，即便朕的皮肉能给燕王派上用场，朕也会割给的。只是这事不行。朕听说皇太子只有天子的亲儿子才能做的，燕王怎么能做太子呢？"

可耶律德光也明白赵延寿心里是不平衡了，便对他加赐恩赏，安抚安抚吧。平章事张砺承旨给赵延寿草拟了加封的官衔：燕王照旧，加中京留守、大丞相、录尚书事、都督中外诸军事、枢密使等等。这一大串官职，怕是连赵延寿自己也记不住。耶律德光看后，取笔将"录尚书事、都督中外诸军事"两职涂掉了。看来，还是怕他的权势过重。但他却让赵延寿的座位升到了大辽左右相之上，俨然是一人之下，万人之上了。你比我耶律德光只小不点儿了，还有什么可说？

当中原皇帝是没戏了。赵延寿非常失落。难道在让我接受杜重威投降时穿了一回赭黄袍，就算是让我当皇帝了？那杜重威也穿过黄袍，也是当过了？这不是耍猴吗？我这心里瓦凉瓦凉的啊！

拉倒吧，人家杜重威带十万晋军投降，这才灭了晋，功劳并不比你小，也是为了换个皇帝当当，可咋着？到头来不就是弄了个太傅吗？有你这么一大串官衔吗？知足吧你！

5 可悲可叹负义侯

晋主石重贵被废为负义侯，总算保住了小命。但要他离开中原，流放关外的黄龙府他是想不到的，那远在几千里之外的辽东啊。黄龙府就是原来渤海国的扶余城。想当年辽太祖耶律阿保机征渤海之前在大帐之上射中黄龙，认为是吉兆，这才下定了征渤海的决心。那黄龙东飞落在扶余城，便被改作黄龙府。

那偏远之地，怎么去的啊。他的养母李太后、生母安太妃、冯皇后等诸宫眷相对哭泣，整日以泪洗面。那又有什么用？再哭也得去啊，辽主说话算数，给你一吃饭处已经不错了。

耶律德光对李太后还是宽容的，毕竟是石敬瑭的老婆嘛。他听说李太后整日啼哭，便动了恻隐之心，将李太后召去说："朕听说石重贵不听你的劝告，才导致失国。你是没错的。你可以不跟石重贵去，自取方便。"

皇帝是宽厚的，网开一面，李太后该千恩万谢才对。可谁知她听了这话，却哭着说："重贵吾儿侍奉妾还是很谨慎的。他只是违背了先君的旨意，失和于上国，所以才一举败灭。今幸蒙大恩，保全了全家性命，已感激不尽，妾已别无所求。母不随子，又能到哪里去安身呢？"

耶律德光很有些不理解,见她不领情,便依她去了。这李太后也是,辽皇既答应给你一个好点的去处,何不求求也给石重贵换换呢?比如说,皇上既可怜老身,年老多病,不能独处,留下儿子伺候等等。估计也不行,耶律德光肯定会斥她是得寸进尺,不说也算明智。

石重贵磨蹭着不愿动弹。那怎么行?耶律德光派宰相赵莹、枢密使冯玉、都指挥使李彦韬等带三百骑相送,责令立刻北迁。石重贵只好走,随行的有皇太后李氏、皇太妃安氏、皇后冯氏、皇弟石重胤、皇子延煦、延宝等等。耶律德光还算宽大,还给他配了宫嫔五十人,内官三十人,东西班近侍五十人,医官一人,控鹤官四人,御厨七人,茶酒三人,仪銮司三人,亲军二十人。也算行了,一个把国都整没了的下台皇帝,还想摆什么谱?

一路之上,所经州县,闻听是被流放的负义侯过来,都不敢奉迎。就算是有供奉饮食的,也被护送的辽兵截去先行受用了。真是吃了上顿没下顿。再加上山川险阻,风雪凄厉,举步艰难。想当年宫中日日轻歌曼舞,夜夜美酒金樽,出有雕车宝马,入有媚妾娇妃,一切都已过去,真是恍如一梦。

走到中渡桥,路过杜重威扎营的旧址,石重贵听说晋十万大军就是在这里全军倒戈,不觉大憾,仰天大哭:"国破由此处啊!我石家哪点对不起杜贼,竟要卖我?苍天啊,都是我眼瞎心也瞎!悔不该不听大臣们的劝啊!"

这时后悔还管屁用?也只哭哭而已。在辽兵的督促下,只能忍泪北行。到了幽州,已属辽地,但城中多汉人,百姓倒还通情达理,出来迎接,大多是围观,想见见这个被废了的中原皇帝。但也有的出于乡情,牵羊持酒,想要献纳。但都被辽兵驱散了。石重贵很悲哀,州民们见对他如此待遇,也无不唏嘘。

出了幽州,又走十数日,便出了关。到了关外,榛莽塞路,尘沙蔽日,人烟稀少。夜里住宿,有时连人家也找不到,只好在山野间找个背风处，相偎而坐，瞌睡一会了事。供给上就更困难了，有时饿急了，石重贵只好让宫女从官去采摘枯树上的橡实、榛果来充饥。吃起来也很是甘甜。饿了吃糠甜如蜜嘛。唉，想当年一国之君哪，竟与鼠兔同食。

那随行的冯玉按说是石重贵的大舅子，你是因冯氏受宠而贵啊，即便你不敢接近废了的晋帝，可那里边还有你的妹子啊，你就一点也不可怜，不能照顾一下吗？可他根本不闻不问。这哪里是人啊。

再行七八日，到锦州。州署中悬挂有耶律阿保机的画像，跟随的辽兵自然要朝拜，也强迫石重贵等人下拜。石重贵感到非常屈辱，拜完了哭着说："薛超误我啊！为什么当时不让我死，受这等侮辱。"

口是心非。要死不是太容易了，一路之上，找块石头撞死，找棵树吊死，找个悬崖跳下去摔死，咋还死不了？还是不想死。

又行五六日，到东平府人皇王的行宫，石重贵让皇子延煦前往东丹王陵墓前祭拜，而后前行。一路之上风餐露宿，受尽千辛万苦，好不容易才渡辽水到了黄龙府。李太后、安太妃本年事已高，一路劳顿折磨，委顿不起。那安太妃本有目病，连日啼哭，竟致失明。

可这还不算完，刚到黄龙府，又接到述律太后的命令，改迁他们去怀密州。这不是折腾人玩嘛，怀密州又在黄龙府西北一千五百里之外，刚刚到又得走，这罪得受到啥时候？但没办法，皇命难违，他们不敢不听，只好再走。

那冯氏实在受不了，偷偷嘱人去找毒药，要与石重贵同饮，去阴间再做鸳鸯。无奈没处去寻，只好跟着再走。半路上，瞎眼的安太妃死了，临死让人将骨灰扬向南方。

风烛死残年的李太后一路艰辛，也很快病倒了，无医无药，不禁南望故土，仰天大哭，指天大骂杜重威、李守贞："使死者无知则已，若有知，不赦尔于地下！"挨到第二年八月，已是奄奄一息。临死，嘱咐石重贵："我死后，要焚我的尸骨，务将我的骨灰运回范阳佛寺，勿使我变成虏地野鬼。"含泪而逝。想这李太后，并无过错，惨遭如此苦难，全是石敬瑭父子罪孽所致。

那冯皇后经这番折磨，更是花容憔悴，玉骨消磨，与农妇一般。真是物极必反。这冯氏失节乱伦嫁侄而得皇后，自以为得奇福，能享尽荣华富贵，谁知会有此奇祸？自作自受，该！

不过，石重贵一家子也没到怀密州。他们历尽千辛万苦刚刚走到辽阳，时局突变，便受命在那里留了下来，后来又被辽的新皇帝兀欲迁到了建州，并赐给了土地。于是，石重贵便在那里像个土地主一样，默默生活到死。虽生活无虞，但也受尽了屈辱，跟随石重贵的宠妃聂氏、赵氏因貌美被大辽寿安王强行掠去做了姬妾，就连自己的小女儿他也保不住，被辽皇强行索去，赐给了自己的妻兄禅奴。

据说在后周显德年间，有中原人从辽地逃归，说石重贵尚在建州，后来就再无信息，不知所终。

这都是发生在后来的故事了，这里只不过顺便说一下。石重贵何年死、死于何地，无史可查。因他北迁，史家称为"晋出帝"或"晋末帝"。

可悲可叹啊。石重贵可能是历史上被外族流放到塞外的第一位中原皇帝，后来才有了宋徽宗、钦宗等。

从石敬瑭因契丹而助建晋，到石重贵因得罪契丹亡晋，才十一年。

一代王朝就这样因契丹而兴，也因契丹而亡，在石重贵的手里消失了。

石敬瑭是后唐的女婿，因他而灭了后唐，杜重威是后晋的女婿，也是因他而灭了后晋，这是报应吧？

反正不管怎么说，大辽皇帝耶律德光经过三年的奋战，终于饮马黄河，占据了中原大地。

第十四章 失望离中原

1 试探

耶律德光临朝称制以后，安排大批后晋的文职官员帮助理政。这是对的，因中原之政事毕竟和北国不同，况语言文字不通，用契丹人很难顺畅，而用中原人，只要把想要办的意思传达下去，想这些文人们也不敢走样。但在武职的任用上，却是完全相反，马上诏赐后晋原属各蕃镇大将，进行安抚赐赏，一律高升调任他职，原职全部改由辽藉大将前去接替。他这样做，也有他的想法，每镇各据一方，拥有重兵，如有二心，很难挟制，必须让自己人控制。

大多数晋的各州镇守大臣，接到耶律德光的诏命后，见大势已去，基本都上表称臣，主动交出了兵权。但也有不受诏的，如彰义节度使史匡威就占据泾州拒绝臣辽；再如西边的雄武节度使何重建，不但不理他这个茬，还带着三个州降了蜀国。

平章事张砺认为，把晋地各镇原来的将领全换成辽将，这样不妥。他劝谏耶律德光说："陛下刚刚得到中原之地，应用中原人统而治之。民人本对辽人有恐惧之心，如用辽人，本多强悍，再加民情不熟，恐是乱多而祸生啊。"

"那你是什么意思呢？"

"臣以为，陛下不可专用辽将和左右近习之人，而应让调离来朝的原来各镇将领尽快返回原镇，以便挟制民众，不生变化。陛下，辽人不熟中原习俗，很容易政令乖失，如政令失，则人心不服，中原恐是虽得之，也易失之啊。"

耶律德光看了他半天，冷笑道："各州镇已全是我大辽国土，我大辽怎可不驻军？朕自有朕的道理。"

他心里的意思是，汉地还由汉军驻守，不等于我什么也没得到吗？如果发生反叛，我怎么控制？因此他没接受张砺的建议，仍是以辽将去镇守各地。

张砺所劝谏，应该说是有一定道理的。可惜当时耶律德光正处在胜利者的亢奋中，没好好琢磨，轻易地否决了。等后来他明白了，也一切都晚了。

占据河东的太原王刘知远当然也接到了耶律德光的诏书，调他回朝任大承相、枢密使、都兵马使等等高官，由萧翰前来接替他管理河东地区。

刘知远看到诏书，不觉笑了。我要想当大丞相，还用你来封吗？他本来就是蓄势审时，待机观变的，所以在晋和辽绝交时他不上谏，在晋和辽开战后也很少出兵，而是坐山观虎斗。等辽帝入了汴梁，他派兵防守四境，观看着辽的下步动作，是不是能有力量征服他。现在辽帝已入了汴梁，而且以大辽皇帝的身份给他下了诏书，封官调镇，该怎么办？他认真琢磨了形势，让人写了三道奏表，派一个叫王峻的送了过去，前往试探虚实。

刘知远的奏表简洁而又客气，三道表章表达了三层意思。

第一道，祝贺耶律德光的大军如铁流南下，这么快就占领了汴梁城，惩罚了忘恩负义的晋皇，可贺；

第二道，说是我本应前去亲自祝贺，可因太原是民族杂居地区，听说萧大将军要来，民心动乱，情况复杂。因此，为了给皇上稳定局面，只好统兵镇守，暂时不能离开，也不敢离开，请谅解；

第三道则说，我已经给皇帝备好了各种高级贡物，可萧将军带的辽军驻在河东的边缘地区，挡住了南去汴梁的路，过不去。等皇上把这些军队召回去后，我一定把东西送到，请等待。

耶律德光看完刘知远的奏表，很不高兴。这不是在向朕卖乖吗？你说他要对抗，他写了奏表祝贺了；说他要俯首称臣吧，既不来朝贺也不进贡，还说什么准备好了，等我撤兵再送。这不是有点戏弄朕的味道吗？

但生气归生气，但他知道，眼下虽是进了汴梁，但中原各地并不稳定，现在不可能有力量再去对付刘知远。而且，刘知远作为后晋的开国老臣，爵高位重，兵多地广，在诸蕃镇中极有威望，都在眼看着他何去何从，所以还得想办法拉住他。能把刘知远稳住并拢过来，大部分蕃镇自然而然就跟着过来了。

因此，耶律德光接见了刘知远派来的使节王峻，表示对刘知远的进表相当高兴，并传冯道写诏对刘知远嘉奖。诏书拟好后，耶律德光看看，亲笔在"刘知远"三字后加了一个"儿"字，还特意赐给刘知远一条木拐杖，让王峻给他带回去。

王峻莫名其妙。我主公比你年长，你怎能称之为"儿"？再说这赏赐，堂堂皇上，不说赏给珍珠玛瑙犀玉带吧，最次也得是你契丹的良种好马，再不济也该给几个金元宝吧？就赏了这么个拐棍子，这算什么？

冯道悄悄告诉他，哎呀，王峻你可别傻了，这是大辽皇帝对你家主公的最高礼遇呀。他称过谁为"儿"？只有晋高祖石敬瑭啊，把你主公待如高祖，表示规格高，亲如家人了。那木拐更是不得了呀，皇帝是轻易不赏的，那是法杖，皇权的象征，大辽人如是见了，就像是见了皇帝一样。你道是谁得过？只有辽太祖阿保机的弟弟伟王耶律安端以皇叔之尊才得到过一条啊。

真是这样？王峻将信将疑地持木拐归去。一路之上，辽人见了那木拐，还真是纷纷规避，避不及的，便恭恭敬敬地伏身跪拜。

哇呀呀，果然管用。真是个好东西！

那王峻便好像是抱着尚方宝剑一样，抱着那木拐杖，趾高气扬地专挑有辽兵的地方走。辽兵见了那木拐，真像是见了耶律德光一样，不要说敢拦敢问，连屁都不敢放，忙不迭地磕头，迎接护送，一路畅通无阻。

2 东丹王之子

耶律兀欲被封为永康王，这时作为辽将拽剌的监军正在洛阳。和他在一起的还有直宿卫也就是卫队长耶律安抟。

这个耶律安抟就是当年被述律太后杀死的耶律迭里的儿子。耶律安抟自从父亲死后，变得沉默寡言，但却发愤读书，长大后多睿智，沉稳而干练，深得皇族中人的称赞。耶律德光喜欢有才之人，便也在朝中给他任了官。

有一天，耶律安抟穿着辽朝官服走在洛阳街上，见一个破衣烂衫满脸乱须的老和尚不住地瞅他。他也没在意，便走了过去。可那和尚却跟了过来，一边走一边敲着木鱼唱："天黄黄，地黄黄，世人谁记东丹王。王子而今在人世，想见城南小庙旁。"

耶律安抟还是没太在意，以为只是一个化缘和尚罢了。走了几步，他回味着和尚的话，大吃一惊，咯噔站住："他说什么？东丹王子？什么意思？"他急忙回头，可那和尚已经不知所在了。

耶律安抟想了想，觉得事有蹊跷，急忙跑回府中去找耶律兀欲。

耶律兀欲正在作画。也许是幼时受父亲熏陶吧，他也喜欢画画，而且功底不错。

耶律安抟急惶惶跑进来："大王大王，我见到了一个怪和尚！"

永康王兀欲低头画着："一个和尚有什么可怪。"

安抟："他说什么东丹王……"

兀欲一怔，抬起头来："说什么？东丹王？这么多年了，这中原之地怎么还会有人提到我父王？"

"是啊，还说什么王子而今在人世……"

兀欲有些不高兴，扔下笔："什么话？我不在人世，还能到哪里？这疯和尚如何要胡说八道！"

"要不我怎觉得他怪呢。"安抟想了想说，"我听他不像是在说大王您。因他还说什么，要见，小庙旁什么的……"

"什么？"耶律兀欲相当惊讶，"你的意思是，我父在这中原还有王子？"

安抟说："不是我说，是那和尚说。我也觉有点不可思议，这才来报大王。"

耶律兀欲想了想："和尚在哪儿？给我带来！"

"擦肩而过，找不见了。"

"哎呀，你怎么不好好问问呢？"兀欲有些懊恼。

安抟见兀欲着急，便说："想那和尚也走不远，您让拽刺将军派出兵士，把洛阳所有的寺庙搜上一遍，还抓不到他吗？"

"这样不妥。那和尚一定是有什么关于我父王的事要说。可他为何不来直接找我呢？"兀欲来回踱着步，思索着，"哦，他一定是不知现在我大辽对父王的态度，所以才悄悄试探。不能因找一僧就惊动全城寺庙啊。你再想想，他说到哪里去找他？"

安抟努力回想，可因当时没用心听，只能记起王子、小庙之类的只言片语。

兀欲很无奈，但也没办法。他对安抟说，带上几个兵卒，到城外去找小庙。

洛阳城外东南西北都有庙，或大或小。兀欲和安抟连续出去找了几天，最后在城南的一个破败的小小寺院中见到了那个落拓的和尚。他们进去时，那脏兮兮的老和尚正在烧烤一只野鸡。

安抟认出，就是这个和尚。兀欲看了看那和尚，不觉皱了皱眉头："念佛之人，竟吃荤物。这人没病吧？"

那老和尚头也不抬，啃着鸡腿："心中有佛，不在荤素。"他向这边瞟了一眼，突然用契丹语问道，"来人可是耶律兀欲？"

耶律兀欲和安抟都大吃一惊。安抟大喝："贼僧大胆！你怎么可以这样称呼永康王？"

兀欲急忙阻止他，盯着那和尚："我就是。你到底是什么人？怎么会说契丹话？"

那老和尚看看他，见面前之人仪表丰伟，眉宇间透着一股英气，急忙扔掉手中的鸡腿，翻身下跪："贫僧怀惠拜见永康王。"

兀欲奇怪地看着他："不必了。你到底是谁？"

老和尚说："已告诉大王，老衲是怀惠。"

"好，怀惠我问你，"兀欲说，"听说你在街上唱东丹王，是什么意思？"

怀惠和尚说："我不是唱东丹王，是唱他的儿子。我已哺养东丹王之子十一年了，诚心希望他的亲人能将他接回北国故土。"

"你、你说什么？这里还有、有东丹王的儿子？"耶律兀欲简直不敢相信自己的耳朵。

"正是。"怀惠和尚向破败的殿堂喊了一声，"道隐，出来吧。"

随着他的喊声，从佛像后走出一个十五六岁的小和尚，面目清秀而俊逸，僧袍虽也破旧，但绝不似老和尚那般邋遢。

怀惠和尚向小和尚招招手："道隐过来，拜见你的皇兄，大辽朝永康王耶律兀欲。"

耶律兀欲和那叫道隐的小和尚都大吃一惊，相互打量着。谁也不相信这是真的。耶律兀欲很快从惊愕中镇定下来，他转脸冷冷地盯着怀惠："你这和尚，你可知，假冒皇亲，骗取富贵，该怎么处治吗？"

怀惠打揖道："知道，按大契丹律，当射'鬼箭'。"

所谓"射鬼箭"，是契丹族的一种刑法，将罪大恶极的死囚，在某祭祀时刻，放于一定方位，乱箭射死，谓之射鬼，用以取吉避邪。

耶律兀欲冷笑道："知道就好。我本大契丹人皇王亲子，我有兄弟几人，比谁都清楚，都在北国，中原怎能又冒出个王子？你这和尚，到底想做什么？"说到这里，他沉下脸来，喝道，"安抟，将这一老一小两个和尚拿下，回府严加审问！"

怀惠微微一笑："大王不必动气，事出突然，自当疑虑。不用回府审问，在这里我就可以说清楚。"

于是，他便述说了这孩子的生母是高美人，生下不久便随父母来到中原，他是怎么见东丹王被杀，是什么人杀的，他是怎么为东丹王收了尸，又是怎么收养了这个孩子等等说了一遍。

这一说，耶律兀欲也猛然想起，父亲投唐时，他和母亲被留在上京，听母亲说过，高姨娘又为他生了个小弟，要回东丹去看望，可还没动身，父亲就带着他们奔了中原。莫非，面前这人就是高姨娘那时生下的那个孩子吗？看起来，年纪应是相当，可……

耶律兀欲仍是疑惑："就算是真，为何在我父王灵柩归国时，没有同归呢？"

怀惠说，那时战乱，他怕孩子遭到不测，便带着孩子避于深山，消息闭塞，根本不知人皇王的尸骨那么快就会被石敬瑭送归契丹。等他听到东丹王魂归故里，已是几年后的事了。这些年来，他一直在寻找机会要将孩子送回北国，也曾想找石敬瑭，可那些宫卫们认为他是疯子，根本不让他见。

"说得倒也圆全。可又怎么能证明，他真就是我父人皇王之子？"耶律兀欲仍是上下打量那小和尚。

一直观察的小和尚道隐听了这番话，已经确信面前这衣冠楚楚的人就是师父告诉他要找的人，便上前一步："我有一物可证身世，不知王兄可认识？"说着解开僧袍，从贴胸处取下了一枚龙形的玉石坠儿，递了过来。

耶律兀欲接过来一看，大吃一惊，心中咯噔一下，不由失口叫道：

"这是我的啊！"他将那玉坠攥紧，紧紧地闭上了眼睛。他的眼前顿时涌现了十几年前的一幕：

那是一个落叶萧萧的黄昏，父王回上京看望祖母，临回东丹前，久久地看着他，似是有什么话要说，但终究没说，只是忧郁地把他拉到跟前，将他戴着的龙形小玉坠儿摘了下来，说道："父王想你时，就看看它吧。"而后骑马走去。谁知，这一走竟是永别，那年十一月，父王就渡海奔唐……

天哪！这玉坠儿能出现在道隐身上，是父王之后，还有何疑？

耶律兀欲不再犹豫，扑过去抱住道隐大哭。他万没想到，此下中原还能找到分离的手足。他跪在怀惠和尚的面前，发誓要为他重修庙宇，为佛像再塑金身，建成洛阳最大的寺院。

耶律兀欲立刻将道隐带回府中，并将此消息上报汴梁的耶律德光。同时这也勾起了他对当年父王被残杀的仇恨，要求皇帝捉拿当年杀害父亲的凶手。

耶律德光闻听，也是大吃一惊。他没想到，这么多年还能找到哥哥的遗落在中原的孤儿。随着岁月的流逝，他每当想起哥哥，心中是越来越愧疚，如今找到了他遗下的儿子，定当好生安置。他立即下诏，赐耶律道隐外罗山之地以居，复人皇王之子皇家待遇。后来，这道隐爵至福王。

耶律德光同时下诏，全境通缉捉拿当年杀害哥哥的凶手。

按说，杀害东丹王的主凶应该是后唐主李从珂，但已无从追究了。那么只有捉拿直接凶犯，也就是当年李从珂的宦者秦继旻和皇城使李彦绅。

李彦绅还在军中，已是右金吾卫将军。秦继旻早已回乡，是富甲一方的大财主。很快就都被捉到了。因为他们怎么也想不到，突然间要大祸临头，知道的话怎么也会想法跑的。他们喊冤啊，十几年前奉命而行的事，为什么要拿他们来问罪？

但是，总得有为此事而抵偿的人吧？不管这两人如何喊冤，到底还是被杀掉。而且两家财产罚没，全部赐给耶律兀欲和道隐。兀欲可不贪图这些，将全部所得一点不留，一夜之间散尽，分给了洛阳城中衣食无着的流浪人。众人都非常感叹他的慷慨大度。

耶律德光非常感激那怀惠和尚帮他填补了一个多年来心灵上的愧疚。因此敕命将洛阳南郊荒庙扩建为皇家大寺，怀惠被敕封为主持高僧。但等耶律兀欲兴冲冲拿着皇帝的诏书再来到那个小庙，已是人去寺空。怀惠和尚已不知哪里去了。

耶律兀欲到底没弄明白，这个会说契丹话的和尚是谁。如是耶律德光见到，那一定会认出的，那是当年被俘的副惕隐涅里衮啊。

3　中原又冒出个皇帝

刘知远的使者王峻见过耶律德光之后，抱着那木拐杖很顺利地回到了太原。他把木杖和诏书交给了刘知远，并说明，这可是大辽皇帝的最高恩典。

可刘知远呢，全没当回事，看了看，掂了掂，笑了笑，就放在了一边。什么亲如家人，什么权杖，于我有什么用？糊弄孩子呢？他关心的可不是这个。他问王峻："你是聪颖之人，我让你去汴梁，不是让你去领赏。你可察看、察觉到了什么？"

王峻淡然一笑说："适才见主公并不喜辽主之赐，臣下已明主公之大胸怀。回主公，在下此一去，当然有所感觉，那便是，辽军在中原不可能待得太久。"

"噢？辽军不可能久据中原？"刘知远非常感兴趣，急忙问，"何以见得？"

王峻侃侃而谈："在下这次入汴梁，见到很多朝中故旧，听到了很多事，一路之上，所经之地，也看到了很多事。由这些事分析，辽人定不能持久。"

"是吗？快细细说来。"

"一则，辽兵多雄悍，以剽掠充军资，谓之'打草谷'，民多怨恨，怨积必生变。二则，辽之俗与汉地多有不同，其虽努力承汉制，但辽之官僚视晋臣如奴仆，中原之臣多是貌合而神离。心离则不可能尽力辅佐。三则，辽人生塞外北国清凉之地，不耐炎热，受不得中原酷暑。有此三条，辽在中原，如水中浮萍，无根，如风中纸鸢，飘摇。如此，可能长久？"

刘知远点头："我向他上表，也只是缓兵之计，哪甘心向他称臣。如你刚才的话看，我们可伺机而动了。"

耶律德光赏了契丹的最高权杖，本是想拉拢刘知远，可等了好长时间，却不见刘知远前来谢表，疑他是有了二心，便再次派使，索要地方贡物。刘知远为稳住他，也是再试探，便派副留守白文珂送去了高级锦缎和名马。

耶律德光对白文珂说："你的主帅刘知远，既不为南朝出力，也不向北朝称臣，究竟是什么意思？"

白文珂委婉地回答说："皇上有所不知，我主公做事一向严谨，他不是不愿称臣，只是还没准备好啊。要不能派臣再来吗？"

耶律德光便让他回去，告诉刘知远，大辽知刘公在中原举足轻重，非常重视他，望他好自珍重；但如不能为辽所用，则大辽必弃而除之。希望尽快奉表称臣，做天下各路蕃镇的表率。

白文珂急忙赶回河东，对刘知远说："北胡对主公已深疑，声言不称臣必除，主公当早做打算！"

跟前的王峻看看刘知远："主公，还等什么呢？中原本是中原人之中原，为什么要番人来做皇帝？向他称臣？他做得中原皇帝，主公为何做不得？"

刘知远一愣，勃然作色："这样的话，不可胡说！我不想臣于他并非是要自己称帝。我说的伺机而动，是寻机攘辽。用兵当审察机宜，不可轻举妄动。"

王峻便不再说。但他知道他的主子心中想什么。不想当皇帝，你养这么多兵马干什么？收罗那么多战将干什么？要想当个土财主，用得着割据一方吗？装样子呢，如果一说就巴不得的应允，也显得太没城府了。石敬瑭和契丹说好了要当皇帝，当封他时还谦虚了一通呢，何况是这。谁还看不出这点小把戏，让大伙使劲推呗。

于是，王峻便四下里鼓动，大讲主公当皇帝的好处。刘知远手下的人脑袋都没进水，跟刘知远鞍前马后这么多年了，图的什么？他要当皇帝，那还有亏吃吗？

河东指挥使史弘肇便把将士集合起来，传喻大家，拥戴主公即皇帝位。他高喊："天子已被掠去，中原何人做主？"

众将士高呼："请我大王正位号，出师复我中原！"而后齐呼万岁。

史弘肇将全军的意思告诉了刘知远。刘知远说："房势尚强，时机不到。士卒无知，应从速禁止他们乱喊。"

可第二天，河东行军司马张彦威又带着幕僚们，来到刘知远的府上，齐齐跪下，劝道："中原失落，人心慌乱，痛恨夷狄，切思明主。主公应当机立断，以承大位。主公众望所归，兵强将广，如振臂一呼，定百方响应。现中原无主，何不乘虚而入？正所谓'先入为主'啊。难道要等辽人退后，将中原之位交给赵延寿，我们再去和他厮杀，争夺中原吗？"

道理说得很透，还犹豫什么？刘知远也很感动，但他却说："你们都起来吧。难得你们为中原的一片忠心哪。但让我称尊怎么行呢？我是晋臣，不能做背主的事。听说皇上已被北迁，我们可半路截来，迎入河东，再图恢复，这也名正言顺啊。"

于是，刘知远调集兵马，派指挥使史弘肇，出丹径口去迎接北迁的后晋皇帝石重贵。

这不是扯呢吗？他做这决定的时候，石重贵八成都快到黄龙府了。要保石重贵，先前抗辽调你时为何不动？中渡桥那么危急，你为何不出兵相救？就是张彦泽进汴梁时，你如带着人马及时赶过去，也能把皇上抢出来呀，非国破了才去迎吗？这不纯是要花枪吗？

果然，从丹径口出去的史弘肇很快回报，晋主早已过了幽州入了辽境，迎不着了。史弘肇便和左右人再次劝进。刘知远便也做出一种无可奈何的样子说："为我中原的光复，我就听你们的吧。"

947年，二月十五日，割据河东多年、养精蓄锐的刘知远在太原宣布即皇帝位，于晋阳宫中被服戴冕，接受朝贺。国号仍称晋，袭用石敬瑭的年号，推算下来称为天福十二年。不过四个月后，他就改国号为"汉"了，史称后汉。

看看人家，不用像石敬瑭一样去献十六州，不用像赵延寿一样要去当"皇太子"，不用像杜重威一样带十万大军投降，不也当中原皇帝了吗？虽说有些投机取巧，有点坐收渔利，也不咋光明，但凭借的是自己的实力，后人能说什么？

4 用什么犒军

耶律德光入主中原，除了加封大臣外，对辽兵也想奖赏。跟我出来一次，抛家舍业、出生入死，不容易嘛。他对判三司刘昫说："中原大定，我大辽兵士有功，应有犒赏，宜速去筹办。"

刘昫听说要钱，使劲吧嗒嘴："奏陛下，国库空虚，无从颁给。如一定要赏，只有向民间富人征借了。"

辽主耶律德光允诺。他对大臣们说，这是为安抚劳苦功高的契丹将士，抑制他们到处抢掠的一项措施。只是向富户借，以后会偿还。当然，主动捐献更好，额高可以加官，望大臣们积极响应带头。

于是从朝中官员开始先向京城士民，括借钱帛，继而派随军而来的北院大王耶律洼、南院大王耶律吼等数十官员分赴各州，到处括借，如不应命，严加苛罚。朝中将相也不得免。

杜重威按官爵要求得捐钱十万缗。他心疼啊。想当年石重贵为抗辽，就扣过他的万斛粮，他不是大闹了一通吗？何况这是钱啊，我积攒十万缯，容易吗？他直接去找耶律德光，告求说："臣把晋十万大军都献给大辽了，难道还要再献钱吗？就不能单独给我免了吗？"

耶律德光看着他，意味深长地笑了："好，朕就给你免了。"

那笑可能是一种嘲笑吧。就这点出息，还想做皇帝吗？

在捐钱的官员名单中，有郑州防御使杨承勋的名字。冯玉告诉耶律德光，这人就是那个最先引辽入中原那个杨光远的儿子。是他在青州被围时，劫持父亲开城回降了晋军，从而使辽失了青州。

耶律德光一听，非常生气。那杨光远献青州以做内应，他才引兵南下，青州之失使辽军遭了重创，原来是小子开了城！他立刻把杨承勋招来，大骂他卖父求荣。你爹被晋杀了，你却心安理得地做官，什么东西？

杨承勋争辩，自古来忠孝不能两全，儿为忠于国，必不能孝于背国之父。

耶律德光根本不听这些，盛怒之下喝令将杨承勋处以极刑，让士兵们脔而食之。也许是他自己奉母甚谨，所以容不得不孝之徒吧。杨光远的另一个儿子杨承信也被抓来下了大牢，可没过多久又放了。

要说这杨光远是勾引契丹大军入中原的第一人，辽主念其功，杀其子，情理之中。可不知为什么刘知远后来入主中原后，也要追赠杨光远为尚书令，并撰碑铭赐其子杨承信刻碑于青州。据说那碑刚刚立上，突然天响霹雳，将碑击断。这可能是一种附会，十之八九是人给砸断的。不管是人是天，足见人神共怒，立的什么碑呢？不嫌可耻？

正在耶律德光忙于向民间刮财，用以犒军的时候，传来刘知远在太原称帝的消息。

耶律德光先是一阵惊愕，继而勃然大怒。他心知刘知远心怀他意，但绝想不到会这么快就公然称帝自立，要与他大辽对抗。

赵延寿听了这消息，既意外又解气，心里骂道："叫你不立我做中原皇帝！别人抢先了不是？立我，我会保中原属辽，他刘知远当皇帝是要抢回中原，看你怎么办？"

耶律德光立刻下诏剥夺刘知远的所有官爵，并诏命通事耿承美为昭义军节度使，守住桑潞，高唐英为彰德军节度使，守相州，崔廷勋为河阳节度使，守孟州。占住险要之地，扼控刘知远的来路，并下令国舅萧翰、伟王耶律安端做好相应进攻的准备。

刘知远既要称帝，当然是有所准备。他见辽兵压境，便也紧急调集兵马，犒赏三军，以备应战。可库中资财有限，还得用作军需，于是也想要向民间征集。士兵们自然乐意，管他哪里来，有赏就好。但这想法却遭到了他夫人李氏的反对。

李氏劝他："陛下创立了新朝，虽是天意，但也应该顺乎民心。您刚即位，还没听说有什么惠民的措施，倒先要搜刮了，这难道是一个新天子该做的吗？妾以为民财不可取，取其财失其心啊。"

刘知远不觉皱了眉头："朕也知这样办不好。可公帑不足，又能怎么办呢？"

"后宫有妾的半生积蓄，愿悉数拿出用以犒军。即使士兵们得不到多少，想也不会有什么怨言，能理解的。"

刘知远同意了，便将李氏的积蓄尽数拿出，赏给军士。士兵们听说这是皇后个人献的，都非常感激。

这个李氏本是晋阳的一个农家女，相当年是被做小校的刘知远看中，求婚不成给生生抢来的。你看看，这李氏因祸得福了，随着刘知远的发达，一步步显贵，终成国母了。她这倾尽家资以助丈夫大业，可谓有点气度。比那些抠门的大老爷们儿强多了。就说杜重威，为不掏十万缗钱腆脸去求皇上，至于吗？

双方都在秣马厉兵，又一场战乱是不可避免了。

5 烽烟四起

刘知远称帝的时机选得还真对。

他在太原称帝，接受夫人的劝谏，下的第一道诏令便是："诸道为契丹括率钱粮者，皆罢之，其晋臣被胁迫为使者勿问，令使行在。"大意就是，各地方为辽人筹集钱粮的，全部停止，原来晋朝官员被迫为辽人办事的，不问罪，就地待命。

他这一政策，深得民心，也为原来的那些后晋官僚所拥护。所以，他一宣布称帝，真如揭竿而起，各路藩镇纷纷响应归附。

这都是辽人自己酿成的祸。一是辽将太骄横了，从不把晋臣放在眼中，甚至肆意侮辱。仅几事就可看出晋臣能不能尽心事辽了。

耶律德光派大将述轧、奚王拽剌守洛阳，宋州（河南商丘）节度使赵在礼急忙前去拜见，可述轧、拽剌高坐堂上，毫不答礼，反勒令他进献钱帛。弄得赵在礼愤懑而去。

大辽国舅萧翰守汴梁，滋德宫有宫人五十，萧翰想要，宦官张环不给。萧翰砸开宫门锁夺去宫人，将张环抓去，烧烙铁灼烫，使张环腹烂而死。

耶律德光的从弟麻答据恒州，晋将崔延勋跪而献酒，麻答竟然踞坐而受。民间凡有珍宝美女，麻答必取之。捕村民，皆诬以为盗，披面抉目断腕，焚炙而杀。他居室前后左右挂满了人的肝胆手足，饮食起居于其间，谈笑自若。这是人还是魔鬼？而且他竟敢胡乱给大臣派差事，让冯道去管史馆，让李崧去管弘文馆等等，简直狂得没边。

凡此种种，能不引起原后晋之臣的逆反之心吗？

二是辽兵劫掠得太厉害了。"打草谷"打得洛阳、开封两京周边地区一片荒芜，就连河南的郑州、滑州，山东的曹州、濮州，数百里之间，财畜殆尽，民不聊生。

这能不激起民愤吗？

于是，或由心有不服的晋臣召集，或由晋末就啸聚山林的农民起义军自发组织，奋起抗辽，多则数万人，少则千百人，攻城池，杀辽兵，自卫乡里。听刘知远起兵复晋，怎能不响应投靠？

二月末，滏阳义军首领梁晖聚数千人，上表刘知远，愿投归。他侦知相州空虚，辽节度使高唐英还没到来，急率壮士数百名，乘夜色掩护直抵相州城下，架起云梯，派几十健儿爬上城去。城中的辽兵还不知怎么回事，已是城门洞开，梁晖带人呐喊着冲杀进去。辽兵这才从睡梦中惊醒，拼命抵抗，一半被杀，一半夺门逃去。梁晖占相州，自称留后。

三月初，陕州指挥使赵晖及副将王晏、都头侯章等，夜入辽军留守刘愿府，杀死刘愿并将其头挂在城门，烧掉辽帝的诏书，上书愿归刘知远。辽将高模翰带兵前来征讨，不克而返。

刘知远见两州归附，大受鼓舞，便命史弘肇率兵五千，直取代州。代州刺史王晖已降辽，自觉高枕无忧，毫无防备，听说太原兵到，仓促集合兵马。可部下不愿降辽的人已将城门打开，瞬间满城都是太原兵，王晖无处躲藏，被史弘肇捉住杀于马前。

接连是晋州药可俦攻杀辽将归顺；潞州留后王可恩输城归顺；嵩山义军首领张遇率众万余攻郑州……

中原一时大乱。辽军顾东顾不了西，各处救火，真的是摁下葫芦瓢起来。耶律德光虽有雄才大略，也一时间被搞得焦头烂额。

6　失望而归

三月中，又一更可怕的消息传来，辽大将镇宁节度使耶律郎五被困澶州（河南濮阳），请求支援。

围住耶律郎五的，是一个叫王琼的人领人干的。谁也想不到，这人只是个小小的水运什长。

耶律郎五也叫耶律忠，性情暴虐异常。入中原后，他怕汉人造反闹事，曾把定州一带的民人全部清理，赶往北方草原，方圆千里，荒无人烟。守澶州后，动辄就以抗辽之名肆意杀人，街头杆子上常挂人头成串。

王琼的两个哥哥就是在给耶律郎五推车运送抢来的财帛时，说了两句愤懑之话，被五马分裂。此仇安可不报？

恨极的王琼和另一个义军首领张乙商议："今胡虏乱华，郎五凶残，生灵涂炭。此时正乃吾属奋发之秋。河东刘公新帝，威德远著，我辈何不杀郎五，举澶州以归，为天下倡？"

初十夜，张乙率千余人，乘夜色来到澶州城下，王琼以水运什长的身份潜在城中，联合几个人半夜时杀掉守门辽兵，放下护城河的吊桥，打开了南城的大门。城中辽兵慌忙抵抗，经一阵厮杀，他们杀死守南城的辽将，很快占了南城。

王琼让人断掉浮桥，防止辽兵逃走，而后攻北城，将耶律郎五围在了牙城中。

耶律郎五虽然作战勇猛，无奈城中兵少，只靠兵器优于义军而顽强固守。他急忙派人突围向耶律德光求援。

耶律德光一听，这还了得！各州闹事遇难的大多是名不见经传的下层小军官和士兵，而这次竟围我高级将领，而且是我耶律皇族，怎可不救。他立刻派大将耶律解里带兵前去解围。

王琼也怕辽的援兵到来，派了弟弟王超去找刘知远求援，刘知远应允第二天就发兵。

可是，等王超赶回澶州，耶律郎五早已被解里救走。他见到的只是满城的义军的尸体，血流成河。他哥哥王琼的尸身被吊挂在城门上。王超只好痛哭而去。

耶律郎五虽是被解救了，但耶律德光着实吓了一大跳。

紧接着，东部各州镇的民众也纷纷反抗，攻占宋州、亳州、密州。

耶律德光顾此失彼，被搞得疲惫不堪。他对臣僚们长叹说："朕没想到，中原人如此难制啊！"

他不得不调整原来的政策，调回辽将，让杜重威、李守贞等原来的晋将各回原镇驻守，安抚汉地民众。

连日的紧张焦虑，使耶律德光身心俱疲。一连几天，他感到身体非常不舒服。虽然用了太医配的中药，也用了随军契丹巫师的厌胜法术，但都不管用，反而觉得更加难受。

当时已近三月末，中原的天气已是春光渐盛，越来越暖。耶律德光只觉得从心里向外热得难受。有一天耶律德光把大臣们都召到跟前，说："天时向暑，朕燥热难挨，难以久留，想要暂时回我北朝上国，去拜望一下太后。"

对这个决定，不管是晋臣还是辽臣，都感到非常意外。好不容易取得中原，放着好好的中原皇帝不做，为什么要回苦寒荒僻的北方草原去呢？

这首先引起了辽臣的反对。萧翰说："我们经千征百战才得中原，实现了先皇帝的大愿。陛下也登上了中原的宝座，怎么才一个月，就要舍此而回呢？"

北院大王耶律洼也说："刘知远称帝自立，各地反贼蜂起，皇帝回北国，不是要拱手把中原再送回去吗？我们三年的征伐不是全都白费了吗？"

晋臣们也随声附和，李崧讨好地献策说："中原刚定，大局不稳，皇帝怎能北去呢？况且路途遥远，回去省亲多有不便。中原物产丰富，气候温润，为什么不把太后迎来，一起享福呢？"

耶律德光说："爱卿是一片好意啊。可是太后族大，好似古柏盘根，是不便轻易移动的。再说，哪有让老母来看望儿子的？要想迎太后来中原，也得我亲自去啊。众卿不要再说了，朕意已定。"

其实，他们哪里知道耶律德光的内心。他在一月之前英雄志满地大登殿时，觉得是天下大定，可哪里会想到仅仅一个多月，就这样的烽烟四起。以大辽的现有之军,是无力统治中原的。如果再不体面地走,会越陷越深,总不能到被打得走投无路时,再落荒而逃回吧?而且可能还会走不脱。不过这层意思他不能说。

他下诏,复称汴梁为宣武军,以萧翰为节度使守汴梁,同时命赵延寿、麻答及降将杜重威、李守贞等大将和其他各镇将领各守其地,巩固辽在中原取得的国土。关于刘知远怎么对付,等他回来再说。

同时,耶律德光命令晋臣,将大唐以来历朝留下来的诸司僚吏典章、嫔御制、宦寺制、方技、百工、图藉、历象、石经、铜人、明堂刻漏、太常乐谱、诸宫献、卤簿、法物及铠仗,悉数收拾好,一并带回大辽上国。

除了宫殿搬不走,皇宫中所有有价值的东西一件不剩。战利品嘛,不拿白不拿,怎么也不能白来一趟。耶律德光真是个明白之君,这些东西才是有用的,比金银珠宝值钱多了,都是治国用得着的参照物啊,大辽要强盛,不学先进怎么行?

四月初,耶律德光起程离开汴梁,并命原后晋大臣冯道、李崧、和凝等同行。原后晋文武诸司、诸军吏卒从者都有数千人,宫女、宦官数百人,仍是旌旗招展,浩浩荡荡。

耶律德光坐在奚车上,虽仍是昂头挺胸,但却显得有些神情憔悴,少了些许英雄气概。他回头留恋地望了一眼巍峨的皇宫,轻轻地叹了口气。也许他是在心里问自己,从他的铁马精骑终于占领中原,到不得已而离去,真的是胜利者吗?

第十五章　魂归杀狐林

1　痛说"三失"

　　公元947年，大辽新改的年号大同元年四月，正是阳光明媚，春暖花开的季节。大辽皇帝耶律德光在中原烽火四起的时候，身心俱疲，无奈舍弃中原的大好春光，踏上了北归草原的路。但他并非是要舍弃中原大地，他是想，回北国暂作休养，他还是要回来的。

　　浩荡的队伍走得很慢，到傍晚才到离汴梁不远的赤岗，便在哪里安营歇息了。

　　仲春的夜晚，微风轻拂，明月当空。可半夜里，突然响起了滚滚雷声。说也奇怪，那雷声轰隆隆就在耶律德光御帐的上空滚动，久久不去。

　　众人都非常惊异，纷纷涌出帐来，仰头向天空望去。恰这时，天空中一个火球划出一道光亮，呼啸而来，刹那间有一颗巨大的流星带着一道耀眼的火光，轰然陨落于辽营的旗鼓之前。

　　众人大惊，星落帐前，都以为是不祥之兆，可是谁也不敢说出来。巨大的声响把耶律德光也吓了一大跳，当他得知是有陨星坠落，马上让随军巫师占卜。巫师摇铃击鼓跳达了一气，又烧炙了羊琵琶骨，察看了半天烧裂的纹络，卜得：吉，主大神归位。众人这才释然，这不正合大皇帝北归之意吗？耶律德光也稍稍安下心来。

又北行几日，四月初十，渡过黎阳河，到了汤阴。耶律德光觉得有些疲惫，命队伍停下来休整一天。他感觉身体燥热，心中烦闷，便带跟前的臣子们登上了近前的一座高岗。

高岗之上，清风习习，松涛喧响，耶律德光顿觉浑身清爽，他索性解开衣襟，直让清风吹入怀中，大呼："爽快啊！"

跟在他身旁的侄子耶律兀欲急忙劝他："陛下龙体欠安，山风峭厉，当心啊。"

"这才能清我心中燥闷！"耶律德光没有看他，仍是高举双臂，大敞胸怀，让山风尽情吹着。

他望着山下绿意盎然的原野，只见嫩柳叠翠，紫燕翻飞，恍惚看见了自己的家乡的草原，慨然叹道："想朕在上国，每日都能打猎食肉，驰马于高天阔野之中，是何等快乐？可自入中原，局限于宫殿之内，哪里还寻那等畅快，心中多是郁闷。啊，如果能尽快回我本土，死亦无恨了！"

周围的大臣们听见这话，心中不觉一惊。能回本土，死亦无恨，这是什么意思？

李崧对身边的冯道悄悄说："皇上怎么说这等绝话了？该不是大限到了吧……"

"不可说这等大不敬的话！"冯道低声喝道。他四下里看看，也悄声说，"不过，也确是不怎么吉利。你知道这座山叫什么吗？"

"叫什么？"

"愁死岗。"

"啊？这么说……"

正在这时，耶律德光说话了："两位爱卿，你们在说什么悄悄话啊？不能让朕听听吗？"

"啊……这个……"冯道一怔，眨眨眼，马上圆滑地回答道，"臣下正在说，陛下雄才伟略，扼控中原，威震八荒，已是天下大定，功德圆满。所以……"

"所以才要凯旋，回我上国，是吗？"

"皇上圣明，臣下正是这个意思。"冯道急忙顺竿向上爬。

可耶律德光呵呵笑了，却没让他爬成，挥挥手说："你错了。朕并非是凯旋啊！"

跟前的人，不管是辽人还是汉人，都对这话大为不解。

耶律兀欲看着叔叔，疑惑地问道："陛下，我们大辽的铁骑横扫黄河南北，尽收中原之土，难道这不是我们的胜利吗？"

耶律德光举目望去。眼前，沃野千里，坦荡如垠，翠如锦绣；黄河滔滔，银波跳荡，似一条玉练铺在碧毯之上。他长叹一声："真是江山如画啊。可是，这真的是朕的国土了吗？"

他慢慢地收回目光，转向兀欲，语重心长地说："我大辽的铁骑，确实横扫了中原，可是，还并没有真正得到手啊。兀欲，你知道你的叔叔是怀着一种什么样的心情离开中原的吗？"

兀欲怔了一下，低头道："侄儿不知。"

"朕告诉你，是后悔和愧疚。"

"这……"兀欲一怔，不觉看了看身边的人。他跟前那些大辽的臣子们也是个个一脸的困惑。

耶律德光见大臣们都一片迷茫，缓缓说："朕后悔的是，没能听张砺的建议；愧疚的是，枉对了大辽将士几年的厮杀啊。"

南院大王耶律吼拱手道："皇上，臣不知究竟发生了何事，如此自责？"

"朕连日来夜不成寐，常有所思。回想我辽军进入中原之地所作所为，大有惭愧，觉得朕在中原为政，有'三失'啊。"

北大王耶律洼说："三失？陛下如此圣明，我大辽能有何失？"

耶律德光面色凝重，一字一板地说，"你们听好。不该纵兵掠刍粟，打草谷。打草谷是我契丹祖传下来，但这是以掳掠财富为目的之野蛮战法。如果用于以占领土地为目的的战争，比如此下中原，再用此法，那么就会像现在这样,使千里田园荒芜,人口流失,城池废弃,我占之又有何用?此一失也。

"再则,不该刮民私财。为安抚辽兵,从官吏到民人,皆得贡献,上下怨愤,人皆苦之,自是民离心,官离德,这才致使盗贼蜂起。这是朕的第二失。

"第三失,朕悔不该不听张砺之策,没有尽快让各镇原来的节度使归还本镇,去安抚民人,控制局面。致使辽将前去,官民对抗,烽烟纷起,陷我辽军于孤立,防不胜防。"

北院大王耶律洼说:"陛下,您多虑了,千万要保重身体。这怎么能怪您呢?'打草谷'乃我契丹祖制所留,出兵历来如此……"

"祖上之制并非全对,要随时而进,该改也得改。"耶律德光挥了下手,又对兀欲和众辽将说,"你们记住,要以此'三失'为鉴。朕之所以把这'三失'讲给你们,就不可再重复!"

永康王兀欲、北大王耶律洼、南大王耶律吼等辽臣一齐跪地:"臣等谨遵圣喻!"

原来的晋臣们听到这一席话,相互看了看,也纷纷跪下来,冯道带头呼道:"谢皇上大恩德!能如此,中原何愁不安?愿皇上回北国后,据此三失再定三策,降福中原!"

是啊,作为一代君主,能在臣子面前检讨自己的得失,真是一种大胸怀,大气魄。既已知失,当能改正,能如此,当是民之福。

耶律德光站在山顶,俯览大地,众臣伏在他的脚下,那是一种真正的心悦诚服。

2 临别的"留念"

耶律德光北归,带大队人马走旱路,而从晋宫中带出来的大宗财宝器物则用舟载,从汴梁入河,溯流而北。

载宝的船上，除了辽军，还有晋军，共同督运。晋军的首领是宁国军都虞侯武行德，他手下也带有几百人。一路之上，他见两岸村庄破败，田地荒废，不觉唏嘘。

　　那天傍晚，船靠河阳渡，停靠补充给养。天已渐晚，辽兵有一大半上岸逍遥游玩，而晋军却都留在船上。晋军是不许随便上岸的，怕上岸后乘机跑了。

　　武行德不在此列。他是督运将领，还要上岸接洽各种事务。这次也同样，他得进城查验供船上用的油肉粮菜，并运到船上。这种体力活，辽兵不干，自然是晋兵的差事。

　　那晚也是该当有事。武行德进得城中，发现城里看不见几个守兵，他有些奇怪。再验供船上用的物资，竟不足额。武行德大怒，喝问为何如此应付皇差？一个守备的小吏战战兢兢告诉他，主将不在，所以筹不上来，这河阳的驻守辽兵大部分都调走去支援潞州，那边刘知远的太原军正在攻打呢。武行德听闻，心中一动，有一个什么想法似乎在头脑中冒了出来。

　　武行德不再盯着那什么供给物资，急忙回到船上。他看看船上自己的士兵，又看看不远处的河阳城，咬咬牙，把小校尉以上的人都招到了自己的船上。

　　他对那些小头目们说："我等为辽人所制，要为他们押运财宝，舍弃家小，离乡远去，你们情愿吗？"

　　他手下人纷纷说，此一去不知何年何月才能回乡，说不定就死在塞外的沙漠草地，谁愿意去呢？

　　武行德便鼓动道："怎么死也是个死，难道我们非要去他乡作孤魂野鬼吗？看不出来吗，现在辽主北归，说明大势已去。我已侦明，现在河阳城中空虚，我们何不乘船上辽人不备，趁机兵变，杀虏上岸占据河阳城呢？你们认为怎么样？"

　　听说能不离家乡，众人都异口同声，雀跃响应。

武行德于是给大伙分了工，把船中运载的那些宫廷甲杖全部启封，悄悄分给军士。夜深人静之时，突然一声呼哨，众人按计划一齐动手。不少辽兵上岸逍遥，本是大醉，睡梦中毫无防备，突听呐喊，不待清醒，便被杀下水去。不到一个时辰，活命的辽兵已是所剩无几。武行德便尽可能带上船中的财物，上岸直扑河阳城。

当时河阳城中确实空虚。武行德以搬运给养为名，骗开城门，带兵闯入城中。辽的守将无力抵抗，只好弃城而去。武行德占领河阳，立即上表刘知远，表明归顺诚意。

耶律德光的北归队伍这时已走到相州附近。他听说运物的船队发生兵变，辽军被偷袭杀害，所带财物几乎损失殆尽，而且河阳失守，非常震惊。还没等他回过神来，又来报，守潞州的耿延美不敌刘知远部将史弘肇围攻，已弃潞州退据怀州，洛阳留守拽剌闻风胆丧，怕孤城难守，也退到怀州。

耶律德光非常恼怒。真以为我辽军是在溃逃吗？他拍案而起，命跟随的大军立刻攻打早已被起义军首领梁晖占据的相州城，给中原人一点颜色看看！

辽将高唐英得令而出，率大军很快将相州团团围住，发起猛攻。

梁晖带起义军在城头奋力抵抗，虽然打退了辽兵的几次进攻，但毕竟寡不敌众。而且，辽军后有皇帝亲自督阵，越攻越猛，里三层外三层，梁晖想突围都找不到一点空隙，派出去向刘知远求救的人更是有去无回。

一天后，相州陷落。梁晖战死城头，被剁成了肉酱。

辽兵蜂拥入城，所有男人不管老幼，尽皆杀死。哪怕是穿活裆裤的，只要带着小鸡鸡，也被辽兵抛向空中，而后以刀尖去接，穿腹而过。女人们不分老幼全部掠向北方为奴。

一时间，相州城血流成河，横尸遍野。

耶律德光刚刚总结了他在中原的"三失"，可他在盛怒之下好像又忘记了。也许，他没认为"虐杀"也是一失吧？其实，这一失才是最可怕的啊，如果人被逼到性命难保时，他所做的就是拼命一搏，以求活路。

血屠相州，这是辽帝耶律德光撤出中原前，最后的一次"留念"。

3　杀狐之兆

四月的北国草原，也已是万物复苏，绿意盎然。

离辽上京临潢府西八十里有山，曰炭山，绵亘百里，草丰林密，虎狼鹿兔出没其间；西南有湖，曰长泊，多野鹅、鸭、雁。这些地方，都是皇家的天然猎场。

射猎是契丹人经常进行的一项活动。对底层来说，那是一种生产，为了生存；对贵族们来说则是一种游乐，同时更是一种锻炼骑射的过程，特别是围猎，进退有序，号令分明，那也就是练兵。曾有后晋的使者对耶律德光说，后晋国主对这一点很是不解，听说辽皇总是打猎游戏，劝说应当节制。德光大笑回答，朕之畋猎，非徒从乐，所以练习武事也。他们的打猎目的是很明确的。

耶律德光南下中原，皇太弟耶律李胡留守大本营。他没有过多的事情，带人射猎便成了经常的事情。

那一日，耶律李胡又带侍从们来到炭山打猎。炭山，也叫黑山，是契丹的圣山，春秋祭祀山神，犹如中原祭泰山。

李胡来到黑山猎场，祭过山神后，让士兵中的女真人吹响鹿哨，效仿母鹿的求偶叫声，把林中的公鹿引出来，再由兵卒们围而圈之，赶到他的射程之内，由他来引弓射杀。别人是不能射的，皇太弟来打猎，你去射，找死啊？这是陪你玩呢吗？以李胡的脾气，非剁了你双手不可，叫你不知深浅！

很快有一只鹿被赶出林子，进入耶律李胡射程之内。他平心静气，张弓便射。可那只鹿敏健得很，不等那吱吱叫的箭飞到近前，已经冲出包围，飞奔而去。李胡大怒，他命人放出猎鹰"海东青"在天上引路，纵马撵了下去。

可那只鹿好像是在逗他玩，跑跑停停。它见把人落远了，就停下歇着，等人要跑近了，它撒腿再跑。李胡气坏了，今天我要不射杀你，我就不做皇太弟！他快马急追，把后面的侍从们甩下很远。

那只鹿拐过了一个山脚。耶律李胡也随即策马而来。这是一条山谷，谷底是浓密的白桦林，两面是春草渐绿的山坡。那只鹿早已不见了踪影。李胡急忙勒住马，举目四下寻找。白桦林没有抖动，说明没有什么东西闯进去。看左面山坡，空无一物。当他将头转向另一面山坡，顿时目瞪口呆。

那面山坡上，一个穿白衣骑白马的英武汉子正在撵一只白狐狸。只见那汉子手挽强弓，一箭飞出，白狐向前打了一个滚，应声倒地。再细看，那汉子竟是他的二哥耶律德光！

耶律李胡急忙闭上眼使劲摇摇头，再睁开眼，那白衣白马已不知所在。只有那带箭的白狐犹存。李胡大为惊讶，这不是见鬼了吗？二哥犹在中原，怎么可能在这里射狐？他大喊："皇上！二哥！你在哪儿——"

喊声在山间回荡着。侍卫们很快赶上来，惊奇地看着他："大王，你、你喊皇上？可他在中原啊……"

李胡："可我见他刚才正在这里射狐！你们看，那白狐还在！"

山坡上，果然有一只带箭的白狐。一侍卫很快取了过来。那白狐身上的箭，还真就是皇帝耶律德光所专用之箭。

众人大为惊奇，纷纷滚鞍下马，向着那面山坡跪拜。耶律李胡也下马跪地，大喊："皇上于此见我，是有什么要嘱咐皇太弟吗？"

连喊三声，空谷寂然，只有被喊声惊起的鸟雀在桦树林上盘旋。

这事真是太神奇了！且慢，细想想，有谁知这不是耶律李胡玩得玄虚呢？他跑在前，别人在后，可有谁和他一起见了白衣白马人？又有谁能保证那皇帝的专用箭不是李胡提前藏匿，而这时是自己射到的白狐呢？但对他所说的一切，没人疑，都非常虔诚地信以为真，就像是相信述律太后是

"地神"所化一样。

耶律李胡不再行猎，急忙赶回宫中，向母亲述律太后献上了那只带箭的白狐，并绘声绘色把他见到皇帝射狐的事说了一遍。

述律太后看着那只白狐，脑际间突然闪过她的夫君征渤海时，她见庙中龙顶脱落，而后传来噩耗的事，心中不觉一沉。皇帝现身射狐，这是预示着什么呢？

她急忙问李胡："皇儿，你真的看到你的二哥了吗？"

"孩儿怎敢对母亲扯谎？有二哥的箭为证啊！"

"这就怪了。你二哥远在千里之外的中原，怎可能现身这里射狐？莫不是神在向你昭示什么吧？"

"儿臣以为，是二哥有什么要嘱托于我。"

"你守北国，太平无事，他攻取中原，形势大好。还有什么事要用神灵来昭示呢？"

耶律李胡看看太后，跪了下去："皇上取得中原，而且也已登中原宝座。儿臣以为，中原富饶，他就要留在中原了，而以神灵射狐，昭示北国可归李胡……"

"你说什么？"述律太后立刻用冷峻的目光盯着李胡。

李胡慌忙避开母亲的目光："母后，您看，如用汉音，'狐''胡'同音，而且是皇帝之箭射中，这不是在说，皇权要交于李胡吗？母后，真如此，南朝有哥哥做皇帝，北国有弟弟登宝座，南北呼应，我大辽的天下不是稳如泰山固若金汤吗？"

述律太后看看他，冷笑一声："我儿看似鲁莽，其实也很有心计啊，竟能从中品出当皇帝的意思。李胡，我虽宠爱于你，但皇位问题不是儿戏，况皇上仍在，你怎可做此想？"

耶律李胡见母亲生气，急忙垂下头去："儿臣只是想……"

"凡有异兆，必有事端。"述律太后说，"我倒是在想，你二哥出去这么些时日，不知现在怎么样了，真让人惦记啊。李胡，我看你该写封信,问一问军前情况如何啊。"

"孩儿知晓了。"李胡应了一声退了出去。

述律太后望着走出去的李胡,再看看那只带箭的白狐,心中惴惴不安,该不是又要出什么事吧?

4 病重滦城

耶律德光平定相州之后,已是疲惫不堪,脸色灰黄。他没有进城,坐在奚车中,眼望城头残破的旗帜,城下横卧的尸体,没感到一点胜利的快乐。城中到底发生了什么,他更是不清楚,只是觉得出了一口气,告诫一下中原人,别拿豆包不当干粮。他面无表情地挥挥手,大队人马便又继续出发了。

又北行了几日,辽帝的大队人马到达了滦州,也就是现在河北滦城附近。

那日傍晚,夕阳晚照,西天的火烧云红得似一片火海。皇叔伟王耶律安端和儿子察割作为前导,皇侄永康王耶律兀欲骑马跟在中军耶律德光乘坐的奚车边,车后跟着耶律洼、耶律吼、冯道、李崧等辽、晋官员。正行进间,兀欲听车内好像在说什么,他急忙靠到近前:"陛下,儿臣就在跟前,您有什么吩咐?"

车里还是喃喃有声,但听不清。兀欲急忙让车停下来。他跳下马,打开了车帘。

车内,耶律德光脸色黑黄,躺在车中,紧闭双目,不住用双手抓着前胸,大喘着,像梦呓一样咕哝着:"热……热啊……"

兀欲吓坏了。他急忙钻入车中,也顾不得什么皇上了,一把将叔叔揽在怀中,喊道:"二叔,你怎么了?"

连摇带喊,耶律德光睁开了眼,看看他:"哦……你是……兀欲?"

耶律兀欲使劲点头:"二叔,你到底怎么了?"

耶律德光强撑着坐起来，努力笑了一笑，用手拍胸膛："这里，像着火，我想吃冰……"

耶律兀欲立刻跳下车来，急忙策马到前边找伟王耶律安端，商议该怎么办。

伟王安端是太祖阿保机的弟弟，论起来是兀欲的亲叔爷，他当然得请示，不能擅自做主。安端一听，毫不犹豫地命令就地扎营，所有士兵出去找冰。

已是四月天，还到哪里去找冰？如果是现在，用冰箱现冻也赶趟，可那时哪有啊？不懂了吧，想当年，水井就是天然的冰箱，只要深过两丈，下面的井壁上就会有常年不化的冰，老百姓常把舍不得吃的肉用绳子沿井壁吊在井下有冰处，十天半月新鲜如初。所以，士兵们只要费点力，还是能找到冰的。

大营扎下来，当然先扎御帐，把皇上安顿好。伟王安端和耶律兀欲守在大帐前。

这时耶律李胡派来的使者快马到来，急惶惶就要闯帐。兀欲一把拦住："大胆！什么人？"

那人一看，急忙跪下叩头："小人图古拜见永康王。小的是皇太弟所派，向皇帝问军前事。"说着把一封信递了上去。

兀欲看看，收起来："哦，皇上歇息了。一会儿我转给皇上。下去吧。"

安端又把南北两院大王耶律洼和耶律吼找来，说明了皇上的情况："皇上的病好像挺厉害，你们看怎么办？"

耶律洼说："肯定是邪恶侵身，快宣大巫师来作法厌胜吧。"

跟前读过医书的冯道说，这可能是伤寒，刮痧可治之。辽人直眨眼，刮痧是什么东西？跟随的太医说，就是用牛角或银器在身上刮，刮到身上血紫，邪毒会随之而出。

将皇上刮得血紫？大胆！该不是想谋害吧？辽人从没听说过，根本不信。于是耶律安端安排还是请大巫师吧。

天已黑了，帐前燃起了大堆的火。大巫师腰系铜铃，手敲羯鼓，围着火堆又唱又跳。这可能就是当年兴盛于北方的萨满教吧？现在在北方某些偏僻农村还时有所见，俗称"跳大神"。

士兵们也很快把冰找来了。安端和兀欲爷孙俩急忙把冰块拿进帐中，见耶律德光还在难受地抓胸，便将冰块放在了他的肚腹上。

耶律德光顿时安静了许多。他睁开眼，见胸前有冰，抓起来就往嘴里塞，一边塞一边喊："好！好啊！朕腹中之火，可灭了！"

他似乎听到了外面的喧闹，问兀欲："外面为何如此吵闹？"

耶律兀欲躬身道："是在为皇上驱邪厌胜，求上天神灵保佑您龙体康泰。"

也许是那些冰真得起了降温的作用，耶律德光的高烧退去了，头脑又清晰了许多。他皱皱眉："让他们散去，朕要安静待会儿。如神灵真能佑我，不求也会来的。"

他看到了站在旁边的叔叔耶律安端，笑了笑："让皇叔操心了。没有什么事，堂堂契丹汉子，这点病算得什么？有兀欲在跟前即可，您歇息去吧。"

"愿上天保佑吧。"耶律安端退出去，将外面的跳神驱散了，也让守候在帐前的大臣们都去休息。外面顿时清静下来。

耶律兀欲见叔叔清醒了，这才长出一口气，从怀中掏出了李胡送来的信："上国有信来。"

"上国有信？"耶律德光接过看了，说："是你三叔写来的。你的祖母让他问军前事。"他想了想，支起身子，"兀欲啊，你拿纸笔来，给他们回封信。"

兀欲很奇怪："我们不时就回到上国，还用得着再写回信吗？"

耶律德光嘴角掠过一丝苦笑："我这会头脑清爽，还是把朕要说的话留下来吧。"

兀欲急忙取来了纸笔，跪在耶律德光的面前："二叔，您说吧。"

耶律德光躺下去，一边嚼冰一边说："记军情如下。初，以兵二十万降杜重威、张彦泽，下德州。及入汴视其官属具员者省之，当其才者任之。司署虽存，官吏废堕，犹雏飞之后，徒有空巢。久经离乱，一至于此。所在盗贼屯结，土攻不息，馈饷非食，民不堪命。河东尚未归命，西路酋帅以相党附，夙夜以思，制之此书，惟推心庶僚，和协军情，抚绥百姓三条而已。今所归顺，凡七十六处，得户一百九万零百一十八。非汴州炎热，水土难居，止得一年，太平可执掌而致。且改镇州为中京，以备巡幸。欲伐河东，姑俟别图。其概如此。"

这封信，耶律德光边想边说，用了足有半个多时辰。这是他对这次南下的认真总结吧。其中那"惟推心庶僚、和协军情、抚馁百姓三条而已"，说得是多么准确啊。比他在愁死岗总结的那"三失"更进了一步。他说这些的时候也许非常后悔，如果进入中原后，就能这样做，会是现在吗？

他扭头看看侄子："都记下了吗？"

"都记下了。"耶律兀欲展开纸，"我给您念一遍。初，以兵二十万降杜重威……"

耶律德光看着他："我是问你自己，都记下了吗？"

耶律兀欲怔了一下，不知叔叔是什么意思。他答道："孩儿也记下了……"

"好。这是朕的肺腑之言，但愿我耶律家族的每一个人，都能以此为鉴，少走弯路。"耶律德光轻轻地闭上眼，"这冰真舒服啊。你去吧，朕要睡一会儿了。"

耶律兀欲从皇帝的大帐中退出来，已是繁星满天了。他深深地吸了一口帐外的清新空气，心中想到，本是写给上国的回信，二叔让我也记住，是什么意思呢？不管这个了，二叔的病好像不轻，得赶快赶回大辽上京，不能再耽搁了。

5　最后的嘱托

　　第二天一大早，辽帝的北归队伍拜完初升的太阳，便匆匆上路了。

　　大多数人赞同永康王的意见，认为皇帝并不是一般的劳累和焦虑，而是得了重病，事不宜迟，尽快把皇帝送回上国，以防不虞。但也有不同意见，认为皇帝重病在身，不应再受车马劳顿，要就地治疗，中原的诊治水平当高于北朝。也很有道理。最后还是伟王耶律安端发了话，继续前行。

　　伟王耶律安端这样做，是有他的想法的。他是太祖耶律阿保机的五弟，想当年阿保机受遥辇氏封禅做了各部的大首领，他的弟弟葛剌谋反，安端也参与其中，被阿保机破之，但没处罚，而是带诸兄弟登山刑牲盟誓而免了罪。后来他和葛剌再次谋反，又被擒，太祖仍是杖而释之。他这才收其心，跟随了太祖阿保机。这次皇上病重，他正在身边，如是出事，那心狠手辣的嫂嫂述律太后会不会疑他又生了二心，做了什么手脚？决不可留这把柄，还是把皇上尽快活着送回太后身边为妙。因此他才促大队前行。

　　一路上，原后晋大臣李崧和冯道不觉又悄悄议论起来。李崧说："冯大人，我觉得，那日在愁死岗，皇上就说了绝话，看现在……"

　　冯道看看左右，轻声说："岂止是这啊。你还记得吧，队伍刚离汴梁时，有大星陨落营中旗鼓前，那就是大不吉利啊。"

　　"大星陨落，主有大神归天啊。"李崧点点头，悄然说，"而且晴天起雷，那不是民人所说的天鼓响么？"

　　"观皇上症状，似到不得北国。早作准备吧。"

　　他们的议论是不无道理的。只是不敢明说而已。

　　从滦城出发不久，队伍行进在一个大林子中。这林子翁郁苍翠，清风过处，树涛喧响。

突然间，耶律德光所坐的奚车中发出了一声大吼。耶律兀欲急命人停车，掀开了车帘。车中，耶律德光已经吐了一大口血，在兀欲掀开帘子的刹那，又是一大口，喷射而出。

"扎……帐！"耶律德光大口喘息着，"朕太累了……得歇息一下再走……"

兀欲一看大事不好，急忙让人安营扎寨，将皇帝安顿在御帐中的皮床上。他一面让随军的契丹大巫师赶快作法，一面让晋宫中带来的太医行针用药。

那些太医们见耶律德光形消骨瘦，心知已无药可救，虽两眼灼灼有神，但似是回光返照。但他们不能说，更不敢说，只能施展各种本领为皇帝治病。

耶律德光似是意识到自己的大限已到，他挥挥手说："天要朕去，朕不可不去。你们就不要再乱忙了。都去吧。兀欲留下。"

众人都走了以后，他让兀欲到跟前来。他两眼定定地看着兀欲，抓住了他的手："兀欲，你知道叔叔现在心里想什么吗？"

"孩儿，不知。"

"我在想，为什么不听太后的话，一定要南下中原呢？以至要身死他乡……"

兀欲急忙说："陛下，怎么可以这样想呢？南下中原，开疆拓土，是先祖大皇帝的宏愿啊。皇帝带我契丹铁骑横扫中原，终成祖宗大业，实是大功德啊。"

"也许是吧。"耶律德光叹息了一声，"朕虽是马踏中原，可并没真正得到。沉痛啊。还有什么脸面回去见太后呢？在中原之失，我和你说过了，也给上国你的叔叔写了信，你们要切记啊。"

"孩儿谨记在心。"

"朕下中原，到底得到了什么？"耶律德光眼光迷离地长叹一声，"国土吗？中原苦遭涂炭；民人吗？契丹男丁锐减；荣誉吗？惶惶而退！

朕得到的,也许……就是一种罪过吧……"

兀欲实在慌恐:"叔叔,您说什么啊?"

耶律德光慢慢转过头来,盯着兀欲:"你说,罪在谁?"

"这……"

"我告诉你,罪在燕王。这一切一切,皆他为罪首……"

"燕王?他……?"

"你记住,此人可用,绝不可信,当时时防之。"

兀欲看看叔叔,轻轻说:"其实,孩儿心中早已有数。"

"那就好。兀欲,还有一件事,朕一直想和你说。"

"请皇上明示。"

"你恨叔叔吗?"

兀欲大吃一惊,急忙跪下:"您……这是,从何谈起?在皇帝面前,我就是……"

耶律德光叹了口气:"不要这样。朕对不起你的父亲人皇王啊。想当年,我为什么就不能容他呢?记得那年你皇后婶婶升天,我到弘福寺为她饭僧,见到了大殿上的观音画像,不禁感慨万分啊。那画像还是你祖父大圣皇帝、你祖母应天皇后和你父人皇王我们一起施舍的,可那天就剩我一个人了。朕心中是个什么滋味?挥笔在墙上写下了一行字:'昔与父母兄弟,聚观于此,岁时未几,今我独来!'唉,先皇和我的皇后,先后去了,这也许是天意,可我,为什么要和哥哥骨肉相残呢?这些年,我的心里一直不安啊。"

兀欲一时不知该说什么好:"哦,其实……"

耶律德光摆了一下手:"朕现在说出来,就是向我的哥哥表示歉意吧。朕知道时日不多了,多么希望,我去后,我耶律家族,不要再出现这样骨肉相残的事。"

他说着,颤抖着手把一枝巫师用来占卜的蓍草拿起来,交给兀欲:"现在,我皇室只有你在我身边,你对这根神草发誓,你能把我的话传达给皇族吗？"

兀欲接过那根被赋予神灵的蓍草，跪了下去："我面对神草发誓，为我大契丹族的兴旺，孩儿能够做到！"

"那好吧，你去拿纸笔来，把我身后之事记下来。"耶律德光说。

耶律兀欲刚站起来，耶律德光又猛烈地咳起来，而且血一口连一口地吐。好容易才止住，已是大汗淋漓，疲惫不堪。

兀欲劝道："叔叔，您歇歇吧。明天再写吧。"

耶律德光闭上眼，轻轻地点点头。

可谁能想到，耶律德光这次闭上眼，就再也没能睁开来。

那一天，是公元947年辽大同元年四月二十二日。

耶律德光死时只有四十六岁，真正是英年早逝。他是继耶律何保机之后的又一代契丹雄主。他雄才大略，取得中原，虽是得而不治，失之难再，但他在临死前总结出的'三失'，已是难能可贵。尤其他用汉法治汉人，完善南北面官制，更为他的后继统治者们提供了宝贵的执政依据。他所取得的燕云十六州，直到辽末金初，才被北宋收了回去。

他死后，被谥为"嗣圣皇帝"，葬凤山怀陵（赤峰巴林右旗幸福之路苏木），庙号"太宗"。

耶律德光死的那个树林子，当地的老百姓说，叫"杀狐林"，说是多少年前，有一猎人在这里杀死过一只白狐，故此得名。

联想到耶律李胡在北国草原曾见二哥射杀白狐，而耶律德光死的地方又叫杀狐林，这不是太奇了吗？

假如说北国的事是耶律李胡为自己做皇帝编出来的，可耶律德光却真的是死在了杀狐林。据说后来推算，李胡见二哥射狐那天，正是耶律德光在愁死岗病重那天。人们自然认为这是一种天人感应。

这怎么可能呢？只不过是一种巧合罢了。也许那"杀狐林"当时根本就没有名，而是后人杜撰出来的。有的史书上干脆就写作"杀胡林"，这不是汉人明睁眼露地在泄愤吗？说这些没用，反正那地方就被叫作杀狐林。

当时在杀狐林的人可是顾不上讨论这些。皇帝突然归天，大队人马一时大乱。

那些要被带到北国去的原来后晋的臣子们一看大辽皇帝没了，我还跟个什么劲啊，不走又待何时。于是，除了冯道、李崧等一些官职较重的人外，那些不被注意的中下层官员和随从，有些人便承机纷纷悄然离去。

辽臣们根本没人注意他们了。皇帝的突然崩逝，将他们震懵了，待从惊慌中镇定下来，在耶律安端、耶律兀欲的带领下，急忙处理耶律德光的后事，哪还顾得别的。

他们所要做的最重要的事，就是不能让大皇帝的龙体留在异国他乡，无论魂也好魄也好，必须回归到北国草原本土。

可是，天已渐热，这样走，不出三日，便会腐臭不堪。怎么办呢？辽人自有辽人的办法，他们想到了腌制肉干子，用盐将肉腌上，即使三伏，也不会坏。于是，他们在耶律德光宽大的肚腹之内，装了好几斗盐。又在灵柩之内，尸身四周也放上盐。只要苍蝇不能近前，那就不会生蛆。

辽人把耶律德光被腌了的尸身称为"帝耙"。帝，当然是指皇帝，这"耙"究竟是一种什么意思，不得而知。

一代雄主就这么去了，带着壮志未酬的遗憾。

大辽，又将面临什么呢？

第十六章　谁为新辽主

1　双雄相会

辽帝耶律德光的突然去世，无论是在辽臣中，还是在跟随的后晋臣子中，都引起了相当大的震动。

那些辽臣一时不知所措，一下子没了主心骨，这么一大支队伍谁说了算？弄不好是要乱套的，如是河东刘知远的兵乘机掩杀而来，各地揭竿响应，那会全军覆没的。而跟随耶律德光北归的那些后晋大臣们，更是六神无主。本是跟了个新皇帝，刚作了大辽的官，可皇上却突然撒手归天了，再跟着谁？

驻守在镇州的燕王赵延寿听说辽帝耶律德光突然撒手归天了，更是吃惊，同时也心生怨恨，你许我作中原皇帝，还没兑现，我还苦苦地等着呢，怎么就撒手不管了呢？这么说我要没戏了？殊是可恨！但他毕竟是辽的重臣，位在左右大相之上，发生这样的大事，当然不能不问，于是便带兵北上，打算与护送灵柩的队伍汇合，回大辽草原的上京临潢府。

赵延寿的幕僚们见形势突生变化，又揣摩到他的心理，也想从中得点好处，便纷纷鼓动他说，大辽皇帝一死，中原属辽之地已呈无主状态，辽主原来也许诺大帅你当中原皇帝，这时何不就势而占中原，就此称制呢？

赵延寿一听，正合他的心思，便对左右的人说："我本是中原之人，也真是不愿再跟着他们去辽京了。再说，中原已是辽的国土，也得有人管理啊，我如走了，我们三年来的征战不是白费了吗？现在皇上归天，群龙无首，我为大辽重臣，在此急难之时，当担此任，稳住中原，保大辽这片国土不失。"

听听，我赵延寿是为维护大辽国的利益、保护大辽国的土地挺身而出的。理由是多么冠冕堂皇。于是，他便堂而皇之引兵进入恒州，不再向前走，并向各州镇立刻发了文书，自称受辽皇耶律德光遗诏，全权管理南朝军政大事。在他想来，他燕王是辽皇之下第一位重臣，且手握重兵，谁能怀疑，又有谁敢不听？

赵延寿刚入恒州，另一支辽的队伍也随即开了进来。这支队伍就是永康王耶律兀欲带领的护送着耶律德光灵柩的大队人马。

赵延寿当然不能阻挡，扶灵大哭了一场，也显得十分悲痛："先帝啊，你怎么就舍臣而去啊，让臣以后可怎么办啊……"

哭过之后，赵延寿也不跟耶律兀欲商量，就把兀欲所带的人马分别安顿下，并安排了耶律德光灵柩的出发日期等等事项。那架势俨然就是他说了算了。他根本就没把耶律兀欲放在眼里，不过是个小小亲王，而且是刚封的，护送灵柩而已，能安排全军行动这样重大事情吗？还有伟王耶律安端，虽是皇叔，也跟在军中，但也只是爵位高、资格老而已，军权上也还得听他调遣。这还用和谁商量？

可他赵延寿哪里知道，耶律兀欲对他却是放在心上的。在汴梁时，永康王兀欲见赵延寿没当上皇帝，经常悒悒不乐，已觉他有异志，于今皇帝突崩，群龙无首，怎可不防？况且，叔叔临死前是特意嘱托过的，燕王不可信，当时时防之啊。

永康王耶律兀欲进入恒州，听说赵延寿已自称知南朝军国事了，也就是说，马上要临朝了。他心想，叔叔真是有先见之明啊。这样看，对这个燕王，不光是防一防的问题了。

但赵延寿呢，却没防兀欲。他自以为除了耶律德光之外，他位在左右大相之上，谁能不听他的？耶律兀欲虽是皇室亲王，但职位也只不过是一般将领，权位远在他之下，有什么呢？所以他把兀欲也就当作普通将领一样看待，该怎么支使就怎么支使。

耶律兀欲心中非常不舒服，恨恨地骂道，有眼无珠的东西，太目中无人了！他一进城，立刻秘密派卫队长耶律安抟把城中所有城门及储备库的钥匙全都控制了起来，连附近镇州那边也一并掌握起来。一切财货出纳皆由他一人亲自控制。

经济命脉被控制起来，这使赵延寿很不方便。谁让耶律兀欲去管钱库了？我燕王任命你了吗？赵延寿马上命人前去找兀欲，让他把钥匙交出来。

耶律兀欲对来人笑着说："我愿为燕王做一小小库吏，并无他图，账目笔笔有踪，大王还有什么不放心的吗？"不给。

当时，因皇帝突崩，大臣们思想也很混乱。大体上可分成了两派，汉人基本上是靠在燕王赵延寿一边，因他毕竟是中原人，而且大权在握。而辽臣则是自然而然地站在了伟王耶律安端和永康王耶律兀欲一边，因他们是皇室的直系宗亲。

赵延寿见兀欲不交城门及库房钥匙，挺生气。他身边有人似乎看出点意思，便对他说："永康王何止是不给钥匙啊。他不护送灵柩直接北去，而随您进入恒州，绝非偶然。而且听说他和跟前的契丹大臣们总是在秘密议事，其中一定有什么阴谋，不得不防啊。"

甚至有人直截了当地出谋说，现在您手下有汉兵不下一万，如下定决心中原称制，就该事先动手，争取主动，以绝后患。

赵延寿心中一惊。动手？就是说把兀欲等辽人收拾掉？有那种必要吗？可是，兀欲还真是有点不听话，把钥匙掐了起来，难道是真有什么想法吗？长此下去……

正在赵延寿犹豫之际，枢密使李崧不知是从哪里听到这个信息，马上过来劝他："大王不能这样做啊。永康王来此，只是护灵路过，并看不出来有什么别的意图，怎么能先行内乱呢？他不是没公开说反对大王称制的话吗？如是起兵，师出无名啊。怎么可以自相残杀呢？大王如是有什么不放心，也应摸清到底是怎么回事，再做打算也不迟啊。"

赵延寿想想也有道理。兀欲也好，辽将也好，还没人公开对抗他，突然杀戮毫无理由啊，那不是有点公然起兵作乱的味道吗？就是对辽廷的太后也交代不了。再说，这个兀欲也不过是耶律德光的侄子，既不是皇太弟，又不是皇子，能有什么威胁？倒是那耶律安端不可疏忽，想当年太祖时就想谋反，这样皇帝一没，是不是还想动，不可不防。

这么一想，他便定下来，不能无故用兵，安抚好这些辽将辽臣，对伟王多加"关照"。等入五月，在待贤馆接受朝贺称制。如那时耶律兀欲表现有什么不服，再收拾不迟。小小亲王，威望素浅，且手中无兵，小菜一碟。

2 紧锣密鼓

赵延寿真是太小看了耶律兀欲，有些太大意了。

耶律兀欲这边还真没闲着。特别是那些契丹大臣，皇帝突然归天，他们是六神无主，一时不知所措。

南院大王耶律吼见赵延寿有称帝之势，忙找到北院大王耶律洼商议："天位不可一日空旷。燕王传书四方，欲称制自立，他本中原人，如何做我大辽皇帝？如果这事请示太后，那么帝位一定是属于皇太弟耶律李胡了。可你也知道，皇太弟素来暴虐残忍，没有威望，怎么可臣服国民呢？"

耶律洼："以皇太弟的德行，即皇位似是不足服人，可不是还有皇子寿安王在吗？"

"你不觉得寿安王还是个孩子吗？他懂得什么叫治国吗？"

"哦……那么，依你是什么意思呢？"

"我看，应立永康王。"耶律吼深思熟虑地说，"还记得当年太后立先皇的事吗？为立皇上，当时有多少大臣人头落地啊。你我素来认为李胡不是做主之材，如回去再立，你我之命定然休矣。所以，我的意思是，当在回去之前，在此先立永康王为帝。"

耶律洼一拍桌子："正合我意！这事就由我们两人来办吧。"

两人统一了意见后，便把辽的将领秘密集合在一起。耶律洼对他们说："上行大殡，神器无主。永康王乃人皇王之嫡长，大圣皇帝之嫡孙，无人可比，当立。有不从者，军法从事！"

耶律洼是主管契丹人事务的北面院大王，在场的辽人谁敢不从？而且还有"军法从事"的话放在那儿。大伙便是异口同声，齐喊："听大王安排。"

南北两院大王便把众将的意思告诉了耶律兀欲。耶律兀欲犹豫着："皇太弟尚在朝，况且皇上的儿子寿安王也在，立我……不可不可……"

耶律兀欲嘴上是这么说，其实不是不可，而是心里对南北两院大王并不托底。他把贴身的直宿卫耶律安抟招来，把这事说了，问道："这南北两大王，是不是在试探我啊？"

"两位大王要立大王？太好了！"耶律安抟十分惊喜。他想了想，摇头道："二位大王当是真心的。您还记得当年吗？当时人皇王应名正言顺地继承大位，可太后为了立当今的皇上，杀了多少大臣吗？如今又是这种情况。如回到草原再立，太后必立皇太弟，可他能执国吗？如大臣进言，将又有多少人性命不保啊。大王您聪慧宽厚，又是人皇王之嫡长，立之正当。先皇虽有寿安王在，但天下属意多在大王。别再犹豫了，既然有人拥戴，今若不断，后悔莫及啊。"

耶律安抟说这话，其中不免夹杂着一种报复的私心。想当年他的父亲耶律迭里就是因给东丹王争皇位而被杀的，他一定要帮东丹王的儿子把本该得到的皇位再争回来。

耶律兀欲沉吟良久："那么，下步怎么办呢？恐是众人不服，引起混乱啊。"

耶律安抟沉思默想了一会儿，有了主意："臣以为，皇叔伟王现在军中，必先得他的支持，他虽只是一般将领，但却是皇室中辈分最高的人，说话还是有号召力的，决不可越过。其二，皇太弟派来送信的那人还没走吧？我们可借他一用。"

"伟王当然不能越，我可想办法。"耶律兀欲对他说的第二点却有些不解，"可那送信的人？有什么用？"

耶律安抟便与兀欲耳语一番。

"哦……"耶律兀欲听后，思索了一番，便也点了头："好，你去办吧。不过，千万要做得不露痕迹。"

傍晚，耶律兀欲将伟王耶律安端的儿子耶律察割、侄子耶律留哥都请到了自己的营地，设宴招待。察割和留哥论起来都是兀欲的叔叔辈，但却不是阿保机之后，而且爵位也没封王，权位远在兀欲之下，所以见了兀欲的面，还是紧巴结。但这次宴席兀欲极尽叔侄之礼，气氛相当融洽，边叙边喝，几个人一直喝到半夜方散。

在这边宴请的同时，耶律安抟将那个李胡派来送信的小吏图古找到了自己住的小帐："你不辞劳苦，从上国而来，永康王要赏你。不过你得先办一件事。"

图古急忙跪地："小的愿效命。"

"其实没什么难事。附耳过来。是这样……"耶律安抟便把要他做的事交代了一遍。

图古大惊："这……这……"

安抟笑笑，很认真地说："事成之后，没不了你的功劳。永康王最少赏你做团练使。否则的话，"他冷笑一声，"你也应该知道，会是个什么下场……"

那图古只是一个小吏，听说忽悠一下子就能做团练使，愣了愣，诚惶诚恐，急忙叩头："小人明白了。遵命就是。"

不遵命也不行。图古不傻，什么狗屁团练使，保住小命要紧。

第二天，图古便在军营上下到处走动传播，他是上国派来报信的使者，皇太弟耶律李胡已经暴病身亡了。这图古是从北国草原来的，谁能怀疑这不是真的呢？皇上刚没了，继皇位的皇太弟又暴病而死，这是怎么了？辽营中更加人心惶惶。

这消息自然也很快传到了伟王安端的大营中。安端非常震惊："皇太弟也死了？这……这可如何是好？"

他的儿子察割不动声色地说："父王，皇帝归天，可继皇位的皇太弟又忽然崩逝，连摧二柱，这对我大辽不利啊，如不尽快立主，恐是还有大祸患。"

"这是当然。"安端站起身来，"我这就去找兀欲商议，扶灵即刻起程，尽快回我北国，和太后议定立君大事。"

察割淡然一笑："父王，太后是太祖之妻，皇上之母，您是太祖之弟，皇上之叔，比太后她差在哪儿了呢？为什么一定找她商议？您就不能为国做主吗？"

刚要向外走的耶律安端大吃一惊，咯噔一下站住，勃然作色："胡说！你这是什么意思？"他因有过谋反经历，听了这话外之音，心中立刻警觉起来。

一旁的留哥见安端要变脸，忙劝道："王叔且莫生气。从兄的意思是，天下无主，夜长梦多，为防我大辽国不乱，我们为什么不能马上在这边及时拥戴一位皇室至亲即皇帝位呢？"

"大胆！你俩……莫不是，又想置我于不义吧？"

察割哼了一声："什么叫不义？想当年太祖杀七部头领而自立，今皇上废兄而夺位，就是义吗？"

"放肆！"耶律安端大喝，"你们听着，休得这样胡说八道，更不能有这等非分之想！"

"不，不。"留哥平静地说，"您不必怕。我知王叔您早已没了那等心思，我们呢，也非皇上的直系，怎会做此想。可您想，难道这军中，除您之外，就没直系皇亲了吗？兀欲难道不是吗？"

"你说什么？"安端相当意外，他一下坐到椅子上，"你们，要立兀欲做皇帝？"

留哥说："不是我们说，军中大臣将领们都在说啊。王叔，兀欲乃太祖之孙，宽厚贤德，受众人爱戴，得先皇器重，立之有何不可？当是众望所归……"

"不要说了！"安端当即打断了，"这根本不可能！朝廷已经立了皇太帝为继承人……"

"父王，皇太帝不是也死了吗？要不能议这事吗？"察割说。

"这个……"安端沉吟了一下，"那……不是还有寿安王嘛……"

"父王啊，立兀欲已是大势所趋，要不我们也不会劝您。"察割沉稳地说，"不管您同意与否，兀欲必立。当然，这也必引起太后反对，可能会有一争，那么您总得站一方。但您想，您就是不支持立兀欲，因您现在就在他的跟前，且原来反过太祖，太后她能不怀疑是您操纵的吗？您脱不了干系的！到那时，您可是两面都不落好啊。"

这察割为人恭顺，表面似懦，实则工于心计，诡计多端。阿保机就曾说过，此子凶恶顽劣，绝非懦弱之辈。察割这一番不温不火的话，一下子将父亲弄得没了主张。

再加上留哥也在旁边不停地添油加醋，帮助劝说，伟王思前想后，终于决定扶助耶律兀欲。

这期间，耶律安抟也不失时机地去找南北两院大王："听说皇太弟也归天了，不知是真是假？"

北面大王耶律洼说："到处在这么乱传，不过没接到朝廷的正式通报，不可确信。"

耶律安抟："可天下不能一日无君啊，不知二位大王做何打算？"

耶律洼："我们二人也正在商议此事。不管皇太帝如何，先帝曾经有过要立永康王为储君的想法，那就立永康王吧。"

南面院大王耶律吼说："不过呢，永康王好像还有顾虑，担心这样做，会为国家挑起争端。"

"皇太弟已亡，还会有什么争端呢？二位大王既然知道先帝有立永康王为储君之意，那还犹豫什么？"耶律安抟进一步鼓动，"况且永康王贤明，人心乐附。现在天下不定，稍缓则大势去了。不要说赵延寿是不是抢先称帝，就是太后那边再立了别人，我大辽社稷可怎么办呢？二位大王是定国重臣，当断则断啊。我听说，皇叔伟王也有立永康王的意思啊。"

"伟王也是这意思？"耶律洼一听，立刻说："他是当今皇叔，太祖之弟，那还有什么可担心的？不要再说了，我计决矣！"

耶律吼也说："只要伟王不拦，今有我辈在，谁敢不从？"

第二天，由南北两院大王主持，把耶律兀欲和众辽将悄悄请到了恒州的角鼓楼上，进行了贺拜之礼，并议定了下步计划。

所有这些事情，都是避开汉人官吏悄悄进行的。赵延寿更是蒙在鼓中。他倒是也听到了什么皇太弟暴亡的风言风语，可问不出是从哪里传出来的。他便立即派人前去北国打探。如是真的，这不是天助我赵延寿吗？不要说中原皇帝，也许要做大辽天子了！看看，这临朝称制的天子梦做得多美。

3　是谁让他下了决心

四月下旬，耶律德光驾崩的消息传回了辽上京临潢府。

述律太后闻听，当时便昏了过去。天哪，小儿李胡言见德光儿射狐，就觉不祥，没敢说出口，这怎么还真的出事了？而且就死在杀狐林，难道真是老天这么安排的吗？

不过，述律太后毕竟不是常人。她醒来后，没有一滴眼泪，长叹一声说："儿啊，我不让你南下，你就是不听我的话啊。到底又和你父一样，死于征战之途，你们到底是为的什么啊！你如今一去，又要使内外不安了。不过你放心吧，等我安排诸部一统，我会很好地安葬你的。"

按契丹族规矩，皇帝驾崩之后，新皇没立之前，由皇后暂摄国家大事。但是，耶律德光的皇后在天显年间已经去世，虽还有皇妃但并没册为皇后，那么，太后述律平又一次临朝听政。

留守大本营的耶律李胡听说二哥突然死了，伏地面向南方号啕大哭："皇上啊，你怎么就走了，你还没跟为弟说怎么办，为弟可如何是好啊！"

他哭得悲悲切切，可心中却是大喜，由太后执政，我李胡做皇帝是手掐把拿了。还安排什么诸部一统，赶快让我登基，我自然就能把他们全统起来了。

他悄悄命手下人准备各色仪仗，安排各道程序，等着母后择定吉日，拜祖山大圣先皇以后，举行燔柴大礼，以便让他在二哥的灵柩回来后，继承皇帝位。

可述律太后似乎不忙让他继位。

依她的想法，必须把各部族的人都招来，像册立耶律德光那时一样，要让所有大臣都服服帖帖，那才能坐稳。有威望的大臣们如伟王、南北院大王、永康王等等，都还在中原，须等他们回来。他们是什么想法没关系，太后自会有办法让他们按旨意办的。

还有一点，继承皇位应是在灵前宣誓的，怎么也得等灵车回来，才能办。而且她感到皇叔伟王耶律安端和皇侄永康王耶律兀欲不赶紧促灵车回来，似乎有些不大对劲。他们该不是在中原有什么想法吧？必须尽快催回来，以防生变。

当然，这一点她是不能流露的，只是防备而已。为了不引起伟王和耶律兀欲的怀疑，述律太后想出一策，便是派兀欲的夫人甄氏前往中原，召兀欲和伟王护灵车尽快回来，安排耶律德光葬礼事宜。

这个甄氏是汉人，本是后唐李从珂时的宫人。耶律德光助石敬瑭灭后唐时，兀欲也在军中，在后唐宫中得之。

甄氏听太后吩咐，巴不得回中原看上一眼。同时，她也隐约感到述律太后让她召回丈夫似乎还有别的意思，便欣然领命，急奔中原。

甄氏日夜兼程，在几日后的深夜赶到了恒州。夫妻二人几月不见，极尽温存。

耶律兀欲搂着甄氏："世事慌乱，爱妻如何到得军中？"

"奉祖母命，召夫君尽快回北国。"甄氏说。

兀欲哦了一声，思索着："不召我也要尽快回啊，有灵柩在此，误不得啊……"

甄氏望着丈夫，犹豫着说："夫君断不可贸然而回。"

兀欲一怔："为什么？"

甄氏："以妾看，老太后对君已有疑心。如回去，必是凶多吉少。"

兀欲定定地看着她，突然用力地拥着甄氏道："爱妻来得真是时候啊。看来，我兀欲已没了退路，只能是一不做，二不休了。我不能再重复父亲的路！"

这期间又发生了一件事。南北院二位大王和伟王要立兀欲，秘密派使者前往各大辽将领驻地处联络。辽将也不是铁板一块，也有人不支持兀欲。有一地守将耶律牒腊意归附兀欲，可副将术者却是太后和李胡的铁杆保皇派，坚决反对，不但杀了使节，反而将牒腊拘捕，要执送太后。牒腊哪甘心束手就死，想法逃脱后急忙投奔了耶律兀欲军中，通报情况紧急，事要泄露！

耶律兀欲和伟王、南北大王等闻听后，紧急磋商。一致认为，如事情泄露，前功尽弃。所以耶律兀不再犹豫，下定决心，事不宜迟，登基称制！

4　"鸿门宴"

五月初一日早晨,燕王赵延寿接到了永康王兀欲的请柬,说是甄氏从北国来到中原,想看望令兄,特请他前去赴宴。

赵延寿怎么会是甄氏的"令兄"呢?说起来话长。原来在后唐时,甄氏是后宫中人,和赵延寿的妻子后唐兴平公主要好,姐妹相称。待她被耶律兀欲看中而带到北国,见到同是中原人的赵延寿和兴平公主,自是十分的亲切,经常往来,便与赵延寿一家结为金兰之好,称赵延寿为异姓之"兄"。

赵延寿听说"令妹"来了,没做多想,便带了几个亲兵,中午时分,欣然前往兀欲的驻地。

耶律兀欲的驻地是在城边的一座城隍庙中。因州县衙署都让赵延寿占了,他只能驻在这儿。酒宴就摆在庙宇的殿堂上。不知是为了表示庄重,还是怎么的,他把庙堂大殿上正面和两边的佛像都用绣着龙凤图案的锦缎遮挡了起来。

赵延寿骑着高头大马,昂首而来。耶律兀欲亲自到大门前相迎,拉住他的马缰绳,扶他下马:"兀欲恭迎燕王。"

"哎呀,永康王何必如此客气?"赵延寿拱了一下手,径直走了进去。

到了大殿,赵延寿见平章事张砺、枢密使李崧、太傅冯道等人已经在了。他有些意外:"哦,今天还有这么多的客啊……"

耶律兀欲急忙解释说:"为使大王尽兴,我特意请几位大人前来作陪。"

赵延寿忙笑着向各位拱手:"岂敢,岂敢。打扰各位了。"

那几位都急忙站起来,恭敬地接他入座。冯道谄笑着说:"能和燕王一道宴饮，实是荣幸至极。"

耶律兀欲将赵延寿安排在首席。赵延寿假意推辞着："哎呀，这如何使得……"

耶律兀欲笑道："今天这盛宴，是特意为大王安排的，这正位您不坐谁敢坐呢？"

李崧马上笑着应和："燕王德高望重，此座非您莫属啊。"

赵延寿便理所当然在首席坐了下去。他环视四周："咦？这挂一圈缎幛做什么呀？"

耶律兀欲在下首坐下，笑道："这本是佛殿，让那些呆头呆脑的佛像看着咱吃肉喝酒——一是不雅，二也不舒服呀。"

赵延寿呵呵笑了："永康王想得倒也周到。咦？怎么南北两院大王没来呀？没请他们吗？那耶律吼好酒量，本王愿与他一较高下。"

耶律兀欲一笑："这场合怎么能少得了他们？他们手头有点事，一会儿就到。"他说着向外招呼，"上酒啊！"

珍馐美酒便依次上来。耶律兀欲给各位满酒，先敬燕王，再敬大臣，杯觥交错，相互恭维，说尽了客套话。

酒过三巡，耶律兀欲站了起来，对赵延寿说："大王，令妹从上国而来，就在后堂，想见您一面，不知可否？"

"当然当然。"赵延寿站起来，对冯道等人拱拱手，"你们先喝着，我去去就来。"说着便和耶律兀欲走进后堂。

李崧有些奇怪，问张砺："怎么？燕王有妹嫁给了永康王？"

张砺摇头说："哪里是那么回事。我和燕王一起到的北国，这我知道。永康王的夫人甄氏也是汉人，和燕王是异姓兄妹。"

冯道说："那甄氏本是后唐的一个宫人，有些姿色，我见过。能跟随永康王，做了王妃，也是享尽荣华富贵了。"

张砺喝下一杯酒，慢慢道："恐怕还不只是王妃吧。"

李崧一怔："此话怎讲？"

张砺向四下里看看，悄声说："你们不觉得今天这酒，有点怪吗？请的全是我们中原人哪。"

一句话提醒了冯道，他急忙放下酒杯，四下里看看："你是说，这是……鸿门宴？"

李崧也警觉了："是啊，燕王不是宣称知南朝军国事了吗？而且，"他用手在脖子比了一下，"还有……有点那个意思，我还劝过他。难道永康王……"

冯道咽了一口唾沫："不可乱说。不过，燕王这半天怎么还没出来？我们……"

正说着，耶律兀欲从后面一人走了出来，安然地笑着："哦，失陪了失陪了，各位喝好啊。"便又落座。

冯道看看后边："这个，燕王他……"

耶律兀欲笑着倒酒，淡淡地说："燕王谋反，我已经把他锁了。"平静得就像什么事也没发生一样。

果然如此！张砺几个人立刻面面相觑，惊得说不出一句话来。

耶律兀欲看看他们，又说道："怎么了？噢，你们也许觉得突然吧？是这么回事，先帝在临终前，曾赐我蓍草一茎，许我知南朝军国事。皇上猝崩，可燕王却擅自做主，要知南朝军国大事，还捏造说有什么先帝遗命，这怎么可以呢？这不是假借君命，要公然篡政，以乱朝纲吗？"

冯道等几个人相互看看，不知如何作答。

耶律兀欲笑笑："这只是他一个人的事，与各位大人无关，不必有什么顾虑。来，再来几大觥。"

这酒还怎么喝得下去？冯道等几人已是面如土色，抖着手勉强喝下一杯，便起身要告谢离去。

耶律兀欲摆摆手："不忙。请各位大人来，就是要你们做个见证，我兀欲并非无故锁人。来人，带赵延寿！"

赵延寿被捆绑着推到了殿堂前。他脸上青筋暴跳，高声叫骂："耶律兀欲，我赵延寿是大辽辅国大臣，你公然绑我，想造反吗？我为大辽出生入死，为何这样待我？天理不容！"

耶律兀欲："锁你自有锁你的道理。你自己知道是为什么。各位大人都在，你自己说吧。"

"我说什么？"赵延寿吼道，"我悔不该没先动手，一刀杀了你！"

耶律兀欲冷笑："想你也做不到！我既然敢随你入恒州，就是有所准备！"

赵延寿的几个亲兵一见主人被绑，立刻冲上前来。

"你们不要找死！"耶律兀欲摆手制止，扭头喊："直宿卫何在？"

"安排在此！"随着耶律安排的一声喊，遮挡着佛像的锦缎刷啦啦落下，里面齐刷刷站满了契丹武士，个个手持刀剑。

张砺、冯道、李崧顿时目瞪口呆。天哪，真的伏有刀斧手！如是宴席间就动起手来，还不一起变做刀下之鬼！

那些辽兵一拥而上，很快将赵延寿那几个亲兵团团围住。

赵延寿向亲兵大呼："杀出去，快调大军来！"

几个亲兵被围在中间，虽都手持钢刀，但如要动手，立刻就是一堆肉酱。他们只能背靠背，持刀和永康王的卫兵僵持着。

张砺急忙对耶律兀欲打揖说："大王，燕王已是就缚，何必再伤士兵性命！"

"我不会杀任何人。"兀欲向自己的卫队摆摆手，"放他们去吧。看看能不能调来大军。燕王，各位大人都在，你说吧，为何要擅自知南朝军国事？"

"我受先帝遗命而为，何谈擅自？"

"先帝遗诏何在？先帝驾崩前我一直在近前，没听先皇说过让你知南朝军国事的话，倒是吩咐对你燕王要严加防范！"耶律兀欲冷笑道，"你是如何受得遗命？"

赵延寿愣了一下，强辩道："先帝原先就许我做中原皇帝，这还不是遗诏吗？众所周知！"

耶律兀欲哈哈大笑："连'皇太子'都做不成，还说什么'皇帝'！即便是真让你做，那也得先帝亲自册立，可先帝如今在哪儿？"

赵延寿咬牙切齿："你、你、你……"

这时南北两院大王耶律吼、耶律洼急急走进院来，对耶律兀欲报告："回禀永康王，万余汉兵已经全部控制。"

赵延寿一惊："这、这不可能！"

耶律吼向他一拱手："燕王，对不起了，在您喝酒的时候，我们以你的名义下令，让他们全部交出武器，调往城外，等候改编。"

赵延寿最后的一线希望破灭了。他愣了半天，仰天大吼了一声："苍天负我！可恨啊——！"便紧闭双目，再也不说话。

他恨什么？是恨自己没有当机立断，像刘知远那样乘虚称帝，还是恨没能果断地先把耶律兀欲处理掉？太大意了，没想到会栽在毫不起眼的兀欲手下！也许他更恨的是，受了耶律德光的愚弄和利用。耶律德光你把老子玩得好苦啊！

可悲可叹的赵延寿，投靠契丹，助大辽攻取中原，只落得绳索加身，枉做了一场黄粱天子梦。不过，耶律兀欲并没有杀他，只是抄没了他的家产，而后把他押回了草原。几年后，他也和他的养父赵德钧一样，抑郁地死在北国他乡的大狱里，做了异乡的孤魂野鬼。

这就是为虎作伥者的下场。

5 灵前自立

处理了赵延寿之后，耶律兀欲带着辽、晋诸官员来到了待贤馆，在耶律德光的灵柩前宣布即皇帝位，接受百官谒贺。看看，赵延寿本是计划在这里进行朝贺的，稍一犹豫，倒让人家进来了。

众人当然是一致表示愿拥戴永康王。在那种场合，敢说"不"字吗？

找死呢？众人贺完，耶律兀欲笑着对张砺说："听说燕王是想要在此即位的？果然那样的话，我肯定以铁骑包围这里，你们诸位也就不免一起遭殃了！"

那意思非常明显，你们跟着我，算是聪明。张砺、冯道、李崧等人听着都非常的后怕。他们心里清楚，如是赵延寿先于兀欲称帝，他们出于同是中原人的情感，也许真会站在赵延寿一边的。

第二天，耶律兀欲又把蕃汉诸官集于府衙中，让耶律安抟宣读先帝遗制。

先帝还留有遗制？怎么不早宣布呢？特别是那些汉族大臣们，不住地偷眼看伟王安端、耶律吼、耶律洼等契丹贵族高官。那伟王、南北两大王表情安然，无任何惊讶意外之色。

冯道心中冷笑道，皇上死时就你兀欲一人在跟前，谁知皇上说过什么？真有遗诏的话，还会这么费事？谁管是真是假，除非脑袋让傻子啃了才会去问呢。

众人闻听要宣读先皇遗诏，纷纷跪地。耶律安抟展开一张纸，读道："皇帝诏曰……"

耶律兀欲便也急忙跪下去。安抟读到："永康王，大圣皇帝之嫡孙，人皇王之长子，太后钟爱，群情允归。朕亲赐永康王神草一茎，可于中京即皇帝位。"

中京，也就是耶律德光给李胡信中提到的"且改镇州为中京，以备巡幸"的那个镇州。

众人听诏，齐呼万岁。没人敢问这遗诏是那里来的，只有耶律兀欲自己心里清楚。

耶律兀欲跪着接过遗诏，呼了一声谢主隆恩，又哀切地对众大臣说："兀欲不才，承蒙先皇垂幸，怎敢有违？"

他换上丧服，手托诏书和那茎耶律德光让他发誓的蓍草，面向耶律德光灵棺跪下："先皇放心归天，侄儿为我大辽，定不负所托！"

而后，他脱掉丧服，又换上吉祥盛装，接受百官朝贺。歌之舞之，彻夜不息，鼓吹之乐，不绝内外。

这是公元947年夏五月，东丹王之子耶律兀欲在中原自立为大辽皇帝。

但耶律兀欲心里非常清楚，他这个"皇帝"只是自封的，并没得到述律皇太后的认可，而且北国还有他的三叔耶律李胡和先皇帝的亲儿子寿安王在。这个位置按什么道理说也不该是他的，所以心中总觉着不是心安理得。而且，他也深知祖母述律太后并不喜他的父亲人皇王，怎么可能让他来继皇位？祖母的手段他是知道的，三叔李胡的凶残他更是知道的，要坐稳皇位，麻烦事还在后面。

他对左右大臣说："朕在这里称制，北国定不服，为不致内乱，当尽快回我上国，安定局面，以防生变。"

于是，耶律兀欲任耶律麻答为中京留守，派大将耶律朔古护送先皇帝的灵柩北上，而后将跟随的后晋文武百官全都留在中原，自己只带辽将辽兵和后宫宦者、教坊人自随，向塞外归去。

6　各奔前程

耶律兀欲在中原简单地举行了一个即位仪式，为防北国生变，便匆忙北归。因他不带原来后晋的文武大臣，冯道、李崧、杜重威、李守贞之流便都留在了中原。

张砺倒是辽臣，但因身体稍有不适，便也暂时留在恒州休养。其实他心中非常清楚，兀欲回去，定是一场厮杀，不管谁胜谁败，何苦要往那刀光剑影的夹缝中钻？还是先留下观望一下吧。谁知这一留便再也没能回去。

留守汴梁的萧翰听说妹夫耶律德光猝死滦城，心中大惊，便把汴梁推给原来后唐明宗李嗣源的一个儿子李从益做留后，也急忙北撤。等他到恒州时,耶律兀欲已经带着辽人离去北归了。

耶律麻答听说他来了,便从中京镇州来到恒州迎这位国舅爷。这萧翰闻听张砺没走,还留在恒州,想了想,突然提出来要会会这位耶律德光相当信任的汉人。

他带兵来到张砺的府宅,将院子团团围住,大喊:"张砺出来!"

卧床休息的张砺听家人报宅院被兵围了,非常惊诧,什么人如此大胆,竟敢直呼他的姓名?他撑着身子到大门前一看,原来是萧翰。他愣了一下,便急忙打揖:"原来是萧大人来访。在下来迟,见谅。多日不见,请下马入宅一叙……"

"不必了。"萧翰稳坐马上,用马鞭子指着他,冷笑道,"我来访你?笑话!你一汉人,为何要在先帝面前说什么我辽人不可为中原节度使?我以国舅之亲,有征伐大功,先帝留我守汴梁,用为宣武节度使,就是你一再说不可用!"

张砺看看他,已明白了萧翰的来意,是来找碴儿的。他便也不再谦让,冷冷一笑:"可惜先帝并没听我的意见。您萧大人不是照样做了节度使吗?如果先帝真要听了我的,不安排你们这些契丹贵族,而是还用中原将领,也许中原还不至于如此。"

萧翰眯眼盯着他:"那说明先帝圣明。我听说你还在先帝跟前偷偷说我的坏话,说我好抢掠民财和民人子女?"

"说过。难道大人没做吗?那又怎样?"

"哼哼,怎样?你依仗先皇宠你,也太不把我国舅爷放在眼里了。如今先皇不在了,谁还护你?我要杀了你这蛮子!"萧翰喝了一声,"来人,给我锁起来!"

立刻有人上前将张砺捆起来。张砺面无惧色,高声抗辩:"这些都是国家大体,事关社稷安危,我做为国之大臣,向皇上谏言是我的职责!要杀便杀,有什么必要还要加锁?"

麻答比萧翰更残暴,可这天不知怎么倒显得有些冷静,他以为萧翰只是吓吓张砺，出出心中怨气而已，见萧翰要来真的，便急忙劝道："萧大人，谨慎从事。张砺虽是汉人，但毕竟是我大辽的重臣啊，和那些归附的晋臣不同，不能随便杀啊。将来向我上国不好交代。"

萧翰想了想，可也是。便哼了一声，对张砺道："你等着，以后我再收拾你！"便扬长而去。

张砺气坏了。乱世之中，难寻明主，耶律德光爱我敢谏之才，为报知遇之恩，我勉强留而辅之，谁知手下竟是这样一些野蛮之徒！真是阎王好见，小鬼难缠！耶律德光有多少事，就是坏在这些小鬼手中啊！当天夜里，愤懑至极的张砺竟在自己家中活活地气死了。

这是何必，你既然要与虎狼为伍，那早就应有个思想准备才是。你看人家冯道，遇这种情况绝对不会生这么大气。

冯道这时已跑回了德州。德州刚好发生了反抗辽兵的民间起义，见他回来，又是原来中原的高官，便拥戴他为义军大帅，做一方之主。冯道吓坏了。当时形势不明，他哪里敢干这个？他一再推脱："道本一介儒臣，怎么能做得了这样的大事呢？这都是你们各位将士的功劳，我是万万不敢当的。"说死也不干。

他可能也看到那些争做天子的人，一个个是什么下场了，还算有自知之明。反抗大辽的大事他不敢干，但还悄悄地做了一些小事，比如看到一些妇女被辽人抢掠，他便变卖家产，将她们赎出来，而后一一给点盘缠送回家。要说这还有点良心。

不久，他又投奔了刘知远，在后汉又做了高官。看看人家，左右逢源。史载，冯道先后侍奉了五朝八姓十二君，自以为得计，晚年自谓"长乐老"，还著书大言不惭自称"孝于家，忠于国"。忠于哪个国了？在各不同姓氏、不同民族的君主面前，朝秦暮楚，以保全自己为第一目的。大节不存，虽有小善，何足道哉！

李崧、杜重威、李守贞等等，也先后归附了刘知远。特别是那杜重威、李守贞，刚刚献十万中原大军，助辽灭了中原政权，做了大辽的臣子，本是让你留守，可辽兵一撤，便又都纷纷另找主子，也是真够可以了。如是大辽那边能顾得上，不回过头来再下中原，前来收拾你们才怪！

可大辽那边，暂时是顾不上了。

第十七章　横渡定乾坤

1　阻击泰德泉

西拉沐沦河岸边的白桦林，在五月的初夏中，嫩叶勃发，绿意盎然。百灵鸟一会儿飞向飘着白云的蓝天，一忽儿又扎向草地上大片盛开的金莲花丛，啁啾鸣唱。

草原上，大群的牛羊在尽情享受着这平静而安详的时光。

但在辽上京临潢府的宫中却并不平静，更不安详。庭中的荷苞牡丹花虽也开得一片灿烂，不但无人赏，还被耶律李胡践踏得一塌糊涂，辜负了几多娇媚。

那是因为，赵延寿派来探听李胡是否真的暴病而亡的差人已经到了宫中。李胡听说那边在传自己病死了，暴跳如雷，大骂："是何人如此恶毒，在咒我暴死？胆大包天，待我捉住，定割他舌头！"他一边大骂一边猛踏跟前的花儿，狼藉一片。

述律太后闻听后非常生气，也很狐疑，问跟前的大臣耶律屋质："中原那边军中谣言四起，言我儿李胡暴病身亡，是何道理？"

耶律屋质官居大惕隐，有器识，遇事处之从容，是述律太后所倚重的老臣。他沉吟良久，缓缓道："谣言为惑众，众惑定生异。皇太弟是大位继承人，传他亡故，非同小可，当与帝位有关吧。太后心中当有所准备。"

述律太后的心便悬了起来。有人窥视帝位？那么，会是谁呢？是太祖之弟伟王安端？他在太祖时就参与过诸弟之乱，难道这些年了，又贼心复动？是燕王赵延寿？他可是有称帝的野心，而且不止一次提过，但也只是要做中原之帝啊，还没敢想要动我大辽基业。那么，是皇孙兀欲有啥想法？似不可能，自他父投唐后，就一向安稳处事，低调做人，没显锋芒，不会有什么非分之想……

述律平没分析出结果，但感事情不妙。正如耶律屋质所说，那边既出谣言，定有阴谋。她便吩咐李胡调集兵马，赶快做好准备，以应对不测事件的发生。

不几日，大将朔古护送着耶律德光灵柩回到了上京。述律太后和耶律李胡扶灵大哭之后，赶紧向朔古了解中原方面的情况，大军为何没能一起回来。

朔古回到草原，马上投到了太后一边，将永康王在恒州如何拉拢伟王、镇压要当中原皇帝的赵延寿，而自己又是怎样在中原恒州宣布称帝，正在带兵北归等等都原原本本向太后说了一遍。

述律太后尽管有过耶律屋质的提醒，心里也有了思想准备，但听后还是大吃一惊。在她想来，如果真出什么事的话，伟王耶律安端、燕王赵延寿、永康王耶律兀欲都有可能，但兀欲的可能性最小，因为无论是从资历还是从威望，他都抵不过前二位，而且从未表现出有过这种欲望。可恰恰就是她认为最不可能的这个孙子出事了，而且已经宣布登基称帝！

简直太大胆了！既不报朝廷，也不拜祖宗，就私自称帝，将大辽皇太后置于何地？将祖宗置于何地？述律平听报后大怒："我儿德光南征东讨，有大功业，他的儿子就在我的身边，要立也该立他！他兀欲的父亲背弃我契丹，走投外国，本是大逆之人！难道有立逆人之子做皇帝的道理吗？"

耶律李胡更是暴跳如雷，大胆反贼，竟敢夺我皇位？他听母亲说该立德光的儿子，心中有点不舒服，当立德光的儿子？怎么不提我呢？他急忙说："母亲所言极是，我是先皇所立继皇位的皇太弟，他兀欲算个什么东西？"

述律平明白他的意思，皱皱眉："你不用提醒我！他和寿安王是孙子辈的人，所以我才这么说。这兀欲的胆子也太大了，怎么论也排不上他来做皇帝。李胡，你是兵马大元帅，马上派兵截击，将这个擅自谋立的逆贼击溃于国门之外，就地擒拿！"

李胡恨恨地说："想当年我大哥背国投唐时，我就说把兀欲这小子处理掉，可二哥和母后非要留他，还封了什么永康王。怎么样，留下祸患了吧？"

述律太后怒喝一声："不要再说陈年旧事！快去调兵顾及眼前！"

李胡也不敢怠慢，急忙派一名叫李彦韬的大将为排阵使作先锋前往迎击耶律兀欲，他自己带兵随后跟进。

那边耶律兀欲派出的先锋是伟王耶律安端和大将耶律留哥率领的部队。两股辽兵，一股匆匆向南迎击，一股浩浩荡荡向北，在一个叫泰德泉的地方相遇。

耶律留哥见有兵迎来，望那旗帜，知是辽军，便挺马上前，驻马大喝："来者何人？皇帝在后，还不下马迎驾？"

李彦韬本是后晋的降将，因高大魁梧，作战勇猛，深得述律太后的喜欢，便留在跟前调用。留哥是契丹皇族，他见了，先是怯了三分，听到喝，欠身就要下马。可突然又明白了，不对呀，我是太后派出来击敌的，下马磕头算哪门子道理？

他又急忙坐稳马上，也壮胆大喝一声："大胆！先帝归天，太后未立新皇，哪里来的皇帝？本将受大辽皇太后之命，前来捉拿叛逆篡位之人！知趣的，快快下马受降，不知趣的，便是刀下之鬼！"

他虽是喊，可底气不足。

这时伟王也骑马来到跟前。耶律留哥向李彦韬一声冷笑："李将军，你可认识这位王爷？我太祖大圣皇帝之弟，也是国家栋梁，并不比太后低到哪里去！我还是劝劝你吧。你可知伟王和南北两院大王及我大辽的重要将领都在这边军中？又是为什么要拥立永康王？你要是知趣的，归顺过来，不知趣，你才真是刀下之鬼！"

李彦韬望着伟王，使劲咽了一口吐沫："伟王，太后之命难违。您不要难为末将，如执意前行，恕在下不恭了。将士们，给我杀！"

那边伟王耶律安端也一挥剑："北国乃我家乡，为何不让前行？将士们，回我草原！向前——！"

一方要前进，一方要阻截，两边的契丹人便拼杀在一起。兀欲这边北归的士兵已出来近半年，归乡心切，见有人拦截不让回去，大为恼怒，凶猛异常。李彦韬这边本来胆怯，战不过几下，便纷纷后退。李彦韬一见根本不是对手，再战可能真成刀下鬼，只好大呼："都是大辽之兵，何苦自相残杀？伟王，李某愿归！"

跟在后边的李胡见前面混乱，急忙跃马上前，只见伟王安端率军直向他的后军冲杀过来，而自己的前锋军队却已是倒戈。他正惊愕间，突见伟王耶律安端马失前蹄，咕噜噜滚于马下。李胡不及多想，催马嗒嗒上前，举枪就向伟王刺去。

察割见此情景，大惊失色，纵马驰来，以身护住老父，回身向李胡射出一箭。

那支箭吱溜溜从李胡耳边飞过，李胡一惊，急忙勒马。伟王安端乘机翻身上马，大呼一声，又带儿子察割、侄子留哥向李胡杀去。李胡之军本不知和本族相杀为哪般，被对方一冲，纷纷后退，溃如落潮，根本遏制不住，李胡只好仓皇退兵，败回京师。

泰德泉一战，耶律兀欲一边没费多大事，便收降了不少迎击之军，大败耶律李胡之师。

正面接触开始了。既派出大军前来堵截，说明朝廷的态度非常鲜明，绝对不承认耶律兀欲当皇帝。这也是兀欲一方能料到的。所以才没跟灵车一起走,也没带那些后晋的随员,为的就是如有战事,可省却许多累赘。

北面院大王耶律洼对耶律兀欲说:"陛下,如此看来战事已不可避免,乘我上国兵力不足,应急进北上。如能尽快控制局面,不让太后再次聚兵,则可减少拼杀,使双方士兵少做流血牺牲。"

耶律吼沉思道:"能这样最好。不过,太后身边有大惕隐耶律屋质,老谋深算,还是不贸然前进为好。"

耶律兀欲认真思考了一番,认为耶律吼说得有道理,点点头,便通知大军不要贸然急进,以防中了什么圈套。他琢磨了一番,又给述律太后写了一封信。大致意思是,孙儿兀欲叩拜祖母太后,孙儿自幼听老师耶律屋质教导,为国家计,当断则断,因此孙儿才敢如此做。想恩师屋质当年庇护孙儿,也是希望我能继帝业,为国效劳。我今日在众将拥戴下得即帝位,得益于老师教诲,想来他也会理解并感到高兴的云云。而后派人送回了临潢府。

兀欲之所以要写这封信,目的相当明确,就是想让述律太后感到,耶律屋质是他的人,从而让太后疏远耶律屋质,不让屋质给太后出谋划策。

2　离间

泰德泉一战,李彦韬投降,耶律李胡兵败而回。

耶律李胡遭到了述律太后的责骂,恼羞成怒,竟将逃回来的小军官连杀了好几个。他在宫中一边大碗喝酒,一边恶狠狠地来来回回走着大骂,直到喝得两眼血红,终于想出了一个非常残忍的招儿。

他下令,把跟随在耶律兀欲身边所有将领的家属不管是老是小,全都抓起来,作为反属统统下大狱。一时间,皇宫上下,弄得是孩子哭老婆叫。

耶律李胡恶狠狠地对看守的人说:"这些都是人质,跑一个我要你们的脑袋。我要亲自带兵再去讨伐逆贼。如我兵败,立即把这些人质全部杀掉！让他们知道，谋逆者就是这个下场！"

这招儿确实够狠的，极易动摇对方军心。即便是真心拥护皇上，但亲骨肉却要掉脑袋啊！是为皇上尽力还是拯救家人，何去何从能不掂量吗？

上京城中一片恐怖。不要说那些被下狱的皇亲国戚，就是一般的人也是又惊又怕，相互摇头叹息："完了，真打起来，就是一场骨肉残杀啊！"

耶律李胡以天下兵马大元帅的身份，急发几道金鱼符，向各部征调兵马。可哪里去调啊？各部落的精壮男子和好马，都跟着南下中原了，剩下的大多是老的老小的小，怎能出兵？再说，那边军中都是自己的父兄，又有谁愿意前去厮杀？因此，各部落在集结军队上都非常缓慢。

但这也不是什么难事。因为不管是皇太后也好、皇太弟耶律李胡也好，都有自己的"斡里朵"，征用民夫马匹还是比较容易的。

"斡里朵"是契丹语，意思是"宫"、"宫卫"等意思。皇帝、皇后、地位较高的皇子，都有自己的"斡里朵"，也就是自己的领地。领地中从土地、人口及牲畜都归主人支配，实是私有财产。比如阿保机的斡里朵叫洪义宫、述律平的叫延昌宫、耶律倍的叫长宁宫、耶律德光的叫永兴宫、耶律兀欲的叫积庆宫等等。阿保机就是靠着自己的四大斡里朵而为成就帝业奠定了基础。史书上称契丹国有东南西北"四楼"，其实就是阿保机自己的四大斡里朵，"楼"是"斡里朵"的省译，上京所在地称"西楼"，并无楼，是指阿保机最初设在西部的大本营"斡里朵"。皇室其他成员和贵戚大臣，也有私人的城镇聚落，称"头下"或"投下"，是汉语头人的意思。这种斡里朵和头下州制，是契丹从奴隶制向封建制过渡时期一种独特的社会形态。皇家"斡里朵"也好、贵族的"头下"也好，虽是私产，但遇有战事，必须听调出兵，为本民族的大利益出力。

述律太后的斡里朵下辖几个州县，李胡的也不小，即便是别的部不能及时出兵，仅自己的斡里朵也不难凑成几万人马。

耶律李胡带着重新召集的队伍，再次浩荡出发。说什么也不能让兀欲那小子回来，平白就抢了自己的皇位。

南上北下的两支契丹队伍在潢水、也就是西拉沐沦河的横渡相遇。横渡，即现在的巴林桥一带。

耶律李胡的大军列在潢水北岸，耶律兀欲的大军列在潢水南岸。隔河而望，一样的军旗在和煦的风中呼啦啦地飘扬，一样的刀枪在夏日的阳光下闪闪发光，一样的鼙鼓牛角震天价同时作响，一样的语言相互间高声叫骂。

双方都是杀气腾腾。一场叔侄之间争夺皇位的血战，一触即发。

在耶律李胡引兵出征的同时，述律太后接到了耶律兀欲写来的那封信。如是李胡看了这样的信，肯定大怒，立刻就会把耶律屋质当兀欲的奸细给抓起来处决掉。

述律平接到信后，也是相当生气，原来兀欲小子在朝中有坐探啊。一怒之下，她立刻派人将时为大惕隐的耶律屋质抓了起来。

耶律屋质非常奇怪，我犯了什么罪，突然被抓？当他在狱中看到那些被李胡囚禁的将军家属们，似乎明白了，又一轮皇位之争开始了。耶律屋质长叹一声，上苍啊，难道我耶律屋质，也要做殉葬品吗？为什么一个皇帝死去，就要发生一场生死搏杀？他的心有些隐隐地疼起来。他心痛的倒不是自己将会不明不白地死去，而是觉得，大辽像他这样的冤魂可能要不止千万了。他便在狱中给太后写了一封信，一个意思是问，我有何罪？第二个意思是，有话要说。

大臣韩延徽听说耶律屋质下了大牢，急忙求见太后。当问明缘由，他急忙奏道，屋质乃忠直之士，不管侍奉那一代君主，都是以社稷为主，为国从来不以一己之私出发，怎会作对不起朝廷的事呢？万望太后明察原委，慎重从事。

述律太后毕竟是有头脑的人。经韩延徽提醒，再看耶律屋质从狱中送来的信，也感到有些操之过急了。她又把兀欲的那封信反复看了几遍，渐渐觉得有些蹊跷了，心里琢磨，这孽畜给我写这样的信，口口声声是受老师屋质指点，到底是什么意思？难道是要告诉我，我身边有他的人？那他不是……想着想着，她蓦然想到三国时蒋干盗书的故事，顿时惊悟。哎呀呀，离间计！险些中了圈套！

述律太后立刻下令把耶律屋质从狱中放出，并召进宫来。她一边宽慰耶律屋质，一边将兀欲那封信给他看了。

耶律屋质看完了信，已经清楚太后心中的意思，便平静地说："太后辅佐太祖平定天下，实乃一代英杰，所以臣才愿竭尽死力相辅。如果太后见疑，我就是想尽忠，那还可能吗？"

太后一笑："我如果真怀疑你，怎么会把你放出来，还能把信给你看呢？形势已经这样，大战在即，你还有什么好的主意吗？"

耶律屋质看看太后，心中明白了，耶律李胡已经带兵出征了，可一向果决的述律太后还在问策，说明对打胜并没有把握，心中没底。他沉吟了一下，缓缓说："太后既不疑臣，臣当推心置腹，诚心进言。臣以为，为今之计，不如以好言讲和，这样还有解决问题的可能；否则的话，那就是尽快开战，一决胜负。然而，如真的打起来，人心动荡，国家定是陷入深重的灾祸之中，必至民困而国衰，那我大辽就只能是外族的俎上之肉了。是讲和还是决战，究竟该怎么办，惟请英明太后您最后裁察。"

述律太后叹了一口气："我要能决定，还问你做什么？"

耶律屋质："臣是这样想，皇太弟李胡、永康王兀欲，都是太祖子孙，不管谁当皇帝，神器也没有移给他族，有什么不可以的呢？何必要刀兵相见？太后您切不可激于一时之愤，而应该考虑国家的长远大计啊。所以，还是与永康王议和为上策。"

述律太后沉思了半天："唉，爱卿说的也有一定道理，谁愿意骨肉相残呢？如是能和平解决当然最好。你的议和之策，倒不妨一试，劝兀欲息兵罢战。那么，依爱卿你看，谁能胜任这个差事，到兀欲军中去做说服工作呢？"

"太后如信得过下臣，臣愿前往。万一永康王能听取臣下的意见，那便是我大辽庙社之福啊！"

"如此最好。我不信你还能信谁。"述律太后当即便写了一封书信，让耶律屋质带上，马上前往耶律兀欲的大营中议和。

3　叔侄对垒

潢水河畔，战马萧萧，横渡两岸，旌旗猎猎。以耶律李胡的性格，定是要血战一场。但因他的兵少，也不敢贸然过河厮杀。

虽然耶律李胡的兵马不占优势，但他有个撒手锏，那便是他抓来的人质。他随军带来了一些活泼可爱的孩子，要推到阵前，用骨肉亲情去瓦解对方的斗志。

那日下午，他在河北岸排好阵，便跃马到河边叫阵，对河南岸大喊："大胆兀欲，伪诏篡位，北国已无你容身之地！本该就地诛灭，念你也是皇孙，放你一条生路，赶快逃命！"

河对岸的兀欲笑道："三叔，不要把话说绝。就你几千人马，能挡得住我过河吗？我为不伤亲情，不便强渡，还是劝皇叔你撤兵，不要自讨无趣。"

"让我退兵？你那是休想！我就不信，你不滚蛋！"李胡一声冷笑，回手一招，立刻有士兵将一个十来岁的孩子推到了他的身边。

耶律李胡将手中的剑刷地抵在那孩子的脖子上："看见这孩子了吗？你们看好，这个是谁家的？"

南岸众人一怔，都纷纷涌向岸边，伸头向这边看。这边的孩子似是看到了什么，向岸边跑去，哭喊："父王，救我啊……"

对岸，北面院大王耶律洼听见呼喊，细一看，大吃一惊，那孩子原来是自己的儿子。

这边，孩子已被李胡伸手捉回来，把剑逼向孩子的喉咙，狞笑着对兀欲喊："你如果再不退走，敢强行渡河，我就先杀了他！"

耶律洼急忙跳下马，扑倒跪地："不——！"他又回头向兀欲大叫，"救我的儿子——！"

耶律兀欲见耶律李胡要杀孩子，也大惊失色，急忙喊："不不！三叔叔手下留情！我绝不强渡。何去何从，容我商议。"

耶律兀欲马上便号令全军，不要轻举妄动，立即后撤三里。

那些孩子中不光有耶律洼的，也有耶律吼和耶律安抟、察割及其他武将大臣的。他们一时都非常惶惑，真不知该怎么办。

耶律兀欲的北归大军虽是兵强马壮，但被几个孩子阻住了，而且被迫后退。他们一时陷入了不知如何是好的尴尬境地。

有人提议，深夜派精兵渡河，乘其不备将孩子抢回来。但对方沿岸全燃着明火，且营前都有机警的猎犬守护，怎能不被发觉？

也有人说，我们装作后撤，引李胡兵过河追来，而后调头猛击，定可大获全胜。可是，李胡已经说得很明白，赶快走人，你走他就达到了目的，他不可能过河来追，怎么办？

更有人说，干脆一声呐喊，冲过河去，直接去抢孩子，击败对方。这纯是胡说八道。你这边刚一呐喊，不等过河，那边孩子的脑袋先落地了，还抢谁？

毫无良策。两军就这么在河两岸对峙着。

恰这时，耶律屋质带着述律太后的信来到了耶律兀欲的大营中。

述律太后的信口气相当强硬，就是一个祖母在教训做错了事的孙子的口气。信中指责他不忠不孝，不懂事理，擅自即位兴兵。但其中也有一个非常明显的意思，就是，你必须立刻罢兵，只要承认错误，我不会发兵惩罚你，还让你做永康王。等等。

耶律兀欲笑了，如果想老老实实地做永康王，我何必要费这么大的事呢？

他马上让宣徽使耶律海思给太后写回信，口气也毫不客气。大致意思是我随先帝南征北战，竭力保国，何谈不忠？我作为太祖之长孙、受先帝遗诏而即位，不违祖制，何谈不孝？我带兵回上国故土，天经地义，是你们兴兵阻我，要夺帝位，发生战争难道还能怪我吗？如你们不兴兵，还谈得到让我罢兵吗？……等等等等，也是出口不逊，相当强硬。

回信交到耶律屋质手中，他先扫了一遍，无奈地摇摇头。

兀欲看看他："惕隐大人，难道有什么不妥吗？"

耶律屋质直言不讳地进谏道："回信如果是这样写，充满怨恨，国家的忧患是不可能清除的了。我是这样想，不管你们谁作皇帝，还是以和好为上策。如是这样相互指责，矛盾怎么可能化解呢？"

耶律兀欲依仗自己力量的强大，狂傲地指着河对岸说："他们都是一些临时拼凑起来的乌合之众，既是和解不成，他们又怎么可能抵抗我呢？"

"如凭力量，他们也许不是你的对手。可他们毕竟是你的亲骨肉啊，真忍心刀兵相加吗？"耶律屋质轻轻地摇头叹息，"况且，真战的话，不光是力量，还有各种因素在，还不一定谁胜谁败。就说大王胜了，诸大臣的族人都在李胡的手上，便也是死到临头了。如果是从这个方面考虑，只有和好才是最佳方案。"

"诸大臣的族人都在李胡的手上"，这话说到了结症上，正是耶律兀欲的为难之处。要不是为这，他带的大军早就打过河去了。他听了这话，一下子无话可讲。

耶律兀欲的左右臣僚担心的恰也是这个问题。他们都知道，残暴的李胡是什么事都能做得出来的，仆人有小过他都会剜目断手，甚至投于水火之中，何况是这等大事？如要开战，他们的家人定是不保。他们的脸色都相当难看，纷纷将目光投向耶律兀欲。

耶律兀欲看着大家充满祈求的目光，沉默了。是啊，如是这些大臣们的家人都被杀，这些大臣们还会死心塌地地保他吗？如是为保家人而反戈一击，他还作什么皇帝，会一下子从天上就掉到地下啊。他想了好一会儿，问耶律屋质："我当然也不想打仗，这不是祖母他们逼我这样做的吗？不打最好。那么，怎么样才能和呢？"

"当然是与太后相见。你们各自抒发心中的愤怒、怨恨，把各自的怨气放完了，而后心平气和地商谈，议和应该不难。"耶律屋质见兀欲松口了，马上献策说，"不管谈成谈不成，总应该努力争取一下才是。如果是不抱诚意，谈不成，那是另一回事了。到那时你们双方再开战也不晚啊。"

耶律兀欲点点头，觉得有道理："先礼后兵，能不打最好是不打。就按你说的办吧。"他看看耶律屋质，笑着说，"我和你的关系，从我小时就很近，不是大人你的保护，我可能也没有现在。如今我已称制，且兵强马壮，你为什么反而要帮助太后呢？"

耶律屋质郑重地说："臣无论是过去还是现在，所想所为，只是为了国家社稷，从不敢挟以一星半点私情。今天的事也是如此，并非要助那一方。"

"真是一片忠心啊。好。那议和这事就听你的安排吧。"

耶律兀欲便派机敏善辩的耶律海思为这方代表，前往宫中与太后讨论议和的各种细节。经过往返几次的讨价还价，最后议定下来，双方大军各后退五里，耶律兀欲和述律太后在横渡见面会谈。双方都有前提条件，兀欲一方是：必须保证人质的安全；述律太后一方是：这期间兀欲不可入上京。

4 横渡之约

会谈地点选在潢水横渡的巴林石桥边。

一空旷之地，搭起一大帐，双方军队扎五里之外，不得靠近，参加会谈的人不得身带兵器。大帐中，述律太后和李胡为一方，兀欲和伟王安端为另一方。

双方一见面就都冷着面，一开口便是恶语相加。

耶律李胡更是破口大骂:"大胆孽畜,见了皇太后,为何不跪?"

耶律兀欲:"朕是一国之君,公众场合,当先行君臣礼,再行家人礼。你见君如何不跪?"

"放屁!谁承认你是一国之君?"李胡指着兀欲的鼻子,"你是个什么东西,一个背国之人的儿子,也配来做国君?"

耶律兀欲拂袖而起:"如此肆意辱骂,殊无和意,不谈也罢!"说着向述律太后一拱手,"孙儿本不想刀兵相见,所以前来议和。既然如此,就不要怪孙儿无礼了。"

兀欲说着就要向外走,到大帐口又回头对耶律李胡说:"请回军中,我大军马上过河。战场上见!"

述律太后一见,急忙对耶律屋质说:"还没谈正事就要崩,你得赶快替我想个办法呀!"

"大王先不要走。"耶律屋质留住兀欲,看看双方,说:"太后和永康王如果能尽弃前嫌,心平气和,臣才敢进言。"

述律太后巴不得他立刻就拿出办法,急忙说:"好吧,你们都先不要说话了。该怎么办,屋质你就一条条说出来吧。"

"如能听我断,恕臣不恭了。"耶律屋质从谒者那里借来一把筹签,出帐向太阳拜了三拜,而后回到大帐。

他站在双方中间,神情庄重地举起一根签,问太后:"想当年太祖崩,人皇王尚在,为何要立先皇帝,而不立人皇王?难道不是过失吗?"

这是筹签断事,就像耶律德光审景延广时是一样的作用,承认了,就接过一根。拜过太阳的筹签应是赋予一种神圣了。

可述律太后却不接筹签,毫不迟疑说:"所以立德光吾儿者,那是太祖留下的遗愿,众臣的意思。"不接签就是不承认有错。

耶律屋质又举起了一根筹签,问耶律兀欲:"大王为何擅立,不禀告太后?"

耶律兀欲也不接,犹豫了一下,没有正面回答,而是说:"我父人皇王当立不立，所以他老人家才投奔了外国。而我，是太祖嫡亲长孙。"言外之意是，如立我父人皇王，这皇位堂堂正正就是我的，你们把他逼走了，我为什么不能拿回来？由我作皇帝，祖母他们这正好是还了前债，理所当然，何谈擅立。

耶律屋质见双方谁也不接筹签，仍是毫不相让，便神情严肃地看看双方，说道："人皇王舍弃父母之国而奔唐，这是做儿子的为人之道吗？大王见了太后，没有一点谦和赔礼的意思，只是一味发泄怨恨，这应该吗？而太后您呢，因为固执于自己的偏爱，假托先帝遗命，随便授予神器。凡此种种，难道你们都没错误吗？如果你们还是坚持自己做得对，还有什么必要讲和？那么就尽快开战吧！"

他说着把筹签扔到地上，便愤然走出帐去。

述律太后本来人单势孤，军队的主力都在兀欲手中，李胡集起的那点军队不可能和兀欲抗衡。她见兀欲不可能自动罢兵，耶律屋质又不管了，急得眼泪都流了出来。也许她这时心中涌起了无限的懊悔，想当年没有立应该继位的皇太子耶律倍，而如今他的儿子要来夺回皇位了。难道这是苍天对我的报应吗？

这个刚强而专断的女人，这时只能无奈地长叹一声，捡起了一根筹签，哭着说："先前太祖时，就有众兄弟作乱，天下遭难。太祖归天时，我怕再生祸乱，不得已而立德光。也许是情急专断，有所失吧。如今天下疮痍还没平复，怎么能再让骨肉相残呢？"

耶律兀欲见祖母似有悔意，痛哭取筹，表示愿意和解，大为感动，便也动情地说道："想当年我父王为使国家不乱，不争不抢，让皇位而避，今天我却来争，这到底是谁错了。和我父王比，真是差之天地啊。"他也捡起了一根竹筹，表示愿意和解。

周围的大臣将领们，不管是兀欲这边的还是李胡一边的，见双方如此，庆幸一场血腥战争化险为夷，都激动得相互拥抱大哭起来。

耶律屋质也走进帐来，表示祝贺。

述律太后问他:"和议已经定了,双方可以罢兵不战。那么,皇位到底归谁呢?是不是现在你就带众大臣议一下?"

其实这是多余问的了。她已不是当年的铁腕皇后,现在已经无力操纵局面,但她还是希望从中调节的耶律屋质,能按她的意思为李胡争取一下。因为她太爱她的小儿子了。耶律阿保机当年考察三个儿子,见李胡睡觉把头缩在被子里,便摇头,认为他成不了大器,但见他作战勇猛,却赞他是"真我家铁儿!"可见,这李胡充其量也就是一个冲锋陷阵的材料。

耶律屋质听述律太后问,望了众大臣一遍,却没征求任何人的意见,而是直接对述律平说:"太后,这还用得着再议吗?永康王能在中原称制,而我大辽绝大多数重臣当时就在他的身边,一致拥戴,这说明了什么?说明人心所向啊。太后,如果让永康王即位,则上顺乎天意,下合乎民心,不要再有什么犹豫了。"

旁边的耶律李胡一听这话,当即跳了起来,厉声说:"我皇太弟还在这儿!先皇所封当继大位,兀欲怎么能立?"

耶律屋质看了他一眼,义正词严地对他说:"自古以来,传位以嫡长为先,不传众弟。过去先皇之立,如太后刚才所言,本来就有过失。况且你暴戾残忍,毫无仁慈之心,多有人怨。众人都惧而避之,唯恐不及,怎会情愿立你呢?如今是万口一词要立永康王,你怎么可能和他争夺皇位呢?"

众人听他如此说,也都高呼起来:"愿立永康王!"

大势已去。述律太后看着李胡,无奈长叹一声,凄苦地对他说:"过去我和太祖爱你超过你的两个哥哥,可真应了那句谚语:'偏怜之子不保业,难得之妇不主家'啊。唉,不是我不想立你,你都听到了,是你自作自受啊!"

耶律李胡瞪着眼直喘粗气,但也毫无办法,"啊——"的一声大叫,突然掀翻面前的桌子,恨恨地走出帐去。多亏不让带兵器,如是带着,这李胡非得拼命,杀将起来不可。

述律太后见众意难违，最终签下了和解的"横渡之约"，同意立耶律兀欲为大辽皇帝。

耶律兀欲，大名耶律阮，在一番争斗之后，正式成为大辽朝的第三代皇帝。

耶律屋质作为大臣，在被一方怀疑离间，被另一方下狱的情况下，他能忍辱负重，不以亲疏远近为向背，奔走于刀光剑影之间，尽力避免了一场骨肉相残的流血战争，拯救无数百姓于兵祸，可谓大仁大义的一代贤臣。

述律平皇太后在关键时刻能顾全大局，决定放弃原来立李胡为帝的想法，不因自己的偏私而破国丧家，虽是迫于无奈，但也不失为一代女杰。

5　一个时代结束了

"横渡之约"使东丹王之子耶律阮名正言顺地登上了大辽皇帝的宝座。时为公元947年夏五月。称"天授皇帝"，将耶律德光刚改的年号"大同元年"又改为"天禄元年"。

耶律兀欲登基后，册甄氏为皇后，参与军国事，并分封辅佐他称帝的有功人员。耶律安端主东丹国事，加"明王"号；察割封"泰宁王"；牒蜡封"燕王"；南院大王耶律吼加采访使，赐宝货及宫户五十；北院大王耶律洼加"于越"，赐宫户五十；留哥封惕隐；耶律安抟升任皇宫大内总直宿卫……总之吧，有功人员，各得其所。挺好。

述律太后和耶律李胡回朝后，总觉得不甘心，据说又有密谋，被耶律兀欲察觉，恼怒之下，废李胡所有爵位，与太后一起被囚禁于太祖陵边的祖州，也就是内蒙古赤峰市巴林左旗哈达英格一带，不得随意走动。是不是真的密谋了，反正是被囚禁了。也许是兀欲采取的防范措施吧。

后来，耶律李胡，大名耶律洪古，到底因儿子的谋反罪受到牵连，由囚禁而被下了大牢，虽是一世豪横，最终还是默默地死在了狱中。直到大辽重熙年间，才被追谥为"章肃皇帝"。

述律太后，一个辅佐太祖建立大契丹国的杰出女政治家，一个为稳定局势巩固大辽基业可毅然断腕的刚强女人，一个带着"地神"的光环令人只可仰视的神秘女人，在辅佐两代君王成就大业之后，只因为小儿子争帝位，在晚年一下子落入权力以及人生的低谷。被囚禁后的述律平，没有了丝毫太后的风采，每日孤独地守在阿保机的墓前，面对西风斜阳，任风吹拂白发，看云遥想当年，寂寞地度着残年，只能在梦中重温昔日的辉煌。六年后，她在孤独中死在了阿保机墓侧的没打河畔，年七十五岁，附葬祖陵。谥"淳钦皇后"。

公元947年，也就是大辽天禄元年秋八月，耶律德光被葬在凤山的怀陵，在今赤峰市巴林右旗幸福之路苏木。谥"嗣圣皇帝"，庙号"太宗"。

史家对耶律德光是有定论的。《辽史》的评价是："太宗甫定多方，远近向化。建国号，备典章，至于厘庶政、阅名实、隶录囚徒，教耕织，配鳏寡。求敢言之士，得郎君海思即擢宣徽；嘉唐张敬达忠于其君，卒以礼葬。辍游豫而纳三克之请，悯士卒而下休养之令。亲征晋国，重贵而缚。斯可谓威德兼私，英略间见者矣。入汴之后，无几微之骄，有'三失'之训。《传》称郑伯之善处胜，《书》进《秦》《誓》之能悔过，太宗兼有之，其卓矣乎！"

尽管全是溢美之词，但"其卓矣乎"的评价绝不为过。

耶律德光在位二十余年，他的最大功绩不是他光大了太祖遗志，取得了中原，拓展了疆土，而在于取得中原之后，所采取的一系列的政治上、经济上、法律上等等"因俗而治"的措施。用现在的话说，也就是"一国两制"。其实，"一国两制"早在一千多年前的大辽朝就已经有了，现在只不过是效仿而已。

这种措施在当时显出了极大的进步意义。两套制度并行，不但稳定了汉族区的经济发展，也将中原的农耕文明引入了北方，加快了契丹向封建制转化的步伐，基本实现了契丹社会向封建制的过渡，为大辽的今后发展奠定了良好的基础。

耶律德光在短短二十年间，不但扩大了疆域，而且完成了社会制度的转型，把辽国推向了强盛，任谁说也是大辽史上的一代英主。

历史舞台上没了耶律德光的踪影，一个时代结束了。

但历史还要前进。耶律兀欲时代开始了。

在北国大辽的长天阔野中，又有多少精彩故事，或是金戈铁马的壮怀激烈，或是宫廷阴谋的冷酷无情，还要一幕幕继续上演……

后　记

　　十几年前夏，时任赤峰市文联高晓力主席说内蒙古作协正在组织一套有关古代北方少数民族人物的文学丛书，有兴趣的话可报个选题。当然感兴趣，可不知写什么好，东胡？匈奴？最后选定写写乌桓吧。过段时日，高主席又说，市文联也在策划一套丛书，是关于大辽的系列，市政府非常支持，应该接下一本。绝对应该，义不容辞。赤峰是大辽朝的发祥地，想当年在这块土地上演绎过多少壮怀激烈的故事，留下了多少令后人向往、骄傲却不甚了了的历史和文化积淀。读史是枯燥的，如能用文学故事的方式讲述出来，让人们更好地了解古时发生在这块土地上了契丹文化，真是一种大功德！

　　于是，我便放下关于乌桓族的资料整理，接下了有关辽太宗耶律德光那段历史的小说创作。过去也粗粗地读过一些有关大辽的史料，大略还知一些辽太宗，那个"儿皇帝"石敬瑭不就和他有关吗？要写了，大略不行，认真读这段历史，才发现，这一段虽才短短的二十年，故事太丰富了。皇后断腕稳朝纲、皇太子无奈出走、石敬瑭媚献十六州、辽太宗三下中原灭后晋等等，太有可写的了，这大大增强了我的信心。

　　这是一本历史小说。这个概念就是说，它不是历史材料的罗列，而是文学作品，要有可读性、故事性。但我遵守一个原则，那便是《三国演义》七分史实三分虚构的原则。我不敢和《三国演义》比，只是尊重它的创作原则。这本书中的主要人物、事件、时间、地点、风俗、文告等都有史可查，主要依据是《契丹国志》、《辽史》、《五代史》、《资治通鉴》等其中的有关史料，不敢有丝毫杜撰，更不敢如当前某些书籍或影视一样"戏说"，那种胡说八道太误人了！当然，既是小说，那么在细节上就需要合理虚构，比如一些小人物，如契丹皇太子耶律倍身边的书记官阿思、招降杜重威时出现的小校孙旺等就是虚构人物。辽太宗在皇位之争时在哥哥身边收买安插了不少人，在围了后晋军时也俘虏了大量晋军，这样的人物出现应是合理的，只是为了故事的完整性、连贯性和可读性。

大辽存在了二百多年，但没留下自己的史书，肯定是毁于金灭辽、元灭金的战乱中。《契丹国志》成书于宋，《辽史》成书于元，由于历史原因成书仓促，《辽史》是二十四史中最粗糙的一部，这些史料中有些也是相互不符甚至矛盾的。如《契丹国志》载阿保机是"天赞六年"七月死于扶余城，九月葬木叶山，太宗德光即位，"犹称天赞六年"；而《辽史》却写："天显元年七月，太祖崩……"第二年八月祖陵修成才下葬，九月太宗即位。那么到底是"天赞六年"还是"天显元年"？查中国历代纪元表，辽年号"天赞"只有五年，公元926年也就是阿保机死时已经标为"天显"，辽太宗是927年即位，没改元仍用"天显"年号。这年表是历史专家们定下的，于事实上也合理，阿保机突然崩逝，没修陵不可能当年下葬，于是便用了后者。对人物和事件的描写，笔者也是尽最大努力选择最合理的记述演绎故事。

虽然是历史故事，标了"历史"二字就不能太走样。但由于才疏学浅，本书中免不了还有诸多谬误，还望方家不吝赐教。